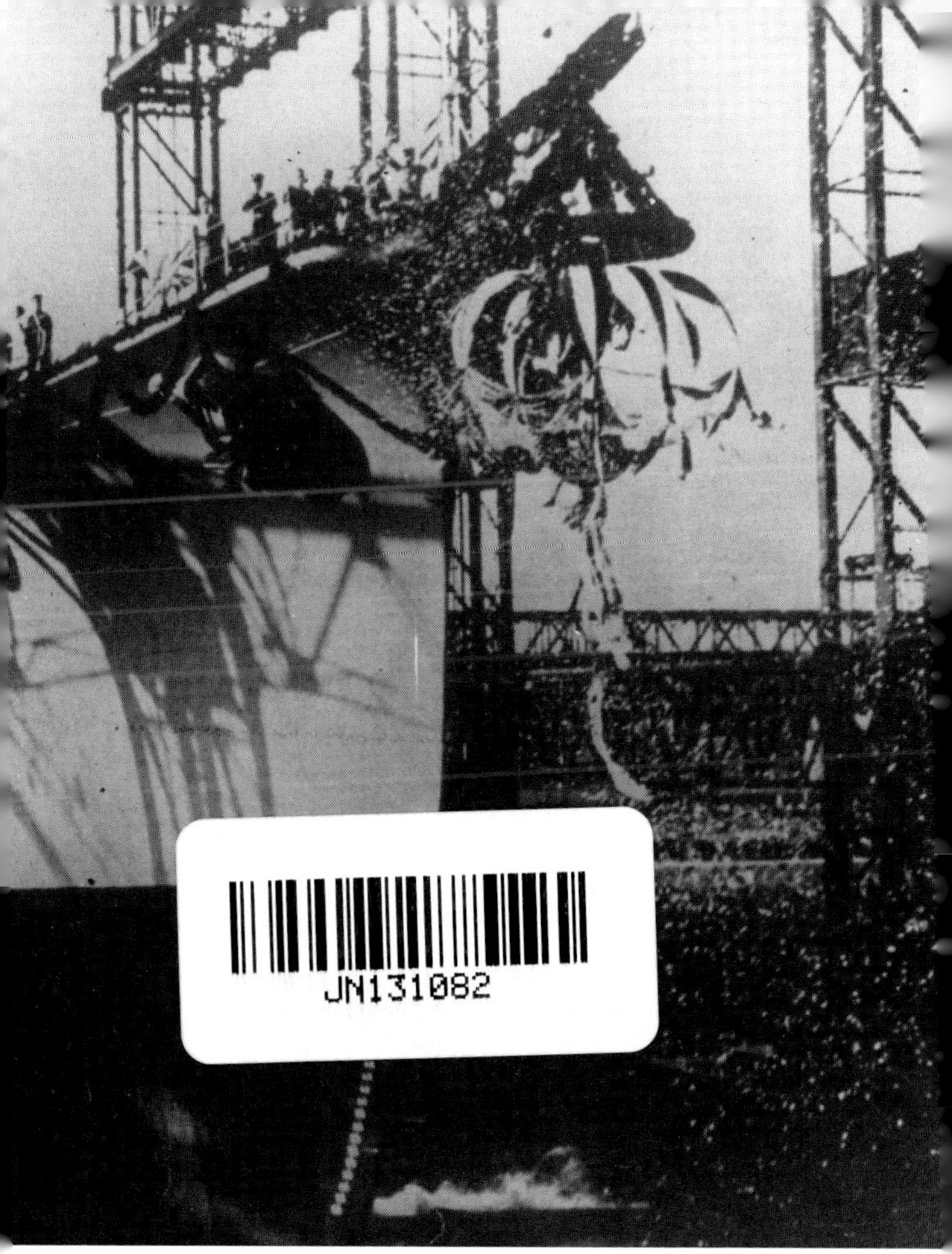
昭和12年11月、横須賀工廠で進水式を迎える航空母艦「飛龍」

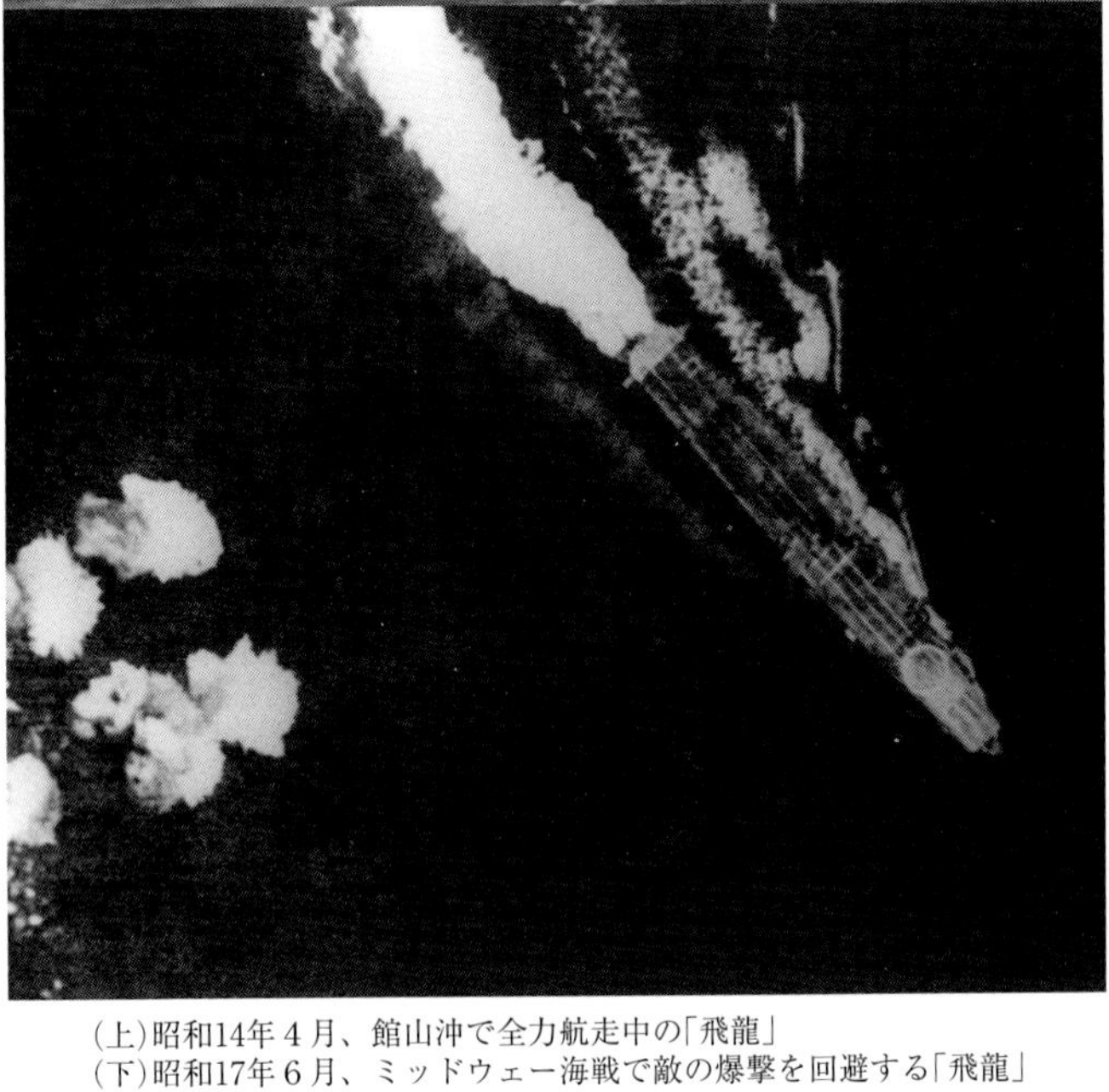

(上)昭和14年４月、館山沖で全力航走中の「飛龍」
(下)昭和17年６月、ミッドウェー海戦で敵の爆撃を回避する「飛龍」

NF文庫
ノンフィクション

新装版

飛龍 天に在り

航空母艦「飛龍」の生涯

碇 義朗

潮書房光人新社

飛龍 天に在り——目次

第一部　精鋭空母

第二部　無敵機動部隊

飛龍天に在り

航空母艦「飛龍」の生涯

第一部

精鋭空母

第一章　呱《こ》々《こ》の声

1

一九四二年六月六日（東京時間）の夜明け前、あたりの海面をふしぎな静寂が支配していた。

前日、空にあれほど乱舞した敵味方の飛行機も、はげしい戦闘をくりひろげた友軍の艦艇もほとんど姿を消し、傷ついて航行を停止した日本海軍の航空母艦「飛龍」と、それを遠巻きに見守る駆逐艦「風雲」「巻雲」の二隻がいるだけだった。

前日の早暁四時半（現地時間、以下同）、日本軍攻撃隊の発進にはじまり、その名のとおり太平洋のど真ん中にある孤島ミッドウェーの北方二百カイリから三百カイリの海面にかけて行なわれた日米機動部隊同士の戦いは、アメリカ側の大勝利に終わった。「加賀」「赤城」「蒼龍」の三空母があい次いで失われ、最後まで残って奮戦した「飛龍」も、十二時間後の午後五時過ぎに爆弾四発の命中によって大きな被害を受けた。

大火災を起こした「飛龍」は、夜空を背景に炎々と燃えつづけたが、乗員や駆逐艦の協力による必死の消火作業で、夜半には下火になった。

しかし艦は傾斜し、艦底にある機関科指揮所との連絡も途絶えたことから航行不能と判断され、艦を放棄することに決して、午前三時十五分、「総員退艦」の命令が下され、つかの間の静寂は破られた。

乗員がつぎつぎに退艦し、二隻の駆逐艦が走りまわって、海面にただよう生存者を救助してまわる。そして午前五時十分、駆逐艦「巻雲」は戦死者の遺体のほかは無人となったはずの「飛龍」を処分すべく二発の魚雷を発射した。

二発目の魚雷が命中し、「飛龍」は艦首を下げながらゆっくりと沈みはじめた。一発目は命中しないよう艦底を通過させるのが儀礼とか――。

よく知られているように、第二航空戦隊司令官山口多聞《たもん》少将と「飛龍」艦長加来《かく》止男《とめお》大佐は、艦に残って運命を共にしたが、じつはこの二人のほかにも、まだ艦内にはかなりの数の乗員が残っていた。

その大部分は艦底の缶室と機械室に閉じ込められていた機関科員で、「巻雲」による雷撃(もちろんこの時はそれが何であるかを彼らは知らなかった)で艦に異変が起きたのを知り、通路と格納庫との間の隔壁に孔《あな》をあけて、彼らは脱出したのである。

「飛龍」に致命傷を与えたのは、アメリカ空母「ヨークタウン」および「エンタープライズ」の急降下爆撃機だが、「飛龍」の艦爆および艦攻によって破壊された「ヨークタウン」も翌日の午後、漂流中をまたしても日本の伊号第一六八潜水艦の雷撃をうけ、それが致命傷となって沈没した。ともに日米両軍の代表的な中型航空母艦であった。

　この物語は、その「飛龍」の誕生から始まる。

2

　午前五時半、軍港の街《まち》横須賀は大きなサイレンの音で一日が始まる。

　日本海軍の総本山としてここには鎮守府が置かれ、長官のいる司令部や軍港のほか、航空隊、工廠、航空廠、砲術学校、海兵団などがひしめいていた。その多くは、軍港を遮蔽《しゃへい》する人を威圧するような高いコンクリート塀の中にあって、何が行なわれているのか、外からはうかがい知ることはできないようになっていたが、海軍工廠だけは例外だった。絶え間ない打鋲機のけたたましい音はいやおうなしに市民の耳に入り、フネの新造もしくは修理中であることを物語っていた。

　だが、そのやかましい打鋲機の音も、この日は午後四時近くになってピタリと止み、騒音から解放された人びとをホッとさせた。

　それはこの年の夏、日中戦争（当時は戦争とはいわず支那事変といった）が始まった昭和十二年の十一月十六日のことで、海軍工廠の四つあるドックの一つで建造中だった新鋭空母「飛龍」の進水式が行なわれることになっていたからだ。

工廠内はドックのほかに造船部の船殻工場、造機部の鍛錬工場、機械工場、鋳造工場などの巨大な建物が並び、それらの工場群から噴き上げられる蒸気や発せられる重々しい音が、ガントリークレーンの中からこだまする打鋲機の騒音とまじって、活況を呈していたが、それらのシンフォニーも今は鳴りをひそめ、「飛龍」進水の時を前にして静まりかえっていた。

この晴れの進水式を見んものと、岸壁をはじめ、周辺の建物の屋上や船台の周辺など、あらゆる場所に人びとが立ち、とくに進水式場の周辺は人で埋まった。

ときたま鋭い号笛がこだまし、船台上ではまだ忙しそうに動きまわる人の姿が見られたが、前夜から行なわれている進水のための準備作業も、ほぼ終わりかけていた。

進水式は陸《おか》の上で建造されたフネが初めて海に浮かぶ、いわば誕生のお祭りではあるが、その華やかなセレモニーの一方では、船台からフネを海面に滑り降《お》ろして無事に海上に浮かべる、という高度の技術を要する作業をともない、ちょうど満潮の時刻に進水させることができるよう綿密《めんみつ》な計算と周到な準備のもとに、作業が進められて来たのである。

定刻午後四時少し前、軍楽隊が君が代の吹奏をはじめ、艦首近くに紅白の幕が張られたテントの式場に、天皇陛下の御名代宮殿下をお迎えし、やがて開式が宣言された。

型どおり新しいフネの武運を祈って神官のおはらいがあったあと、やや間を置いて、一段高い式台に上がった工廠長古市龍雄機関中将が「飛龍」と命名する旨を宣し、一礼したかと思うと、右手に持っていた銀の斧《おの》を振り下ろした。

その瞬間、艦首から下げられたくす玉が割れ、紅白と紙吹雪が舞うなかから鳩が一斉に飛び出した。ときを同じくして始まった軍艦マーチの演奏とともに、「飛龍」の一万七千トンの巨体が海に向かって静かに滑り出した。

「ばんざい、ばんざーい！」

見守る人たちの中から期せずして大きな喊声《かんせい》と拍手が起こり、艦上の人たちも手を振ってそれにこたえ、互いに進水を喜び合った。

「飛龍」の進水に一年半と少し先立つ一九三六年（昭和十一年）四月四日、アメリカのヴァージニア州ノーフォークにある海軍基地で、一隻の航空母艦が進水した。これよりざっと六年後にミッドウェーで「飛龍」と対戦してさし違えることになる「ヨークタウン」で、その進水式は「飛龍」よりもっと華やかだったようだ。

進水式にあたっては、海軍の最高指揮官でもあるフランクリン・D・ルーズベルト大統領のエレーナ夫人が、しきたりに従ってシャンパンの瓶《びん》を「ヨークタウン」の艦首にぶつけ、「ヨークタウンと命名します」と宣言した。

「ラングレイ」「レキシントン」「サラトガ」「レインジャー」につぐアメリカ海軍第五の空母の誕生であったが、誰もがそれから六年後に訪れる凄惨な運命など、思いもしなかったことは、「飛龍」の場合も同様であった。

「飛龍」が進水した横須賀海軍工廠のガントリー船台では、昭和期に入ってから重巡「妙高」「高雄」、潜水母艦「大鯨」、重巡「鈴谷」、給油艦「剣崎」の順に、つぎつぎに新しい軍艦が建造され、「飛龍」はこの船台で生まれた七隻目のフネであった。と同時に、わが海軍の空母として横廠(横須賀海軍工廠の略称)で建造された最初のフネであり、このあと同じ船台から「翔鶴」「雲龍」などの大型近代空母が生まれている。

このほか先に建造された潜水母艦「大鯨」、給油艦「剣崎」「高崎」も、のちに横廠で改造されて、それぞれ航空母艦「龍鳳」「祥鳳」「瑞鳳」となっており、これに新設の六号ドックで建造された戦艦改造の「信濃」もふくめると、横廠では七隻の空母を建造したことになる。

それだけではない。この横廠ではわが国最初の空母「鳳翔」、巨大戦艦から転用された「加賀」、小型空母「龍驤」など、よそで進水後、回航されてここで完成したものや、太平洋戦争中に水上機母艦から改造された「千代田」などもあり、これらを合わせると横廠の手になる空母は、じつに十一隻にも達する。つまり、空母は横須賀工廠の得意分野ともいえるもので、呉工廠の潜水艦と双璧をなしていた。

その横廠で最初の新造空母となった「飛龍」は、呉工廠で建造された「蒼龍」とは姉妹艦であるが、この二隻は外部事情によって計画段階から大いにもめた。それというのも、大正十一年のワシントン、昭和五年のロンドンという二つの軍縮条約によって、空母の保有量をイギリスおよびアメリカのそれぞれ十三万五千トン基準排水量に対し、その六割に相当する八万一千トン（同上）に押さえられていたからだ。

ロンドン軍縮会議の直後、昭和六～十一年度にわたる第一次計画と、昭和九～十二年度にわたる第二次計画に分けた艦艇建造計画が立案された。

第二次補充計画が実施に入る前年の昭和八年当時、日本海軍には大正十二年十二月竣工の「鳳翔」（七千四百七十トン）、昭和二年三月竣工の「赤城」（二万六千九百トン）、同三年三月竣工の「加賀」（同）、昭和八年五月完成の「龍驤」（七千百トン）の四隻があったが、最も古い「鳳翔」と最も新しい「龍驤」は、いずれも基準排水量一万トンに満たない小型空母で、大型空母の「赤城」「加賀」と同一作戦行動をとるには無理があった。

これらの小型空母の役割は、せいぜい艦隊上空の護衛といった程度であり、日本海軍ではアメリカで攻撃型空母とよんでいる「赤城」「加賀」のような大型ないしは中型空母を、あと二隻欲しいと考えていた。そこでまず第一次補充計画で、「龍驤」より二千トン大きい九千八百トン空母一隻を要求したものの、予算が否決されてしまった。

昭和八年、海軍は第二次補充計画のなかで空母二隻の建造を要求したが、軽巡洋艦二隻、駆逐艦十四隻をふくむ他の四十六隻とともに予算が認められ（要求は空母二隻をふくめ合計八十九隻）、具体化に向けて動き出した。

これがのちの「蒼龍」「飛龍」であるが、第二次補充計画に際し、軍令部は空母に関して、アメリカ海軍の兵力増強に対抗し、条約許容範囲内で空母搭載機の数を劣勢にならないようにするための方策として、「有時には短期間に空母に改造できる特殊艦（横廠で建造した『大鯨』『剣崎』のような）を多数建造する、新造空母二隻のうち一隻はできるだけ早く完成させ、他の一隻は十二年度末に完成とする、空母（一緒に行動する他の艦艇もふくめて）の機動力を拡充する」などの方針を決め、新たに建造する二隻については、基準排水量を一万五十トンとすることにした。

二万六千九百トンの大型空母「赤城」「加賀」と行動をともにするには、いかにも不釣合いな大きさという他はないが、この排水量の決定は、戦略的ないしは技術的な検討にもとづくものではなく、単に軍縮条約で決められた空母保有量の残り枠《わく》から、単純に算術計算によって割り出されたものであった。

大正十一年のワシントン条約によって、日本の空母保有量が米英両国のそれぞれ六割にあたる八万一千トンに制限されたことは前に述べたが、日本海軍が小型空母「龍驤」を建造している最中の昭和五年のロンドン条約で、それまで免責条項だった一万トン以内の小型空母も、合計保有量に加算されるようになったことで、残り枠が減ってしまった。

「赤城」「加賀」が各二万六千九百トン、「鳳翔」七千四百七十トン、これに竣工前の「龍驤」七千百トンを加えると、合計で六万八千三百七十トンになる。これを八万一千トンから引くと、残りは一万二千六百三十トンとなり、辛うじて中型空母一隻ができる計算になる。

何とかもう一隻ぶんを浮かせることはできないものかとして考えられたのが、一隻だけ先につくり、もう一隻は少し建造を遅らせ、昭和十二年度末に「鳳翔」が廃艦になるのを見越して完成させるという方法だった。

こうすると、先の合計保有量は「鳳翔」を差し引いて六万九百トンとなり、残り枠は二万百トンとなる。これなら二で割って一万五十トンの空母が二隻できる計算になる。

まったくのつじつま合わせのような排水量の決定であるが、これだと一万トン級の、「龍驤」に毛の生えた程度の小型空母しかできないはずだ。ところが、軍令部から海軍大臣に提出された性能要求は、速力三十六ノット、航続力十八ノットで約一万カイリはまだしも、搭載機数約百機に加え、主砲として重巡なみの二十センチ砲五門ないし六門、それに高角砲多数を装備するという欲張った内容であった。

一万トンそこその空母が、二倍半以上の排水量を持つ「赤城」「加賀」よりずっと多くの飛行機を搭載し、武装も同等でしかも速力はずっと速いなどということが、いかに技術の進歩を勘定《かんじょう》に入れたとしても、果たしてできるのだろうか。

こうした用兵側の無理な——というより技術的な合理性や妥当性を無視した要求は、艦艇だけでなく航空にもあった。

たとえば、のちに一式陸攻となった十二試陸攻の場合がそうで、設計試作を担当することになった三菱の本庄季郎技師は、海軍から渡された計画要求書をもとに、いろいろ設計案をつくって検討してみたところ、それまでの経験からして要求書の各項目を満足する機体はどうにかできるが、敵の攻撃にたいする充分な防弾の装備が欠けることは避けられなかった。

しかし、小柄な機体で長い航続力を実現しようとすれば、いきおい機体のなかは燃料タンクだらけとなり、被弾すればそこにはかならず燃料タンクがある状態となるから、防弾対策は不可欠である。当然そのぶん重量が増すので、それをカバーするためには、四発機にする以外に方法はなかった。

そこで海軍側との会議の際、本庄技師はあらかじめ黒板にチョークで描いておいた四発機の絵にもとづいて、設計案を説明しようとしたところ、会議の議長だった航空本部技術部長の和田操少将が、

「用兵については軍がきめる。三菱はだまって軍の仕様書どおり、双発の攻撃機をつくればよいのだ。黒板に描いてある四発機の図面はただちに消せ」

と、語気を荒げていった。

「この一言で、私のいちばん重要な提案は論議されることなく棄却されてしまった」

のちに本庄は無念の思いを込めてそう語っているが、この結果が充分な防弾装備がないままに（海軍も防弾の要求については消極的だった）燃えやすい攻撃機を生むことになり、多くの搭乗員が失われたのである。

第二次大戦における日本機のシンボルともいうべき零戦にしても、まったく同じことがいえる。

速力、格闘性、航続力の三つのそれぞれについて出された要求を満《み》すべく、極力軽量小型

になるようまとめ上げたのはりっぱだったが、戦争後半になってより強力な相手が出てくるようになったとき、防弾や武装の強化、性能向上のためのパワーアップの余裕がないままに、凋落《ちょうらく》の運命をたどらざるを得なかった。

攻撃力偏重の用兵側の過大な要求に、技術側が押し切られたためにもたらされた悲しむべき代償であった。この一式陸攻や零戦は、十二試の名称が示すように昭和十二年当時に計画および審議されたものだが、それより三、四年前に全く同じようなことが、新型空母の計画に際しても起きようとしていたのである。

艦政本部の技術者たちは、何とか軍令部の要求に応えんものと、基礎計画案を幾つもつくって検討してみたものの、思わしい結果は得られなかった。

第一、どうやってみても一万トン程度の空母の船体に、「赤城」や「加賀」より五十パーセントも多い百機近くの飛行機を格納するスペースを生み出すことは、不可能であった。

過大な武装についても同様だった。主砲の二十センチはどう考えても無理なことが明らかになったので、十五・五センチとする案で検討したが、それでも基準排水量は一万四千トンにも達する見込みとなった。これでは議会で認められた予算上からも、また条約の枠からいっても、計画を進めることはできないので、ふたたび約一万一千トンを目標に計画を練り直すことになった。残り枠より一隻について一千トン近くはみ出す計算になるが、この程度なら対外的にごまかしがきく範囲と考えられた。

当然ながら、設計が進むにつれて最初の軍令部の要求案より大幅に後退し、主砲の変更とともに重巡「妙高」と同程度とされた防御力も、完成したばかりの「龍驤」なみに引き下げられた。

このほか二十門の要求があった十二・七センチ高角砲も十六門に減らし、対空機銃なども減ったが、一番大きな変更は搭載機数を三十機減らして約七十機としたことだった。

これで無理に一万一千トンに押し込んでみたものの、設計上から吃水《きっすい》線上の船体が巨大なわりには吃水の浅い、いってみれば重心の高いトップヘビーの傾向が明らかとなり、船体が傾いたときに復元力が弱く、転覆のおそれが多分にあった。

にもかかわらず一番艦「蒼龍」の建造が急がれ、呉海軍工廠では設計図が出るそばから鋼材の発注、甲鉄の製造、部材の加工などの工事が進められたが、そんな矢先の昭和九年三月十二日、関係者たちの背すじを寒からしめる事件が発生した。

この日の早暁、佐世保港外志々伎崎の沖合で訓練中だった水雷艇「友鶴」が、強い風と大きな三角波を受けて転覆し、百十余人の乗員のうち、のちに密閉された艇内から救出された十三名を除く百人近い殉職者を出したことから、トップヘビーの問題がにわかにクローズアップされたのである。しかも始末の悪いことに、新しく建造された艦艇ほどその傾向が強いとされ、現に「友鶴」は二週間ほど前に舞鶴海軍工廠から引き渡しを受けたばかりの新造艦であっただけに、この事件は全海軍を震撼《しんかん》させた。

こうなった原因について造艦の大家松本喜太郎技術大佐は、戦後刊行された『造船官の記録』（造船会編）の中で、つぎのように述べている。

「大正十一年に発効した華府《ワシントン》海軍軍縮条約その他にしばられて、艦艇の保有量や個艦の大きさに制限を受けた日本海軍は、その対策として一定排水量の中へ盛りだくさんの重兵装等を実現して個艦の威力強化をはかり、量の不足を質の向上で補わんと懸命の努力を払った。その結果、外観はすこぶるみごとな艦艇がつぎからつぎへと出現したのだったが、その無理はついに設計上の限度を越え、昭和九年三月、水雷艇友鶴転覆という形で露呈した。友鶴の転覆は氷山の一角をあらわしたに過ぎず、艦の安定性について（中略）すでにこのとき日本海軍の全艦にトップヘビーという共通の欠陥として根強くはびこってしまっていたから、この事件を境として、上は戦艦から雑役船にいたるまで、海軍の船舶はすべて安心して使えぬという声が澎湃《ほうはい》として全海軍部内に起こった」

松本技術大佐がいっているように、こうしたきざしはすでに以前からしばしば見られた。友鶴事件の約一年前の昭和八年五月、横須賀工廠で完成した空母「龍驤」は、トップヘビーのため、高速旋回時は艦の傾斜がはなはだしくて大角度操舵ができなかったし、武装や装甲強化が施された改装戦艦も、転覆の危険はなかったものの、高速時に急な舵を切ると艦の傾斜がひどくて、後甲板に青い海水がのってくるというようなことがあった。

それが友鶴事件を契機に一気に問題化し、全艦艇の復原性の検討と改善工事が行なわれることになり、とくに新造艦と建造中の艦には根本的な見直しと対策が求められた。

「友鶴事件発生後、直ちに行なわれ、海軍全艦艇に対する安定性の再検討並びに改善対策実施にほぼ目鼻がつくまでに、約一年を要したと記憶する。幸いにしてこの苦しい試練を経ていたから、太平洋戦争の全期間を通じて、安定性能上はいささかも不安はなかったのである」

松本大佐はそう述懐しているが、このために「蒼龍」の工事も一時中止し、起工を目前にして新しく設計をやり直すことになった。

こうして新設計による「蒼龍」は、呉工廠で昭和九年十一月に起工、翌十年十二月に進水、そして艤装に約二年を費やして、十二年暮れに完成した。

基準排水量　一五、九〇〇トン
速力　三四・五ノット
軸馬力　一五二、〇〇〇馬力
備砲　一二・七センチ高角砲一二門
飛行機　七三機（常用五七機、補用一六機）

これが新設計の「蒼龍」の仕様であるが、軸馬力以外はすべて変わった。

当然ながら排水量は五千八百五十トンもふえた。すでに軍縮条約加盟国には一万五十トンとして通告済みであり、議会の予算もそれで通っていたが、日本は「蒼龍」を起工して間もない昭和九年十二月二十五日、アメリカに対してワシントン軍縮条約の廃棄を通告し、ついで十一年一月十五日にはロンドン軍縮会議からも脱退することを宣言していたから、問題ではなかった。

速力は要求より一・五ノット低下したが、友鶴事件によって他の新造艦の最大戦速も一様に低下したし、三十四・五ノットあれば近代空母として充分であった。トップヘビーの改善のため、備砲である高角砲の数も減らされたが、何よりもよかったのは主砲を全廃したことだ。考えてみても、航空母艦が敵艦艇との砲戦に参加するような事態はあり得べからざることであり、それは他の艦艇にまかせればよいことである。現に「蒼龍」と前後して完成したアメリカの中型空母「ヨークタウン」も、最初から主砲は除かれていた。

4

のちに航空機にとって代わられたけれども、軍艦が主兵力であった海軍では、その軍艦をつくる技術者を大切にした。だから昭和十七年に統一されるまでは、造船、造機、造兵の三つに分かれていた技術官の中でも、造船官はエリートとされていた。造船官のほとんどが東大船舶工学科の出身者であり、それも委託《いたく》学生として毎年トップクラスの学生を数人採用するだけだったから、当然といえば当然で、それだけに兵科士官とは違った独特の雰囲気を持っていた。

他の造機や造兵もそうだったが、大学で海軍造船学生の募集がある。海軍学生になると一日一円の手当が出るとか、任官したらいずれ外国に行かせてやるとかいって、優秀な学生を募った。あとになると応募者がふえて、学科試験で選抜をしなければならないほどになったれない。

が、昭和の中ごろまでは面接試験だけで、むしろスカウトといったほうが適切だったかも知

大正十一年四月に東京帝国大学に入った玉崎坦（のち技術大佐）も、一年生四人、三年生一人の仲間とともに面接試験を受けたが、それは何とも他愛のないものであった。

面接の日、東京霞ヶ関の艦政本部第四部に一同そろって出頭し、一人ずつ面接室に呼びこまれた。部屋の正面に長いテーブルが置いてあり、首席諮《し》問《もん》官とおぼしき人を中心に、えらそうなのが数人並んで腰かけている。その前に椅子が一脚あって、受験生はそこに諮問官と向かい合ってすわらされる。

どんなむずかしい質問が発せられるかと、いささか緊張していると、いきなり、きた。

「二十八に十九をかけたらいくらになるかネ」

二十八を二十倍して二十八を引けばいいのを、うっかり十九を引いてしまったので答えはちがった。もう一度聞かれたので、同じ答えをした途端に玉崎は気づいたが、えいめんどうとばかり素知らぬ顔を決めこんだが、計算をしてみたまえといわれた。ポケットから鉛筆を出して計算しようとしたら、

「家に帰ってからで結構」

こんな質問もあった。「円をかくにはどうするかネ」と聞かれて下らん質問をするなと思ったが、すなおにブンマワシ（コンパス）でグルッとまわしてかくと答えた。

「もっと大きな円をかくにはどうするかネ」

「もっと大きなブンマワシでかきます」

「ブンマワシが使えないような大きな円をかくのはどうするかネ」

「長い縄の片方の端を中心にしてグルッと書きます」

このあと質問は「もっと大きな円は」「縄も使えないような大きな円は」とつづき、馬鹿馬鹿しくなった玉崎はついに、

「そんなことは知りません」

こんな試験で玉崎は海軍造船学生になったが、もともと成績優秀なことがわかっている学生だから、学問的な質問をして落とす気などなく、むしろ人間性を見るためのテストであったようだ。


人を食ったような面接試験で海軍委託学生になった玉崎坦が、ぶじ大学を卒業して海軍造船中尉に任官した時代から十二年たった昭和十二年四月十日、第三十六期技術科士官として造船中尉になったばかりの西田正典（のち技術少佐）は、造船、造機、造兵の同期生二十二名とともに、「校内のトンネルをくぐれば軍紀風紀の風が吹く」といわれた横須賀の海軍砲術学校に入校した。

全員、起居を共にして座学、教練、体育、軍歌演習などの教育訓練を受け、「海軍とは」「海軍士官とは」「海軍精神とは」などと教え込まれるのだが、学生服から軍服、短剣に衣替えはしたものの、中身は学生そのままのにわか海軍士官、それもわずか三ヵ月半の短期教

育とあって、ロクに身につかないうちに卒業してしまった。

引きつづき同期生全員の六ヵ月にわたる呉工廠での実習があったが、旋盤、板金、鍍金《めっき》、鋳物などの工作実技や製鉄所、航空廠、兵学校などの見学はともかく、高級料亭での工廠長招宴で生まれて初めてS（エス、海軍の隠語で芸者のこと）に囲まれて御機嫌になったり、退庁後は私服に着替えてクラスメートとSプレーに出掛けるなど、そちらの方では一足先に海軍士官らしくなった。

半年の工廠実習が終わると、明けて昭和十三年一月十日、連合艦隊司令部付に発令されて前期乗艦実習となり、いよいよ本物の海軍に接することになった。

前年秋には「蒼龍」型二番艦の空母「飛龍」が横須賀工廠で進水し、年末には西田らが実習した呉工廠で「蒼龍」が完成しており、航空戦備が着々と増強されてはいたが、時代はまだ戦艦中心、砲戦主体の〝大艦巨砲〟主義が大勢をしめ、いわゆる航空主兵論者は少数派に過ぎなかった。

乗艦実習は艦種により一艦につき二名ないし五名（潜水艦だけ一名）、各艦二十日間の割合で乗艦を指定される。西田造船中尉は戦艦「伊勢」を皮切りに駆逐艦「村雨」、伊号第七潜水艦、巡洋艦「鈴谷」「阿武隈」に乗艦したが、この乗艦実習で西田は、海という大きな自然の偉力や、その中で生活し行動する海軍について多くのものを学んだ。そして軍艦という本舞台の中で接した海軍軍人には、魅力的な人物が少なくないことを知った。

初めて乗った軍艦ということもあったが、戦艦「伊勢」の艦長山口多聞大佐は、とくに西田に強い印象を与えた一人だった。

山口艦長はのちに少将に昇進して、第二航空戦隊司令官となり、四年後のミッドウェー海戦で沈みゆく航空母艦「飛龍」と運命を共にした勇将だが、その闘志を温顔に隠して悠容迫らぬ風情があった。若い士官たちに親しみを抱き、夕食後などしばしば西田ら乗り組みの技術科士官たちを艦長室に招いては座談のときを持ったが、なかでも日本海軍が仮想敵としていたアメリカについての話は、微に入り細にわたって彼らを感服させた。

山口艦長は大正十年二月から約二年間、海軍大尉の身分でアメリカのプリンストン大学に学び、中佐時代の昭和四年にロンドン軍縮会議全権委員随員、大佐時代の昭和九年六月より十一年八月までの二年あまりの間、駐米大使館付海軍武官という経歴をもつ知米派であった。

武官としても、在勤中にアメリカ海軍の現用機、試作機および試作計画中の飛行機の性能表をひそかに入手するなど、当時から航空に深い関心を寄せていたが、その話は単に海軍や航空機のことだけでなく、その資源、生産性、国民性、はては技術官制度にまで及んで、アメリカの恐るべきことを説き、

「ぜひ君たちにも負けずに頑張って欲しい」と激励した。

海軍には単に武骨一辺倒の軍人ばかりでなく、じつにいろいろな人物がいたが、とくに一国一城のあるじともいうべき艦長には、酸いも甘いも知りつくしたというような人が少なくなかった。

西田は戦艦「伊勢」の乗艦実習を終えると、今度は駆逐艦「村雨」に移ったが、一緒に乗

艦した彼の同期生が退艦に際して艦長に提出する感想文に、士官室の猥談《わいだん》は聞くに耐えない野卑なものでジェントルマンたる海軍士官の品性をけがすものである、といった意味のことを書いた。彼は謹厳かつきわめて純情な男だったのである。

「乗艦実習の目的は、さまざまな角度から海軍を理解することにある。君はまだ勉強が足らんな」

話のわかる艦長は、まだホヤホヤの若い造船中尉にそういってからかった。

5

少し前のことになるが、一番艦「蒼龍」は建造命令が発せられてから完成までに、二度にわたる大規模な設計のやり直しがあった。しかも搭載される予定の飛行機も、その後、九四式、九〇式から九六式、九七式に変わり、機体の性能も用法もいちじるしく進歩した。そのほか母艦に対する多くの新しい要望や、改良事項も沢山出ていたし、無条約時代に入ってトン数の制約もなくなったことから、二番艦の「飛龍」はいちおう「蒼龍」をベースとするものの、ほとんど新規設計としてスタートすることになった。

「蒼龍」と違った点は沢山あるが、最も大きな変更は航空本部の要求によって、飛行甲板の最大幅を「蒼龍」より一メートル増して二十七メートルとしたことだった。

その理由は「蒼龍」で塔式艦橋を設けたが、実際に飛行機の離着艦をやってみると、飛行甲板の幅が不足に感じられたからだ。たった一メートルではあるが、このためには船体そのものの幅も大きくしなければならず、図面も書きなおす必要がある。しかも、「蒼龍」が設計中に水雷艇「友鶴」の転覆事件があって設計をやりなおしたように、「飛龍」設計中に今度は「第四艦隊事件」が発生し、強度上の問題から船体構造を見直さなければならなくなった。

第四艦隊事件というのは、昭和十年度の連合艦隊大演習で北洋の暴風雨に遭遇した際、駆逐艦「初雪」「夕霧」の二隻が激浪に艦首をもぎとられて航行不能となったのをはじめ、多数の軍艦が破損するという日本海軍はじまって以来の大事故で、先の水雷艇「友鶴」の事故につづいて、日本の軍艦全体の安全性が問われる深刻な問題となった。

とくに今度の事件の特長は、大幅に採用されはじめた溶接構造艦に多かったことで、最新鋭の巡洋艦「最上《もがみ》」なども、いたるところに溶接はがれや亀裂を生じ、破壊一歩手前の危険な徴候を示していた。設計の不なれや溶接技術の未熟などが重なって生じた不手際であった。

最新鋭艦として期待の大きかった「最上」ですらこんな状態とあって、その後の艦隊の行動も制約を受けざるを得ず、先のトップヘビー事件につづいて二度にわたって起きた事件は、当然のことながら造船官たちに非難の目を向けさせることになった。

「要するに戦艦以外の軍艦は、荒天のときは動けないということか。造船屋は一体何をやっているんだ」

先の西田正典より三期あとの第二十九期技術科士官北村源三造船中尉が、昭和十五年秋に乗艦実習で戦艦「伊勢」に乗り組んだときのことだ。ガンルームではのちに高名な作家となる豊田穣ら兵学校六十八期の少尉候補生と一緒だったが、兵科や機関科の分隊士たちが酒の酔いがまわるころになると、きまって「友鶴」や「四艦隊」の話を持ち出して、悲憤慷慨《こうがい》がはじまるのに驚かされたという。

そもそも、電気溶接構造採用のメリットの第一は軽量化にあった。船体を軽くつくることによって、そのぶん武装強化や性能向上に振り向けられる。そのうえ、一艦について数万本から二十数万本といわれるリベットと、リベット打ちの作業から解放されることは何より魅力だったし、外観もスマートになった。

いいことずくめで始まった船体構造溶接化だったが、欠陥があきらかになった以上、技術的に後退ではあったが元の鋲打構造にもどさざるを得ない。そして溶接構造は軽質油タンクなど、船体構造とまったく切りはなされた強度と関係ない部分にのみ残された。

「蒼龍」型として「飛龍」は「蒼龍」と同時に計画された空母だったが、こうして船体線図のみでなく構造図面も、「蒼龍」とはまったく違った図面で建造されたが、もともと同型艦として計画されたものなので、機関や防御などについては変わっていない。

防御についていえば、機関部および舵取機室などは敵駆逐艦の主砲（五インチ＝十二・七センチ）、ガソリンタンクと弾火薬庫などは敵重巡洋艦の八インチ砲（二十センチ）に耐えるよう設計されていたが、飛行甲板はとくに爆弾防御について考慮されていなかった。攻撃重視の日本海軍の思想のあらわれであり、これがのちにミッドウェー海戦で致命的な弱点となるが、この点では「蒼龍」と「飛龍」の間に完成したアメリカの「ヨークタウン」と「エンタープライズ」が、最初から防御飛行甲板としていたのとは好対照だった。

造船官の中には防御飛行甲板の必要を主張する者もいたが、「その必要なし」として一顧だにされなかった。用兵側としても、それを主張して〝卑怯者《ひきよう》〟と思われたくないという気分があり、造船官の提案に対して内心はそうあるべきだと思いながらも、それを口にすることを避けるようなところがあった。

「肉を切らせて骨を切る」

軍人たちが好んで使った言葉だったが、肉だって切られようによっては致命傷となり、骨を切ることも覚つかなくなる。まして刀で切り合った時代ならいざ知らず、近代兵器を駆使する現代にあっては、その言葉は通用しない。第一、航空母艦が飛行甲板をやられたら、それはフネとしては肉かあるいは皮をやられたに過ぎないかも知れないが、飛行機の発着ができなくなることは完全な戦力喪失であり、母艦としては死んだも同然だ。

今こうして考えれば結論はおのずと明らかだが、まだ航空母艦が実際に戦闘を経験していない時点では、誰もそのことについて明確な判断を下すことは難しかったに違いない。あえていうなら、日本側より基本的に防御を尊重したアメリカ側の姿勢が、少しく攻守のバランスにすぐれ、よい結果をもたらしたということだろう。

「飛龍」は「蒼龍」にくらべて飛行甲板を一メートルひろげ、凌波性《りようは》を向上するために艦首一メートル、艦尾四十センチ、それぞれ乾舷を高くしたが、両艦の外観上の最も大きな違いは艦橋の位置で、「蒼龍」が右舷のやや前寄りにあったのに対して、「飛龍」は左舷中央寄りとなっていることだ。

それまでの日本海軍とアメリカ海軍の航空母艦の外観から見た大きな違いは、飛行甲板上の艦橋と巨大な煙突の有無だった。日本海軍では飛行機の発着艦に邪魔になるという理由で、煙突すら横に曲げて飛行甲板上には何も設けず、まったく平らにしていた。

「蒼龍」「飛龍」以前に建造された「鳳翔」「加賀」「赤城」「龍驤」はみなそれであり、「サラトガ」「レキシントン」などアメリカ空母が飛行甲板わきに大きな艦橋構造物と煙突を設けていたのと好対照だった。

実際に航空母艦を運用してみて、飛行甲板の指揮にはやはり甲板全体を高い位置から見渡せる艦橋が欲しいということになり、「加賀」「赤城」も改装時に塔型艦橋を設けることになった。

艦橋の位置は先に建造に入った「蒼龍」と、ほぼ同時期に大改装が行なわれた「加賀」の二艦は右側のやや前方に設けられていた。右側にしたのは、発着艦する飛行機の経路はすべて左まわりと決められていたため、艦橋が邪魔にならないようにとの配慮からであった。

ところが、艦橋の位置をもっと後方の、甲板の長さの真ん中あたりまで下げて欲しい、という要求が航空本部から出た。工事中の「加賀」と「蒼龍」の艦橋位置を検討した結果、どうも艦橋が前にあると目ざわりで、発着艦の際に操縦ミスをおかしやすいのではないかという懸念《けねん》からだが、艦橋を中央付近まで下げるには、設計上に問題があった。

というのは、そのふきんは舷側に彎曲して突出した煙突があり、これを避けるには煙突の反対舷に艦橋を置く必要があり、左まわりの飛行経路の邪魔にならないよう、艦橋を右舷側に決めたことと矛盾するからだ。

議論の末、「艦橋の位置を後方に下げるほうが発着艦の安全にとって重要であり、左舷に艦橋を置いても差し支えなし」と決定された。その代わり、艦首前方の見とおしをよくするという操艦上の要求から、「飛龍」では「蒼龍」より艦橋を少し高くすることになった。

こうして「飛龍」と、「加賀」につづいて改装工事に入った「赤城」は、左舷艦橋で工事が進められたが、先に工事を終えた「赤城」の公式試運転で、やはり左舷艦橋では着艦しにくいことがわかった。新造の「飛龍」はすでにかなり工事が進んでいたためそのままとされたが、つぎの同じ横須賀工廠で建造された「翔鶴」以降は、ふたたび右舷艦橋に改められた。

アメリカをはじめ外国の空母もすべて右舷艦橋だったことから、全世界の空母の中で左舷に艦橋があったのは「赤城」と「飛龍」だけということになる。

6

「飛龍」の基本設計は、「蒼龍」とともに艦政本部第四部で行なわれ、これにもとづいて現場工事用の詳細設計図は、一番艦「蒼龍」の工事を担当する呉工廠造船部で作成された。

二番艦「飛龍」は、呉工廠から送られた図面のコピーをもとに建造されたが、「蒼龍」にくらべてかなりの変更があったので、その部分については横須賀工廠で図面を起こした。造船部設計の主任は龍《りょう》三郎造船中佐で、「龍」に「飛龍」の設計をやらせるとは、日本海軍もずいぶん味なことをやったものだ。

もちろん偶然だったに違いないが、海軍には同じ勤務地に、同姓を集める妙なくせがあったらしく、たとえば第一期二年現役技術科士官、いわゆる短現一期の大薗政幸造船中尉が、昭和十四年五月下旬に配属になった艦政本部第四部には、班長の福井又助中佐を筆頭に、福井姓が三、四人いたし、大薗と同姓の先輩大輔少佐がいた。

「地方勤務の大先輩がお見えになると、部員一同が近くのレストランで会食する。支払いは均等割が半分で、あとは給料比率だったから、ビリ尻中尉の私には分担金が少なくて、御馳走が頂けた。夏の二種軍装を洗濯に出すと、背格好が似ていて同姓のよしみでもあり、現品はすべて私が受け取って仕分けるが、支払いは大輔先輩という特典？があった。軍服の見分けは、左胸に勲章を吊る糸の有無だった」

造船会編『続・造船官の記録』に大薗はそう書いているが、相手が物いわぬ巨大な軍艦とあっては、龍造船中佐にそんなうまい話はなかったようだ。

設計が終わると現図作業、そして建造工事へと進み、起工から数えて一年五ヵ月後の昭和十二年十一月十六日、「飛龍」は横須賀海軍工廠のガントリー船台から進水した。

この年の七月七日、中国大陸で勃発した支那事変——日中戦争は、拡大の一途をたどり、のちに「飛龍」とともに緒戦の太平洋からインド洋にかけて暴れまわった零戦の前身、十二試艦上戦闘機の「計画要求書」が海軍航空本部から三菱に渡されたのは、その四十日前のことだった。

ぶじ進水式を終えた「飛龍」は、工廠内の小海《こうみ》岸壁に横付けされ、さっそく艤装がはじまった。進水時はまだ船体と機関だけであり、兵装や飛行機発着のための設備、居住施設などを整備してゆくのが艤装作業だが、「飛龍」の場合は船殻工事より、むしろこちらのほうが大変で、起工から進水までより、五ヵ月も余計にかかっている。

外まわりはすっかり完成しているのに、内装や電気、ガス、水道などの各工事が終わらないために入居できないのと同じで、しだいに拡大して行く戦争の中で、はかばかしく進まない艤装工事のため、動かないまま岸壁につながれている「飛龍」を焦燥の思いで見つめる人たちもいた。

その原因は、横須賀工廠の艤装工場の弱体にあったと語るのは、「飛龍」の艤装がはじまって約一年後の昭和十三年十二月、呉工廠から横須賀工廠造船部に、艤装工場主任として着任した前田龍男造船少佐（のち技術大佐）だ。

これまたふしぎな「龍」の縁であるが、充実していた前任地の呉工廠艤装工場にくらべて余りにも狭く、設備の旧式なのに前田は驚いた。

〈船殻工場は呉工廠にヒケをとらないのに、艤装工場がこの有様ではアンバランスがひどすぎる〉

そう思った前田は、さっそく呉の艤装工場をモデルとした改善拡張案をつくり、上司を説得して横須賀鎮守府司令長官経由で海軍省に上申した。

さいわいこの案は認められて実施に移されることになったものの、当座の「飛龍」艤装工事には間に合わない。そこで廠外注文というかたちで、石川島、日本鋼管鶴見、三菱横浜および浦賀の、湾内四社とよばれた四民間造船所の助けを借りた。

当時の海軍工廠は仕事になれていること、設備の充実していること、工員の優秀さなどあらゆる点で民間会社にまさり、しかも間接費が高く利益も計上しなければならない民間会社より、ずっと安くできたのである。

前田が以前に艦政本部第四部で予算部員の補佐をしていたとき、三菱長崎造船所に発注することになった巨大戦艦「武蔵」の船殻建造に対する三菱側の要求単価が、ほとんど完成に近づきつつあった呉海軍工廠の一号艦「大和」の実質単価の二倍に達して、問題になったことがあった。交渉の結果、発注の際は少し削られたものの、このことから三番艦「信濃」は横須賀海軍工廠で建造されることになった(船台の関係もあったが)。

そんなこともあって、海軍としても造艦造修工事はできるだけ海軍工廠でやりたかったが、五月と十二月の補充交替で、艦隊の艦艇が修理のためどっと母港に入ってくるので、殺到する仕事をさばき切れなかった。

そこで前田の後輩の山口宗夫(のち技術中佐)が、修理の能率向上をはかるため、国鉄の大宮工機工場を見に行ったことがある。

当時国鉄は、世界の鉄道の中でも最高の規律と技術を持っていた。修理車はすべて事前にチェックされ、工程計画と必要な部品の準備が行なわれる。そして能率よく作業が進められ、二、三日で新車同様になったD51やC57が出てくる。

〈これだ〉それを見た山口は思った。

フネが入港してから、あれこれやったのでは間に合わない。補充交替で入港する前に、艦隊のほうであらかじめ必要な修理個所を調べて報告させ、国鉄と同じように事前に計画や部品手配をしておけば能率はずっと上がるはずだ。

海軍が国鉄から学んだ話だが、それはもっとあとの話で、当面の「飛龍」の艤装は艦隊入港のあおりを受けて遅れた。

とはいうものの、海軍工廠の工員は優秀だった。彼らはプライドを持ったクラフトマン（熟練者、匠《たくみ》）たちであったが、工廠によって工員かたぎに少しずつ違いがあった。

「横須賀工廠造船部の工員は、呉にくらべて少しおとなしく、よくいうことを聞いてくれて仕事がしやすかったが、積極性では呉のほうがまさっていたように思う。それだけにクセがあり、彼らの使い方には十分な気配りの必要があった」

両方を経験した前田はそう語るが、その比較的従順な横須賀の工員でも、怒らせたら厄介なことになる。以下は『造船官の記録』に「へそまがり思い出の記」を書いた玉崎坦技術大佐（昭和十七年十一月、造船、造機、造兵に分かれていた技術科士官の呼称を、技術一本にまとめることになった。したがって、それ以降の階級は技術○○となる）の体験だ。

昭和七年暮れから翌年春の間の出来事と玉崎は記憶している。艤装工場の担当部員として、空母「龍驤」の艤装に取り組んでいた玉崎は、ある朝、出勤したところ、前夜、事件があったことを聞かされた。

「龍驤」の引き渡し期日が迫っていたので、玉崎の命令で現場では徹夜作業をやっていた。ところが、当直艤装員のさる機関大尉がうるさくて寝られないと、酔った勢いで艤装の組長を丸太ン棒を持って追いまわしたので、逃げるとき転んだその組長は、顔に怪我をしたというのだ。

これを聞いて怒った玉崎は、さっそく出かけて行って機関長に抗議した。

「昨夜、機関の艤装員が乱暴したそうだが、寝ないで働いている職工に、酔って危害を加えるようなところでは、あぶなくて仕事をつづけられない。よって話がつくまで作業員を引き揚げさせる」

そう宣言して工場に帰り、係員に作業を中止して引き揚げるよう指令した。少しやり過ぎたかなと思ったが、今さら引っ込みがつかない。工場の事務所の窓から外の様子を見ていると、やがて指令が届いたのか、浅間ヶ崎の岸壁につながれた「龍驤」からゾロゾロと引き揚げてくる。それにしても人数が多く、〈変だな〉と玉崎もいささか心配になった。

「馬鹿に数が多いと思ったら、なんと造船、造機、造兵をとわず全員引き揚げて、艤装工場前に集まってきたのにはさすがに驚いた。横須賀の職人は雷同性もあるが、気骨みたいなものがあり、今でいえば一種の同情ストだ。予期しない結果になってしまったが、こうなっては度胸をすえてなりゆきを待つしかない。コチコチのクリスチャンだという機関長が、緊張した顔つきで艤装事務所へやってきた。母艦へ日本ではじめて着艦したという有名な吉良俊一副長が、池田（耐一、造船大佐）部長のところに諒解を求めに行ったとか。問題を起こした機関大尉は然《しか》るべく処分をするから、仕事をつづけてもらいたいという。そこへ予期していたとおり、池田部長から、『お前やったな。いい加減にヘソを曲げないで仕事をつづけろ』と電話がきた。艦側との話もついたことでもあり、ただちに職場復帰を命じたら、また見事に総員ゾロゾロと龍驤に帰って行った。ヤレヤレといったところだ」

玉崎坦三十三歳のときの出来事だった。

第二章　生ける龍

1

「飛龍」が進水して艤装工事に入ってから二年目の昭和十四年早々、政変があって近衛内閣（第一次）から平沼騏一郎内閣に変わった。海軍大臣の米内光政大将、次官の山本五十六中将は留任し、軍務局長井上成美少将と組んだ「日独伊三国同盟」反対の強力トリオは健在だった。

この政権交替から三週間後の一月二十六日には、艦政本部長も上田宗重中将から塩沢幸一中将に変わった。ただし、こちらのほうは政変とは関係なく、横須賀工廠小海岸壁につながれて艤装工事中の「飛龍」には、いささかの影響も及ぼさなかった。

昭和十二年十一月の進水から数えて十四ヵ月目に入った「飛龍」の艤装工事も、工廠の工事量の増大による工数不足が原因の遅れを除けば、「鳳翔」「加賀」「龍驤」など、それまで横須賀工廠で艤装を手がけた空母が、経験不足からいずれも相当な困難に直面し、工事途中での図面の大幅な書き直しや構造変更で、ひどく手こずったのにくらべて、むしろ順調といってよかった。

軍艦の艤装は、ある程度、工事が進むと、実際にそのフネに乗り組んで運用する人たちが加わる。艤装員とよばれるこの人たちの仕事は、設計や建造の段階で見落とされた使い勝手などの細かな点について改良を指示することもあるが、むしろ竣工後の乗組員予定者として早くからそのフネに慣れさせておこうというのが狙いだ。

当然この間は陸上勤務となり、下宿先から工廠に通う毎日となるので、海上勤務に明け暮れる海軍軍人にとっては、いっときのオアシスともいえた。

艤装員長はたいてい艦長予定者がなる。「飛龍」艤装員長には昭和十三年八月十日に城島高次大佐が発令されたが、わずか四ヵ月で、この年の十二月十五日に竹中龍造大佐に代わった。またしても「龍」であり、この竹中大佐が翌十四年四月一日に初代艦長として、正式発令になった。「飛龍」はよくよく「龍」に縁のあるフネだった。

このころから士官だけでなく、下士官兵もぞくぞく乗り込んできた。

甲斐義一一等機関兵曹（宮崎県延岡市）もその一人で、横須賀で甲斐が乗艦したときの「飛龍」は、「外観はでき上がっているように見えたが、艦内にはパイプが縦横に走り、圧縮材が力強くひびき、変圧材がうなり、リベット打ちの音が、高らかに『飛龍』の誕生を叫びつづけるかのようにこだましていた」（甲斐）というような状況だった。

三年以上にわたった駆逐艦生活から陸に上がって、佐世保海兵団付になっていた阿久根英夫一等機関兵（大阪府茨木市）は、新鋭大型空母「飛龍」の艤装員と聞かされたときは同年兵と手を握り合って喜び、勇躍、横須賀にやってきた。

「飛龍」に乗艦後、間もなく決まった阿久根の配置は右舷前部機関室だった。さっそく、機関室に降りた阿久根の目にしたのは、機関兵として夢の世界であった。

「操縦室にある正面の数多くの計器が目につくと同時に、手にさわる主機械の前後進操縦弁のハンドルを動かしてみる。そして、いつの日か運転下士官として、このハンドルを操作することを思った」

阿久根の追想だが、海軍工機学校普通機関科教程を修了した出田数良一等機関兵（大阪府高槻市在住）が艤装中の「飛龍」に乗り組んだのは、阿久根より約一ヵ月あとの五月三日で、すでに実兄が砲術科倉庫長として乗り組んでいて、うらやましがられたというから、この時点では乗組員もかなり揃《そろ》っていた様子がうかがえる。そして、この前後から工廠側の担当者たちと乗組員も加わっての、各種のテストが開始された。

2

「飛龍」が、いよいよ生ける「龍」として動き出したのである。

フネは艤装工事の途中でも、個々の装置や関連機器については、それが可動あるいは使用可能の状態となったとき、別個にテストされる。

心臓部ともいうべきタービンをはじめ、造水装置、冷房、冷凍装置、復水器、舵取装置、昇降機（エレベーター）などの機能テストが連日のように行なわれ、回転計、温度計、懐中電灯、記録板に筆記具などを持った工廠担当者の真剣な姿が艦内のあちこちに見られる。

鉄のかたまりである軍艦の中は、換気が充分でないこともあってかなり暑く、とくに熱を発する缶室（ボイラールーム）や機械室（エンジンルーム）などは、室温が四十度を超えることもザラだった。こうした中で作業をし、生活をする兵員はラクではないが、攻撃重視の日本海軍では居住性の向上に関する施設は比較的おくれていた。しかし、「飛龍」の時代になるとかなり改善され、冷房も一部には実施されてしのぎやすくなっていた。もっとも、この冷房装置は弾火薬庫の温度上昇を防ぐのが主目的で、人間はいわばそのおすそ分けにあずかったのである。

装置あるいは機器の中でも、長期にわたって海上を行動する軍艦にとって大切な造水装置（海水を淡水化する装置）などのテストは、工廠関係者たちも泊まりがけの長時間運転になるため、テストが終わる頃には、海軍で煙管服とよばれていた白いつなぎの作業衣も真っ黒になった。

航空母艦特有の装置として「飛龍」にはエレベータ、遮風柵、飛行機の制止索、夜間着艦用隠顕式甲板照明灯（通称ガマ灯）、防火扉、炭酸ガス消火装置、発着艦の邪魔にならないための起倒式無線塔、ガソリンポンプ装置などがあったが、とくに難かしかったのはエレベーターのテストだった。

「飛龍」には飛行甲板の前から順に十六メートル×十一・六メートル（前部）、十二メートル×十一・五メートル（中部）、十メートル×十一・八メートル（後部、いずれも横×縦）の、三ヵ所に飛行機昇降用のエレベーターが設けられていた。空母に搭載される飛行機は、すべてこのエレベーターに載るように設計され、艦攻や艦爆は長い翼を折りたたむようになっていたし、十二メートルの翼幅がある零戦二一型の両翼端が五十センチずつ上方に折れるようになっていたのも、そのせいである。

飛行甲板の下は上、下二層の格納庫があり、この三基のエレベーターとの組み合わせによって、飛行機の移動が迅速に行なわれるようになっていた。

飛行機の出し入れは、このエレベーターによって大体一分間に一機ずつの割合で行なわれるが、停止したときの飛行甲板や格納庫との段差が大きすぎると、作業がスムーズにいかなくなるので、その段差はプラスマイナス二十ミリ以内と決められていた。

エレベーターの台の一角には小さなレセス（退避所）が設けられていて、運転員はこの蓋をあげて中に入り、頭を少し出して運転する。最初ゆっくり途中早く、そして最後は微速で止めるが、止めた時に甲板より下がったり上に出過ぎたりで、なかなかピタリとはいかない。

格納庫の高さは大体五メートルくらいだから、今の高層ビルの一階と同じくらいと思えばいいが、エレベーターそのものがとてつもなく大きくて重いうえに、飛行機をのせているので、このプラスマイナス二十ミリにはひどく神経を使わなければならなかった。

余談だが、このエレベーターが飛行甲板の中心に設置されていたことが、のちにミッドウエー海戦では「飛龍」の命取りになった。「飛龍」には敵艦上爆撃機が投下した一千ポンド（約四百五十キロ）爆弾四発が命中したが、そのうちの一発が前部エレベーターを吹き上げ、飛行甲板に大穴をあけてしまったために、飛行機の発着艦が全くできなくなり、航空母艦としての機能を喪失してしまった。

現代のアメリカ空母「ミッドウェー」や「インディペンデンス」のエレベーターが、すべて飛行甲板を避けて舷側に設けられているのは、この戦訓にもとづくものだ。

舵取装置、エレベーター、砲塔油圧装置など、重要な装置に関しては、繰り返しテストが行なわれ、一つ一つ性能が確認されたところで、実際に航走しての各種試験に入った。

各種試験の中でも、ハイライトは何といっても速度試験だ。

慣熟の意味もあって乗り組みが決まった兵員も加わり、他の船舶の航行のさまたげにならないよう東京湾の外に出て行なう。

速度試験は海上のあらかじめ決められた位置に設けられたマイルポストとよばれる標柱間を走行して、所要時間から艦のスピードを割り出すもので、微速にはじまって巡航速度、第二戦速、第三戦速としだいにスピードを上げて行き、最後はクライマックスともいうべき、タービン全力運転による最大戦速試験となる。

計画では、「飛龍」の最大速度は三十四・五ノットとされていた。全力を出し切ったとき果たしてどれだけのスピードが出せるかは、攻撃力とともに艦の生命ともいえる大切な要素であり、少しでも余計に出したい。

「全力運転、試験、配置につけ」

指令が飛ぶ。いよいよ全力試験の開始とあって艦内には緊張が走る。

もっとも実際の指令は、聞き取りやすいように「全りよーく、うんてーん、配置につけえー」と、すべて語尾を伸ばすから、のどかに聞こえるが――。

機械室で速力通信器の針を最大戦速の位置に合わせるのは先任機関兵曹の仕事だ。それは四月に艤装員付として「飛龍」に乗り組んだ阿久根一等機関兵の、あこがれの配置であった。

スロットル全開。蒸気タービンの回転が上昇するにつれて振動や騒音が高まり、機械室を熱気が包む。温度が四百度近くにもなった蒸気が、すさまじいエネルギーでタービンの羽根にぶつかり、パワーを生み出す。

漫画の鉄腕アトムは十万馬力だったが、「飛龍」はそれより五十パーセントも多い十五万二千馬力だ。艦尾の海中にある四軸のプロペラが、強大な抵抗に打ち勝って海水を後方に押しやり、そのせめぎ合いで機械室は震え出し、艦全体が異様なきしみ音を発する。

生まれたばかりの「飛龍」は、いまや本物の「龍」と化したかのように、波を蹴立てて海上を疾駆しはじめた。

「マイルポスト五分前、用意」

「四分前」

「三分前」

例の語尾を伸ばした指令が艦橋のスピーカーから次々に発せられ、最初のマイルポストを過ぎたところで計測が開始された。

最大戦速試験はマイルポスト間を何回か往復して行なわれるが、期待にたがわず「飛龍」は計画を上まわる三十五ノット近い最高速度を記録した。

最大戦速試験と同時に操舵試験も行なわれた。

「飛龍」は艦尾に左右二個の操舵装置を持っているが、ふだんはどちらか一方を使い、必要に応じて切り替えて使えるようになっていた。このテストは艦橋の操舵輪操作に応じて、左右の舵を動かすテレモーター装置が正常に働くかどうかをためすもので、左から右、あるいは右から左に切り替えるときは、舵を直進状態にしておく。しかし、切り替えが済んで操舵の可能になるまでに若干の時間がかかるので、この間に前方に予期しない船舶が現われても、こちらから避けることはできない。しかもこのテストは、最大戦速の状態で行なわれるのだ。

操舵試験は艤装工場主任が主務となって行なう。前田龍男造船少佐は、艦長とともに艦橋に陣取ってこのテストを指揮した。

「舵切り替え始め」

「右コック閉めろ」

「左コック開けろ」

前田がつぎつぎと発する指令は、電話と伝声管で舵取機室に伝えられる。そこでは乗組員がキビキビと動き、工廠の計測員が真剣な面持《おもも》ちで計測を開始する。

やがて、舵取機室から「切り替え終わり」の復命があって、前田が、艦長に報告する。

「艦長、切り替え終わりました」

この間、約一分。艦は相当の距離を進むが、舵がききはじめると緊張していた艦橋にホッとした空気がただよう。

こうして最大戦速での右旋回、左旋回についてのテストが行なわれ、舵の利き、艦の傾斜をはじめ、沢山のポイントについて詳細なデータが集められた。

ミッドウェー海戦の際、たまたま断雲の下にあって敵攻撃隊に発見されるのが遅れたという幸運があったにせよ、艦長加来止男大佐のみごとな操艦によって、「飛龍」が最後まで残って奮戦できたのも、三十五ノット近い高速とこの舵の利きに負うところが大きい。

3

決められた一連のテストがすべて終わると、最後に艦政本部、軍令部、艦隊のおエラ方やエキスパートの立ち会いのもとに、公式試運転が行なわれ、船体関係のテストはすべて終了したことになるが、空母にはもう一つ重要なテスト、すなわち飛行機の着艦試験がある。

「飛龍」の着艦試験は、六月中旬から下旬にかけて行なわれた。

東京湾外に出た「飛龍」は、航行船舶のコースから外れた洋上で、風に向かってしだいにスピードを上げた。陸上は入梅のはしりとあってむし暑かったが、洋上では涼しい海風が心地よく、飛行甲板の両脇に設けられたレセスに入った発着機工事関係者たちは、眼の高さに広がる飛行甲板上で、これからはじまろうとしている飛行ショーに、少しの不安と大きな期待を抱きながら待機していた。

飛行機を連続して収容する場合、先に着艦した飛行機は前部エレベーターで飛行甲板の下の格納甲板に降ろすか、前部飛行甲板にためる。このため前部エレベーターの手前に滑走制止索とよばれる防護装置を設け、不良着艦の後続機が降下中のエレベーターの穴に転落したり、たまっている飛行機に突っ込んだりするのを防ぐようになっていた。

いってみれば鳥の「かすみ網」みたいなものだが、これがあるため、全長二百十七メートルある「飛龍」の飛行甲板のうち、実際に着艦に使えるのは三分の二くらいになってしまい、着艦に必要な距離が得られない。発艦の場合はそれはないけれども、後部甲板にいっせいに飛行機を並べるので、使える範囲はもっと短くなる。しかし、もし向かい風があれば相対的に飛行機の速度は遅くなり、そのぶん着艦も発艦も距離が短くてすむ。そこで空母は風に向かって走り、できるだけ速い風をつくり出す必要がある。

このほか着艦距離をさらに短縮するため、後部飛行甲板の飛行機が着艦するあたりに制動索とよばれるワイヤーを張り、飛行機の尾部から垂らしたフック（爪）をそれに引っかけるようになっていた。この方法は今の航空母艦にも使われているが、制動効果は強力で、当時の最新鋭機だった九七式艦上攻撃機（九七艦攻）でも、二十メートルくらいで停止することができた。

この制動索は直径十六ミリくらいの太い特製のワイヤーで、ふだんは甲板上に接触しているが、飛行甲板の横のレセスにいる兵員の操作でワイヤーを張っている支柱を起こすと、甲板上約三十センチの高さになる。

こうした制動索が「飛龍」では約六メートル間隔で十本ほどあり、着艦した飛行機のフックがそのどれかに引っかかると、他の制動索の支柱は倒される。この操作は自動ではなく、それぞれの索についている操作員によって行なわれるので、全員の息がピッタリ合わなければならない。

テストは装置をつくった海軍航空技術廠（空技廠）発着機部、工廠、「飛龍」乗組員に、空技廠飛行実験部が参加して行なわれた。

この日午前、「飛龍」からの「着艦用意ヨロシ」の通信で前席に操縦の柴田弥五郎大尉、中間席に西良彦技手、後席に森永良彦大尉と、いずれも空技廠飛行実験部の三人が乗った九七式一号艦上攻撃機が、横須賀航空隊（横空）の飛行場を飛び立った。

館山の町並みを左下に見ながら東京湾を出ると、すぐ大島沖を航行中の空母「飛龍」と、その後方約八百メートルで続航する駆逐艦が見えた。

高度約一千メートル。天気もいいし気流も悪くなく、発着艦のテストには絶好の日和だった。

母艦を発見した艦攻は高度を下げはじめたが、長さ二百十七メートル、幅二十七メートルの広大な飛行甲板も、上空からは細長い板切れ程度にしか見えない。

〈あんなところに降りられるのかな?〉

西がいささか不安になったところへ、伝声管を通して後席の森永大尉がおどかした。

「オイ西君、もし着艦に失敗して母艦からこぼれたら、あれ(駆逐艦)が拾ってくれるんだぞ」

よく見ると、艦首から蒸気を出して風向きを示している空母はたいして波を立てていないのに、駆逐艦のほうはまるで卵の泡立てのような凄い白波が見える。海面下の深さや船体の大きさと形状による違いだが、着艦の経験がはじめてという西の頭に、〝もし万一……〟という思いがチラッとよぎる。

規定に従って左旋回でエンジンを絞《しぼ》りながら着艦のパス(経路)に入った九七艦攻は、いよいよ高度を下げながら「飛龍」に近づいて行く。九七艦攻の着陸速度は六十ノット(時速百十キロ)から六十二ノット(同百十五キロ)で、空母自体もその半分近いスピードで航走しているから、相対速度は三十ノット、時速六十五キロくらいだから、かなりゆっくりした感じになる。

接近するに従って、それまで細長い板切れに見えた飛行甲板が急激に大きくなり、機体が揺れてハッと思う間もなく、艦尾をかわって着艦。飛行機の尾部から下げられたフックが甲板上に張られた一本のワイヤーを捉えると、ワイヤーが伸びて機体の速度が減殺され、三点姿勢で着艦したのがいったん尾部を上げて前につんのめるようなかたちになったあと、尾部がストンと下がって停止した。

この間ほんの二、三秒。着艦してフックがワイヤーに引っかかったときのショックにそなえ、西は両手を前に出して突っ張っていたが、「思ったよりそれは小さかった」という。

着艦の直前に機体が揺れたのは、艦尾の乱気流のせいとあとで聞かされて知った。

飛行機が停止すると、関係者たちがパラパラと駆け寄り、停止した位置をもとに、素早くワイヤーの伸びを計測する。計測が終わるとフックからワイヤーが外され、ワイヤーは甲板上をのた打ちながら、ふたたびピンと張られた元の状態にもどる。

着艦してみると、さすがに空母の飛行甲板は広いと思ったが、完全に停止したとたんにフネが大きくピッチングしているのに気づき、船酔いに弱い西は急に気持が悪くなった。

このあと発艦と着艦を繰り返し、甲板上に張られたワイヤーの一本一本について同じようなテストを行なうのだが、空技廠飛行実験部のベテランパイロット柴田弥五郎大尉のウデはさすがで、一番うしろの方から順々に引っ掛けるという名人芸を披露してくれた。

「うまいもんだなあ」

見ている者の中から嘆声があがる。

「艦橋付近では空技廠の仲間が盛んに動きまわっているのが見えたが、飛行機からは降りないので何をしているのか聞くこともできなかった。

この日の試験は、工廠側が母艦を艦隊に引き渡すための母艦側の試験であり、われわれはそのお手伝いをした訳だが、ぶじ仕事を終えて横須賀飛行場に帰る機上での気分は格別だった」

西の思い出であるが、西もいっているように、この日のテストは発着装置の具合をためすもので、別に九六艦攻、九六艦戦など、搭載予定の各機種による着艦テストも行なわれた。

4

このあと、すべての公式テストと残存工事を終えた「飛龍」は、昭和十四年七月五日に伏見宮のご臨席のもとで引渡式が行なわれ、初めて軍艦旗が掲揚された。

これで晴れて艦隊の仲間入りをしたことになるが、すぐには編入されず、即日第一予備艦となった。乗組員や飛行機搭乗員などの慣熟訓練のための時間が必要だったからで、引渡式のあと、「飛龍」はただちに母港となった長崎県佐世保軍港に向けて出港した。

途中、伊勢湾に入港し、乗組員全員が伊勢神宮に参拝して武運長久を祈願したあと、「飛龍」は一路母港を目指し、翌々日、在港全艦船の注目の中を佐世保に入港した。

「じつに晴々として最高の気分だった」

それは「飛龍」全乗組員に共通した感想だったが、しずしずと入港する新鋭空母「飛龍」の雄姿は、他の艦船乗組員たちにとって羨望《せんぼう》の的であった。

一同気分をよくしての佐世保入りだったが、あとがいけなかった。入港して数日すると、艦内に突然パラチフス患者が発生し、それが次々に伝染したことから大騒ぎになった。

食中毒か水あたりかは不明だったが、患者はやがて全乗組員の七十パーセントにまでひろがり、伝染病とあって患者を検疫所に隔避するとともに、艦内では大消毒が行なわれるという事態になった。新鋭空母もこれでは形なしで、残った健康な兵員が約二百五十名ではどうにもならず、「飛龍」は完全なマヒ状態となった。

猛威を振《ふる》ったパラチフスだったが、若く鍛え上げた肉体がそれに打ち勝って二、三ヵ月でおさまり、兵員の復帰とともに艦内にはふたたび活気がよみがえった。

「飛龍」がパラチフス騒動でてんやわんやだったころ、外の世界もまた大きな動きに見舞われていた。陸軍が押す日独伊三国同盟は米内、山本、井上の海軍トリオによる強力な反対でなかなか実現を見ず、日本のはっきりしない態度に苛立《いらだ》ったドイツが八月二十一日、突如として「独ソ不可侵条約」を締結した。

全面的な軍事同盟を意味する三国同盟こそ結ばれてはいなかったものの、「日独伊防共協定」が存在し、ソ連共産主義の拡大を排除する方向で、日本とドイツは足並みを揃《そろ》えていた。だからドイツの行動は明らかに協定違反であり、狼狽した平沼騏一郎内閣はそれから一週間後の八月二十八日、有名な「欧州の天地は複雑怪奇……」の言葉を残して総辞職した。

内閣の総辞職で海軍大臣も米内米政大将から連合艦隊司令官だった吉田善吾中将に代わったが、吉田の後任には、米内大臣のもとで次官だった山本五十六中将が任命された。

航空主兵論者の旗頭であり、航空について深い理解のある山本中将の長官就任は、「飛龍」にとって良いニュースだったが、その直後の九月一日にドイツ軍がポーランドに侵入し、三日にはイギリスとフランスが対独宣戦布告をして、第二次世界大戦が起きた。海の向こうの出来事ではあっても、いつの日かその戦火がアジアや太平洋に及ぶことを誰もが予感し、パラチフス騒動がおさまるのを待って本格的な訓練が開始された。

昭和十四年十一月十五日、乗員の訓練と万全の整備を終えた「飛龍」は、僚艦「蒼龍」とともに晴れて連合艦隊第二艦隊第二航空戦隊に編入され、第一線空母としての第一歩を踏み出した。

「艦隊に編入されてからの訓練は実戦さながらの猛烈さだった。わが機械室では、補助機械を一戦速先行させる操作、巡航タービンの嵌合離脱の操作など、その熟練を強要された。騒音に満ちた機械内での命令、指示、報告などでは手先信号が重視されたが、その確実迅速を期するため、しばしば競技会も開かれて練度の向上をはかった」

阿久根一等機関兵は『空母飛龍の追憶』の中にそう書いているが、飛行機隊の訓練も相当なもので、なかでもその猛訓練を陰で支える整備員には苦しい毎日であった。

十一月十五日の艦隊編入と同時に、艦長は艤装員長時代から一年弱を「飛龍」の熟成につくした「龍」の竹中龍造大佐から横川市平大佐に代わった。

第十六分隊艦攻整備の佐藤松太郎三等航空兵（長崎県時津町）が、「飛龍」乗り組みを命じられたのは艦長交替の六日前、十一月九日だった。

佐藤は佐世保海兵団出身だったが、海兵団の教育を終えると同期の十名とともに、空母「赤城」乗り組みとなった。あこがれの艦隊勤務ではあったが、新兵時代を横鎮（横須賀鎮守府）管下の「赤城」の兵隊にしごかれて過ごしたので、「同期生十名はともにわが家に帰ったような気持で、佐世保入港中の『飛龍』に乗り組んだ」という。

佐藤の配置は艦攻整備で、佐藤がエンジン整備、同期の和田広直（香川県志度町）が同じ分隊の補機班だった。

いま、横須賀を母港にしているアメリカ空母もそうだが、空母が入港する前に飛行機隊はひと足先に陸上基地に飛んで行ってしまう。停止した空母からは発艦も離艦もできないからだが、整備員たちは空母が入港したあと、数名の分隊要員を艦内に残して、陸路、飛行機隊が先に行った大村基地に向かった。

このころ、艦上攻撃機は複葉の九六艦攻から、新しい低翼単葉引込脚の九七艦攻に代わり、「飛龍」は全部で十八機を搭載していた。これが三年後のミッドウェー海戦で敵空母「ヨークタウン」に致命傷を与えることになるのだが、機体整備は飛行班の十一、十二両分隊、そのエンジン整備が佐藤たちの担当だった。

基地物件の搬入設営が終わると、翌日からさっそく飛行訓練が開始され、それはまだ薄暗い早朝にはじまり、薄暮、夜間と終日くり返して行なわれた。

陸軍の飛行機と違って海軍の艦上機の離着陸は、広い飛行場といえども、空母の飛行甲板に見たてた狭い限られた区画で行なわれる。

だから着陸も、前輪と尾輪を同時に地面に叩きつけるような激しい操作になる。

この離着陸訓練にはじまり、洋上索敵航法、水平爆撃、雷撃訓練、空中戦、射撃訓練など実戦まがいの訓練に移って行くが、それを目にする整備員たちが、

「日に日にうまくなってゆくようだ」

と感嘆するほどに、訓練の成果はあがった。

しかし、搭乗員の訓練飛行時間が長くなると、それだけエンジンを機体から取りはずして分解整備をするものがふえる。

ときには整備が間に合わず、食事時間も惜しんで早朝から深夜に作業が及ぶこともしばしばだったが、整備員たちは油まみれになって働いた。

エンジン整備で一番苦労したのは、点火プラグの調整だった。

九七艦攻のエンジンは十四気筒で、一気筒あたり二個あてついているから、全部で二十八個の点火プラグがある。このプラグが悪いと、空中でエンジンが止まったりして墜落の原因になるので、その分解洗浄や電極調整はとくに苦心を要した。

こうして整備ひとすじに明け暮れる整備員たちであったが、佐藤によれば、

「それでも狭くてうす暗い艦内から解放され、緑の草原での毎日の作業はたのしかった。それに雨天、強風などで飛行作業ができないときは休養が与えられ、基地周辺の町や村へ出かけて鋭気を養った」という。

大村基地での一ヵ月にわたった飛行訓練が終わると、訓練開始のときとは逆に、整備班が先に母港佐世保に待機していた「飛龍」にもどり、出港後に飛来した飛行隊を洋上で収容した。

どの飛行機も訓練開始前とは見ちがえるような着艦をやってのけ、訓練の成果をまざまざと示していた。

5

年が明けて昭和十五年になった。

一月末に佐世保を出港した「飛龍」は、引きつづき洋上訓練をしながら、沖縄本島の中城《なかぐすく》湾に入港し、飛行機隊はふたたび陸《おか》に上がって基地訓練に精を出したが、こうして半年にわたる訓練の成果をふまえ、「飛龍」にもいよいよ戦地出動の機会が与えられた。

三月二十六日、「飛龍」は僚艦「蒼龍」とともに中城湾を出港し、洋上で飛行機隊を収容した。技倆はさらに上がり、どのパイロットもむずかしい着艦をいとも容易にこなすようになっていた。

戦闘機隊、艦爆隊、艦攻隊と、つぎつぎに着艦してくる飛行機を収容する母艦側要員の動作も板につき、飛行機は素早くエレベーターにのせられ、飛行甲板下の格納庫に収容された。

中城湾を出て一週間後の四月二日、「飛龍」は台湾の基隆《キイルン》に入港した。

与えられた任務は、第一艦隊とともに南支方面で策動するイギリス極東艦隊や、当時仏領インドシナとよばれていた地域（今のベトナム）を植民地としていたフランスへの示威が主で、戦地勤務とはいっても戦争の重苦しい影は少しもなかった。

南シナ海一帯を遊弋《ゆうよく》する艦隊の任務は、南支沿岸の制圧とフランス領インドシナ（仏印）に対する示威行動であったが、第一、第二両航空戦隊による福建省の大燈嶼爆撃を最後に一週間にわたった作戦行動を終えて第一艦隊は高雄に、第二艦隊は基隆にそれぞれ分かれて入港した。

「蒼龍」「飛龍」の第二航空戦隊は第二艦隊所属なので基隆だったが、内地しか知らない多くの乗組員たちにとってはすべてが物珍らしく、

「上陸休養したときの思い出はいまだに脳裏を去らない」

というほどに愉快なものであったらしい。

その休養も束《つか》の間、艦隊は三日後に出港した。第一、第二両艦隊が琉球列島をはさんで南北に分かれ、演習を行なうためであった。

第一艦隊に属する一航戦の「赤城」「加賀」と、第二艦隊に属する「蒼龍」「飛龍」の、空母部隊同士の決戦だったが、演習二日目の四月六日に思わぬ事故に見舞われた。

この日、琉球列島の北部海面にいた二航戦の「蒼龍」「飛龍」から、まず数機の艦攻が発進し、索敵のため扇状に南下した。少し遅れて艦爆隊が攻撃のため、つぎつぎに二隻の空母から飛び立った。

天気は悪くなかったが断雲が多く、先に出た索敵機からの敵発見の報がなかなか届《とど》かないので、燃料不足を心配した艦爆隊の指揮官が引き返そうとしていたとき、「飛龍」の艦攻分隊長松村平太大尉（東京都練馬区）機が、断雲の下に見え隠れする「赤城」を発見した。松村機の打電によって艦爆隊は「赤城」を攻撃し、演習は大成功に終わったが、あとがいけなかった。

攻撃を終えて帰途につこうとした艦爆隊の前方に、この時期によくある大陸特有の猛烈な黄砂が立ちはだかったのである。この黄砂は春の乾期によく起きる現象で、強い季節風によって、高く舞い上がった黄色い大陸の砂ぼこりは、風向きによってしばしば日本列島にも押し寄せるひどいものだ。

発艦したときはその兆候もなく、わずか二、三時間のあいだの出来事だったが、視界が極度に低下したので、艦爆隊は燃料不足の緊急信を送りつつ帰投を急いだ。

このため演習は中止となり、「蒼龍」と「飛龍」は飛行機隊収容のため急いで南下したが、艦爆隊は黄砂にさえぎられて母艦を発見できず、全機、石垣島に不時着した。

さいわいたいした怪我《けが》人もなかったが、へたをすれば大量遭難の大惨事となるところだった。

この演習のあと二航戦は内地に帰り、飛行機隊は陸上基地に移って訓練を続行したが、千葉県館山基地での訓練中、五月下旬に連続して二回も墜落事故が発生した。

このときの訓練項目は夜間照明下の降下爆撃で、艦爆隊のほかに、目標を浮かび上がらせて爆撃を容易にするための照明弾を落とす艦攻二機が参加したが、事故はその艦攻に起きたのである。

照明弾は正式には吊光照明弾といい、飛行機から投下されて落下傘が開いてから十秒後に発光するようになっており、その明るさは百万燭光で三分四十秒間持続するという、敵のアメリカも感心した優秀兵器だった。

二機の艦攻が目標上空でこれを十二個も落とすので、その明るさは大変なものだが、なれない照明隊の二番機がこの明るさに眩惑《げんわく》されて墜落し、中間一飛曹ら搭乗員三名が殉職した。

この訓練は艦攻分隊長松村平太大尉みずからやることになっていたが、その直前に試験飛行でエンジン故障のため不時着し、計器板に顔面を打ちつけた松村が入室してしまったので、臨時編成の不なれな搭乗員で行なわれたせいだった。

そこで改めて搭乗員を厳選して訓練を実施した。責任上、松村も顔に繃帯《ほうたい》を巻いたままの姿で指揮所に出て、結果を見守った。

やがて爆音が聞こえ、漆黒《しっこく》の夜空に照明弾が一つ、二つと輝き出し、一帯が真昼のような明るさになった。

〈成功したらしいな〉

松村がそれを口に出そうと思ったとたん、ドーンという鈍い音が耳に入った。それは、まぎれもなく飛行機の墜落を告げる音であった。

「いま、ドーンと音がしたね」

飛行長天谷孝久中佐が、そういって悲痛な顔を松村に向けた。

さいわい、今度は搭乗員三名とも落下傘降下し、負傷ですんだが、この二回の事故で夜間照明のむずかしさが改めて問題になり、その後の訓練方法を練りなおして、以後はたいした事故もなく戦技を向上させることができた。

雷撃隊でも目標艦からの探照灯の光芒《こうぼう》の中をかいくぐって行く雷撃訓練をやっているが、たとえば路上で対抗車の上向きになったヘッドライトの光ですらまぶしいのに、その何十倍、何百倍の照明下での飛行訓練の困難さは想像することもできない。

6

内地での訓練で練度を上げた「飛龍」に、ふたたび戦地勤務の命が下ったのは、九月に入ってからだった。

与えられた任務は、日本軍、というより日本陸軍の北部仏印への進駐に対する船団掩護で、修理のため横須賀工廠のドック入りした僚艦「蒼龍」を残し、九月十七日に呉を出発した「飛龍」は、馬公を経由して一路南下した。

これより先、飛行機隊は一時的に「飛龍」に移載されることになった僚艦「蒼龍」の飛行機隊とともに、海南島三亜基地に進出し、陸上から発進して偵察や船団直衛にあたった。

仏印に上陸する陸軍部隊は、いったん海南島で待機し、仏印側との交渉の結果を待つことになった。交渉によって平和的に進駐したい――それ自体がそもそも虫のいい要求だった――というのが日本側の考えだったが、すでにフランス本国はこの年の六月にドイツに降服しており、交渉はどうしても一方的なものになりがちだった。

しかし、アメリカやイギリスの掩護を頼みとする仏印側は、なかなかいうことをきかず、現地の陸軍部隊のイライラはつのった。そして、あくまでも平和進駐をという大本営の指示を無視し、九月二十六日の早朝、現地指揮官の独断でハノイの港口にあたるハイフォンに上陸を強行してしまった。

これに怒った海軍は上陸掩護の艦隊を海南島の海口《ハイコウ》に引き揚げさせ、積極的な作戦行動をとらなかった。これが世にいうところのハイフォン沖の陸軍置き去り事件で、当時の日本とフランスの力関係からすれば、その必要もなかったともいえるが、これで「飛龍」の任務も終わり、十月六日、横須賀に帰った。

十一日に横浜沖で行なわれる皇紀二六〇〇年奉祝特別観艦式に参加するためで、飛行機隊も空から参加すべく館山航空隊で待機した。

当日はうっすらと朝霧がかかった〇九四〇（午前九時四十分）きっかりに、観艦式は開始された。

連合艦隊旗艦「長門」以下、満艦飾にいろどられた九十七隻の艦艇が五列にならび、皇礼砲がとどろくなか、供奉艦「高雄」、先導艦「加古」「古鷹」の重巡群をしたがえた御召艦「比叡」が静々と進む。

そのうちに遠雷のような爆音の前ぶれとともに、十二機の九七式大型飛行艇を先頭にした五百二十七機の海軍機の大群が式場上空に現われて、観艦式は最高潮に達した。この大編隊を指揮するのは第一航空戦隊司令官小沢治三郎少将で、小沢少将の乗る先頭機につづく九七大艇群の下に、戦艦や空母が並んだ写真が残されている。

このすばらしい写真は、埼玉県杉戸町在住の元横浜航空隊小川勝三氏が、嚮導機の尾部銃座から撮影したもので、華やかなりし往時の連合艦隊の偉容をしのばせる。これから約一年二ヵ月後に太平洋戦争が始まっているから、この観艦式が日本海軍にとって国民の前に見せた最後の晴れ姿となった。

第三章　猛将山口多聞

1

日本海軍始まっていらい最大の、そして最後の盛儀となった皇紀二六〇〇年奉祝記念観艦式が行なわれていたころ、「蒼龍」「飛龍」につぐ新鋭空母「翔鶴」「瑞鶴」の完成が急がれていた。

「蒼龍」「飛龍」より一万トン近くも大きく、排水量三万トンに達しようというこの両艦は、横須賀海軍工廠で「翔鶴」が、約半年おくれて神戸川崎重工で「瑞鶴」が起工され、それぞれ昭和十四年六月と同十一月に進水して艤装工事に入っていた。

横須賀工廠の「翔鶴」は、昭和十四年七月五日に完成した「飛龍」が出たあとの小海岸壁で艤装工事が行なわれた。

「飛龍」や「蒼龍」と違って軍縮条約失効後に計画されただけに、トン数の制約を受けない本格的な大型空母として「飛龍」をベースに設計された、いわば「飛龍」の拡大改良型で、「飛龍」が進水したあとの昭和十二年十二月十二日に横須賀工廠で起工された。「瑞鶴」とは姉妹艦で、零戦常用十八、補用二、九九艦爆常用二十七、補用五、九七艦攻常用二十七、補用五、合計八十四機を搭載する強力な空母だった。

当時、横須賀工廠艤装工場は艤装主任の前田龍男造船少佐以下十名ほどの部員に、経験ゆたかな技手がそれぞれ配され、空母では「翔鶴」のほかに給油艦「高崎」を改造した「瑞鳳」の艤装が行なわれていたが、「翔鶴」はとくに大事な空母とあって、艤装担当部員にはベテランの城島清一郎技師（昭和十九年五月トラック〜サイパン間で戦死、技術中佐）が配された。

呉工廠にくらべて貧弱だった艤装工場も、前田主任の努力で着々と充実し、すべてが順調に進みつつあった昭和十五年秋の某日夜半、思わぬ事故に見舞われた。仮設の艤装工場外業仕上げ工員詰所から出火し、火は燃えひろがって火元の詰所だけでなく、造兵部電気艤装工場と電気兵器格納所を全焼してしまった。

当然ながら事故原因調査の査問委員会が開かれ、責任者として艤装工場主任の前田が呼ばれた。出火の原因は電気湯沸かしタンクの構造的欠陥と使用後の不始末によるもので、このタンクの籍は機具工場となっていた。しかし、製作したのは艤装工場であり、前田の着任以前につくられたものであっても、現在の主任のもとで起きた事故という理由で、

「すべて私の責任であります」

と前田はいさぎよく罪をかぶる発言をした。

この結果、査問委員長は前田の責任大であるとして謹慎十三日、監督不行届きということで造船部長にも謹慎三日の断を下した。ふつう海軍では謹慎三日くらいまでなら昇進に影響はないが、十日を過ぎると問題で、昇進は大佐どまりになるといわれていた。もっとも前田の場合、その影響があらわれる前に終戦になってしまったが、何ともあと味の悪い事件だった。

このときの査問委員長が、のちにハワイ空襲からミッドウェー敗戦まで機動部隊司令長官をつとめた南雲忠一中将で、この処罰の影響で、日独技術交流のためドイツに前田を出張させる話も御破算になってしまった。

「むしろいやなドイツ語の勉強をしないで済んだと大喜びだったし、今になって思えば何やら命拾いをしたようで、申し訳ない気もしている」

前田はそう述懐するが、潜水艦による日独間の連絡航海の途中で殉職した何人かの海軍技術士官の運命を思えば、その感慨もまたむべなるかなである。

2

正確にいうと、横須賀工廠艤装工場で出火騒ぎがあったのは十一月二十四日だが、それより少し前の十一月十五日、「飛龍」艦長は二代目横川市平大佐から矢野志加三大佐に代わった。そしてこの日、戦備に関して出師《すいし》準備第一着作業が発動され、連合艦隊もいよいよ臨戦体勢に入った。

このときの海上航空部隊の編成は、

第一航空戦隊「加賀」

第二航空戦隊「蒼龍」「飛龍」

第三航空戦隊「龍驤」「鳳翔」

第六航空戦隊「能登呂」「神川丸」

第九航空戦隊「千歳」「瑞穂」

となっていたが、このうち第三航空戦隊の「龍驤」と「鳳翔」は一万トン未満の小型空母だし、第六および第九航空戦隊の四隻は水上機母艦だったから、決戦の際に本当の戦力になるのは第一、第二の両航空戦隊だけだった。しかも第一航空戦隊は整備中の「赤城」を欠いていたので、実質的には第二航空戦隊の二空母が、海上航空部隊の主力といってよかった。

そして、前任の戸塚道太郎少将に代わって、この二航戦の司令官に就任したのが、勇将のほまれ高い山口多聞少将だった。

海軍兵学校四十期、大西瀧治郎、寺岡謹平、宇垣纏《まとめ》らそうそうたる提督たちと同期の山口は、もともと水雷屋で、大尉だった第一次世界大戦では戦利艦のドイツ潜水艦の艦長に任命され、日本に回航した経験を持っている。

その後クラスのトップを切って昇進するにつれて、プリンストン大学留学、連合艦隊や軍令部参謀、ロンドン軍縮会議随員、アメリカ大使館付武官など多彩な経歴をたどったが、昭和十二年には潜水戦隊旗艦「五十鈴《いすず》」の艦長となり、潜水艦指揮の権威と目されていた。

昭和十五年一月、そんな山口が突然、第一連合航空隊司令官に任ぜられたのは、航空部隊の急激な拡張でその幹部が航空出身者だけではまかない切れなくなり、航空以外の兵科から充当しなければならなくなったためだった。

連合航空隊は二つの基地航空隊で編成されたもので、当時は第一、第二、第三と三個の連合航空隊（連空）があり、第一連空は連合艦隊に所属して艦隊作戦の訓練、第二連空は中支（中部支那）漢口に進出してもっぱら大陸作戦、第三連空は南支の海南島を基地とする支那援助のいわゆる援蔣ルートの封鎖作戦に従事していた。

各連合航空隊指揮官は一連空が山口少将、二連空が大西少将、三連空が寺岡少将と、奇しくも兵学校四十期の同期生で占められた。

この年五月、敵の首都重慶の徹底爆撃によって支那事変を早期に終止させることを企図し、日本海軍は在支航空兵力を増強した。この計画にしたがって内地にいた一連空が漢口基地に進出した。

ここにはずっと中支作戦を担当していた大西少将の二連空がいたが、一連空の増派を誰よりも喜んだのは、ほかならぬ二連空司令官の大西だった。

漢口方面に集中したのは内地からの一連空に加え、南支にいた第十五航空隊全力と第十四航空隊戦闘機隊の一部で、中攻隊の実働勢力九十機という大勢力となった。まだ一式陸攻は出現しておらず、中攻は九六陸攻であり、零戦は進出直前であった。

これらの航空部隊をもって連合空襲部隊が編成され、一連空司令官の山口が統一指揮をとり、二連空司令官の大西はみずから参謀長役を買って出た。

兵学校同期生による絶妙のコンビというところだが、いずれ劣らぬ猛将の二人だけに、エピソードがいろいろ残されている。

当時、九六式艦上戦闘機の航続距離がみじかいため、重慶方面の爆撃は中攻隊が単独でやらなければならなかったので、そのつど敵戦闘機の邀撃《ようげき》によってかなりの被害が出て、補充にこと欠くような状況がつづいた。だが総指揮官山口多聞少将は、

「在支那航空の総力をあげて首都重慶を攻撃し、蔣介石政権を崩壊させる。このため連合航空隊の一隊が全滅することもあえて辞さない」と訓辞し、

「パリ、ロンドンの陥落前に重慶を参らせるのだ」

といって攻撃隊を督励した。

やがて七月になった。零戦（まだ制式になる前で十二試艦上戦闘機とよばれていた）の進出が近いという情報が伝えられたとき、大西が山口にいった。

「おい山口。もう少しすれば新鋭戦闘機隊が到着する。そうなれば必要な掩護をつけて攻撃に出してやれるから、犠牲を少なくすることができる。わずかの間だから、それまで重慶爆撃を中止したらどうだ」

大西の言葉に、山口が温顔を引き締めて反論した。

「いかん。戦争の目的を達するためには、敵に立ちなおる余裕を与えてはならない。攻撃につぐ攻撃こそベストの方法だ。犠牲を恐れていては戦機を逸する」

二人の意見は対立したまま、この場は物別れに終わった。このあとの成り行きを、大西を尊敬してやまなかった源田実（元参議院議員）は、その著書『海軍航空隊始末記・発進篇』の中でつぎのように述べている。

――連合空襲部隊の指揮官は山口少将だった。最後の決定権はこの人が握っていた。幕僚が、大西司令官のところにやってきて、

「山口司令官は、どうしても重慶攻撃を中攻単独でやるといわれます」

と連絡したところ、大西少将は憤然として言った。

「俺はもともと航空の生え抜きだ。山口の参謀長としてやっているが、これでも元を洗えばれっきとした第二連合航空隊の司令官だ。それが、これほど条理をつくしてわずか一週間待ってくれと言っているのに、どうしてもやるというならやったらよかろう。俺にも覚悟がある」

幕僚は当惑して帰って行った。

しばらくして山口司令官が大西さんのところにやってきて、肩をたたきながら言ったそうである。

「大西、やはり一週間ほど延ばそうよ」と。

大西さんは、この問題について、

「今から思うと、山口の方が一枚上だったよ」

と最後に語った。

まさに男と男のやりとりだったが、この勝負、山口が大西に一歩譲ったかたちとなったが、その逆のケースもあった。

敵首都爆撃によって戦意をそぎ、もって戦争を早く終わらせたいとする連合空襲部隊にとって、大きな足かせになっていたのは、軍令部ならびに支那方面艦隊司令部の「航空攻撃は厳に軍事目標に限定し、第三国とのトラブルは絶対に起こすな」という指令であった。

爆撃に際して軍事目標だけに限定すると、技術的にむずかしい上に効率が悪く、敵の一般市民の恐怖心もうすらいで、戦意喪失の効果はそれほど望めそうになく、危険をおかして出撃する空襲部隊の士気の点からも好ましくなかった。そこで大西は山口に対し、

「爆撃の効果を大ならしめるため、重慶市街の無差別爆撃をやるべきだ」

と強硬に申し入れた。

都市の無差別爆撃の効果が大きいことは、第二次大戦中のそれが明らかに示しているが、山口は頑として大西の進言を退けた。

「中央からの指令どおり、断じて無差別爆撃はやってはならない」

それは二度にわたるアメリカ駐在の経験で身につけた国際感覚にもとづくものと考えられるが、譲るべきところと譲ってはならないところを、はっきり一線を画すあたり、山口は単なる勇将あるいは猛将ではなかったのである。

3

海軍の教育年度は、前年十二月一日からその年の十一月三十日までと定められていた。連合艦隊は十二月一日に新年度の訓練を開始し、だいたい四月いっぱいで基礎訓練を終え、五月以降は総合訓練に移行することになっていた。

四月までを前期訓練、五月以降を後期訓練とよんで、それぞれ五ヵ月の訓練を終えたのち、十月ごろに実戦的な大演習をやって年度訓練の総仕上げとするのが通例で、「蒼龍」「飛龍」の二航戦は新年度の訓練を、まず飛行機隊にとってもっとも基本的な接着艦訓練からはじめた。

館山の陸上基地を発進した飛行機隊は、洋上を航走する母艦に接近しては着艦し、そのまままふたたび飛び上がる、いわゆるタッチアンドゴーによって感覚をつかむ基礎訓練を、寒風を衝いて連日行なった。

それがひと通り終わると、いよいよ尾部のフックを下ろし、飛行甲板後部に横に張られた制動索とよばれるワイヤーに引っ掛けて、完全に停止する正規の着艦訓練に入るが、これがまた大変だった。

「蒼龍」「飛龍」にはこの制動索が九本あって、そのどれかにフックを引っ掛ければいいのだが、これがなかなか思うようにいかない。

飛行甲板までの距離、高度など、着艦に必要な感覚がつかみにくいうえに、せっかくいい態勢で艦に近づいても、いざ着艦というときに船体が急に上がったり下がったり、傾いたりする。たいていタテ揺れとヨコ揺れは一緒になって、複合した傾斜となるから条件はいっそう悪くなり、飛行機の脚が飛行甲板を大きな力で叩いて脚をこわしたり、搭乗員が鼻血を出す、唇を噛む、前歯を折るなど怪我も珍らしくなかった。

それも海が平穏なときはまだいいが、荒れてピッチング（タテ揺れ）やローリング（ヨコ揺れ）がひどいときなどは、神わざに近い技倆が要求される。

「私はときどき艦橋で、飛行士たちの発着艦訓練を見学していた。

戦闘機は軽快だから、着艦時にジャンプのため制動索をフックに引っ掛けそこなっても、すぐ増速して飛び上がれる。艦攻は重いためジャンプすることはほとんどなく、まず失敗することはなかった。

艦爆はその中間でジャンプもするが、割に機体が重いので、失敗するとその先の飛び上がりに必要な飛行甲板の長さが充分でないため、艦首いっぱいでやっと浮き上がったと思ったら姿が消え、海面すれすれまで落ちたあと、やっとの思いで飛び上がるのをときどき見かけた。やる方も命がけ、見る方も息が止まる思いであった。

そのほか、「飛行機が急に横にすべって、飛行甲板の両側に張られた落下防護網に片脚を突っ込んで、あわや海中墜落かと肝を冷やしたり、甲板横に曲げて取り付けられている煙突の上に乗り上げて止まるなど、ハラハラさせられる場面を見て、飛行士たちの苦労が思いやられた」

機関科分隊長川原寅夫大尉（埼玉県桶川市）が見た着艦訓練の様子だが、それも二十四日をもって終わり、二十五日には館山湾を出港して、二十八日、九州の佐伯《さいき》湾に入港した。

この日、旗艦変更があり、戦隊司令官山口多聞少将はじめ二航戦司令部が「蒼龍」から移ってきて、将旗が「飛龍」にひるがえった。山口司令官を迎えて、矢野艦長以下乗組員の士気がいちだんと高まったのはいうまでもない。

「飛龍」が二航戦旗艦になった翌日の十二月二十九日は日曜日だった。僚艦「蒼龍」の生存者の集まりである蒼龍会（会長阿部平次郎氏）刊行の『航空母艦蒼龍の記録』によると、この日、二航戦がいた九州有明湾は晴れで、気温十六・八度とあり、この時期にしてはかなりあたたかい日だった様子がうかがえる。

三十日、三十一日は娑婆《しゃば》なみに越年準備で過ごし、これも『蒼龍の記録』によると、「蒼龍」では大晦日《おおみそか》の夜、上段格納庫で映画会が開かれ、日活映画の「八丁浜太郎」と松竹映画の「幸福の素顔」二篇が上映されたとある。おそらく、「飛龍」でも同様な催しがあったと思われるが、こちらは記録がない。

年が明けて昭和十六年一月一日、二航戦はこの新春を有明湾で迎えた。

訓練につぐ訓練に明け暮れた艦隊も、この日ばかりはすべての作業は休みで、軍艦旗掲揚、遙拝式、天皇と皇后両陛下のお写真奉拝など元旦の行事が終わると、艦内にはさっそく「酒保開け」の号令がスピーカーから流され、准士官以上は士官室に集まった。

副長小西中佐の音頭で新年の祝盃をあげ、大祝宴がはじまった。元気のいい若い士官が多く、しかもこの日ばかりは無礼講（上下の区別なく、礼儀を気にかけなくてよい酒宴のこと）とあって、士官室はたちまち喧噪《けんそう》の場と化したが、しばらくすると一人、二人と消えて行った。気の合った仲間同士、あるいは自分の分隊にもどって改めて飲みなおすためで、気がつくと士官室に残っていたのは、通信長岡田恰少佐と、掌航海長田村士郎（東大阪市）兵曹長の二人だけになっていた。

「おい掌航、今から艦長を襲撃しようよ」

掌航海長を縮めて掌航だが、ふだんから何かと通信長と気があった掌航こと田村兵曹長は、即座に賛成した。

「結構ですな、通信長。では、今から手みやげを用意させましょう」

田村は士官室従兵に命じて一升瓶二本を持ってこさせ、岡田少佐と一本ずつ提げて艦長室を訪れた。

艦長は、前年十一月十五日に前任者の横川市平大佐と代わったばかりの矢野志加三大佐だった。海外勤務の経験もある矢野大佐はスマートな、ジェントルマンとよぶにふさわしい武人で、着任すると、部下たちにアメリカ人かたぎについて実例をあげながら、彼らの勇敢さや日本人とは違った気質について語り、「それを知らないで、アメリカ軍人を〝錫《すず》の兵隊〟などといって馬鹿にする風潮があるが、決してあなどってはいけない」と折にふれて戒《いまし》めていた。

就任後まだ日も浅くてなじみが薄く、しかもジェントルマンで近寄り難い感じの矢野艦長だったが、二人の来訪を非常に喜び、尾頭つきの大鯛を運ばせて振舞った。

「今日はひとつ大いにやろう。さあウンと飲みたまえ」

矢野艦長はしきりにすすめるのだが、まだ緊張がとけないのか田村も酔わず、もっぱら通信長が相手をした。

そのうち酒も進んで、田村の心もおいおいゆるみ、艦長とも打ちとけて座が盛り上がった。二時間ほど飲みつづけ、すっかりでき上がったところで矢野艦長が、

「これから三人で司令官のところに行こう」

といい出した。通信長と掌航海長ではとても敷居が高くて、司令官の部屋など行けないが、艦長と一緒なら恐《こわ》くない。

そこでふたたび三人が一本ずつ一升瓶を提げて、山口司令官の部屋を訪れた。矢野艦長がドアを開けると、ドアの隙間から山口少将が顔をこちらに向けているのが見えた。

「司令官、今日は二人の勇士をつれてきました。無礼講でお願いします」

矢野が大声でそういうと、外の喧騒をよそに一人静かに読書をしていたらしい山口は、満

面に笑《えみ》をうかべながら、

「オウ、入れ」

といって三人を部屋に招じ入れた。

「よくきてくれた。じつは一人でヒマを持て余していたところだ」

大層喜んだ山口は、従兵に酒肴を用意させた。極端な下戸《げこ》だった連合艦隊司令長官の山本五十六大将のような人は例外として、海軍軍人にはおおむね酒豪が多かったが、山口もその堂々たる体躯からして人後に落ちず、酒が強かった。

三人がつぎつぎに差し出す盃を悠然として受け、少しも乱れるところがない。すでにかなり入っていたこともあって、三人の方がすっかり酔ってしまい、興が乗った矢野艦長がタオルであげ鉢巻をして、「ハ、甘茶でカッポレ——」と踊り出し、ヤンヤの喝采を浴びた。

踊り終わった艦長は、陶然とした面持ちで司令官の前の大机の上にあぐらをかき、

「司令官、お褒《ほ》めのご一献頂戴致します」

といって盃を差し出した。したたか酔ったらしい矢野の様子に、山口は温顔をほころばせながら、

「謹厳一途な艦長かと思っていたのに、こんな隠し芸があったとはネー」

といったあと、今度は声を出して笑った。

宴が終わり、帰りしなに矢野艦長が山口司令官の万歳をやろうといい出した。

「山口二航戦司令官万歳！」

艦長の音頭で三人が両手をあげたまではよかったが、そのとたん岡田通信長があおむけにひっくり返ってしまった。士官室での乾盃からずっとだったから無理もなかったが、慌《あわ》てた田村は司令官と艦長へのお礼とお詫びもそこそこに、従兵に手伝ってもらって通信長を私室にかつぎ込んだ。

なお、この岡田通信長は六月の人事異動のさい、四航戦参謀に転出したが、それは矢野艦長の推挙によるものであった。

4

海軍は変わり身が早い。元旦の乱痴気騒ぎが終わると、二日からは昨日のことは忘れたかのように、それまでにも増してきびしい日課と作業が開始された。

一月二日、飛行機隊は大村基地を夜の明け切らぬうちに飛び立った。つぎつぎに離陸してくる後続機を待ちながら上空で旋回し、編隊を組み終わる頃には空もうっすらと白みはじめた。

厳寒早朝の頬を刺すような寒気も、この日は快く感じられ、大編隊が豊後水道から日向灘にさしかかったころ、東の水平線を割って真紅の太陽が顔を出した。荘厳な新春の日の出であった。眼下には日向灘の先に渺茫《びょうぼう》たる太平洋がひろがり、右手には九州の山なみがくっきりと浮き上がっている。

この日の初飛行の目的は空からの初もうで。天孫降臨の地、霧島、高千穂の山々をめぐり、編隊は高度を下げて空から霧島神社に参拝し、武運の長久を祈った。もとよりこの年の十二月八日、アメリカ、イギリスを相手の大戦争に突入することなど知るよしもなかったが、いつにない最近の激しい訓練その他の様子から見て、その日のそう遠くないことを誰もが予感していた。

この日からあと、有明湾、別府湾などを根城にして出入港をくり返しながら、洋上訓練を行なった二航戦「蒼龍」「飛龍」は、二月一日、馬公《マコウ》に向けて佐世保を出港した。航海の間も時間を惜しむようにして訓練がつづけられたが、その三日目に大事故が発生した。

二月三日、この日は夜に入っても訓練がつづけられ、「一九三〇、臨戦準備第二作業」「一九四五、合戦準備」発令のあと、二二〇〇すなわち午後十時から駆逐艦による航空母艦への襲撃訓練が開始された。ふだんは母艦を護衛している駆逐艦が、この夜は母艦を仮想敵として攻撃を行ない、これに対して母艦もその対応訓練を実施するものだが、おりから海は激しい時化《しけ》で、視界は極度に悪く、一切の灯火を消して行動する艦影を認めるのも困難な状況にあった。

事故は、演習開始後まもなく起きた。

襲撃行動を終えて「蒼龍」の前を横切ろうとした駆逐艦「夕月」が、側方から「蒼龍」の前部に衝突し、艦首部の下部を四、五メートルもえぐり取ってしまった。もとより船体の小さい駆逐艦の方が被害甚大で、艦の破損だけでなく、乗組員が多数海上に投げ出された。

降りしきる雨と強風の暗い海上での捜索は困難をきわめたが、各艦が一斉に探照灯を照射するなかで、救助艇による救助作業が行なわれた。

一時間、二時間、強風と大きな波浪でさしもの大艦も大きく揺れるなか、懸命の捜索がつづけられたが、午前零時三十分ごろ、ついに「救助艇揚げ方」の号令がかかり、海上捜索は打ち切られた。

安全の限界を超えた、実戦さながらの訓練がもたらした悲劇であったが、来るべき大戦争にそなえて、それでも訓練が緩《ゆる》められることはなかった。

このあと「蒼龍」は艦首の下部をえぐり取られた痛々しい姿で佐世保に入港、破損部分の修理のため十日ほどドック入りしたので、「飛龍」はひと足先に沖縄中城湾《なかぐすく》に向かい、飛行機隊は小禄基地で約三週間の各種飛行訓練を実施した。

二月二十六日、修理を終えて合流した「蒼龍」とともに中城湾を出港し、洋上で飛行機隊を収容したのち、支那沿岸封鎖作戦に協力のため南シナ海に向かった。「飛龍」にとっては三度目の戦地勤務であった。

当時、この方面で作戦行動中の艦艇は、第一および第二艦隊合わせて百余隻というから、紀元二六〇〇年奉祝観艦式に匹敵する数だ。支那沿岸封鎖だけなら、これだけの大艦隊を出動させる必要はない。むしろ仏印とその背後にあるアメリカ、イギリスへの示威を兼ねて、連合艦隊の前期演習をこの方面で実施したと見るべきだろう。

事実、「蒼龍」の記録によると、この間に沿岸攻撃を実施したのは二回のみで、あとは訓練および演習に終始している。

三月三日、台湾の高雄に入港した。ここで三日間の休養があって、乗組員は交替で休暇――海軍でいう入湯上陸を行なったが、この間に先の田村掌航海長にちょっとした出来事があった。

高雄はすでに何回か入港したこともあるし、それまでの遊び過ぎがたたって、ふところがいささかさびしくなっていた田村は、ひそかに策をめぐらした。最初の二日は同僚の当直を代わって引き受け、代償として清酒一本ずつもらうことにして軍資金をかせぎ、三日目の晩にたっぷり楽しむ計画を立てた。

その三日目の夜、夕食もそこそこに掌通信長をさそって上陸した田村は、かつての第三艦隊司令部勤務時代になじみだったカフェー「ゴーストップ」に直行した。

ドアを押して以前より装いが豪華になった店内に入った田村が見まわすと、客のなかに海軍士官の姿が見当たらない。前日まででですっかり堪能したか、軍資金をつかい果たしたかのどちらかだろうが、これは田村たち二人にとっては思いがけない幸運だった。

海軍士官服の二人を見つけた女性たちが、ワッと歓声をあげて寄ってきた。

「シメシメ、選りどり見どりだ」

二人はそれぞれ好みの女性を選んで飲みはじめたが、美女をはべらせて飲む酒の味はまた格別で、つい時のたつのも忘れ、陶然《とうぜん》となった二人が気づいたときには、艦に帰る内火艇の最終定期午後十一時をとっくに過ぎていた。

「仕方がない。こうなったら夜明かしでやろう。明日朝の出港時刻は午前八時の予定だ。朝の最後便はたしか七時だから、それまでは寝てはならん」

そう決めて、二階に場所を移して三人の女の子と夜明かしをきめこんだが、どうもいけない。眠くなって話もと切れがちになり、襲ってくる睡魔を追い払うために飲めばまた眠くなるの悪循環で、午前五時ごろまでは覚えていたものの、生理には勝てず、いつしかみんな寝込んでしまった。

一番先に目を覚ましたのは田村で、ハッと気づいたら外はすでに太陽がまぶしい。

「しまった！」

という田村の大声に、掌通信長も三人の女の子たちも飛び起きた。

帰艦におくれることは士官、兵をとわず、もっとも罪が重い。

顔洗いもそこそこに飛び出したが、胸は高鳴り、掌通信長もなかば泣き顔で、

「艦はもう出ているぞ。どうしよう」

と田村に問いかけるが、田村だって思いは同じだ。しかしこうなったのも、もとはといえば掌通を誘った田村に責任がある。そこで度胸を決めた田村は一計を案じた。

「もうこうなりゃ仕方がない。『飛龍』の艦爆隊がいる高雄航空隊へ行こう。母艦が沖合に出たあと発進して着艦する予定だから、その艦爆の後席にもぐり込ませてもらうんだ。俺の同年兵の中山兵曹長に頼んでみる」

そういってもまだ心配そうな掌通信長をうながし、早駈けで駅前通りまで来た。ここで左に行けば波止場、右に行けば飛行場だが、迷わず右に行って四、五分も歩いたころ、前方から足早にこちらにくる海軍士官が一人。朝日に映える襟章のベタ金、ハッとしてよく見ると山口司令官ではないか。

〈まずいところで会ってしまった〉

高鳴る胸を押さえ、二人は立ち止まって敬礼をすると、答礼をしながら山口が田村に聞いた。

「掌航海長、君らはどこに行くのかね?」

「ハイ、飛行場に行きます」

と答える田村のひと言で、山口はすべてを察したのか、理由も聞かずにいった。

「今日は天候の都合で出港時刻が延ばされたよ。僕の迎えが九時にくるから、一緒に乗りたまえ」

地獄に仏、天にものぼる心地——。この場合、二人の喜びはどんな形容をもってしても及ばない。

「司令官、ありがとうございます。お願いします」

波止場には司令官専用の内火艇が待っていた。山口は何事もなかったように、先に乗れと二人に目くばせをして自分はあとから乗った。

艇はすぐ波止場を離れた。艇内で、放心状態で無言のままの田村に、

「掌航海長、大分やったかね。もう艦は沖に出て漂泊しているよ。艦爆隊の収容は二時間遅らしたからね」

と語りかける山口司令官の目は、慈愛にあふれていた。

こうして掌通信長と田村はことなきを得たが、この件については、ついに誰からも何も聞かれることはなかった。

「司令官お一人の胸におさめられたと思い、私の生涯を通じて忘れることのできない一ページであり、しかもこの件からあと、特別に御愛顧を得、それは司令官が『飛龍』と運命を共にされるまでつづいた」

田村の胸にいまなお生きつづける山口司令官は、温容のなかに大きなスケールを秘めた人物である。

5

三、四、五と三日間の楽しかった。そして田村や掌通信長のような思わぬハプニングもあった高雄での休養も終わり、三月七日の午後、「飛龍」は「蒼龍」とともに内地に向けて出港した。

内地に帰るといっても、連合艦隊前期訓練の総仕上げの時期とあって、十二日朝、鹿児島県の志布志湾に入港するまで、連続四昼夜にわたる猛烈な訓練が実施された。

訓練は高雄出航直後から開始されたが、二日目の三月八日、「飛龍」艦攻隊の一機が、油圧ゼロとなってエンジンがとまり、台湾の東約二百キロの東シナ海上に浮かぶ尖閣《せんかく》諸島の魚釣島南約三カイリ付近の洋上に不時着した。

操縦賀来準吾（大分県中津市）、偵察堂下留市、電信文宮府知《ふみみやふち》の三兵曹が乗った一中隊一小隊の三番機で、さいわい漂流五時間後に魚釣島にたどりつき、たまたま与那国島から漁にきていた人たちに助けられた。

三人は第三航空戦隊の空母「龍驤」に収容されて内地に帰り、志布志湾に停泊していた「飛龍」に戻ったところ、山口司令官と矢野艦長から呼び出しがかかった。

さては何かお叱りかと、分隊長田中正臣大尉につれられて恐る恐る伺候《しこう》し、不時着から帰還までの一部始終を報告したところ、

「沈着冷静な判断と操作、爾後の行動はりっぱである」

と、ほめられた。大いに面目をほどこした三人であったが、賀来は、

「あのときの山口司令官の温容は、残されている写真のとおりで、今でも私の瞼から消えることはない」

と、山口を偲んでいる。

この名司令官が乗る「飛龍」には、士官から下士官兵にいたるまでなかなかのサムライがそろっていた。「飛龍」が二度目の南支方面戦地勤務から、横須賀に帰ってきたときのこと

だった。ここで艦も人も戦塵を洗い落とすことになり、乗組員たちにも休暇が与えられた。

休暇、そして半舷、入湯、特別などの名のつく上陸外出は、せまい艦内での窮屈な生活に明け暮れる軍艦の乗組員、とりわけ兵隊たちにとっては、最大のたのしみだっだ。たまったストレスや不満をこの際、吹き飛ばしてしまおうと、羽目をはずしすぎてトラブルを起こすことも少なくなかったが、相手によってはいささかやっかいなことになる。

「飛龍」整備科の石橋武男兵曹（東京都新宿区）は、海軍生活が長かったにもかかわらず、不合理な軍制のおかげで、下士官になるのが遅かった。それで面白くない思いをしていたところに、横須賀で外出中、彼よりずっと年の若い下士官巡邏《じゅんら》――アメリカ式にいえば海軍のMP、すなわちSP――の訊問を受け、その態度が気に入らなかったことから、なぐり合いのケンカになった。

しかし、どんな理由にせよ、巡邏といさかいを起こしてはただではすまない。艦に帰ってからの石橋は気が気でなく、あれこれ思い悩んでその晩はよく眠れなかった。

翌日、朝食が済んだころ、衛兵が迎えにきた。衛兵司令の砲術長小川五郎太少佐が呼んでいるというのだ。

気もそぞろの石橋が小川少佐の部屋に入ると、いきなり、

「外出の仕度をしろ。今から抗議に行く」

といわれた。石橋は〝抗議〟という言葉にオヤと思った。

抗議に行くということは、こっちの正当性を主張することだ。自分でも後悔しているのに、

それをやってくれたら、かえって問題が大きくなってしまう。〈困ったもんだ〉と思ったが、もとはといえば身からでたサビで、あとは小川少佐の交渉手腕に期待するしかなかった。

砲術長の小川は、荒天で訓練が休みのときなどはよく下士官兵を集めて精神講話をしたが、わかりやすく流暢な語り口は天下一品であり、ハンサムでハートナイスでもあったことから、下士官兵の間では絶大な人気があった。

内火艇で岸壁につき、さし廻しの自動車で横須賀海兵団の門をくぐり、横須賀鎮守府衛兵司令室の前で降りた。

部屋に入って見ると、正面に大きなテーブルを前にして、太り気味だがガッシリした体格の中佐が、スターリン髭を生やして肩をいからせ、威圧するかの如く座っていた。

〈ガマ蛙みたいだな〉

これはだいぶ手強そうだと思いながらも、日ごろ尊敬している砲術長がどんな応対をするのか、興味ぶかく見守った。すると砲術長は開口一番、

「艦隊の兵隊を大事な時期に傷つけては困る」

といった。階級の差などまったく意に介さない思いがけない先制攻撃に、意表をつかれた衛兵司令の中佐は、一瞬、気勢をそがれたかに見えたが、すぐに立ち直って、

「傷つけたといわれるが、一体どこを痛めたのか」

と聞き返してきた。

「なぐられて鼓膜が破れた。海軍軍人としてこれでは使い物にならん」

砲術長の言葉に中佐は二の句がつげず、しばし沈黙の睨《にら》み合いがつづいたが、突然立ち上がった中佐が大声で、「石橋兵曹！」と怒鳴った。

永年の習慣とはおそろしいもので、鼓膜が破れて耳が聞こえないはずの石橋が、思わず、「ハイッ」と答えてしまった。

まずいと思ったが後の祭りで、してやったりの中佐はニンマリし、砲術長は憮然《ぶぜん》としている。しかし、そのあとの砲術長の行動はみごとだった。

形勢不利と見るや、「帰る」といってすぐに部屋を出た。あわてて石橋もあとを追ったが、中佐に呼びとめられはしないかとヒヤヒヤものだった。だが、中佐はそれをしなかった。あまりにも鮮やかな小川少佐の引き揚げぶりに感心したか、あるいは武士の情けと思ったかのどちらかだろう。

小川もまた、帰りの内火艇の中で石橋を一言も責めることもなく、その後の処置は、横須賀在泊中は外出止めということだけだった。

「茫々たり四拾有余年の昔を回顧するとき、すばらしい上官だったなあと思う」

『空母飛龍の追憶』（続編）に、石橋はそう書いている。

もう一つも砲術長兼衛兵司令にまつわる話だ。

昭和十四年十二月二十日に「飛龍」乗り組みとなった先任伍長の岩満三郎（宮崎県小林市）は、昭和二年に佐世保海兵団に入団の大ベテランだった。

体格もよく、海軍に入る前から郷里の都城では、「都岩」のしこ名で鳴らすほどに相撲が強かった。海軍でも相撲や柔道で過ごすことが多かったが、酒もめっぽう強く、飲みすぎて問題を起こしたことも再三で、そのために上陸外出止の罰を受けたこともあった。

ところが、その岩満に、衛兵司令から「ぜひ先任衛兵伍長に」という話があった。

陸軍の伍長と違って、海軍の伍長は階級ではなく役職名だが、小林孝裕著『海軍よもやま物語』によると、

「衛兵は、各分隊より人選されたものが、一～二ヵ月その職につき、交代制である。つまり衛兵は戦闘配置ではなく保安官であり、その数は艦の大小によって多少はあるが、その先任者を衛兵伍長という。

衛兵伍長は各配置の衛兵を指揮して保安につとめるが、巡回や上陸員の送迎など、いちばん忙しい立場にある。勤務は四交代（四直）制で、その上に君臨しているのが、先任衛兵伍長だ。

衛兵伍長は新米下士官かそれに近い下士官が、先任衛兵伍長は下士官のいちばん古い人のなかから選ばれ、先任ともなれば艦内では恐いものなしだった」とある。

朝八時の「軍艦旗掲揚」、日没の「軍艦旗おろし」、上陸員を整列させて容姿、態度を点検する際の副直将校の先導、火災のときなどの副直将校や当直将校と衛兵伍長との連絡など、先任衛兵伍長は、下士官の頂点に立って艦内の軍規風紀を取り仕切る重要な配置なのだ。

だから、その先任衛兵伍長になれという衛兵司令からの話を、岩満三郎は即座に断わった。

「いけません。光栄なお話ですが、皆様御承知のように自分は大酒飲みで、『飛龍』下士官兵の模範となるような人格もなく、絶対御受けすることはできません。自分のほかに適任者がたくさんいると思いますが……」

このときの衛兵司令は、先の小川五郎太少佐と交替した同じ砲術長の境辰雄少佐だったが、境少佐は、

「副長からも依頼されていることでもあるし、衛兵司令として俺もぜひ君に引き受けてもらいたい」

と、簡単にはあきらめない。そこで岩満は二、三日考えたのち、ふたたび境少佐に会っていった。

「衛兵司令に一つお願いがあります。これを聞き入れて下さるなら命に従います」

「ホウ、何かね。いってみろ」

「下士官兵の入港、寄港の際の上陸の件を先任伍長におまかせ下さいませんか。責任をもって私どもがこれを取りはからい、決して艦や衛兵司令に御迷惑はおかけ致しません。私も任命された以上は、りっぱな先任伍長として職務を全う致しますから……」

「そうか。では副長とも相談して、ぜひそうすることにしよう」

境少佐はそれを副長小西康雄中佐に伝え、小西副長も諒承して岩満の先任衛兵伍長任命が決まった。

それからの岩満は、ダテには飯《めし》を食っていない長い海軍生活の経験と人脈を存分に生かし、

先任衛兵伍長の任務を遂行した。

先にも書いたように、下士官兵の最大の楽しみは休暇であり、母港や寄港先での上陸外出だ。

入港中の軍艦には糧食、弾薬、燃料などの積み込みや補給、外舷手入れなどいろいろな作業があるが、ただやるよりも、この作業が終わりしだい各種上陸が許可されると聞けば、目の色を変えて働き、仕事も進んで二日かかる作業も一日半くらいで済む。

岩満が狙ったのはそこで、作業が終わったら一刻も早く上陸できるよう衛兵司令に頼むとともに、他の先任伍長や各分隊先任下士官にもその旨を伝えて、協力をとりつけた。

それだけではない。「飛龍」の母港である佐世保碇泊中は、佐世保海兵団先任伍長のところに酒やビールを箱で送り込み、「飛龍」の入港上陸中はよろしくと頭を下げて頼んだ。

母港というのは有難いもので、海兵団先任伍長はすべて岩満の後輩たちだったし、相撲をやっていた関係で、集会所の相撲道場係、行司、班長などにも顔が売れていたから、万事好都合だった。

数日間の碇泊、各種の積み込みも無事に終え、出港も間近になったある日、衛兵司令の砲術長がしみじみと岩満にいった。

「岩満先任伍長、君は佐世保ではずいぶん顔が広いんだね」

「ハア、何故ですか?」

「今度の碇泊中、わが『飛龍』に一件の上陸事故もなかったのは、君の努力のおかげだよ」

じつは上陸事故が皆無だったわけではなく、毎日何件かはあったのを、岩満が上陸のさいに海兵団に立ち寄って貰い下げ、艦には事故報告なしで済ませていたのだ。

衛兵司令はそのことをいったのだが、岩満にしてみれば、自分のような大酒飲みを、見込んで任命してくれた境少佐の気持にむくいようと、発奮しての行為だった。

「ミッドウェー海戦で『飛龍』が最後の一艦になるまで奮戦し、よく一矢をむくいることができた要因の一つに、出港前の上陸に満足した下士官兵の志気の高揚もあったのではないかと、今さらながら先任衛兵伍長時代のことを思い出す」

当時を回顧して岩満はそういっているが、「飛龍」の艦内は、山口司令官以下多士済々だったのである。

第四章　航空艦隊成る

1

「飛龍」は三月下旬から約一ヵ月、母港佐世保に在泊したが、この間の大きな出来事は四月十日、第一航空艦隊が新しく編成されたことだ。

昭和十五年度の第一航空戦隊は「赤城」、第二航空戦隊は「蒼龍」「飛龍」で編成され、一航戦は第一艦隊に、二航戦は第二艦隊にそれぞれ属していたが、こうした編成について、一航戦司令官小沢治三郎少将（のち中将）はかねてから異議をとなえていた。

小沢はのちに第一航空艦隊司令長官となる南雲忠一中将とともに、若い海軍士官たちの間でいわゆる〝水雷屋〟のシンボル的存在だったが、早くから航空機の将来性に気づき、航空部隊の用法について熱心に研究していた。

海上部隊の各級指揮官や幕僚の経験豊富な小沢も、航空部隊勤務はこのときが初めてだったが、昭和十二年の連合艦隊参謀長時代、すでに第一、第二の両空母部隊が別々の艦隊の指揮下にある不合理に気づき、これを一緒にして航空艦隊を編成し、集中的な戦力が発揮できるようふだんから研究や演習を重ねておくべきであると主張するなど、航空に関するその意見には注目すべきものがあった。

だが、当時はまだ機が熟せず、艦隊の年中行事だった五月の海軍大学校での艦隊図上演習研究会の席上で、小沢が述べた航空艦隊構想に対する反響は冷やかなものだった。

そのときにくらべると三年もたち、状況も変わった。今度は参謀ではなく航空部隊の主将となった小沢は、改めて意見書を書いて、連合艦隊司令長官と二航戦が属する第二艦隊司令長官あてに意見書を提出した。

「将来の対米作戦も考え、母艦全部を一艦隊として編成し、航空兵力の集中使用とその訓練の統一をはかり、その攻防威力を能率的に発揮すべきである」

要旨はざっとこんなところだったが、両司令部とも反対で、とくに第二艦隊司令長官古賀峯一中将はその急先鋒だった。

「いかん。航空戦隊は編成上、各艦隊に分属していないと、作戦上困る」

というのがその理由だったが、それは艦隊決戦は主力艦を中核として行なわれるもので、航空部隊はその補助兵力に過ぎないとする、それまでの古い考え方から一歩も出ないものだった。

航空に深い理解を持ち、その育成強化に熱心だった連合艦隊司令長官山本五十六大将が、小沢の意見をどう判断したかは不明だが、面白いことに、山本は当時、連合艦隊参謀長だった福留繁少将(のち中将)に、「あれで真珠湾をやれないかな?」と語りかけている。

その後、腹心の十一航艦参謀長大西瀧治郎少将(のち中将)に、このことについての研究立案を命じたが、小沢の意見具申と時期が一致するから、山本が深い関心を抱いたことはまちがいない。ただ、この時点ではまだ不確定の部分が多く、第二艦隊長官の古賀をはじめとする多数の反対派を押さえるのを、ためらっていたのではないか。

艦隊頼むに足らずと見た小沢は、同じ意見書を今度は中央各部に直送して、航空艦隊実現に協力を求めるという強硬手段に訴えた。

「その後、中央で種々論議の末、翌十六年四月になってようやく航空艦隊の実現を見たけれども、大戦末期にできた第一機動艦隊のようなものではなく、母艦群に単に警戒駆逐艦をつけただけのものだった。これを見ても当時の航空戦に関する一般の評価を察知することができる」

後年、小沢はそう回顧しているが、当時の海軍部内の決戦思想からすれば、その程度の航空艦隊の実現すら容易ではなかったのだ。

たしかに飛行機の戦力化が大いに進み、その威力も認められつつあったが、アメリカ海軍との戦闘の想定では、漸減作戦という思想が強かった。それによると、来攻する敵艦隊に対し、まず二航戦をふくむ重巡洋艦中心の第二艦隊が前衛部隊として接触し、夜戦によって大打撃を与えることになっていた。「蒼龍」「飛龍」の雷撃隊が、探照灯の光芒をかいくぐって決死的雷撃訓練を行なったのも、その作戦構想の一部であった。

こうして戦力の低下したと想定される敵艦隊に対し、戦艦を中心とした主力部隊が決戦を挑んで片をつけるという考えであり、その思想を改めない限り、第二艦隊から貴重な戦力である航空戦隊を取り上げることは困難だった。

小沢の最初の意見具申から、第一航空艦隊の編成までに一年近くもかかったのはそのせいだが、新編の一航艦には、一航戦「赤城」「加賀」、二航戦「蒼龍」「飛龍」のほか、三航戦「瑞鳳」「鳳翔」、四航戦「龍驤」「春日丸」も加えられた。

しかし「鳳翔」と「龍驤」は小型空母であり、「瑞鳳」「春日丸」（大鷹）はともに商船改造空母で、一、二航戦の空母群にくらべ戦力的にかなり見劣りがしたが、九月になって新鋭の正規空母「翔鶴」「瑞鶴」で編成された第五航空戦隊が加わり、ようやく陣容が整った。

2

第一航空艦隊の編成から九日後の四月十九日、兵学校六十九期、機関学校五十期、経理学校三十期、合わせて四百五十名の候補生を乗せた練習艦隊が、一ヵ月にわたる遠洋航海から横須賀に帰ってきた。

もっとも、遠洋航海といっても、国際情勢の緊迫化から前年までのヨーロッパ、アメリカめぐりといった華やかさは消え、アモイ、パラオなどコースも日数もごく短いものとなり、乗艦も練習艦ではなく戦艦「山城」以下重、軽巡五隻の戦闘艦だった。

候補生たちはフネを降りると、さっそく上京し、天皇陛下の拝謁と賢所参拝、海軍大臣招宴など堅苦しい公式行事を終えたあと、それぞれ発令された乗艦に向かった。

空母「飛龍」乗り組みとなったのは兵科五名、機関科二名、主計科一名の計八名で、彼らは横須賀から重巡洋艦「那智」に便乗して、佐世保在泊中の「飛龍」に着任した。

「希望に燃えて喜び勇んで舷梯を登ったものの、最新鋭空母の複雑多岐な艦内配置と、装備品を目の前に、一抹の不安を覚えると同時に、早く習熟して一人前にならなければという意欲がわいてきた」

といういっぽうでは、

「それまで三年あまり麦飯の盛切り一杯だったのが、ガンルームでは銀飯のお代わり自由で、しかも山海の珍味に盛り沢山のおかず、ほんとにおいしかった」

と、純情なりし候補生時代を、のちに機関長付になった萬代久男少尉（神奈川県茅ヶ崎市）は語る。

候補生たちを迎え、着任の翌日は副長と機関長招待の料亭での昼食会があった。おりから八重桜の季節のはずだったが、萬代はまったく記憶がないという。緊張のあまり花どころではなかったようだ。

その翌日は佐世保を出港、宮崎県の細島沖に仮泊して天長節を迎えた。

富高基地にいる飛行隊の離着艦訓練の見学では、限られた滑走距離をはみ出した搭乗員に飛行隊長の叱声が飛ぶのを見て同情したり、体験飛行の機上から見た母艦が小さな木の葉のようで、

「何度くり返しても着艦は恐《こわ》いものだよ」

という飛行士の言葉に同感したりで、年中、艦底にいる機関科員には得難い体験もした。

その後、毎日のように九州沿岸各地の出入港をくり返しながら、発着艦、襲撃、曳航補給などの訓練が行なわれたが、この間に候補生たちもしだいに作業になれ、部下たちに自信をもって号令をかけられるようになった。

六月二十一日からは連合艦隊（GF）後期訓練が開始された。『航空母艦蒼龍の記録』から、その日程を追ってみよう。（主な項目のみ）

六月二十一日（土）　演習開始、後期訓練（GF第八回基本演習）
六月二十二日（日）　GF第八回基本演習、二航戦第一回訓練
六月二十三日（月）　GF第十七回応用教練、「敵」四航戦（「龍驤」「春日丸」）および「香取」昼間攻撃
六月二十四日～二十五日（略）
六月二十六日（木）　飛行機隊GF第十七回応用教練（第二次）、初めて一航艦全力集合
六月二十七日（金）～二十九日（日）　GF基本演習もしくは応急教練、発着艦訓練

これを見てもわかるように、土曜、日曜といえども休みなしの、文字どおり「月月火水木

金金」の猛訓練だが、「蒼海生」のペンネームで「蒼龍新聞」にのった「涛声小語」と題した投稿に、その訓練の一端をうかがい知ることができる。

寧日《ねいじつ》なき訓練のうちに、いつしか今年の春も過ぎた。南海の天地早くも夏である。紺碧の空のもと、黒潮を截ってここに集い技を磨き膽を練る艨艟《もうどう》幾十隻。
○雲すでに　夏の姿となりにけり
○集結の　戦隊遠く　霞みけり
檣上にひるがえる戦闘旗、霞む水平線、白雲悠々、潮風幾十里、我らの舞台は広い。戦機ようやく熟す。
○索敵の　一機夕日に高々と
○黎明戦　今東天の　雲赤し
時に暗夜に乗じて急襲また韜晦《とうかい》（すがたをくらますこと）す。夜雨発着甲板を洗う。
○帰り来る　機翼は　雨にしとどとなり
○急速収容　終れば細雨　霏々として

さかんなりし日の連合艦隊の勇壮な姿が目に見えるようだが、この激しい訓練は、連合艦隊後期訓練の序曲であると同時に、すぐあとに迫っていた南部仏印進駐作戦に備える意味もあったのである。

六月二十日からはじまったこの訓練および演習は十日間で終わり、六月三十日に「飛龍」は僚艦「蒼龍」とともに横須賀に入港したが、入港直後、二十一日に殉職した山本信雄一飛曹の海軍葬が行なわれた。

山本一飛曹は戦闘機搭乗員で、能野澄夫大尉の列機だったが、六月二十一日の演習中にエンジン不調で九州屋久島東方百五十キロの海上に不時着した。

分隊長の能野大尉は上空を旋回しながら山本機を見守ったが、間もなく山本一飛曹は愛機の操縦席から離れることなく海面下に没した。

夕闇に　別れを告げる　去り難し

部下の死を悲しみ、能野大尉が手帳に書きのこした幾首かの句の一つだが、それから一週間後の二十八日には、「蒼龍」でも同じような飛行機の遭難があった。

山本一飛曹の葬儀は矢野艦長以下が臨席し、格納甲板で厳粛に行なわれたが、はじめての海軍葬に参列した萬代久男候補生にとっては、「身の引き締まる思いであった」という。

3

その翌日には演習の結果についての研究会があり、それが終わると各隊各艦はいっせいにそれぞれの母港に向けて出港したが、二航戦の二空母と重巡「最上」以下の第七戦隊は足止めを食い、臨戦準備が下令された。かねてから進められていた南部仏印進駐作戦に協力するためだった。

先に行なわれた北部仏印進駐につづき、フランス領インドシナ全域を勢力下におさめ、来るべき戦争に際しての南方攻略の基地たらしめようというのがその狙いで、外交交渉による平和進駐を原則としていた。だが、もしフランスが応じない場合は、武力をもって強行進駐するという、圧力をちらつかせての交渉だったから、そうなった場合は当然、フィリピンにいるアメリカ軍の干渉が予想された。

二航戦の空母「蒼龍」「飛龍」の任務は、このフィリピンのアメリカ軍に備えることだったから、最悪の場合はアメリカ軍との戦闘が起きることも予想された。

十日間の横須賀在港中に、出撃部隊は弾薬、燃料、食糧などの搭載を終え、七月九日は乗組員たちにとって最後の上陸となった。

「飛龍」機関科の萬代久男候補生は、海軍機関学校同期で「飛龍」乗り組みの牧田国武候補生と、横須賀の街で香《こう》を買った。それも上等な資生堂の「金雀」で、出陣の前に兜に香をたきしめたむかしの武士にあやかろうとしたものだ。

明けて七月十日、いよいよ出陣の日である。午前八時。軍艦旗掲揚と同時に、

「出港用意！」「前進微速」

と立てつづけに命令が出て、二航戦の両空母は静かに出港を開始した。

晴天ではあったが風はかなり強く、海は荒れて前途の多難を思わせたが、航海は平穏で十四日には馬公に入港した。ここで燃料補給のため一日だけ碇泊して、十五日には出港、十六日午後四時ごろ海南島三亜（サンファン）に入港した。

広い三亜港内にはすでに陸兵をのせた七十数隻の大船団と、護衛の艦艇群が碇泊しており、心強い「蒼龍」「飛龍」の入港を迎えた。

船団と艦隊はここでしばらく待機し、外交交渉のなり行きを見守ることになったが、椰子やサボテンの繁る海南島は南国だけに、その暑さは大変なもので、飛行場では翼の下の日蔭にいても、顔がヒリヒリするほどだった。そのうえ芝生には、咬《か》まれると百歩歩《ある》かないうちに死ぬというところから百歩蛇の名がついた猛毒の蛇がいたし、ドラム缶を倒せばサソリがウヨウヨしていた。

それでも三亜の町には台湾銀行や三井物産の出張所もあり、明るい南国の風物は上陸した艦隊の将兵たちを楽しませた。

七月二十五日の午後四時、南部仏印進駐部隊の艦船はぞくぞくと出港を開始し、洋上で船団を組むと、七戦隊および二航戦の護衛のもとに、南部仏印のサイゴン沖に向け一路南下した。

夜は南十字星を仰《あお》ぎながらの航海だったが、イギリス海軍の四発飛行艇ショート「サンダーランド」が船団上空に飛来するなど、緊張した場面もあり、ずっと臨戦態勢のまま三十日を迎えた。

しかし、フランスはすでに日本側の圧力に屈し、二十一日に日本軍の南部仏印進駐を受け入れていたので、武力衝突の機会は去っていた。カムラン湾を埋めつくした大輸送船団からおびただしい上陸兵力が吐き出され、協定成立によって平穏裏に上陸した飯田祥二郎中将以下の陸軍部隊は、フランス兵の捧《ささ》げ銃《つつ》に迎えられて、サイゴン市中を行進した。また明くる三十一日には、郊外の飛行場に海軍航空部隊も空から進駐し、ここにフランス領インドシナは完全に日本の制圧下に入った。

三十日の〝平和進駐〟が終わると、「蒼龍」と「飛龍」はすぐに三亜に向けて引き返したが、往路とちがって今度は任務を果たした安堵《あんど》感が、だれの胸にもあった。

せっかく買った香水も使わずにすんだ萬代候補生にしても同じで、萬代は夜になると牧田国武候補生をさそっては、涼しい飛行甲板に出た。月のない、降るような満天の星空の下での友との語らいは楽しいものだったが、歌の好きだった牧田は、星空を仰ぎながら島崎藤村の「椰子の実」をよく歌い、歌のあまり得意でなかった萬代にもそれを教えた。

二航戦は途中、三亜に立ち寄って、基地派遣隊や物件を収容して八月六日、佐世保に帰ったが、この間に萬代の歌も上達した。

「牧田に教わった『椰子の実』は、今でも僕のもっとも好きな歌であり、ともに歌ったころの純真そのものの彼の面影は終生忘れることはできない」

のちに戦艦「大和」の沖縄特攻で戦死した僚友牧田への熱い思いを、萬代はそう語るが、夜空の星と海と歌は、若き士官候補生たちのロマンチシズムをかき立てるに充分であった。

4

前年九月の北部仏印につづく日本軍の南部仏印進駐に対し、イギリスとアメリカはすぐ反応を示した。

七月三十日、イギリスは本国および属領での日本船に対する石炭積み込みを禁止し、八月一日にはアメリカが石油をはじめとする重要軍需物資の対日禁輸と、在米日本人資産の凍結という報復措置の挙に出た。

この措置の最大の目玉は石油の禁輸で、石油需要の九割以上をアメリカおよび蘭印（オランダ領インドシナ、現在のインドネシア）からの輸入に頼っていた日本にとって、大打撃だった。

とにかく石油が欲しかった日本は、ドイツに屈伏したオランダの弱みを衝いて、蘭印との間で輸入交渉を進めていたが、交渉は不調に終わり、すでに六月十四日に打ち切られていた。外交交渉がダメなら武力でとるしかないと、仏印進駐はいわばその進出のための拠点確保を狙いとしたものだった。

これより先、四月十二日に、日本はソビエト連邦との間で中立条約を結んだが、これには南進の際に、ソ連による背後の脅威を除いておく狙いがあった。だが、ソ連の指導者スターリンが熱心に日ソ中立条約を望んだのは、すでに予想されていた独ソ戦の開始に備えて、日本からの攻撃を封じる必要があったからだ。それを知らずに日本は、スターリンの策にまんまとはまったかたちで、それから二ヵ月後にドイツ軍がソ連領内に進攻したため、ドイツとは三国同盟、ソ連とは中立条約をそれぞれ結んだ日本は、外交的に妙な立場に立たされた。

いっぽうのソ連は、スターリンが日本の外相松岡洋右に、日ソ中立条約締結後、「これで日本は安心して南進できる」と語りかけているのを見てもわかるように、こちらの意図はすべて読まれていたのである。

日本外交のまずさは今もむかしも変わらないが、それでもアメリカと戦争することだけは避けたいと、アメリカに知己の多い野村吉三郎海軍大将を駐米大使に任命して、なお関係打開に一縷の望みを託していた。しかし、あまりにも南方資源獲得の意図が見えすいた日本軍の南部仏印進駐が、それを一層困難にしたことは明らかだ。

八月十四日、イギリスのチャーチル首相とアメリカのルーズベルト大統領は、大西洋上のイギリス戦艦「プリンス・オブ・ウェールズ」艦上で会談し、領土不拡大や政体選択の自由などを盛り込んだ大西洋憲章を発表し、日本がこのまま武力行使をつづけるならアメリカは戦争もあえて辞さないという強い態度を表明した。

5

こうした日米関係の緊迫化にともない、連合艦隊の訓練も以前にもまして激しいものとなった。

南部仏印進駐作戦支援の任務から帰った「蒼龍」は、佐世保を出港して訓練を再開し、「飛龍」は入渠して修理改造工事ののち、佐世保を出港して別々の行動をとったが、八月下旬には鹿児島県串木野沖で合流した。

それまでは各空母、あるいは航空戦隊ごとに行なわれていた飛行訓練の総仕上げとして、航空艦隊全搭載機による機種別合同訓練を実施するためで、一航戦、二航戦の四空母に、九月一日からは竣工早々の新鋭空母「翔鶴」(五航戦)の飛行機が加わった。

このあと九月二十五日には、「翔鶴」の姉妹艦「瑞鶴」も五航戦に編入され、一航艦の主力空母六隻がすべて揃《そろ》ったことになる。

これら全空母の飛行機全部を合わせると四百機を越すので、艦攻(九七式)は出水、鴨池、艦爆(九九式)は笠ノ原、富高、艦戦(零式)は佐伯の、五基地に別れて訓練が実施された。

まず基本の薄暮、夜間、黎明の着陸訓練にはじまって、母艦への着発艦訓練、数時間にわたる洋上航法訓練にうつり、さらに艦攻は水平爆撃および海面すれすれの雷撃訓練、艦爆は急角度の降下爆撃、戦闘機は空戦など機種別に練度の向上を目指して訓練がつづけられた。

なかでも重要だったのは、ハワイ真珠湾軍港の攻撃を想定した艦攻隊の雷撃訓練だった。

艦攻隊は水平爆撃と雷撃に分かれ、「飛龍」雷撃隊の訓練は、鹿児島県の阿久根という、出水から汽車で駅を三つほど南に下った小さな町の、海岸を利用して行なわれた。いまは阿久根市となり、海浜一帯が県立公園になっているところだが、海岸線がわずかに彎曲して入江となり、海岸から五百メートルほどのところに小さな島があって、魚雷発射訓練に都合のよい地形だった。

しかし、ここがとくに訓練の場として選ばれたのは、水深が浅いことだった。

それまで、日本海軍がとっていた洋上作戦での航空魚雷の発射基準は、高度五十メートルから八十メートル、射程距離八百メートルから一千メートルとなっていた。それが、今度の訓練では狭くかつ浅い港湾泊地に重点がおかれ、しかもその目的のために、考案された試作魚雷十本がとくに配備され、訓練に使われた。

その魚雷は「九一式魚雷改二」とよばれる試作魚雷で、水深の浅い真珠湾攻撃のために、とくに開発されたものだった。

ふつう、航空魚雷は五十メートルから百メートルの高度で発射すると、いったん深く沈んでから浮上するが、それでは水深の浅い真珠湾では投下された魚雷が海底に突き刺さってしまい、目標の艦船にはとどかない。そこで二年ほど前から、真珠湾の水深に合うよう深度十二メートルを目標とした魚雷の開発が進められ、その試作品がやっと訓練に間に合ったのである。

深度が極度に浅いところから、別名「浅海面魚雷」ともよばれたが、魚雷を深く沈まないようにするためには、できるだけ低高度で発射する必要があり、訓練はもっぱら高度十メートルで行なわれた。

海面上十メートルといえば、飛行機の上下運動や波浪の高さなどから考えると、プロペラ先端が海面を叩くほどの高度で、へたをすれば海に突入しかねない。しかも、発射地点は従来の一千メートルから二百メートルに短縮されたから、きわめて精密な雷撃運動が要求された。

しかし、若い搭乗員たちは、日ごろ禁じられている超低空飛行がおおっぴらにできるとあって、その危険度もなんのその、喜び勇んで訓練に励んだ。

浅海面発射の訓練も回を重ねるごとに上達し、操縦員にとっては、それほどむずかしい技術ではなくなった。むしろ搭乗員たちにとって気がかりだったのは、二百メートルの発射地点となると、あまりにも敵に接近しすぎ、激しい銃砲火の中を果たしてそこまでたどりつけるかどうかだった。

「はじめのころは、海上に浮かぶ漁船などを目標にして、訓練をしていた。何も知らない漁師たちは、飛行機に向かって手を振っていたが、やがてそれが自分の船に超低空で向かってくるのを見て恐ろしくなり、あわてて海に飛び込むといったことがしばしば見られた」

松村平太大尉指揮の「飛龍」艦攻隊の一員として訓練に参加した笠島敏夫一飛曹（東京都板橋区）の回想だが、今だったらすぐ問題にされそうなこうした出来事も、緊迫した情勢下とあって許された時代であった。

搭乗員たちは、この訓練が特別な悪条件の目標を想定したものであることは察しがついたが、それが真珠湾であることは知らされていなかったし、想像もできないことだった。

しかし、この時点で、ごく一部の人たちはそれを知っていた。

この訓練がはじまった直後の昭和十六年夏、パラオから串木野沖に碇泊中の「飛龍」に着任した和田武夫軍医大尉（前札幌医科大学長、札幌市）は、病気の軍医長に代わって副長に呼ばれたとき、手渡された極秘書類には、「北太平洋一円三ヵ月間の臨戦準備」という文字が記されてあり、真珠湾攻撃の意図を知ったという。

阿久根沖での基礎訓練で練度が上がると、今度は場所を鹿児島湾に移して訓練が行なわれた。

鹿児島湾を利用した理由は、ここが真珠湾によく似た地形だからで、桜島をフォード島に、そして鹿児島市内の城山を、真珠湾の周辺の山々に見立てることができた。

訓練は城山の斜面すれすれに降下し、鹿児島市街地の上空を低空で飛んで、桜島を目指すコースだが、市街地上空で、それも低空を訓練コースに選ぶなど、当時だからできたことだった。

鹿児島湾、別名錦江湾での雷撃訓練では、ときに母艦の「蒼龍」や「飛龍」を敵艦に見立てての襲撃訓練も行なわれた。

夏のある朝、「飛龍」の飛行甲板では甲板士官の関谷丈雄候補生（のち大尉、故人）の指揮で、いつものように威勢のいい甲板掃除が行なわれていた。そのとき、突如として爆音が近づき、関谷候補生がハッとして見上げると、今しも桜島の方角から三機編隊の九七艦攻六機が母艦目掛けて突進してくるところだった。

艦攻隊は「飛龍」の飛行甲板より低く、海面ぎりぎりに波と飛沫《しぶき》を立てながら、あっという間に接近し、母艦の直前で翼をひるがえして湾口方面に飛び去った。とっさの出来事であったが、そのとき銀翼の機体の中の搭乗員の茶色の飛行帽、緑の落下傘バンドがはっきり見えたほどの、衝突寸前に近いアクロバット飛行だった。

「なんと派手な、危険な馬鹿げた飛行をするのだろうと、唖然として見送ったことだった。私は当時、搭乗員になりたいと漠然たるあこがれを持ってはいたが、飛行機のことはほとんど知らず、この一瞬の超低空超近接飛行を見て、『あぶないなあ！』という気持と、若干ながら『いいなあ』という二つの気持が、複雑にからみあっていたことを思い出す」

海軍機関学校五十期の萬代や牧田とはコレス（相当期の意味）にあたる兵学校六十九期出身の関谷の述懐であるが、それがハワイ真珠湾攻撃を想定した訓練であるとは思いも及ばなかったのだ。あとでそれを知った関谷は、「危険な馬鹿げた飛行をする」という軽蔑の気持が一転し、強い畏敬の念に変わったというが、それがきっかけでのちに飛行機搭乗員の道に進み、戦闘機パイロットになっている。

6

雷撃隊が鹿児島湾で、サーカスもどきの浅海面雷撃訓練をくり返していたころ、同じ九七艦攻の水平爆撃隊のほうは、大隅半島の東側の、鹿児島湾とはちょうど背中合わせの有明湾の志布志海岸にある海軍爆撃場で、地上に画かれたアメリカ戦艦「ウエストバージニア」と同じ大きさの標的に向けて、毎日のように演習爆弾を投下していた。

「そのかいあって、爆撃嚮導機の技倆は上達し、高度三千メートルで、公算誤差遠近左右とも三十メートル以内におさまるようになった。この技倆からまず八十パーセントの捕捉率が期待できる。つまり、十個攻撃単位（五機編隊五十機）のうち八個単位（四十機）が目標に命中させることができるのである。艦船にたいする水平爆撃としては、これは非常な成功であった」

のちに真珠湾攻撃に際して、第一次攻撃隊百八十三機の指揮官となった空母「赤城」の飛行隊長淵田美津雄中佐は、自著『真珠湾攻撃』にそう述べている。

淵田がいっている爆撃嚮導機というのは、攻撃実施の直前だけ編隊長機に代わって編隊の先頭に立つ、爆撃照準技倆にすぐれた搭乗員トリオが乗った飛行機のことで、編隊の飛行機はこの嚮導機に従って、いっせいに爆弾を投下することになっていた。

単機ごとに魚雷を発射する雷撃とちがって、水平爆撃は編隊からいっせいに投下する爆弾の網のなかに目標をとらえる方法だったから、爆撃嚮導機には操縦員も爆撃照準にあたる偵察員もとくに優秀な者が選ばれ、このときの訓練によって淵田がいっているような技倆に達していたのである。

激しい訓練に明け暮れていたのは、艦攻隊だけではない。富高と笠ノ原基地の艦爆隊、佐伯の艦戦隊も同様で、それは早朝から深夜に及んだ。

搭乗員と整備員のほとんどが陸上基地に行ってしまったので、どの航空母艦も艦内の飛行科や整備科の居住区はガランとしていた。その空いた艦内で、猛威をふるっていたのがネズミだった。

「用事があって、たまに艦に帰ることがあった。帰艦してみると、机のなかはいつもネズミの糞《ふん》だらけだった。本も食いちぎられている。ベッドの上にも黒い糞がいっぱい散らばっている。せっかく綺麗《きれい》にしても、すぐまたやられるので、ベッドの上だけ掃除して一晩を過ごし、翌日はもう基地に戻るという始末だった」

「飛龍」艦攻整備分隊長だった土屋太郎大尉（横浜市保土ヶ谷区）のネズミにまつわる思い出話だが、商船も含めて海を航行するフネにとって、ネズミは悩みのタネなのである。

岸壁に横づけされている軍艦や一般の商船は、太いロープで岸壁につながれているが、フネのなかに豊富な食糧のあることを知っているネズミは、このロープを伝って侵入する。いったんフネのなかに入ってしまうと、エサに困らないからネズミ算式にふえ、土屋大尉が経験したようなことはザラとなる。

ネズミの被害はバカにならないので、ときどき艦内では大がかりなネズミ退治が行なわれ、ネズミを捕らえた者には一泊の「ネズミ上陸」が許されたほどだった。しかし、それでもネズミはまたふえる。

接岸中のネズミの侵入を防ぐため、岸壁でフネと陸地をつなぐロープの途中に、「ネズミ返し」とよばれるブリキ製の漏斗《じょうご》型の板がつけられているのをよく見かける。ネズミは艦内に入りたがり、その艦内にはそのネズミを捕えて上陸したがる人間がいるという、奇妙な補完関係が、軍艦の乗組員とネズミの間に存在したのである。

飛行科や整備科の居住区だけでなく、大半が出払った「飛龍」の士官室もまた、淋しい限りだった。食事のときもテーブルの大半は空席のままで、隅のほうで在艦の士官たちが副長を中心に固まって、談笑をかわしているだけだった。

「陸に上がった連中は、いまごろ外出して羽根を伸ばしているのではないか」

彼らはそういって羨《うら》やむことしきりであったが、というのは母艦だってのんびりしていたわけではなく、串木野、鹿児島湾および有明湾を作業地として、連日のように発着艦訓練と洋上補給訓練などをくり返し行なっていたのだ。

航空母艦搭乗員にとって、最も基本的で大切なのが発艦と着艦で、とくに着艦はそのカンや技倆を維持する必要から、絶えず訓練をやっていないといけない。

「飛龍」でもそれは間を置かないようにして行なわれていたが、それも八月末あたりからは夜間発着訓練が加わり、母艦が串木野に帰ってくるのは真夜中の十二時ごろになることが多かった。

九月八日には、僚艦の「蒼龍」が整備や船体の総塗り変えのため、母港横須賀に向けて出港した。横須賀軍港の在泊が一ヵ月半以上にも及ぶため、この間の「蒼龍」機の発着艦訓練は「飛龍」が引き受けることになり、「飛龍」の発着機担当は大忙しとなった。

「蒼龍」機の「飛龍」飛行甲板への発着艦訓練で、一番問題だったのは、「蒼龍」は右舷側、「飛龍」は左舷側にあった艦橋の位置の相違に対する「蒼龍」搭乗員の感覚の不慣《ふな》れであった。

右舷に艦橋があった「蒼龍」の飛行機は、艦橋への衝突を避けたいという心理からどうしても左舷寄りに接着艦するクセがあり、「飛龍」の発着機係をハラハラさせた。

ある日、ついに恐れていた事故が発生した。「蒼龍」の艦爆が接艦中、左に寄り過ぎて翼端が「飛龍」艦橋に接触したため、機体は艦橋前方の救助網を突破して、海中に墜落したのである。

「数秒間浮いている機体のなかで、必死に安全ベルトを外そうともがいている姿を見ていながら、何らなす術《すべ》のないいらだちに、切歯扼腕《せっしやくわん》した。この事故が翌日もつづいて起き、貴い人命と機材を失われつつある様子に、改めて身の引き締まる思いをした」

昭和十六年十月はじめ、大村航空隊から串木野港にいた「飛龍」に転勤してきた、戦闘機分隊発着機担当の木村義国整備兵曹長（のち少尉、埼玉県朝霞市）の回想だが、それでも訓練は休みなくつづけられた。

母艦への発着艦訓練の主役は、もちろん飛行科の搭乗員と発着機係だが、縁の下の力持《ちからもち》ともいうべき機関科の苦労も大変なものだった。

艦上機は発着艦を容易にするため、その際の対気速度は三十二ノット（時速約六十キロ、秒速十六メートル）となっていた。したがって、無風状態なら母艦は最大戦速で走らなければならないし、もし毎秒十六メートルの風に向かえば微速でよいことになる。

機関科は風力に応じて艦の速力を調整するので、そのたびにボイラーに火を入れたり消したりしなければならない。

「慣れてきたら、天気図と海面の状況で風を予想できるようになった。これがきっかけで航海科とは非常に仲良くなって行った」

機関科第十七分隊長梶島栄雄大尉（千葉県我孫子市）の苦心談だが、機関科のもう一つの苦労は、洋上での燃料補給訓練だった。

洋上補給法には縦曳《たてび》きと横曳《よこ》きがあり、縦曳きの場合は七十から八十メートル、横曳きの場合は三十メートル、それぞれタンカーとの距離をとって曳索《えい》を渡し、あと重油蛇管をとって燃料取入口に接合して油を受ける。実際には給油にかなり時間を要するが、これは操作の訓練だけだから、少し油を受けるとすぐ「補給止め」となって離脱する。（ハワイ作戦のときの洋上燃料補給は縦曳きによって行なわれた）

着艦に失敗して海に落ちた飛行機の搭乗員を拾い上げるところから、トンボ釣りとよばれる任務を持つ随伴の駆逐艦も同じ作業を行なうが、燃料補給の間、タンカーとの間隔を維持するだけでなく、速度を合わせるのがこれまた難しい。

タンカーはディーゼル推進なので危険振動回転を避け、洋上補給時には十四・三ノットで走る。ところが「飛龍」のほうはふだんこんなハンパな速力は使わないし、運転諸元表にもないので、機関科はそのスピードに合わせるのが一苦労だった。

それも回を重ねるに従って上達し、やがてより難しい夜間の洋上補給、さらにはとくに風浪の激しいときを選んでの訓練へと進んだ。

「それでも、この面倒な訓練に一回の失敗も事故もなかった」

と梶島はいうが、いったい何の目的でこんな訓練をするのかが、しばしば士官室でも話題になった。

「帝国海軍の対米戦略は、西太平洋での攻勢防御が原則だろう。だとすれば、補給船隊をつれて遠く敵地まで出かけて行くことなどあり得ないよ」

「たしかに対米交渉は切迫しているが、上層部はわれわれに何をやらせようとしているのだろう?」

それは梶島とて同感だった。

梶島はそれまで重巡洋艦、戦艦、駆逐艦、潜水艦隊旗艦(軽巡洋艦)の順に、数多くの艦に乗り組んでいたが、演習でも洋上での燃料補給などやったこともないし、聞いたこともなかったからだ。

逆にいえば、それほどまでにハワイ攻撃の企図は、秘匿が完璧《かんぺき》だったということになるだろう。

第五章　加来大佐着任

1

「蒼龍」が串木野から横須賀に向かった九月八日、「飛龍」には矢野志加三大佐に代わって新しく艦長になった加来止男大佐が着任した。

加来大佐はそれまで、横須賀の海軍航空技術廠(空技廠)の総務部長をしていたが、空技廠に併設されていた工員養成所の所長も兼ねていたので、当時養成所の生徒だった人たちの記録『空哉』のなかに、転任してゆく加来所長を見送る記述がある。

「日米開戦の少し前のころだったと思うが、当時まだ空技廠内にあった養成所の全員に集合がかかり、養成所から北門に通ずる道路の左側に整列させられた。さて、何事だろうと待つうちに、所長の加来大佐の姿が見えた。

加来大佐は整列するわれわれに語りかけるように、
『しっかりやれよ、しっかりやれよ』
と声をかけながら見送りのなかをゆっくり歩いて行き、北門より車中の人となった。どこに転勤されたか当時のわれわれには知ることができなかったが、戦後『リーダーズダイジェスト』に掲載された『艦と運命を共にした日本海軍の提督と艦長』というミッドウェー海戦を取り上げた記事を読み、あのとき加来大佐が養成所全員の〝帽振れ〟のうちに別れて行ったのは、空母『飛龍』艦長として赴任するためであったことを知った」

加来は大正八年末卒業の第四期航空術学生出身という、数少ない航空の生え抜きで、昭和七、八年ごろには中佐で連合艦隊の航空参謀となっていた。ちょうどこの時期、山口多聞大佐が作戦参謀として同じ艦隊司令部に勤務しており、のちにミッドウェー海戦で「飛龍」と運命を共にする二人の出合いがこのときにあった。

水雷屋としては令名高かったものの、航空にはまだ縁がなかった山口にくらべると、根っからの飛行機屋だった加来は、航空の将来についてかなり革新的な意見を持っていたようだ。

艦隊航空参謀のあと、加来は海軍大学校教官となり、航空戦術を担当したが、昭和十一年五月、陸軍大学校航空戦術教官青木喬陸軍少佐とはかり、共同で独立空軍建設に関する意見書を陸海軍大学校長に提出した。

これは陸海軍にそれぞれ分属する航空兵力のほかに、新しく独立した空軍をつくることを骨子としたもので、ちょうど陸海空に分かれている今のアメリカのようような制度にしようという、非常に進歩的な思想から発していた。

しかし、当時の陸海軍人のほとんどはこの問題に冷淡だったし、海軍大学校長だった中村良三中将は、海軍の者が勝手に陸軍に意見を提出したり、陸軍の者が海軍に意見を提出したりするとは越権で、怪《け》しからん行為だから処罰すべきである、と陸軍大学校に申し入れるなど、あまりにも進みすぎた考えだったがゆえに、反応はかんばしいものではなかった。

中村海軍大学校長から申し入れを受けた陸軍大学校長小畑敏四郎中将は、

「あれは大変結構な意見と思っているから、処罰などもってのほか」

と返事をしたため、加来は処罰をまぬがれた。

それから間もない昭和十一年十二月の定期異動で、加来は大湊航空隊司令に転出したが、同じ海軍大学校教官の山県正郷大佐（のち大将、戦死）らと戦艦無用論をとなえるなど、中村校長にとっては目ざわりな存在だったに違いない。

結局、加来らの提案は容れられず、日本での空軍独立は実現しなかったが、こうした積極果敢な性格や、生え抜きの航空屋であることなどを考えれば、新鋭空母「飛龍」の艦長は、加来にとってまさにピッタリのはまり役だった。

加来艦長になってから、飛行機隊の訓練は一段と激しさを増し、真珠湾攻撃を想定した実戦さながらの飛行作業が連日のようにくり返されていた。とくに出水《いずみ》基地を根拠地にした九七艦攻雷撃隊の浅深度発射訓練は猛烈をきわめたが、そんなある日、串木野沖に碇泊していた「飛龍」の掌航海長田村兵曹長は、加来艦長から電話を受けた。

「掌航海長か。今から艦橋に行くから待っていてくれ」

ハテ、何のことだろうと思いながら待つほどに、口髭《ひげ》もいかめしい艦長が艦橋に上がってきて、田村にそっと耳打ちした。

「すまんが、真珠湾の軍機海図を見せてくれんか」

真珠湾攻撃はまだ秘中の秘だったから、真珠湾の海図は軍機海図格納庫に厳重保管され、その鍵は掌航海長が持っていたのである。

艦長じきじきの依頼とあって田村は恐縮しながら海図室に案内し、格納庫を開けて真珠湾の海図を取り出して、テーブルにひろげた。

「内緒《ないしよ》だよ。僕が真珠湾の軍機海図をしらべたことは誰にもいうなよ」

加来はそういうと、真珠湾の水深について田村にたずねた。

「これが戦艦群が係留されていると思われるフォード島です。この岸壁付近は水深十三メートル、こちらは十四メートルになっています……」

フォード島の一、二、三、四番岸壁付近の水深を田村がくわしく説明すると、加来は大きくうなずき、海図室を出がけに再度、

「絶対に口外しないように」

といって艦長室に帰って行った。

いま行なわれている訓練が、目的に対して果たして適切かどうかを確かめたいという加来の意図からであったが、田村はこのことから、真珠湾攻撃が現実のものとなりつつある事実を知り、改めて身の引き締まる思いがしたという。

2

第一航空艦隊が、まだそれと明らかにしてはいなかったが、目的をすべて真珠湾攻撃にしぼった猛訓練に入っていたころ、国の中央では重大な決定が行なわれていた。

それは、加来大佐が「飛龍」艦長に着任する二日前の九月六日のことだった。

このころ、行きづまった日米間の交渉を打開すべく、近衛文麿首相はアメリカのルーズベルト大統領との直接会談に望みをつないでいたが、ひとり意欲をもやす近衛首相以外に期待する者は少なく、何よりもこれまで何度も裏切られてきたアメリカの対日不信から、その可能性はほとんど絶望的といってよかった。

そして九月六日、昭和天皇の御前会議で、〝十月上旬までに対米交渉が妥結する見込みがつかないときは、対米開戦を決意する〟ことを骨子とした「帝国国策遂行要領」が決定されてしまったのである。

もちろん、このことは極秘の決定であり、一般国民の知らないところであったが、少なくとも一航艦の将兵たちは、その訓練の様子から日米開戦の近いことを肌で感じていた。

そんな折りも折り、夜間訓練の最中に、「飛龍」見張員が日本のとはちがう不審な船影を発見した。さっそく、「飛龍」から発光信号で停船が命じられ、高等商船学校出身の杉本明次大尉を指揮官とする臨検隊が出発した。

程なく帰艦した杉本大尉の報告で、その船は満州から大豆を満載して母国に向かう武装ドイツ商船とわかったが、この間「飛龍」ではいざというときは直ちに撃沈すべく、全砲門をそのドイツ船に向けるという緊迫した状態がつづいた。

こうした戦争への日本の動きに符合するかのように、十月二十三日には重慶で開かれたアメリカ、イギリス、ソビエト、中華民国の四国による連合会議で中国支援が協議され、同じころアメリカが太平洋のグアム、ミッドウェー、ウェーキ諸島在住の婦女子全員の引き揚げを開始するなどのニュースが伝えられた。

重慶で四国会議が開かれた翌日、整備補修のため母港横須賀に在泊していた「蒼龍」が工事を終えて出港、二十六日には串木野沖で「飛龍」と合流した。

このころ二航戦の旗艦は「蒼龍」に代わっていたが、旗艦から山口多聞司令官が「飛龍」に来艦し、准士官以上に対して訓示があった。

「国際情勢は重大な転機に直面しており、戦争の危機は増大しているが、十年、兵を養うのは一《いっ》にその日のためにある。ここは緊褌《きんこん》一番、実力を養うよう努めてもらいたい。

いざ戦争になった場合、戦場ではときに混戦となり、信号の届かない場面も生ずるが、そんなときはためらうことなく、敵に向かって猛進撃せよ。それが司令官の意図に沿うゆえんである」

ざっとこんな趣旨の訓示であったが、具体的に戦場における心構えにまで触れたことで、「身振いするほどの興奮を覚えた」と、訓示を聞いた一人、萬代久男候補生はいう。

である」

なお、萬代ら少尉候補生八名は、このあと十一月一日付で候補生の呼称がとれ、晴れて海軍少尉に任官したが、その喜びもそこそこに十一月三日の明治節式典が終わると、四日からは訓練の総仕上げともいうべき総合特別演習が開始された。

場所は九州と四国の間の豊後水道一帯で、艦隊を青軍と赤軍に分けての猛烈な演習が早暁から深夜に至るまでつづけられた。

演習の最終日にあたる十一月六日の「蒼龍」乗組員の日記（伊藤悦郎）に、その一部の記述が見られる。

「〇六〇〇頃、本艦（蒼龍）は全速運転となる。東と思われる空が赤々と焼け、頭上に円い月を頂き、青黒き海を銀河のように白波の航跡を残して進む。振動で後甲板に立つことも恐怖を感ずる。飛沫は瀑布そのもの、轟音とともに飛行甲板までたちのぼる。

『赤城』『加賀』『飛龍』相並び、太平洋の護りを担ってたつ」（『航空母艦蒼龍の記録』）

これより先、日出三十分前には一航艦の各空母から水平爆撃隊、急降下爆撃隊、雷撃隊、制空隊の四群からなる攻撃隊が発進しており、大分県佐伯湾に停泊していた赤軍（仮想敵）の第一艦隊戦艦群を攻撃した。これはまさにハワイ攻撃の模擬演習で、成功裡に定められた攻撃動作を終えた飛行機隊は、さしのぼる朝日とともにそれぞれの母艦に帰投した。

先の伊藤日記のつづき。

「機動部隊の特別演習も今日で終了。艦内の暑さは特別で、居住区ごとに防火扉で固く閉まり二十六、七度から三十度あり、空気も乾燥し鼻孔が痛い。ベッドに裸ではいる」

このあと艦隊は解散し、二航戦も「蒼龍」は広島県呉に、「飛龍」は佐世保にそれぞれ帰ったが、そこに待っていたのはいつもの補修手入れに代わる「臨戦準備」の下令で、不要物件の陸揚げや、弾薬、衣服、食糧、燃料などの搭載が昼夜兼行で行なわれた。

なかでも大変だったのは、重油の積み込みだった。

二航戦の「蒼龍」「飛龍」は燃料タンク容量の関係から航続距離が短いため、ハワイ作戦参加は無理と見られていたが、山口司令官の意見具申により、航続距離延伸策として洋上補給のほか、船体の強度の許すかぎり艦底空所を重油タンクに改造し、さらにドラム缶あるいは石油缶詰の重油を艦内の空所に搭載することになった。

この措置は航続力の長い空母「加賀」「翔鶴」「瑞鶴」を除く他の三空母に実施されたが、萬代少尉の記憶によると、ドラム缶、石油缶（十八リッター入り）合わせて五百キロリッターが「飛龍」に積み込まれ、呉在泊の「蒼龍」では十一日から十三日出港直前までに、ドラム缶五百本、石油缶二万四千缶が積み込まれた（『蒼龍の記録』）という。

3

重油の積み込み作業は在艦の乗組員全員によって行なわれたが、佐世保在泊の間に前後に分けて休暇が与えられた。

通信科の方位測定室長森本（旧姓白木）権一・二等兵曹（徳島市）の場合は、さいわいにも入港と同時に三日間の休暇となった。さっそく懐かしい故郷徳島に帰るべく汽車の時刻表をしらべてみると、とても無理なことがわかった。

「飛龍」が在泊する佐世保は九州西北端、そして森本の実家がある四国東端の徳島までは、遅いＳＬ列車（当時はみんなそれだった）を乗り継ぎ、しかも二度も連絡船で海を渡らなければならなかったからだ。

「ま、しょうがない。今回は帰郷はあきらめて、九州のどこかで遊ぶことにしよう」

すでに長い作戦行動に向かうことを想定して、俸給は繰り上げ支給されていたから、軍資金にはこと欠かなかった。

まさか今度の行き先がハワイ攻撃であることなど知らないから、同じく家が遠くて帰れそうもない仲間とそんな話をしていた森本は、突然、通信長に呼ばれた。

何ごとかと思って行ってみると、

「お前は家が遠かったなあ。帰艦に遅れても構わんから、ぜひ御両親の顔を見てこい」

という思いがけない言葉だった。

それで故郷一泊の休暇がかなった森本は、帰艦してびっくりした。重油のドラム缶が通路や空所に所せましと並び、しかもまだ続々と積み込み中であった。そのうえ後部短艇甲板には、短艇を陸揚げした跡に食糧品や酒保物品などが山積しており、私物をはじめ不要物件はすべて陸揚げするよう命じられていたのである。

〈いよいよグアムかフィリピンに出撃か……〉

強制休暇やこのただならぬ艦内の気配からそう覚悟した森本は、最後の上陸の夜、佐世保の下宿で父宛の遺書を書いた。

「何回も書きなおしてやっとでき上がったのは、夜半過ぎだった。もちろん、当時の軍人としては模範文だったと思う」

森本はそう語るが、後発の休暇員も帰艦し、臨戦準備を終えた「蒼龍」と「飛龍」は、十一月十三日、それぞれ呉と佐世保を出港し、洋上で飛行機隊を収容しながら佐伯湾の泊地で会合した。

佐伯にはすでに他の空母をはじめ、戦艦、巡洋艦、駆逐艦など多数が在泊しており、「飛龍」はここでも基地撤収作業や残った私物の陸揚げを行ない、最後の補給をすませた。

艦内では行き先について、オーストラリア、ハワイ、フィリピン、はてはアラスカなど、あれこれ想像しては意見が飛びかったが、誰にもわからなかった。それというのも、飛行機には耐寒装備が施されていたが、衣料品は耐寒服と防暑服の両方が支給されていたし、行き先を知っていたのは艦長とほんの一握りの上級幹部だけだったからだ。

「飛龍」艦長加来大佐が、軍機海図をあずかる掌航海長に、

「艦長がハワイ方面の海図を見たことを絶対に口外しないように」

と固く口止めしたのを見ても、このハワイ作戦の機密保持に対する周到な注意ぶりがうかがえよう。

しかし、日本海軍創設いらい、日露戦争以外に私物の陸揚げまでして戦闘準備を行なった例はなく、「飛龍」第十六分隊先任下士官田嶋勝喜一等整備兵曹（大分県野津原町）によれば、

「どこに行くのか、どんなことが起こるのか、とにかく容易ならぬことになりつつあるのを強く感じた」

という。事実、佐伯在泊中、全員に対して遺書を書くこと、爪と髪を切って遺書とともに陸揚げする私物の中に入れておくことなどが指示された。

第二部

無敵機動部隊

第六章　単冠湾抜錨

1

十一月十八日の午後二時、すべての戦闘準備を終えた二航戦の「蒼龍」と「飛龍」は、在港各艦船の見送りの中を相次いで出港した。

明くる十九日は、雨に変わっていた。艦は紀伊半島潮ノ岬沖をすでに通過していたが、朝九時を少しまわったころ、艦内のスピーカーが、「総員集合、飛行甲板。第一種軍装に着替え」を伝えた。間もなく伊勢神宮の真南を通過するので、洋上から武運長久祈願の遙拝《ようはい》を行なうためであった。

この日の夕方、東京湾沖を通過するとき、同じように皇居遙拝があった。

「いよいよこれで日本ともお別れだなあ」

いささかの感傷が、遙拝を終えた乗組員たちの口を衝いて出たが、「蒼龍」「飛龍」と護衛の駆逐艦群は、それからあと進路を北に転じた。一般の乗組員がそれと気づいたのは、日一日と寒さが増したことと、艦内に「凍傷にかからぬよう」注意が書かれた回覧が出されたことからだった。

艦隊は十五ノットの速度で一路北上したが、寒気はいよいよつのり、やがて水にぬれたタオルを一振りすると、すぐに凍って棒のようになる日が訪れた。

「これは、かなり北に来たようだな」

「こんなに北に来て、一体、何がはじまるのかな」

そんな会話がかわされるようになった十一月二十二日、前方に雪山でおおわれた大きな島が見えた。母港を出てから四日目であったが、近づくほどに浅い入江になった広い湾内に、沢山の艦船が停泊しているのが見え、「飛龍」乗組員たちは目を見張った。

そこは今、日本とロシアとの間で返還するしないでもめている北方領土四島のうち最大の択捉《エトロフ》島の単冠《ヒトカップ》湾で、もちろん誰もが初めての土地であった。

明くる二十三日は新嘗《にいなめ》祭。今でいう勤労感謝の日であるが、朝八時に遙拝式が行なわれた。昨日は珍らしく晴れた空が、この日はまたときに小雪が舞う陰うつな曇り空になった。

遙拝式終了後、艦長はじめ各艦の所轄長が旗艦「赤城」に呼ばれ、何事か重要な打ち合わせが行なわれた様子だった。

この間、「飛龍」艦橋では、見張信号員が二十五倍の望遠鏡を「赤城」に向け、艦上の動勢を見まもった。ややあって「赤城」甲板上の人の動きがあわただしくなり、舷梯（停泊中に舷側におろされる階段で、艦の玄関にあたる）付近から各艦の内火艇がつぎつぎに帰って行くのが見えた。

その中に「飛龍」艦長加来大佐の乗艇を見つけた見張員が、当直将校に、「艦長艇『赤城』出発」を告げると、艦長出迎えのため、舷門に番兵が整列した。

程なく、寒風に飛び散る白波をあとに、全速力で帰ってきた内火艇から舷梯に飛びうつった加来艦長の服からは、かぶった潮水がしたたっていた。それを意にも介せず、舷梯を駆け上がった艦長の様子から、ただならぬ気配が感じられた。

このあと午後四時には、二航戦の准士官以上が戦隊旗艦「蒼龍」に集合を命じられ、はじめてハワイ空襲の企図が明らかにされた。

幕僚を従えて正面に着座した山口少将は、ふだんと変わらない温容で、おもむろに口を開いた。

「私は当隊の作戦任務に関して皆さんに伝達するの光栄を有するものであります。

当隊は明後日、当泊地を抜錨し、一路東へ向かいます。十二月七日、ハワイ諸島北東に達し、南へ変針増速、八日未明、オアフ島北方海面にて飛行機隊を発進、真珠湾在泊中のアメリカ太平洋艦隊に対して航空攻撃を加えます。

皆さんはこの国難に際し、開戦劈頭、光輝ある重大任務につかれる栄誉と責務を思い、それぞれの部署において万遺漏なきを期していただきたい」

このあと、山口司令官はさらに語をつぎ、

「海戦となれば、『蒼龍』『飛龍』は必ずやられるものと覚悟しなければならない。いうなればわれわれは決死隊にひとしいものであります。よって、只今より軍歌『決死隊』を斉唱します」

といって、みずから音頭をとって唱い出した。

君と国とにつくすべく
　死地につかんとこい願う
二千余人のその中に
　七十七士ぞ選ばるる
今宵《こよい》ぞまさに身を捨てて
　旅順港口ふさがんと
忠勇無二のつわものは
　今しも艦を去らんとす

かつて日露戦争のとき、二千余名の志願者の中から選ばれた広瀬武夫中佐（当時大尉）以下七十七名による旅順港閉塞作戦が行なわれたが、だれの胸にもその壮図に向かう決死隊の思いが惻々《そくそく》として伝わり、一段と力のこもった歌声が艦内にこだました。

「唄いながら誰しも涙がとめどなく溢れ、日本男子として国難に殉ずる千載一遇の好機に恵まれた感激に、身の震うのを禁じ得なかった」

戦時中の昭和十八年、このときの模様を回顧した「〇〇参謀談」として新聞にのった一節であるが、ハワイ真珠湾攻撃の計画については、准士官以上が帰艦したあと、今度は艦長から全乗組員に伝えられた。

格納庫甲板に集結した全員を前に、一段高くなった台上に立った加来艦長は、鋭くそそがれる乗組員たちの視線を受け止めるように見回すと、おもむろに口を切った。

「本艦はこれよりハワイ攻撃に向かう。戦争を回避すべく外交交渉はいぜんとして続けられているが、開戦になってハワイで戦闘が起きれば、相当の損害は覚悟しなければならない。しかも次の補給地点までの燃料がなくなるから、その場合は片道攻撃となる。いずれにしても、開戦となったら艦と運命を共にする覚悟でいてもらいたい。

今より、諸君の命は艦長が預《あず》かる」

うすうす感じていたことではあったが、艦長から正式にそれを聞かされた全乗組員の間に、深い感動が走った。そのときの様子を前出の通信科森本二等兵曹は、

「戦闘帽の顎紐をきゅっと締めた艦長の語気と自分の緊張でブルッと身振いした」

と語っている。

2

この日のもう一つの重要な出来事は、ハワイ攻撃の秘密兵器ともいうべき浅海面魚雷百本

をつんだ空母「加賀」の入港だった。
「加賀」は、三菱重工業長崎兵器製作所が昼夜兼行でつくっていた浅海面魚雷の引き取りのため、内地出港を遅らせていたもので、待望の「九一式航空魚雷改二」は、ただちに各空母に配られた。

この夜、壮途を祝って「酒保開け」があり、各艦とも無礼講の酒宴となったが、いつもの艦隊訓練終了時の慰労宴とちがって、賑やかな中にもどこか粛然とした空気がただよっていた。

明くる十一月二十四日、旗艦「赤城」に今度は各空母の搭乗員全員が集合し、具体的なハワイ攻撃計画の全容が明らかにされた。

長官の訓示に先立って、艦隊航空参謀（源田実中佐）から次のような話があったと、森拾三著『奇蹟の雷撃隊』（光人社）は伝えている。

「現在、単冠湾に集結の艦隊は、本日より機動部隊とよぶ。本機動部隊はX日を期して真珠湾を奇襲し、米太平洋艦隊を撃滅する任務をもって本日より行動を開始する。詳細は各母艦において説明が行なわれる予定である。真珠湾の地図および模型は別室に供えてあるので、各順位によって見学する。なお、機動部隊指揮官は南雲忠一中将である」

このあと南雲長官の長い訓示があり、終わって各艦ごとに順次別室に入ったが、そこで搭乗員たちが見たのは、五メートル四方くらいのハワイ・オアフ島真珠湾軍港をかたどった精巧なパノラマ模型だった。

その模型は、地形はもとより軍港内の建物、煙突、大型クレーンから飛行場や軍事施設、さらには係留されている戦艦や航空母艦までが、実物さながらにつくられていた。

「私はそれらに目を見張り、なんとなく止めようのない武者振いを感じたものだった」

「飛龍」艦攻操縦員笠島敏夫一飛曹の述懐であるが、この夜も出陣の前祝いとばかり、飲めや唄えの酒宴が開かれた。

その宴もたけなわとなったころ、突然スピーカーがけたたましく鳴った。

「救助隊員整列、後部短艇甲板。救助艇用意急げ！」

湯呑の冷酒をハイピッチであおったため胸苦しくなり、吐こうとして後甲板にやって来た搭乗員の一人が、足元が暗かったために、ハンドレールを乗り越えて海に落ちたのだった。

さいわい後部タバコ盆（軍艦の中の決められた喫煙場所）にいた何人かがそれに気づき、すぐに艦橋に知らせたことから、救助活動が素早く開始された。

「ウネリがあるから気をつけろ」

「命綱を忘れるな」

気合いの入った声が飛びかう中で、ライトに照された遭難者が手際よく救助された。

毛布に巻かれ、医務科員に抱きかかえられるようにして、遭難者が病室に連れ去られると、すぐに「要具納メ」となって艦内は平静にもどった。もっとも、この間も搭乗員室では酒宴が賑やかにつづけられていたのである。

一夜明けての朝食時、昨晩の転落事故がひとしきり話題になった。

「この寒空に、衣服着用で寒中水泳としゃれ込んだ豪傑が、搭乗員の中におったそうじゃのう」

「千島寒流の肌ざわり、酔い醒ましによかったとぞ」

冷やかされた当の本人は、

「それをいうな。北方海面不時着のデータを取りに、ちょっと入ってみたまでじゃ」

と照れるばかり。この搭乗員は甲飛二期出身艦爆操縦員の山田喜七郎一飛曹で、ハンサムボーイの山田一飛曹はのちにハワイ、ウェーキ、アンボン、ポートダーウィン、インド洋と転戦し、昭和十七年六月五日のミッドウェー海戦で戦死した。それはこのときから、わずか半年と少しあとのことであった。

3

山田一飛曹の転落遭難騒ぎもまじえて、「飛龍」で搭乗員たちが気勢をあげていたころ、来栖大使まで派遣しての日米交渉は一向に好転の兆しが見えず、破局は刻一刻と迫っていた。

十一月二十六日、一万トン級の十〜十三隻から成る日本の輸送船団が台湾南方で認められたというアメリカ陸軍の情報が、ルーズベルト大統領に伝えられたが、同じ日、アメリカはハル国務長官の提案による日本側への要求、いわゆるハル・ノートを野村大使に手交した。

それは、中国および仏領インドシナからの日本の陸海軍および警察の全面撤退、中国における権益の全面放棄、三国同盟の実質的な廃棄などを含むきびしいもので、それまで日米間で進められて来た妥協を、すべてくつがえして振り出しに戻すという、日本側のとうてい受け入れ難い内容だった。

このことは、外交電報の傍受によって日本側の開戦の意図を知ったアメリカ側の不信がもたらした、日本に対する最後通告を意味していた。

そして、ハル・ノートを野村、来栖両大使が受け取った十一月二十六日、あたかもそれと軌を一にするかのように、機動部隊がヒトカップ湾を出港した。

前夜から降っていた北海特有の粉雪が、まだ時折り舞う午前六時、第一水雷戦隊旗艦の軽巡洋艦「阿武隈」を先頭に警戒隊がまず出港を開始し、第八戦隊、第三戦隊、哨戒隊とつづき、最後に空母部隊出港となったとき、思わぬトラブルが起きた。

出港予定時刻の午前七時になったが、「赤城」が揚錨作業中にスクリューにワイヤーをからませてしまったのだ。潜水夫を入れて一時間後には直ったが、このため出港が一時間以上も遅れるという、壮挙の門出に〝縁起でもない〟出来事だった。

縁起が悪いといえば、この前日、「飛龍」ではエンジン試運転場でプロペラに叩かれて死亡した者があり、出港した日の夕刻、葬儀が行なわれた。

湾外に出て先行の他の部隊に合流した空母部隊を中心に、機動部隊は第一警戒航行序列の陣形をつくり、一路東進を開始した。

すでにいろいろな刊行物で紹介されているが、機動部隊の陣容は次のようなものであった。

空襲部隊
第一航空戦隊「赤城」（旗艦）　加賀
第二航空戦隊「蒼龍」（旗艦）　飛龍
第五航空戦隊「翔鶴」（旗艦）　瑞鶴
支援部隊
第三戦隊「比叡」（旗艦）　霧島
第八戦隊「利根」（旗艦）　筑摩
警戒隊
第一水雷戦隊「阿武隈」（旗艦）
第十七駆逐隊「谷風」「浦風」「浜風」「磯風」
第十八駆逐隊「不知火《しらぬひ》」「霞《かすみ》」「霰《あられ》」「陽炎《かげろう》」「秋雲」
哨戒隊
第二潜水隊「伊一九」「伊二一」「伊二三」（潜水艦）
補給隊（タンカー）旭東丸ほか七隻

機動部隊の先頭を行くのは、左右に駆逐艦を従えた一水戦旗艦の軽巡「阿武隈」で、その後右側に「赤城」「加賀」「翔鶴」、左側に「蒼龍」「飛龍」「瑞鶴」のそれぞれ三空母が二列縦隊でつづき、その両側に戦艦「比叡」「霧島」、重巡「利根」「筑摩」、そして各艦の間に駆逐艦六隻が配置され、前後左右二十七キロに展開した堂々たる隊形であった。

商船も航行しない冬の北太平洋は想像以上の荒海で、東進するに従って波浪とウネリが増し、隣接艦がマストの先しか見えなかったかと思うと、今度は波の上の方に全容が現われたりという荒れようだったが、緊張のせいか、ふだんの荒天航海のときのような船酔いをする者もほとんどなかったという。

艦隊は行動を秘匿するため無線封止を行ない、送信機は艦も飛行機もすべてヒューズを取りはずして送信できないようになっていたので、北海特有の濃霧の中や夜間の連絡は困難をきわめた。

「黒い塊の艦隊は只無言。視覚信号のみの交信は、夜間ともなると付近を憚《はばか》るように、方向信号灯の点滅で相互間の連繋が保たれているようで、茫洋とした海洋に点在する僚艦とは、ときに模糊として距離を保つのに精一杯の状況がつづいた」

「飛龍」艦位測定補助員佐保辰夫二等兵曹（故人）の回想であるが、こんな悪条件のなかで十二月一日午後四時四十五分、機動部隊は百八十度線を超え、経度が東経から西経に変わった。いよいよ敵地に一歩踏み込んだことになるが、百八十度線は「日付変更線」ともよばれ、西からこの線を越えて東に行くときは日が一日さかのぼるから、厳密にいえば東経百八十度を越えた時点で十一月三十日となり、時差が日本の中央にあたる東経百三十五度よりちょうど三時間早いので、午後七時四十五分となる。

しかし、混乱を避けるため、艦隊は日本標準時（東京時間）を使っていたから、日課の時間を日出日没に合わせて毎日三十分ぐらいずつ繰り上げていた。このころは十三メートルから十七メートルの南々東の風が吹き、海は大シケとなって、さしもの大艦も風波にほんろうされた。

翌十二月二日は四日ぶりに晴れた。

「飛散した海水は、艦橋の前面ガラスを容赦なく打ち叩く。たまった水滴はすぐに氷結し、朝日に白く輝くとき、怪奇にさえ見えた」（前出、佐保）

この朝、「赤城」から各艦艇に信号が発せられた。

「伊二三潜は三十日夕刻より後落し、いまだ合同せず。目下、当隊に追及中と認む。見張りに注意せよ」

伊号二三潜水艦は、機動部隊の左前方を航行していた警戒隊の三隻の潜水艦のうちの一隻だった。ひどいシケで潜水艦のような小型の艦は水上にいると航行もままならないので、潜航していたのが、機械故障かなにかで浮上しなくなったらしかった。さいわい十二月六日になって本隊に追いつき、無事とわかって機動部隊の将兵を安堵させたが、もし遭難ともなれば、晴れの壮途に暗影を投げかけるところだった。

伊二三潜の不明に関する信号が発せられたこの日の午後五時半（日本時間）、機動部隊各艦は重要な一通の電報を受信した。

それは瀬戸内海の柱島にいる旗艦「長門」から、連合艦隊の全艦船部隊に対し発せられた。

「ニイタカヤマノボレ一二〇八」

という簡単な暗号電報だった。

ニイタカヤマは当時日本の領土だった台湾で最高の新高山のことで、ノボレは「登れ」。「新高山登れ」はハワイ攻撃作戦の発動、すなわちアメリカとの開戦を意味する隠語で、一二〇八は十二月八日。それまでは予定としてX日となっていたハワイ攻撃の日時が、十二月八日午前零時に決定したことを伝えるものであった。

もっとも同じ隠語を、陸軍では「ヒノデハヤマガタ＝日の出は山形」を使った。「日の出」はもちろん開戦日、山形は日本の行政区を北から樺太（カラフト、今のロシア領サハリン）、千島、北海道、青森の順に数えて、山形は八番目だから八日を意味した。

旗艦「長門」からの電報が「蒼龍」の山口司令官に届けられたとき、山口はニコッと笑みを洩らしたという。

佐保二曹は、夕刻の天体観測が終わったあと、海図ボックスでその日二日の信号着信紙を見たが、その中の一通「ニイタカヤマノボレ一二〇八」については、「そのときは大して意にも留めなかったけれども、あの開戦の日時が指令された信号文とわかったのは後日のことである」といっている。

4

無線封止のまま黙々とハワイに向かう機動部隊にとって、最も重要な作業はタンカーからの燃料補給で、十一月二十七日以降、各艦に対して連日のように洋上補給が行なわれた。二航戦の「蒼龍」「飛龍」に対する洋上補給は、十一月二十八日と十二月一日に行なわれたが、そのあと十二月二日から三日にかけて、艦内の通路や空所につんであったドラム缶や、二万個以上に及ぶ十八リッター入り石油缶から、燃料タンクに移し変える作業が実施された。

この作業は、機関科はもとより整備科、飛行科の手空き総員によって行なわれたが、艦の動揺が激しいため、ブリキ片で手や指を負傷する者が出た。航跡を残すおそれがあるとして、空缶の海中投棄は禁じられていたため、一個一個つぶして後部短艇庫につみ重ねなければならなかったためだが、

「負傷しても診察に行こうともせず、自分でグルグルと布片を巻きつけただけで作業をつづけ、なかには血が流れるのを黒い重油でごまかして平気な若年兵もいた」

と、二航戦参謀石黒進少佐（故人）がいうように、兵員の士気はきわめて高かった。

文字どおり重油の一滴は血の一滴であったが、それだけに燃料消費量の節減は徹底していた。

電気の節約、蒸気洩《も》れ防止、減補機運転はもとより、厳重な水の節約が実施された。洋上の艦内で真水十トンは重油一トンに相当するといわれたが、入浴回数は制限され、それも一人一回の真水使用量はわずか洗面器三杯とされた。

洗面器三杯の水では、盛大にからだを洗い流すなどということはとてもできない。手拭をひたしてまず一杯、つぎに石鹼でからだ全体を洗って二杯目を使い、三杯目でていねいに拭

きとって終わりとするのだ。

この三杯の湯の配給も機関科の当番で、こうした努力の結果、各艦の燃料消費量の減少ぶりは目ざましく、二航戦両艦の毎日の報告を受けた機関参謀久馬武夫少佐（神奈川県横須賀市）をして、

「どちらも少な過ぎる。計量の誤りではないか」

と首をかしげさせるほどだった。

十二月三日は曇天で海は荒れ、まだ補給の終わっていない他の艦艇に対する燃料補給はできなかった。明けて四日はさらに天候が悪化し、南寄りの風は最大風速三十五メートルにもなり、雨もまじえて大シケとなったが、さいわい夕刻から凪ぎはじめた。

この日の朝、機動部隊は予定どおり「C点」を通過すると、旗艦「赤城」に針路を百四十五度に変更する旨の信号旗が上がった。これを見て各艦も、一斉に了解をしめす同一の信号旗「方一四五」を掲げた。

三十メートルを越える強風で、信号旗を揚げるロープがピューンとうなりを発し、旗は千切れんばかりにはためいた。

「『赤城』信号降下」「『赤城』変針」

田村掌航海長の声とともに、「飛龍」の前をゆく「蒼龍」も、大きく半円を画きながら面《おも》舵《かじ》（舵を右に切ること）をとった。これを見て「飛龍」も「面舵一杯」でつづいたが、その航跡の半円内には水上機が離着できそうな静かな海面ができた。

百四十五度の変針を終えた機動部隊は、つぎの変針点であるハワイの真北にあたる「D点」に向かったが、翌五日は荒れ狂った前日とはうって変わった平穏な海となった。

艦の激しい動揺はとまったものの、北太平洋特有の濃い霧のため海上は視界不良で、側方を警戒航走する小さな駆逐艦はもとより、先行する「蒼龍」と、後につづく五航戦の「瑞鶴」の姿も、ともすれば見失いがちとなるのに悩まされた。

「旗艦の位置を見失わないよう神経を使いながら、舵を取ったことが強く印象に残っている」

と、操舵員森本和雄三等兵曹（故人）はいっているが、このころ機動部隊には真珠湾在泊艦の動静をはじめ、ハワイの情報が毎日のように送られてきた。

オアフ島にいた諜報機関からの報告を、大本営から機動部隊あてに転送したものだが、この情報は部隊の緊張を一層たかめた。

各空母の艦内では、搭乗員たちの敵艦艇に対する艦型識別訓練が精密な模型を使って実施され、「ペンシルバニア、テネシー、オクラホマ、ウエストバージニア、レキシントン、サラトガ、ヨークタウン……」などの艦型を誰もが空《そら》んじるようになった。

一方、士官室に備えつけられたラジオは、波長をホノルル局に合わせて四六時中鳴りっ放しにされていたが、その放送が十二月三日あたりからはっきり聞こえるようになった。陽気なジャズ音楽や早口の英語のトークにまじって、ときどきCMが流れたが、その中にホノルルにいた日本海軍の諜報機関のものがあり、敵艦隊の動静に関する情報が隠されていた。

「こちらは○○デパートであります。クリスマスが近づきました。クリスマス用品多数を取り揃えて皆様のお越しをお待ちしております」

これは真珠湾に敵艦隊主力が碇泊中であることを意味した。

「私の大切なドイツ警察犬が逃げました。連れ戻して下さった方には多額の御礼を致します」は、主力の出港を意味したが、これらと大本営からの情報電報を照らし合わせると、アメリカ太平洋艦隊は平日は訓練に出港し、週末は真珠湾に帰って休養をとるというパターンをきちんと守っている様子がうかがえた。

月月火水木金金で、週末もなにも関係なかった日本海軍と違うところだが、それだけに戦争が切迫したことを、彼らが察知している様子がうかがえなかった。

ただ気がかりだったのは、それまで放送されていたハワイ方面の気象放送が、天候、風、航空気象を除いて中止されたことで、このため高空気象の予想が困難になったのはまだしも、もしこちらの企図が察知されたのが原因だとすれば、一大事であった。

ハワイ攻撃の企図を秘匿するため、日本海軍がはらった努力は大変なもので、この五日には横須賀海兵団の水兵や、横須賀周辺の各術科学校の練習生約三千名を東京見物に繰り出させ、あたかも艦隊が入港したかのごとく見せかけていた。そのほか、機動部隊出港いらい柱島泊地にいる連合艦隊主力や、九州の各航空隊基地の間では、空母の飛行機隊がまだいるように思わせるための偽通信がかわされていたのである。

一番恐れていたのはアメリカあるいは第三国の商船に出合うことで、わざわざ荒天の北太平洋を機動部隊の進路に選んだのもそれを避けるためだった。しかし、ハワイにかなり接近したことで、機動部隊指揮官の南雲中将は五日、前日のGF（連合艦隊）電令にもとづき、つぎのような「出合艦船」に対する処置を下命した。

「一、敵および第三国艦艇ならびに船舶を発見したる艦は、企図隠蔽上必要と認めたる場合、速かに通信不能に陥らしめ、止むを得ざれば之を撃沈すべし。

二、『パナマ』『ノルウェー』『デンマーク』『ギリシャ』国籍の船舶は敵国船舶に準じ取扱うべし」

機動部隊は、日米交渉が妥結した場合は、ただちに行動を中止して引き返すことになっていたが、十二月二日の「ニイタカヤマノボレ一二〇八」の指令で、その可能性はほとんどなくなり、X日マイナスの日数が減るに従って、それは限りなくゼロに近づいていた。

5

X日マイナス二、すなわち十二月六日。機動部隊は黙々とハワイを目指して進む。士官室のハワイ音楽をまじえた陽気なホノルル放送は、いよいよ感度が良好となり、それは着実に敵地が近づきつつあることを示していた。前日に引きつづき海上は平穏だったが、雲が多く視界不良で、隠密行動中の機動部隊にとってはむしろ好都合だった。

X日マイナス一、十二月七日になった。

時差の関係で総員起こしは東京時間で午前一時になった。その直後、連合艦隊司令長官山本五十六大将から発せられた「連合艦隊に賜わりたる勅語」が受信された。

「朕茲《ここ》ニ出師ヲ命スルニ当リ、卿《けい》ニ委スルニ連合艦隊統率ノ任ヲ以テス。惟《おも》フニ連合艦隊ノ責務ハ極メテ重大ニシテ真ニ国家興廃ノ繋《かか》ル所ナリ。卿《けい》其レ多年艦隊錬磨ノ績ヲ奮《ふる》ヒ、進ンデ敵軍ヲ剿滅《そうめつ》シテ武威ヲ中外ニ宣揚シ、以テ朕カ信《しん》倚《い》ニ副ハンコトヲ期セヨ」

この勅語は、受信した旗艦「赤城」から信号によってすぐに機動部隊各艦に伝えられ、天皇じきじきのお言葉とあって、将兵の士気はいやが上にも高まった。

この日早朝、機動部隊はついに二回目の変針点である北緯三十二度、西経百五十七度のD点に達し、南下を開始した。ハワイ諸島の真北六百五十カイリ、そのまま真っすぐに進めばハワイにぶつかる。

D点を通過してからは急に気温が上がり、暑くなった。乗組員たちは下着を夏物に替えて身は軽くなったが、いよいよハワイからの敵哨戒圏に入るという緊張感が重くのしかかった。天候は曇時々晴れで、弱い北西の風が吹くだけの、前出の佐保辰夫二曹によれば、「数日前の寒風と波濤との闘いは嘘のようで、遠い昔の出来事に思われるような、のどかな海に変わっていた」という。この好条件にめぐまれて、前日につづいて警戒隊の駆逐艦群に対する最後の燃料補給が行なわれ、任務を終えた補給船群は「攻撃成功を祈る」の信号を掲げて引き返した。

「ヒトカップ湾出航いらい、右に左に、また前に後に走りまわって、母の乳房を偲ばせしめる蛇管で燃料を送ってくれた苦労を思い、水平線の彼方に没し去るその姿には、甲板上から見送る各艦の将兵ひとしく胸迫る思いをさせられた」

二航戦参謀石黒少佐の思い出であるが、燃料補給を終え、アシの遅いタンカー群がいなくなった艦隊は、それまでの十ノット前後の速度を二十四ノットに増速した。

これにより少し前、ちょうど機動部隊が二度目の変針点であるD点にさしかかろうとしていたとき、気がかりな緊急電が入った。

「カモー岬（フランス領インドシナ、現在のベトナムの最南端）南方二百カイリにて哨戒機の触接を受く」

南遣艦隊司令長官より大本営にあてたもので、この艦隊はマレー半島に上陸する陸軍部隊を乗せて船団護衛の任にあたっていた。

これに対して、すぐに大本営から返電が飛んだ。

「攻撃せよ！」

さあ、大変。あと、結果がどうなったか固唾《かたず》をのんで後報を待ったが、どうやらこれだけで終わったようだった。しかし、大護送船団が発見されたことは、日本が大規模な軍事行動を開始したことが暴露されたことを意味し、ハワイ方面の索敵行動と応戦準備が強化される懸念があった。

事実、機動部隊はすでに敵の六百カイリ哨戒圏内に入り、いつ発見されてもおかしくない位置にあったから、〈もはや奇襲は無理かも知れない〉という思いを、だれしも抱いていた。

午前七時、現地時間で正午少し前の午前十一時三十分、旗艦「赤城」のマストにDG信号旗があがった。

日本海海戦のとき、東郷平八郎連合艦隊司令長官が掲げたZ旗にならったもので、

「そのときの先輩たちの感激を思い起こし、戦友同士決死のまなざしで手をとり、うなずきあった」

と、当時、艦橋にあった方位測定室長森本二曹は回顧するが、午後になって攻撃隊の整備作業が開始され、艦内は騒然たる空気につつまれた。

各格納庫では気合いのはいった上官の叱咤激励のもと、整備員たちによる機体、エンジン、燃料、爆弾、魚雷、機銃、通信器など、すべてにわたって入念な点検や確認が行なわれていた。

〈この晴れの出撃に、もし自分の担当の機体や兵器が、不調で役に立たないようなことがあったら……〉

そんな思いから、たとえ作業が終わっても、誰一人として担当部署から離れる者もなく、二度、三度と点検を繰り返すのであった。

爆弾には、誰がやったかいたずら書きがかなりしてあった。

「祝謝肉祭」「贈ルーズベルト」などなど……。

ルーズベルトはもちろんアメリカ大統領で、なかには「粗品」というそっけないものもあ

ったが、そんなものでも緊張を和げるのにいくらか役立った。

ホノルル放送には何の変化もなかったが、敵哨戒圏に入ったことで飛行甲板には零戦一個小隊三機が、いつでも飛び出せるよう暖機運転のまま待機し、交代で整備員が張りついていた。


開戦のタイムリミットである十二月八日午前零時まで、まだ十二時間近くある。この間にもし発見されたら攻撃は強襲となり、かなりの損害を覚悟しなければならなくなるし、それより攻撃の結果に大きな差が出るだろう。

〈早く陽が沈んでくれ……〉誰しもが祈るような思いだが、待つ身には時間の流れが遅く感じられる。


それでも、十二時過ぎ、現地時間で午後五時ごろに日没が訪れた。ずっと艦橋の海図ボックスにいた艦位測定補助員佐保二曹は、一息入れるため、外に出て窓から遠くを見た。艦橋のほぼ中央にある海図ボックスは狭いので、三名入ると電灯の熱で頭がボーッとなる。その頭を冷やし、さらに目を休ませる必要があったからだ。

すでに陽の落ちた窓の外には、右舷をゆく一航戦の空母「加賀」の姿がすみ絵の輪郭のように見え、そのはるか後方には続行する五航戦旗艦「翔鶴」らしき艦影が認められた。


ややあって、旗艦「蒼龍」から信号が送られ、田村掌航海長が読み上げた。

「今夜、敵艦船と遭遇せば照射砲撃を行なうことなく、極力之を回避韜晦《とうかい》すべし」

先には必要な場合は撃沈してもよろしいとしていたのを、できるだけ敵の目を晦《くら》ませるようにせよと命令が変わったのだ。

「いよいよ司令部も緊張して来たかなあ」

加来艦長が周囲にも聞こえるほどの声でつぶやいた。

第七章　遙かな真珠湾

1

午後十時（七日午前二時半、現地時間）を過ぎた。総員起こしは午後十一時（午前三時半）だが、整備員たちはすでに起きて飛行機の整備に余念がない。

「この日の私の服装は、白シャツに軍装、その上に事業服を着、下着はもちろん新しいものと取りかえた。出陣のときに兜《かぶと》に香をたきこんだという昔の武人にならおうと思い、出水《いずみ》基地を離れる前に香をさがしたが見つからなかったので、代用品で気がひけたが香水をふった。いわゆる弁慶の七つ道具としては、まず右肩に防毒面、左肩には応急薬嚢、それに懐中電灯とパイプ（号笛）といったところ。千人針の日の丸で鉢巻きをした者も沢山いた。私も慰問袋にはいっていたお守りといっしょに腹に巻いた」

艦攻整備分隊長土屋太郎大尉の記憶するこの日のいでたち（身じたく）であるが、この夜はふだんの睡眠に使う釣床（ハンモック）は、すべてグルグル巻きにされ、艦橋はもちろん飛行甲板の周囲の要所の防護に使われていたため、誰もが配置でのゴロ寝であった。

日本海海戦のときの戦艦「三笠」の絵や、真珠湾攻撃時の旗艦「赤城」の写真に見られる、艦橋上の白い蚕《かいこ》を並べたようなのがその釣床で、毛布の柔軟性が弾丸の破片を防ぐのにかなりの効果があったのである。

ちなみに、完全にくくった釣床は海水に丸一昼夜浮くことができ、いざというときには浮き袋にもなったという。

午後十一時「総員起こし」、それから三十分後「搭乗員起こし」。いよいよである。

この作戦は、もし外交交渉が妥結したときに中止、機動部隊は引き返すことになっていたが、もはやそれはなくなった。何故なら、すでに東京からワシントンの日本大使館あてに対米英開戦の暗号文書が打電されており、翻訳されて十二月八日午前零時（七日午前四時半）前にはアメリカ側に通告されることになっていたからだ。

「艦長、午前零時になりました」

掌航海長が大きな声でいった。

艦橋時計の夜光塗料の長針が、零時から小刻みに遠ざかって行き、騒然たる艦内から隔絶されたかのように静寂が艦橋を支配していた。

以下、このときの艦橋の動きを佐保二曹の『空母飛龍の追憶』の記述によって追ってみよう。

——只今、日本時間は十二月八日の日付に変わったのだ。何もかもが、これから始まろうとしている。生涯に記念すべき長い一日が、いま出発したばかりである。

ただし、艦橋内は先ほどと大して変わることもない。緊張の極度に達した静寂さであろうか。静かな艦橋にくらべて外の風は強い。風速器は十六メートルを上下していた。「蒼龍」からの信号文が送られてきた。掌航海長が一段と声を高くされたようであった。

「只今の信号文を読み上げます。全艦艇へ山本司令長官よりの訓示。本文『皇国の興廃かかりてこの征戦に在り。粉骨砕身各員其の任を完《まっと》うすべし』信号文終わり」

「掌航海長、今の信号文を艦内に伝え給え」（艦長）

「艦内に放送します」（掌航海長）

掌航海長が拡声器のボタンを押した。付近がかすかながら明るく見えた。

羅針儀（コンパス）の右側に起立しておられた艦長が、両の手で支えておられた軍刀が、その瞬間とくに大きく目に映った。

今の信号文の艦内放送が終わったころに、艦長は幾いくぶん右側に寄られた。その折り、グレーチング（床の鉄格子）のきしむ音がした。二回、三回と、その音はあたかも一触即発の気構えの闘魂にいつ点火されるか、というような瞬時が刻々と迫っていることにを暗示しているかのように……。

艦長よりの命令「総員戦闘配置につけ！」

艦長伝令の復唱「総員戦闘配置につけ！」

ふたたび拡声器のブザーが押された。初めて戦闘ラッパの吹奏。粛然として声のなかった艦橋は、一転、静寂が破られた。――

なお、防衛庁戦史室編「戦史叢書」によると、山本司令長官からの連合艦隊全般宛電令「皇国の興廃かかりて此の征戦にあり、粉骨砕身各員其の任を完《まつと》うすべし」は、午前六時発信、同六時半受信となっており、これを受けた旗艦「赤城」は日本海海戦のZ旗と同じDG信号旗をかかげた。

したがって佐保の記述に従えば、山本長官よりの電令「皇国の興廃……」が、「赤城」から機動部隊各艦艇に伝えられたのは、八日午前零時を過ぎて、日米が戦争状態に入ってからということになる。

2

勇壮な戦闘ラッパの響《ひび》きとともに、艦橋内の人の動きが急になり、飛行長のもとには五人、七人と人が集まってきた。彼らは飛行隊の隊長クラスの士官たちで、飛行服の襟《えり》元から浮かび出たマフラーの白さが夜目にも鮮やかで、目撃した佐保によれば、「その容姿は勇壮というか、神々《こうごう》しいまでに目に映った」のである。

機動部隊は午前零時三十分（七日午前五時）、各艦が空母部隊の周囲をしっかり取りかこむ第六警戒航行序列となり、攻撃隊の発進に備えた。

美しい月が雲間に見えかくれし、幸運にも攻撃に絶好の日和となりそうだったが、十三メートルの風があり、うねりが大きくて母艦の動揺が最大十五度にも達し、発艦はかなりむずかしいと心配された。

すでに各空母の甲板上には、いっぱいに飛行機が並べられ、飛行班員、整備科員たちが忙しく作業をつづけていた。

人の動きがあわただしくなった艦橋では、足音やかすかな雑音を制するかのように、掌航海長が信号文を艦長に報告した。

「『赤城』より航空母艦あて。本文『第一次攻撃隊準備出来次第発艦、赤城上空に集合すべし。第二次攻撃準備急げ、各艦整備完了せば、これを赤城に通報すべし』」

この信号文の報告が終わらないうちに、上部見張所伝声管からの報告が入った。

「『赤城』飛行機の試運転をはじめました」

それを耳にした佐保は、「赤城」の甲板を見るべく急いで双眼鏡を目に当てた。

晴れた夜は、洋上の物体は意外に近く見える。右斜め前方の黒々とした巨大な「赤城」の飛行甲板上では全機の試運転中らしく、各機から発する排気の青白い光芒が、蛍の光の流れを短く切りつめたように見えた。キラキラ光って見えるのは回転するプロペラであろうか。

整備長、飛行長が、飛行甲板の様子を見るため艦橋後部に移動した。

高い位置からは、飛行甲板の様子がよく見える。一番手前の、艦橋後部付近に岡嶋清熊大尉指揮の制空隊零戦六機、その後方には九七艦攻十八機が並んでいた。

艦攻隊は楠美正少佐指揮の水平爆撃隊十機と、松村平太大尉指揮の雷撃隊八機から成り、翼が触れ合わんばかりだった。

時が過ぎるにつれて、東の空がうっすらと明るくなり、月光はしだいに輝きを失って、星もまばたきをはじめた。エンジンの試運転が開始され、轟音があたりを圧したが、艦橋寄りの甲板上では攻撃隊員を前に楠美少佐の訓示が行なわれていた。

やがて訓示が終わり、真っ白な手袋の挙手の礼がかわされると、搭乗員たちは一斉に愛機のもとに走った。最前列の零戦に乗り込んだ岡嶋隊長は、軍刀を左手に持ち、上半身を乗り出すようにして右手を大きく振った。その姿は晴れの舞台にのぞむ千両役者にも似て、飛行甲板、機銃座、ラッタルなど、付近にいた者がいっせいに手を振った。

それは、もしかするとこれが最後になるかも知れない、別れのあいさつでもあった。

搭乗員たちは飛行服の上にライフジャケットをまとい、拳銃を身につけてはいたが、落下傘バンドはつけていなかった。万一の場合は自爆と決めていたからだ。

時間に猶予《ゆうよ》はない。岡嶋大尉はすぐに座席に身を沈めて、機内の最後の点検をはじめ、列機もこれにならった。後続の水平爆撃隊も雷撃隊も、すべて搭乗員が乗り終えた。

それを見届けた掌整備長が、艦橋に向けて信号電灯を大きく輪をえがくようにまわした。

「各機発艦準備完了」

艦長に報告すると、すかさず航海長がいった。

「艦長、発艦態勢に入ります」

ふだんと変わらない落ちついた航海長の声だった。

午前一時二十分（午前五時五十分）、東の空の明るさが増し、夜明けが近いことを思わせたころ、各空母はいっせいに風上に向けて転舵し、二十八ノットに速力を上げた。

マストには吹流しが掲げられ、風向をしめす風見蒸気（現代の空母でもやっている）が、飛行甲板中央白線にそって這《は》うように流れた。

「合成風速十六メートルになりました」

掌航海長田村兵曹長の声を追うように、だれかが、

「『蒼龍』発艦」

とどなった。時間はちょうど発艦予定の午前一時半になっていた。

「発艦始め」

力強く下令した艦長は、飛行甲板を見おろせる艦橋右舷側に移動した。

信号電灯を持った飛行長の腕が振り下ろされるのを合図に、飛行甲板で各受け持ち機の脚に取りついていた整備員がチョーク（車輪止め）を外し、両舷に向けて転がるように機を離れた。

一番機発進。すべるように甲板を滑走していく。つづいて二番機、三番機と、つぎつぎに発進を開始した。

「手を振った、帽子を振った。腕の痛いほどに。

つぎつぎと飛翔していく各機を見送っていたら、一瞬あのころのことが思い出された。来る日も来る日もくり返された、日向灘での発艦訓練の有様を……。今朝もちょうどあの訓練のときと何ら変わった様子もなく、軽々とした翼は母艦を離れていった」

発艦を艦橋から見送った佐保の回想であるが、実際の発艦はうねりが大きいためにかなりむずかしい状況にあった。現に先行する戦隊旗艦「蒼龍」では、零戦の一機が発艦直後に左旋回して左舷前方に不時着水し、搭乗員が後続の駆逐艦に収容されるという事故があった。

それでも身軽な戦闘機はまだしも、八百キロもの重い爆弾や魚雷をかかえた艦攻の発艦は難渋し、なかには充分な浮力がつかず、飛行甲板を離れたところで機が沈んで見えなくなり、すわ事故かと緊迫する場面もあった。

しばらくしてその艦攻の姿が見え、ゆっくり上昇していくのが確認されたときは、一段と大きな歓声がわいた。

そもそもこの艦攻隊の出撃、とくに重く細長い魚雷を抱いた雷撃隊は、発艦の際に大きなうねりで揺れる艦首に衝突して破損するおそれがあり、機動部隊司令部でも危険だから発進を取り止めようという意見が出ていた。

しかし、逸《はや》り立つ雷撃隊員たちが承知せず、ついに発艦に充分の注意をして「全機出動」となったもので、この日を期して猛訓練を重ねてきた搭乗員たちの練度のたまものか、難渋しながらも一機の事故もなく発艦に成功した。

3

発艦した飛行機隊は、旗艦「赤城」を中心に旋回しつつ上昇し、その間にまず小隊の三機が編隊を組み、つづいて中隊編成へ、そして各空母の飛行機隊と合流して、しだいに大編隊を形成していった。

こうして集結を終えた第一次攻撃隊百八十三機は、機動部隊上空を大きく旋回しながら隊形をととのえ、午前一時四十五分（午前六時十五分）真珠湾軍港のあるオアフ島に針路を定めて南下を開始した。発艦位置はラナイ島西端の真北、二百カイリの地点であった。

「東の空はようやく茜《あかね》色に染まりはじめ、輝光はもう水平線を画き出す晴れやかな黎明《れいめい》であった。

雲霞《うんか》のような大編隊は、淡い横の一線に変わり、しだいに霞のような淡い塊《かたまり》となって遙かなる遠い未知の水平線へ……。

私は飽くこともなく、いま消え去りつつある空の一点を見ていた」

佐保の述懐だが、百八十三機の攻撃隊は総指揮官淵田美津雄中佐指揮のもと、四つの梯団に分かれて進撃した。

総指揮官淵田中佐は、一航艦首席航空参謀源田実中佐と同期の海軍兵学校五十二期出身で、ともに航空に進んだが、源田は操縦で戦闘機、淵田は偵察で艦攻と、それぞれ違う道を歩んだ。

淵田の役職は空母「赤城」の飛行隊長だったが、じつは淵田は二年ほど前にも「赤城」の飛行隊長をつとめたこともあり、淵田にとっては二度目の、いわば出戻りのかたちであった。淵田が二度目の「赤城」飛行隊長に任命されたのはこの年の八月半ばで、少佐になって六年目、二ヵ月後には中佐に進級しようというときだった。

日本海軍の飛行隊長は少佐がふつうで、間もなく中佐になろうかという淵田の、しかも再度の「赤城」飛行隊長任命は異例であったが、それは彼のクラスメートで一航艦航空参謀になっていた源田の画策によるもので、合わせて四百機を超えようかという大飛行機隊の指揮官には、淵田のような大物をすえる必要があったのである。

しかも、ことは最高機密に属し、作戦の意図を理解して訓練の成果を最上のものにするために、源田は気心の知れた淵田を、あえて自分の乗艦である「赤城」に呼んだのだった。

雑誌「丸」に連載の甲斐克彦氏『鷲《イーグル》は二度海原を渡った』によると、「淵田に付与された承命服務は『第一航空艦隊総飛行隊長』というもの」であった。

この源田・淵田のコンビはハワイ攻撃では成功し、半年後のミッドウェー攻撃で失敗したのは周知のとおりだが、ミッドウェーのときは淵田は急性盲腸炎の手術後の療養のため、「赤城」の病室でからだを休めており、攻撃に参加できなかった。

少し横道にそれたが、百八十三機という大飛行機隊をひきいる淵田の責任は重かった。

オアフ島に向け進撃を開始した第一次攻撃隊は、総指揮官直率の水平爆撃隊（九七艦攻）

四十九機が高度三千メートルを保持し、左右五百メートル後方に高度を二百メートル下げて雷撃隊（同）四十機、急降下爆撃隊（九九艦爆）五十一機がそれぞれ続き、さらにこれらの集団の上空五百メートルに制空隊の零戦四十三機が占位するという堂々の隊形だった。

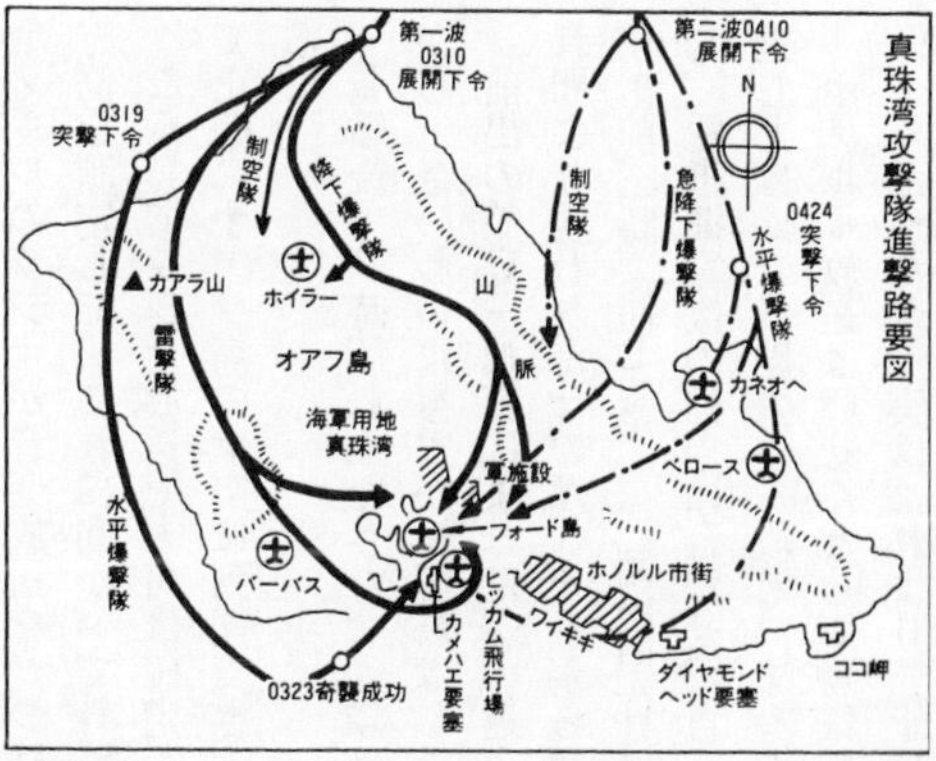

真珠湾攻撃隊進撃路要図

「途中、ちょうど東の空から朝日が出て、翼下に果てしなく広がる真白い雲海に、朝日がキラキラと照りはえて、まるで天国を思わせるような光景に、生か死かの戦場へ向かっている自分を忘れ、思わず飛行機から降りて雲の上を歩きたくなるような気にさせられたことを、今でもはっきり憶えている」

「飛龍」雷撃隊第二中隊第三小隊二番機の艦攻操縦員、笠島敏夫一飛曹が記憶するこのときの飛行の印象だが、この大飛行隊を目標上空まで誘導する総指揮官機は、そんなロマンチックな気分にひたる余裕はなかった。

その辺の事情を防衛庁戦史室編「戦史叢書」（以下公刊戦史）は、つぎのように伝えている。

「当時、偵察員（航法担任）は往きは航法作図を行なわず、頭の中だけで実施しなければならなかった。そのうえ雲上飛行なので測風ができず、推測航法には発艦時の風向風速を利用するほかはなかった。しかし、ホノルルのラジオが音楽放送をつづけていたので、攻撃隊の指揮官淵田中佐は途中からその方位を測定して、これに向かって針路を決定した」

こうしてラジオ放送で方角は確定したものの、雲上飛行のうえに推測航法なので、果たして正確にオアフ島の上空に到達できるかどうか、淵田にとっては大きな不安があったのである。

発艦後、一時間以上たった。太陽はかなり高く昇り、ハワイもそろそろと思われるあたりから、さいわいにも雲が途切れはじめ、ときどきその隙間から海面がのぞくようになった。

前出の笠島一飛曹によれば、「運よく、本当に運よくオアフ島の北岸の海岸線が、雲の切れ間より現われた」のは、それから間もなくであった。

午前三時（同七時半）、淵田中佐はオアフ島最北端のカフク岬を確認して右に針路を変えた。総指揮官機の動きに合わせ、百八十三機の大編隊はゆっくりと右旋回に入り、攻撃開始近しとばかり、緊張が一段と高まった。

ホノルル放送はいぜんとして陽気な音楽を流し、こちらの攻撃意図はまだ感づかれていないようだったが、実はこれより三十分近くも前に、カフク岬に設置されていたレーダーのスクリーンによって発見されていたのである。

当番にあたっていた陸軍の兵隊がこれに気づいて上官に報告したが、よもや日本機が攻撃してくるなどとは思いもしなかったその上官は、当時ハワイ近海で行動していた空母の艦載機か、もしくはハワイ防備増強のため、アメリカ本土から飛来することになっていたB17爆撃機の編隊のいずれかだと思い込み、その報告を無視してしまった。

これは攻撃隊にとって幸運だったし、さらによかったのは攻撃直前に、先行して真珠湾内の偵察にあたっていた重巡「筑摩」および「利根」の水上偵察機からの報告が入ったことだった。

「筑摩」機は、真珠湾在泊艦船の数、停泊隊形から風向、風速、真珠湾上空の雲量や雲高などを伝え、「利根」機は「ラハイナ泊地に敵艦隊を見ない」と報告、これを総指揮官機が直接受信した。

艦船のドック入りや停泊の数については、ホノルルの日本領事館から毎日のように報告があったが、「筑摩」「利根」の水偵による報告は攻撃直前の最も新しい情報であり、しかもラハイナ泊地に艦隊の姿が見当たらないことは、アメリカ太平洋艦隊のほとんどが週末の休養のため、真珠湾軍港に入っていることを裏づけた。

ただ空母の姿が一隻も見当たらないことが不満ではあったが、当時の大艦巨砲第一の日本海軍の思想（日本だけでなく、世界の海軍もそうだったが）からすれば、戦艦が九隻もいることは、それだけで獲物としては充分すぎるほどだった。

午前三時五分、総指揮官機から各隊に突撃準備隊形に入るよう命令が発せられた。内地を出港していらい、無線封止を破ってはじめて発せられた電信であり、距離が近いところから機動部隊各艦が明瞭にキャッチした。

「今か今かとかたずをのんで待つ電信室の緊張した静けさを破って、『トツレ』を受信、艦橋にある伝声管が『突撃準備隊形つくれ』と受信を報告している」

部署が艦橋直下にあって、伝声管で手に取るように聞こえたという方位測定室長森本権一・二曹の回想だが、このあと攻撃隊に少しばかり混乱が起きていた。

「トツレ」を発信すると同時に、総指揮官は信号拳銃を発射した。拳銃は〝奇襲〟の要領による場合は一発、敵に発見されて〝強襲〟になる場合は二発と決められていたので、規約にしたがって雷撃隊、急降下爆撃隊、水平爆撃隊、戦闘機隊の順に〝奇襲〟突撃体勢に入るはずだった。

ところが、なぜか制空隊が予定の行動を起こさないので、淵田中佐は制空隊が信号拳銃に気づかなかったと判断し、さらに一発を発射した。発射間隔は開いていたものの、二発の信号拳銃が発射されたのを見た急降下爆撃隊指揮官が〝強襲〟の要領によるものと感違いして、真っ先に攻撃を開始したのである。

〝強襲〟の場合は、まず飛行場を制圧するため、艦爆隊による急降下爆撃が決められていたからだ。

このため攻撃順序に少しばかり手違いを生じてしまったが、午前三時十九分、総指揮官はト連送「ト・ト・ト」による全軍突撃を発信し、ここに歴史的な真珠湾攻撃が開始された。

ト連送から三分後の午前三時二十二分（午前七時五十二分）、奇襲成功を意味するトラ連送が発せられた。

このトラ連送は、戦後アメリカがつくった真珠湾攻撃の映画「トラ・トラ・トラ」の題名

で有名になったが、筆者の手許にある旗艦「赤城」の受信記録のコピーによると、

「奇襲成功セリ　〇三二二」

とあり、さらに暗号略号として、「ト（・・－）ラ（・・・）・トラ・トラ」と書かれている。「赤城」の受信時刻は〇三二三、すなわち午前三時二十三分で、現地時間では十二月七日、日曜日の朝八時少し前であった。

4

総指揮官淵田《ふちだ》中佐のト連送と、それにつづくトラ連送「トラ・トラ・トラ」は、ただちに機動部隊旗艦「赤城」から転送されたが、この電信は「赤城」の中継をまつまでもなく、東京通信隊や瀬戸内海柱島泊地の連合艦隊旗艦「長門」でも直接受信したという。

このことについて、「飛龍」方位測定室長森本二曹は、

「感度はどのくらいあったのだろうか。私はこのあとセレベス、スマトラ方面やインド洋などで、内地の電波のきわめて弱いのに大変苦労した経験があるので、あの小さな機上送信機でよくとどいたものだと感心した」

といっているが、攻撃は「トラ・トラ・トラ」発信の三分後、〝強襲〟と信号を誤認した急降下爆撃隊によって開始された。

二手に分かれた急降下爆撃隊は、「翔鶴」飛行隊長高橋赫一《かくいち》少佐が大部をひきいてフォー

ド、ヒッカム両飛行場に、残りは坂本明大尉がひきいて戦闘機基地であるホイラー飛行場に殺到した。

固定脚の、一見旧式な九九艦爆（九九式艦上爆撃機）ではあったが、あたかも放たれた猛《もう》禽《きん》のごとく翼をひるがえして急降下し、地上に整然と並べられた敵機群や格納庫をつぎつぎに爆破した。それは日米開戦の、歴史的な第一撃であった。

いっぽう、総指揮官の〝奇襲〟の指示にしたがって自隊が先頭で攻撃すべく、攻撃運動に入った「赤城」飛行隊長村田重治少佐指揮の雷撃隊四十機は、急降下爆撃隊の飛行場攻撃による爆煙を認めたので、煙のため目標が見え難くなるのを懸念し、近道をとって攻撃開始を急いだ。

以下、「飛龍」雷撃隊長松村平太大尉（操縦員）の記述による（「水交」平成三年一二月号）攻撃の実況だ。

――午前三時二十分、急に雲が切れて左前方に真珠湾やダイヤモンド岬が一望のもとに見えた。フォード島の東側には待望の籠《かご》マストの戦艦がずらりと並んでいる。距離は二十キロ前後か。私は偵察員に戦艦が見えるぞ、と知らせて双眼鏡で認識させるとともに、西側の水上機母艦らしいものや空母を捜《さが》させた。

それまで百五十ノットくらいだったので増速、突撃合図のバンクしながら湾口の方向に、六百メートル間隔の一本棒となって進んだ。

しばらくして偵察員に後続機はついて来ているかと尋ねたら、ちゃんとついているという

ので安心していた。（あとでそうでないことがわかったが）

　空母はいないようだし、水上機母艦らしいのもはっきりしないので、戦艦攻撃に向かうことにして進んでいたら、午前三時二十三分ごろ、「翔鶴」爆撃隊によるフォード島南端の水上機基地攻撃がはじまり、黒煙がもうもうと上がって南の方に流れて来た。これと時を同じくして、フォード島西側の艦艇に対する雷撃の水柱が上がったので、どこの隊の攻撃かと不審に思った。

　私は候補生時代の遠洋航海の折り、艦上から真珠湾口付近に無線の鉄柱が数本立っていたことを思い出し、煙の中を進めばそれらに触れることをおそれて、とっさに右旋回していったん海上に出た。そのあと、ふたたび進入してヒッカム飛行場横を進んだが、これは私の大きなミスとなった。

　いよいよ雷撃の時も近づいたので、ふたたび後続機のことを聞くと、しばらくして、「二番機のみであとは見えません」という偵察員の返事に、私は一瞬、愕然《がくぜん》としたが、なす術《すべ》もなくそのまま進んだ。

「蒼龍」隊は突撃命令のあとフォード島西側に直進し、一部は「ユタ」と巡洋艦を、長井（彊大尉）隊長とその列機は、煙の中をくぐり戦艦と巡洋艦を雷撃した。私はそのあと「赤城」隊の列に割り込んで発射姿勢に入ったが、前の飛行機との間隔が少なかったために後流にあおられ、照準が定まらずやり直した。

　右に一旋回して、今度はうまく割り込んで魚雷を発射、偵察員の「ヨーイ命中」の知らせに後を振り返って見ると、狙いどおり戦艦「ウエストバージニア」の艦橋付近に、巨大な水柱が立ち昇っていた。

その後、右に旋回しヒッカム飛行場付近に来たころ、「雷撃機が火を吐きながら突っ込みます」という偵察員の悲痛な叫び声を数回聞き、そのつど振り返ったが私は確認できなかった。――


松村隊長機が右旋回したとき、従ったのは同じ小隊の一機だけで、第二小隊長機は敵情偵察に気を取られて松村小隊の旋回に気づかず、後続の第二中隊四機とともに分離してしまった。

分かれ分かれになった「飛龍」雷撃隊六機のうち、四機は軽巡洋艦「ヘレナ」に、第二中隊長機（操縦員角野博治大尉、偵察員稲田政司飛曹長、電信員森田寛二飛曹）とその列機（操縦員杉本八郎一飛曹、偵察員丸山泰輔二飛曹、電信員藤山雅照一飛曹）は「コロラド」型戦艦に雷撃を敢行し、角野大尉機は燃料パイプを射ち抜かれたが、さいわい手の届《とど》くところだったので、片手で破孔をふさぎながら操縦して帰った。

なお、松村隊長機の偵察員が目撃した火を吐きながら突っ込んだ雷撃機は、五機の未帰還を出した「加賀」雷撃隊のもので、「飛龍」をふくむ他の空母雷撃機は、いずれも被弾はあったものの帰還している。

つぎは「飛龍」雷撃隊操縦員笠島敏夫一飛曹が『空母飛龍の追憶』続編によせた行動の記

録だ。

なお、笠島機は「飛龍」雷撃隊最後尾の八番機であり、その行動は七番機に従うため、先頭の二機と後続の六機が途中で分離してしまったことは、帰還するまで気づかなかった。

――われわれ「飛龍」雷撃隊も松村（平太）隊長機を先頭にして、所定の雷撃コースに入るため、ぐっと機首を下げて雲の下に出た。そしてカエナ岬を右下にかすめて、真珠湾の南西部より受け持ちのコースに入るため、バーバース岬（オアフ島南西端）の方向からまわり込んだ。

目指す真珠湾は朝もやの中にまだ静かに眠っているかのようで、あとわずかののちに修羅場になろうとは、神様とわれわれ以外には誰も知らなかったことだろう。

三時二十分ごろ、ついにツ連送の命令を受信したので、われわれはただちに散開した。なにしろ浅くて狭い湾内であるため、「赤城」「加賀」「蒼龍」「飛龍」の各雷撃隊は、定められた四方面から各隊一機ずつの単縦陣で進入するように決められていた。しかも前続機の爆風や水柱をさけるため、各機の間隔は二千メートル、時間にして約二十秒ずつとらなければならなかった。

このため、「飛龍」隊の最後尾機である私は、単縦陣の八機目であり、一番機からは一万四千メートルもあとになる。そこで高橋利男一飛曹操縦の七番機をキープしつつ、バーバース岬近くの公園の上空を低空で二回くらい旋回した。

この日はちょうど日曜日にあたり、何も知らずに朝の散歩に出ていた老夫婦が、われわれを米軍機とでも思ったのか、一生懸命手を振っているのが見えた。

いよいよ私の番となり、距離も時間も充分な間合いをとって、赤い光の束となって飛んでくる曳光弾の中を、南無三とばかり発射地点に向かって突入した。

すでに艦爆隊や制空隊によって攻撃されたホイラー、ヒッカム両飛行場の飛行機や格納庫が燃え上がり、さらに先陣の雷撃隊による攻撃で火を吐く敵艦船のあげる黒煙がもうもうとして空をおおい、真珠湾はまさに修羅場絵に変わりつつあった。

ちょうど私の進入コース上にある飛行艇も燃え上がり、オイルによる黒煙の中を突っ切って目標の見える湾上に出たときには、敵の対空砲火はいよいよ激しくなっていた。

奇襲は成功したとはいうものの、反撃を受けなかったのは最初のうちだけで、われわれのような後半の攻撃隊は雨あられのような機銃弾の洗礼を受けた。

ガリッ、ガリガリ、バリッ、バリバリという被弾の音がして、翼面にザクロのように口をあけた穴がよく見えた。だが、何の恐怖感もなく、ただ任務遂行の念のみが頭の中を支配し、ここまできて墜とされてたまるかと、奥歯をかみしめるのであった。

私は今、決して恰好《かっこう》のよいことをいっているのではない。私だけでなく、どのような人間でも、ある目的のために立ちあがったら、たとえそれがどのような危険なことでも、生死のことなど考えないものである。任務が大きければ大きいほど、ただただ任務の完遂にのみ努力して、ひたむきに進む。ましてや戦争である。

戦闘が激しくなればなるほど、使命感のほうも強くなり、そこには生も死もない世界が生まれる。――

松村平太大尉ひきいる「飛龍」雷撃機八機が、分かれ分かれになりながらも対空砲火をかいくぐって突進しつつあったその前方には、フォード島南岸に停泊する戦艦群の列があった。動かない戦艦群は雷撃隊にとって恰好の目標だったが、もっとさいわいだったのは、停泊中の艦を雷撃攻撃から守るための防潜網が設置されていなかったことだ。

これは日本軍による真珠湾攻撃がこれほど早く行なわれるとは予想もしなかった油断と、よしんば攻撃されたとしても、真珠湾の水深は四十五フィート（約十五メートル）以下であり、当時の常識からして雷撃機から投下する魚雷が海底に当たらないようにするためには、すくなくとも七十フィート（約二十三メートル）の深さが必要とされていたから、艦隊は港内にいる限り、日本の雷撃機の攻撃に対して絶対に安全であると考えていたからだ。

日本海軍はその裏をかき、空中安定用に木製の小翼と尾部に特殊な框板をつけて、投下後に深く沈まないよう工夫した浅海面魚雷「九一式魚雷改二」を開発し、真珠湾を想定した襲撃訓練をくり返し行ってきたのである。

以下、ふたたび笠島一飛曹の記述による。

――私は、敵の対空砲火がいよいよ激しくなる中を飛びつづけて、最後に大きな倉庫の横をかすめて発射地点に飛び込んだ。（帰還して調べてわかったが、十数発の敵弾を受けながら、さいわいにも致命傷は一発もなかった）

そして、照準器いっぱいに広がる敵艦のどてっ腹めがけて、投下索を引いた。機体が急に軽くなったように感じ、魚雷が投下されたのがわかった。

発射と同時に操縦桿を強く引き、敵艦のマストとの衝突を避けて右に急反転し、ホノルル市街を左下に見てまっすぐ海上へ退避した。

二十カイリほど直進してから、予定の集合地点であるカエナ岬の西方二十カイリくらいの海上に向かった。

だが、真珠湾口一帯の海岸に等間隔に配備された馬鹿長い海岸砲が不気味に光り、それが全部、海のほうを向いているのが見え、いつ火を吹くのかと思うと、とても気持が悪かった。しかも、魚雷を発射して退避する際、背後からプロペラ翼に被弾したらしく、いやな不規則振動が発生しているのに気づいた。

母艦が待つ位置にたどり着くまであと二時間ほどだが、それまで大丈夫だろうか。戦場の危機を脱して我にかえると、急に生への執着が脳裏をかすめ、全身から冷や汗が出るとともに、一時は手も足もからだ全体が金しばりにあったように、動かなくなってしまった。

だがハッと気をとりなおし、「必ず母艦まで帰るんだ。いや、帰れるんだ」と自分自身にいい聞かせて、操縦桿を握り直した。それでも何となく不安で、何とか母艦まで無事に帰れるようにと、伊勢の皇大神宮から郷里の八幡様、そしてお稲荷さんから馬頭観音まで、自分の知っているありとあらゆる神様の名を口にしたものであった。さらに父母はもちろん、兄弟や姉たちの名をさけびつつ、二時間の帰投時の間中、休むことなしに声を出していた自分だった。

その甲斐あってか、無事に帰りつくことができたが、母艦の飛行甲板に立ったときは、全身から力が一気にぬけて行くような気持であった。——

なお「飛龍」雷撃隊八機による戦果は、松村大尉指揮の第一中隊が「オクラホマ」型戦艦と「ホノルル」型軽巡にそれぞれ二本、笠島一飛曹の属した角野博治大尉指揮の第二中隊が「コロラド」型戦艦と「ホノルル」型軽巡にそれぞれ二本魚雷命中となっている。

機数は八機だから全弾命中で、静止している巨大目標とはいえ、激しい対空砲火をおかしての沈着かつ正確な攻撃は賛嘆のほかはない。

5

つぎは、「飛龍」水平爆撃隊第二中隊第六小隊一番機（操縦上杉丈助二飛曹・偵察橋本敏男中尉）の電信員小山富雄一飛曹（故人）の遺稿による、水平爆撃隊の攻撃の模様だ。

——戦艦「陸奥」「長門」の主砲四十センチ砲弾を改造してつくった八百八十キロ徹甲弾を腹に抱き、払暁の甲板を飛び立った。

高度三千メートル、一路ハワイへ、ハワイへ。途中、眼下は一面の雲となり、一寸のすき間もない。果たしてハワイが見えるだろうか、心配だった。

だいぶ飛んだころ、ポッカリあいた雲の穴があり、そこから海岸線が見えた。何とそれは目ざすオアフ島の西端であった。

突然、無線封止中の受信機に「トツレ、トツレ」(突撃準備隊形つくれ)、つづいて「トトト、トトト」(全軍突撃せよ)。いよいよきたるべき時がきた。

先頭の雷撃隊は、雲のすき間から急ぎ降下に移った。われわれは雷撃隊の攻撃終了後、残った艦に対し水平爆撃を行なう。

「爆撃進路に入る」

橋本中隊長の声。

「嚮導機前へ」

私は手信号で三番機(操縦員住友清真一飛曹、偵察員梅沢幸男二飛曹、電信員田村満二飛曹)に合図する。

進路に入る。目標は眼下の敵戦艦群。

フォード島の南岸に二列に並んで停泊した外側の艦は、雷撃隊の攻撃によりほとんどが大火災を起こして炎上中。内側の列の戦艦目がけて直進したが、フォード島西端に停泊中のタンカーを艦爆が攻撃したため、その煙で目標が見えなくなった。

「やり直し」

右旋回して、ヒッカム飛行場の上空を南下して、ふたたび洋上に出た。ヒッカム飛行場に、B17が十数機並んでいるのが見えた。

洋上に出て眼下に発見したのは敵駆潜艇二隻、真珠湾出口二カイリくらいのところで爆雷攻撃中である。

この駆潜艇を爆撃するには、あまりにも弾が大きすぎる。洋上でふたたび旋回して爆撃進路に入る。前方を見ると、先ほどまで三千メートルくらいしか上がっていなかった敵高角砲弾が、今度は五千から七千メートルくらいのところで破裂している。

ふと左下を見ると、バーバースポイント飛行場から上昇してくる戦闘機が目に入った。

「敵戦闘機、上昇中！」

私は偵察席の橋本中尉に伝声管で報告すると同時に、中隊内に注意を喚起するため、機銃三発を上空に向けて発射した。ところが、よく見ると日の丸をつけた友軍の零戦で、地上攻撃を終えて上昇中だったのだ。あわてて機銃を銃座に置き、両手を振る手信号で誤りを皆に伝えた。

編隊は爆撃終了（弾着写真は雲のため撮影不能）、帰路につく。途中、反航してくる敵飛行艇を発見、ただちに「ヒ連送」。これを後続の艦爆隊がキャッチして撃墜した。

やっとのことで母艦上空にたどりついたが、相変わらず母艦はピッチング、ローリングがひどくて、着艦はむずかしい状況だった。操縦員上杉丈助二飛曹は母艦の揺れに機体をうまくあわせる沈着な操縦で着艦、後続機も全機ぶじ帰投した。

雷撃隊で参加した谷口一也一飛曹の言によれば、敵旗艦「ペンシルバニア」はドック入りのため撃ちもらしたのが残念であった。――

「飛龍」水平爆撃隊十機による戦果は、楠美少佐指揮の第一中隊が「コロラド」型戦艦に直撃弾二、橋本中尉指揮の第二中隊が「コロラド」型または「カリフォルニア」型戦艦に対して爆撃したが、雲のため弾着不明ということだった。

いっぽう、岡嶋清熊大尉指揮の制空隊零戦六機は空中で敵機に遭遇せず、バーバースポイント飛行場を銃撃して、所在の約四十機のうち二十二機を炎上させた。

6

ここで時間を少しもどし、第二次攻撃隊を発進させたあとの母艦「飛龍」の艦内に目を移してみよう。

飛行機がすべて発艦を終えると、艦隊は発艦収容隊形のまま減速した。母港出港いらい数千カイリに及ぶ航海の、任務のなかばを終え、ひとまず安堵《ど》というところだが、敵機の来襲も予想され油断はできない。それに攻撃隊がぶじ目標上空に到達できるか、さらには攻撃がうまくいくかどうか、誰しも気が気でない。

しかし、第一次攻撃隊の発進が終わった直後から、各空母では第二次攻撃隊の準備がはじまり、艦内はふたたび喧噪の場となった。

リフトの上下する「チン、チン」という連続音がひっきりなしに聞こえ、入念に整備の終わった飛行機が、格納甲板から飛行甲板へとつぎつぎに上げられ、艦尾より艦爆、艦戦の順に並べられて、暖機運転が始まる。

発進準備を終えた機動部隊は、午前二時三十五分（同七時五分）ふたたび風上に向きを変え、発艦にそなえて速力を二十八ノットに増速した。

やがて暖機運転も終わって静かになったころ、最後の打ち合わせを終えた搭乗員がそれぞれの愛機に搭乗し、ふたたびエンジンがまわり始めた。

各艦のマストに整備旗があがった。準備完了の合図だ。それを待っていたかのように制空隊から発艦を開始した。時刻は午前二時四十五分（同七時十五分）、発進地点は第一次攻撃隊のときよりさらにハワイに三十カイリ近づいた、ラナイ島西端から二百カイリの地点だった。

「瑞鶴」飛行隊長嶋崎重和少佐指揮の第二次攻撃隊は、水平爆撃隊（九七艦攻）五十四、急降下爆撃隊（九九艦爆）七十八、制空隊（零戦）三十五の三集団合わせて百六十七機で、雷撃隊はなかった。

「飛龍」からは急降下爆撃隊の九九艦爆十七機と、制空隊の零戦八機が参加し、小林道雄大尉操縦の九九艦爆（偵察員小野義範飛曹長）と千代島豊一飛曹の零戦各一機が、エンジン不調で参加できなかった。

第二次攻撃隊が艦隊上空から姿を消して二十分ほどしたころ、突如として無線封止を破って発せられた第一次攻撃隊総指揮官からの最初の機上電がキャッチされた。

「トツレ・トツレ」（突撃準備隊形つくれ）

攻撃隊はとうとう目指す真珠湾に取りついたのだ。艦内は固唾《かたず》をのんで次の電信を待つうちに、「ト・ト・ト」（全軍突撃せよ）、そして「トラ・トラ・トラ」（われ奇襲に成功せり）とつづき、静かだった艦橋がどよめいた。

奇襲成功とあれば、艦爆隊や制空隊の飛行場制圧によって、大規模な敵機による空襲の危機は去った。あとは戦果を待つのみだった。

奇襲成功の報はすぐに拡声器で艦内に流された。折りから、艦内では朝食がはじまったばかりだった。

食事はもちろん戦闘配食、手に余るような大きな握り飯が二個、それに塩鮭がひと切れと漬物がふた切れの、戦技（戦闘訓練）のときと全く同じだ。開戦を記念してもっと気のきいたものが食べられるかと期待した者もいたが、戦闘中とあっては仕方がない。

全員、戦闘配置のまま、ある者は立ったまま、ある者はその場に坐り込んで食べはじめたが、やがて艦内放送が、攻撃隊から送られてきた戦果報告をつぎつぎに伝えるに及び、艦内のあちこちに歓声があがった。

「われ戦艦を雷撃す、効果甚大」

「われ巡洋艦を爆撃す、効果大」

「われ飛行場を銃撃す、飛行機多数、格納庫三棟炎上中」

この放送は、艦底で黙々と作業についていた機関室にも伝えられた。

「やったぞ！　万歳こそとなえないが、機関室は喜びと興奮の渦巻だ。『静まれ、冷静に各部署を守れ』と号令する。だが、戦争はこれからだ、先は長いと自分にいいきかせても、こみ上げてくる嬉しさはどうにも抑えきれなかった」

機関科第十七分隊長梶島栄雄大尉の述懐だが、操舵員森本和雄三等兵曹は、この放送を配置の操舵室で聞いた。

「私は胸の内で『やった！』と叫んだ。自分では見えないが、顔は輝き、喜びあふれていたことだろう。同室者の顔もみな紅潮し、年末手当でもたっぷりもらったような顔だ。でも大声を出すこともなく、ただ黙々と一番艦の後方について舵輪をまわすのみ。

ときどき、推進機の回転を指示する『黒五』『赤一〇』という号令がかかってくる。そのうち『魚雷命中』『爆弾命中』と、つぎつぎに報じられ、艦橋もかなりざわついているようだ。

やがて当直勤務が終わって操舵室を出たが、落ちつかず、艦橋付近をうろついたり、自分の配置の後部操舵室にもどってみたり、とにかく何ともまとまりのつかない時間だったように思う」

発進して間もなく、機上で第一次攻撃隊の攻撃開始の報を聞いた第二次攻撃隊は、午前四時十分（同八時四十分）カフク岬沖に達したが、〝奇襲〟に成功した第一次攻撃隊にくらべ、今度はいや応なしに〝強襲〟となる第二次攻撃隊の前途には、大きな困難が待ち構えていた。

午前四時三十二分（同九時二分）、第一次攻撃隊の引き揚げと入れ替わるようにして、第二次攻撃が開始された。

真珠湾一帯はすでに先の攻撃による黒煙や火炎におおわれ、目標の確認も思うにまかせぬ有様で、水平爆撃隊は高度を予定の三千メートルから千五百ないし千八百メートルに下げて爆撃を行ない、艦船攻撃の急降下爆撃隊などは、敵の射ち上げる対空砲火の集束弾の弾道を逆にたどり、急降下して目標を確認したうえで攻撃した機もあった。

こうした困難な状況のなかで、「飛龍」艦爆隊は「ネバダ」型戦艦一隻、「コロラド」型戦艦二隻、「ホノルル」型をふくむ巡洋艦五隻を大破もしくは中破するという戦果をあげ、戦闘機隊も空戦で出現した敵戦闘機五機を撃墜するとともに、低空に舞い降りて飛行場を銃撃した。

しかし、後述するようにこの攻撃で、第一次では一機の未帰還機も出さなかった「飛龍」攻撃隊にも損害が出た。

第二次攻撃隊と入れ替わった第一次攻撃隊は、午前六時（同十時半）前ごろからボツボツ帰着しはじめた。

ふたたび操舵員森本三曹の登場。

「落ちつかなかった私だったが、そろそろ第一次攻撃隊の帰ってくる時間になったので、艦橋にあがってみる。各見張員は南の水平線付近を一心に見張っている。帰ってくる飛行機を見落とさないように、また追尾してくる敵機はないか、みな緊張している。私も操舵員になる前に見張員をやったこともあり、飛びきりの視力を持っていたので、自分なりに一心に目をこらして見張った。

間もなく見張員から『飛行機らしきもの見ゆ』の報告があり、その方向にみなの視線が向く。たしかに水平線付近に点々と黒いものが見え、だんだん近づいてくる。いよいよ近くなると、それはいつも見なれた味方の飛行機だった。

発進したときのような整然とした大編隊ではなく、艦攻、艦爆、艦戦がまじった小編隊が多く、なかには一機ずつ帰ってくる艦攻や艦爆もあった。

一機だけなかなか帰らない艦攻があり、未帰還かとみな心配しながら待ったが、かなりの時間がたってようやく帰ってきたので、無事で何よりと喜び合った」

この最後に帰還した艦攻は、プロペラに被弾して振動が発生したため、エンジン回転を最低に落として飛びつづけた「飛龍」雷撃機第三小隊二番機の笠島一飛曹機だった。

こうして第二次攻撃に参加した「飛龍」の二十二機全機が帰還したが、敵が防御体制をととのえ、対空砲火が第一次のときとは比較にならないほど熾烈《しれつ》になった第二次攻撃では、未帰還三機を出した。

第二次攻撃隊は第一次が帰着しはじめてから一時間と少々おくれてバラバラに帰って来たが、未帰還機は攻撃隊全体で第一次の九機に対して二十機、しかも第一次は被弾機が少かったのに、第二次ではほとんど全機が被弾していた。

「飛龍」の未帰還機は、操縦員外山維良三飛曹、偵察員村尾一《はじめ》一飛の急降下爆撃隊第一中隊第三小隊三番機と、操縦員清村勇《いさむ》二飛曹、偵察員清水好生二飛曹の同隊第二中隊第三小隊二番機（いずれも九九艦爆）、および西開地重徳一飛曹操縦の制空隊第二小隊二番機（零戦）の三機で、このほか急降下爆撃隊第一中隊第一小隊三番機の偵察員大倉昌《まさし》二飛曹が重傷を負った。

未帰還三機のうち、最後を目撃されたのは清村・清水機だけで、外山・村尾機は目撃者なく、零戦の西開地一飛曹の最後は戦後になってわかった。

7

清村・清水機の最後は後続の三番機（操縦員淵上一生一飛曹、偵察員水野康彦一飛曹）によって目撃されたが、それによると、戦艦に急降下爆撃を加えたのち、約百メートルの高度で避退中に燃料タンクに被弾したらしく、機体から火を発した清村・清水機は、もはやこれまでと覚悟したかのように、真珠湾北東海岸に自爆したという。

清村、清水両二飛曹は二階級特進で飛行兵曹長に任ぜられたが、操縦員清村二飛曹が戦死の前日の十二月七日午後五時にしたためた家族あての遺書の終わりには、つぎのように書かれあった。

「――明八日早朝発艦、真珠湾に屯《たむろ》する敵艦隊撃滅の任につく。武人の本懐これに過ぎるものはなし。

生還もとより期せず、ただわが正義の翼、不撓《ふとう》錬磨の腕をたのみに出陣す。

血湧き肉躍るなり。明日の戦いに備えて安眠をとる。さらば――」

家族思いの、純情な若者であった。

偵察員清水好生二飛曹には、相思相愛の恋人がいた。しかし、清水の戦死によって、その恋はついに実ることなく終わった。

兵庫県芦屋市に住む中野美駒さんは、『空母飛龍の追憶』続編に、「永遠の恋人、清水好生飛行兵曹長の思い出」と題する一文をのせているので、その記述をもとに未完の恋の軌跡を追ってみよう。（かぎカッコ内は美駒さんの文章）

「昭和十五年五月、当時私は女学校四年生（旧制高等女学校）でしたが、ある日、薬品、菓子、果物などを商《あきな》っている私の家へ一人の海軍下士官が果物を買いに来ました。私が包んで渡しますと、その人は私の顔をじいーっと見つめて受け取りました。それからはよく買物に来たり、小学校一年生の私の弟を誘って釣に行ったりして、家族ぐるみで親しくなりました。私方で食事したり、私たちが清水さんの下宿に遊びに行ってアルバムを見せていただき、そのアルバムの説明を聞いたり楽しい日々でした。

隔日に上陸する清水さんを家族でどんなに待ったことでしょう。上陸の日、リンリンと鳴らす自転車のベルに、弟は追っかけて着替えもさせずに清水さんと手をつないで歩くときの得意気な顔。トランプ上手な清水さんは、いつも負ける私の手を力強く握り、思い切りシッペする。ふくれる私をさも満足気に笑われる。こうした日々の中、私は清水さんに淡い恋心を抱くようになりました。

しかし、このような楽しい日は長くは続かず、十月に清水さんは宇佐航空隊から空母『飛龍』へ転勤となりました」

その後は文通がつづき、たまに「飛龍」が別府に入港したときには会うことができた。しかしいつも家族が一緒で、二人だけの時間を持つことはできなかったが、彼女が女学校を卒業して間もない昭和十六年五月、ついにそのときがやって来た。

「飛龍」別府入港の知らせが清水から届いたのである。

「母はこの日を予測していたのか、着物と帯をつくってくれていました。私は縫い上げのない大人の着物に帯を結んで、心躍らせて別府へ行きました。別府の駅には、果物の好きな私へ枇把《びわ》を持って待っていて下さった。この別府での一日が、最初で最後の二人だけの一日でした。

鶴見園で歌劇を見て、二人で町を歩きました。急に私から離れたと思ったら、隊の者が前から来たのでね、とか。また、ある隊員には、おさげ髪の私を妻だよと紹介したり、全く私の最高の日でした。

またたく間に時間が過ぎ、送ってきてくれた駅で、『十月には艦を降りると思うので僕の家に行こう。料理は味噌汁がつくれたらいいので、お母さんに習ってくれ』と、一気におっしゃいました。そしてにっこり微笑んで、『髪を切るなよ。日本髪が結えないぞ』と」

これが彼の最後の言葉になろうとは、知る由もない彼女であった。

別府での切ない別れのあと、「飛龍」が横須賀に入港した際、銀座に出て有り金をはたいて買ったという瑪瑙《めのう》の帯留が清水から送られて来た。はからずも、これが清水をしのぶ唯一の形見になってしまったのであるが——。

十月、はじめて清水に出合ってからちょうど一年であった。清水から電報が届いた。

「スグ　コイ」

発進局は鹿児島県出水《いずみ》であった。

「母は、遠いので別府入港まで待て、といって許してくれませんでした。母を説得する熱意が私には無かった、と申しますより、私は自分の心に忠実でなかったのです。そのために一生悔いを残すこととなりました。折りかえし手紙が来ました。差し出し場所の住所はなく、『ずいぶん待った。皆には家族が来た。その様子を自分は淋しく見た。今度の任務は生還はむずかしい。戦死をしても嘆かないよう、しあわせになってくれ。心からしあわせを祈る』と書いてありました。今までと余りにも違う内容に驚き、夢中でただただ武運を祈りました。その後、開戦。勝利のニュースを聞き、バンザイバンザイと旗行列、提灯《ちょうちん》行列に参加して喜んでいました。清水さんの戦死も知らずに。

もしあのとき出水に行っていたら、それも感じ得たでしょうに。あるいは戦死させずにすんだのでは……。戦死を知らずに一ヵ月過ぎた昭和十七年一月八日、突然、戦友の板津さん

（辰雄、二三飛曹）より、宇佐空時代の下宿に来るように、と連絡を受け、驚き飛んで行きました。板津さんは私を見るなり、『どうして出水に来なかったのか。電報を受け取ったでしょう』ときつく叱り、当日の出水での清水さんの様子と戦死の模様を話して下さいましたが、私は夢を見ているようで、その時は涙も出ませんでした。

――その後、私は北九州市へ挺身隊を希望して出ました。宿舎の近くに陸軍の部隊があり、若妻が英霊を胸に抱いて泣いているのを見かけました。私はその人がうらやましく、〈奥さんは私よりしあわせです。愛する人を胸に抱いて人前でも泣け、愛する人の御霊とともに暮らせるのですもの〉と心の中でいって、人目をしのんで泣きました。そういう私に、友達も涙してくれました」

同じ九九式艦上爆撃機に乗った清村、清水の二人はそれぞれ違う思いを胸にハワイの海に散ったが、それから四十八年後、美駒さんは恋人の戦死の地を訪れることになった。

彼女が寮母をしていた北九州市小倉の雪印乳業「九雪寮」の寮生たちが、「おばちゃん、ハワイへ行っておいで」と、小づかいを倹約して旅費を出してくれたのだ。

念願の恋人の戦死した地を訪れた美駒さんは、日本を出発するときに清村二飛曹の遺族から託された花や果物とともに、洋上で清水二飛曹の好物だった甘い物を洋上に投じたが、「そのあと海底をのぞいたとき、清水さんの顔が現われ、その目がうるんだのを見たような気がした」という。

そのあとアリゾナ記念館を訪れた彼女は、そこで今まで思いもよらなかった多くの人びとの悲しみがあることを知った。

記念館ではカミンズ館長が待っていて、みずから案内してくれたが、館内に一歩足を踏み入れた美駒さんは、まだあどけなさの残るアメリカの若い水兵夫妻の、しあわせそうにしている何枚もの写真に目を奪われた。

「これは新婚三ヵ月の水兵で、そのしあわせもあの十二月七日まででした。彼はここで戦死し、若妻が残されたのです」

館長の説明で、美駒さんは初めてアメリカにも最愛の人を亡くして泣いた女がいたことに気がついた。

「私の大切な人はアメリカ兵の弾丸で死んだので、それを憎んでいましたが、この写真を見て恥ずかしい気がします」

そういって謝る美駒さんに、カミンズ館長はいった。

「アメリカ人も日本人を憎んだ時期がありましたが、すべて水に流しましょう」

二次にわたる日本機の攻撃で、アメリカ側の受けた人的被害は戦死二千七百二十九名、戦傷六百五十七名、合わせて三千三百八十六名にのぼったのである。

8

未帰還となった「飛龍」のもう一機の九九艦爆二三三号機（操縦員外山維良二飛曹、偵察員村尾一《はじめ》二飛）の最後は、午前四時三十九分（同九時九分）真珠湾軍港内の敵巡洋艦に急降下爆撃を加えたところまでは分かっているが、そのあとの消息は不明で、全般の様子から戦死と認定された。

「飛龍」艦長加来大佐夫人の手許にあった同機の操縦員外山二飛曹の手帳には、その時々の感想や、中には遺書めいた文章も見られるが、機動部隊が集結していたエトロフ島ヒトカップ湾在泊中に書かれたものは、世紀の戦いに臨もうとする将士たちの多彩な心境をよくあらわしている。

「もし私の死後、この手帳を手にされることがありましたら、初陣に臨むにあたってこんな気持を持っていたと御想像下さい。

昭和十六年十一月十八日午後二時、内地を後にして壮途に上るにあたって、艦長は細かいところにわたって激励され、注意されたが、この時の訓示ほど私の胸に沁《し》みたものはなかった。

昭和十六年九月二十二日に『飛龍』に来て初めて艦長に接したときから、この人の下なら死んでも構わないと思いましたが、（中略）今日（十一月二十三日）の話を聞いている中に、いよいよ自分は死地に向かうのだと思いました。そう思うと過去のことがあれやこれや次から次に浮かんでは消えましたが、中でも、何度も浮かび上がって来るのはやはり故郷のことでした。

今ごろ、父様母様はどうしておられるだろうか。父様の足は大分よくなった、とはいっておられたが、母様の口の神経痛はどうだろうなど、また智子姉さんは、私がこんな商売（注、軍人のこと）をしているために父様と母様の側を離れられないのではあるまいか、そして婚期を遅らせてしまって済まないような気がして、早くお嫁に行ってくれればよいがとも思いました。そうして子供のときよく登ったハゼの老木、カラスの巣をとったりした裏の森なども浮かんできました」

戦死後、外山二飛曹と偵察員の村尾一等飛行兵はそれぞれ二階級特進して飛行兵曹長と二等飛行兵曹になった。

帰還はしたものの、機上で重傷を負った大倉昌二等飛行兵曹の母艦に帰りつくまでの強靱《きようじん》な意志は、驚くべきものであった。

敵戦艦を爆撃後、直ちに戦場を離脱することなく、機首の固定銃および後席の旋回銃で掃射をつづけていたとき、後席にいた偵察員の大倉二飛曹は、左肩に石で強打されたような衝撃を感じた。

見ると、敵弾が当たったか、肩から先の左手がぶら下がって自由がきかないので、旋回銃を右手だけで持ってなおも射撃をつづけた。第四撃まで行なって引き越しの際、左手袖口からの出血がひどくなったので、止血の処置をするため、操縦員の坂井秀男一等飛行兵に銃撃をやめて海上に出るように命じた。

そこで銃撃を終わって帰途につこうとする僚機を認めたので、坂井一飛にそのあとについ

て帰るように命じるとともに、若い操縦員を動揺させてはと思い、

「たいしたことはない。止血はできた」

といったが、辛うじて上半身の着衣は取ったものの、口と右手だけでは思うように血を止めることができず、「出血多量の場合は二十分前後で絶命する」と、軍医から聞かされたことを思い出して、死を覚悟した。

しかし、その後もあきらめずに、座席を後向きのままいっぱいの高さまであげ、機銃がぶつからないようにして頭を電信機にのせ、負傷した左手を上にあげるなどしたところ、出血がやや少なくなった。

その後、ひどくのどの乾きを覚え、左手と左胸のあたりが麻痺しはじめたので死が近いことを覚悟し、〈せめて近くにいる僚機にだけでも別れの挨拶をしよう〉と風防を開き、辛うじて上体を起こして挙手の礼をした。それで安心したのか、ふたたび風防を閉めて前の姿勢にもどると同時に、昏睡状態におちいった。

被弾してから二時間近くたった。機はようやく母艦上空にたどりついた。

操縦員の「大倉兵曹」と呼ぶ声に意識がもどり、〈報告の任務が残っている〉との責任感から母艦を見ようと機銃につかまって風防を開けたところまでは覚えているが、ふたたび意識不明におちいったという。

しかし、着艦第四コースに入って「速度計を読む」といい、艦尾を通過する少し前まで気速計の数字を数回にわたり、平常どおり前席に知らせたことを、あとから同乗の坂井一等飛

行兵から聞かされて知った。

こうした大倉二飛曹は、操縦の坂井一飛とともに生還できたが、それは強い意志と体力、そして旺盛な責任感のたまものであった。

9

「飛龍」第二次攻撃隊未帰還者の残る一人、零戦の西開地重徳一飛曹の最後は劇的である。

熊野澄夫大尉指揮の第二次攻撃隊制空隊第二小隊二番機として出撃した西開地重徳一飛曹の最後は目撃されていない。しかし、未帰還となったことから戦死と認定され、他の攻撃隊戦死者と同様、二階級特進となり、一等飛行兵曹から飛行特務少尉に昇進したが、戦後になってその死の意外な真相が判明した。

「飛龍」戦闘機隊の一員としてカネオへ、ベローズ両飛行場に銃撃を加えた西開地一飛曹は、弾丸を射ちつくしたので帰路についた。このとき他の飛行機と途中ではぐれたか、最初から一機だったかはわからないが、単機となった西開地一飛曹は機位を失して、母艦に帰ることができなくなってしまったらしい。

航法専門の偵察員がいる艦攻や艦爆と違って、一人乗りの戦闘機が何も目標のない広い洋上の、二百カイリ以上も先にいる点のような母艦を探り当てるのは、砂浜で小さなピンを探し出すようなものだ。

大空をさまよいながら、不安になった西開地はつぎの手段として、洋上に不時着した攻撃隊の搭乗員を救うため配備されているはずの日本潜水艦を探したが見当たらず、燃料もほとんど使い果たしてしまったところから、不時着を決意してハワイに戻った。

「万一の場合には、ハワイ諸島西端のニイハウ島に不時着せよ。（中略）二十四時間以内に、わが潜水艦が救助にむかうから、必ず海岸近くで、海面を注視し、待機せよ」

西開地は、出撃前に攻撃隊総指揮官の淵田美津雄中佐からいわれたことを思い出し、ニイハウ島に不時着することにした。

この島は個人が所有する治外法権の島で、少数のハワイ原住民がいるだけだったから、アメリカ軍もいないし安全というのがその理由だった。

うまくニイハウ島にたどりついた西開地は草原に着陸をこころみたが、運悪くフェンスに引っかかって転覆し、気絶してしまった。

この日、「十二時半ごろに飛行機が一機カウワイ島に不時着した」（ニイハウ島の誤り）というラジオニュースがあったというから、西開地機が不時着したのは日本時間で午前八時ごろということになる。第二次攻撃隊が母艦に帰りはじめたのは午前七時十五分ごろとなっているので、それより一時間近くも空をさまよっていたことになる。

飛行機が墜落した大音響に驚いて駆けつけた島民たちは、機内に見慣れない飛行服の日本人を発見して大騒ぎになった。西開地は気絶していたが、ハワイ生まれのハラダという三十二歳の日系二世の家に運ばれて介抱され、気を取り戻した。

その後、日本とアメリカが戦争をはじめたことを知った島民たちと、日本人のパイロットをかくまうハラダ氏との間に対立が起き、険悪な状況となった。ハラダ氏一家の協力でそれを何とか抑えている間、西開地はずっと海上を注視して、淵田中佐がいった救助の潜水艦を待ったが、二日たっても三日たってもそれは現われなかった。

そのうち、島民たちがカウワイ島に知らせに渡ったことを知り、意を決した西開地はハラダ氏とともに家を脱出して不時着した零戦のところに行き、火をかけて燃やした。零戦の秘密を敵に知らしめないためであった。

すでに周囲は敵意を持った現地人たちに包囲され、わが事終われりと覚悟した西開地は自決、ハラダ氏も愛する妻と三人の子供たちを残し、猟銃でみずからの命を断った。

西開地の死の真相については、「空母飛龍」の続編に掲載された中野不二男氏（東京都文京区）の「飛行特務少尉西開地重徳の最後」および田名大正氏の「ハワイに不時着をした日本機」（同氏の「抑留所日記」第三巻よりの転載）をもとに構成したものだが、それは現地の日系人一家を巻き添えにした悲劇であった。

このことがあって、夫を失っただけでなく、三人の子を残して監禁生活を余儀なくされたハラダ夫人にしてみれば、〈もしあの飛行機があの島に不時着さえしなかったら〉という思いが胸中にわだかまったとして当然だろう。

しかし戦後、ハラダ夫人が西開地重徳一飛曹の兄道夫氏にあてた最初の便りには、「重徳様とは、わずか一週間のお知り合いでしたけれど、とても深く印象づけられ、特に亡くなった原田（ハラダ）とはとても仲良く、島の者たちをごまかしていろいろと相談し、深く語り合い、ともに戦い、手に手を取って長い旅路へと立たれました」とあり、恨みがましいことは一言も書いてなかったという。（牛島秀彦著『真珠湾―二人だけの戦争』旺文社文庫）

第八章　兵は勢いなり

1

日本機による真珠湾軍港の空襲は、アメリカ側に大打撃を与えた。このショックの大きさは、その損害の数字を公表したのがちょうど一年後の昭和十七年十二月七日だったのを見ても、想像されよう。

それによると、日本機の空襲を受けた日、真珠湾には戦艦八隻、巡洋艦七隻をふくむ四十八隻の艦艇が停泊していたが、在泊の戦艦全部をふくむ十九隻が撃沈もしくは撃破され、三百機以上の飛行機と多くの飛行場施設が破壊された。

これに対して日本側は飛行機の喪失二十九機、艦艇の損害は二人乗りの特殊潜航艇五隻のみ、人員もアメリカ側が前述のように三千名以上の死傷者を出したのに対し、飛行機および特殊潜航艇の乗員合わせて六十数名という完勝であった。

当然、機動部隊としてはこの戦果に満足し、危険な海域に長居は無用と帰途を急いだが、このことが、今でも論議の的になっている。

柱島の「長門」内の連合艦隊司令部でも、ハワイ再攻撃の意見が出、司令長官山本五十六大将もそれを望んだといわれるが、結局は命令も出されなかったし、機動部隊もそれをしなかった。

再攻撃の命令が出されなかったのは、機動部隊指揮官南雲忠一中将の性格からして、「それをやらないだろうし、帰りを急ぐ部隊にもう一度引き返して戦えといったって、戦果はあがらず被害が増すだけ」という、山本長官の不信がその根底にあったようだが、機動部隊の中にも、「引き返してハワイをもう一度やるべきだ」と考えた指揮官が何人かいた。

その急先鋒が第二航空戦隊司令官山口多聞少将だった。

ハワイ攻撃がまだ研究段階にあったころ、攻撃目標の選定と目標配分の研究が進むにつれ、第一日の第一次および第二次の攻撃だけでは艦艇および飛行場に限定されてしまい、ドックなどの修理施設、燃料タンク、弾薬庫などの攻撃がもれてしまうことが明らかになった。

こうした施設を無キズのまま残すことは、特にハワイのような太平洋の孤島にあっては、後の戦力再建に大きな力を発揮するようになるとの観点から、ぜひ反覆攻撃を加えてこれを破壊すべきであると、山口少将はその実施を、一航艦長官に再三具申していた。

しかし、その意見は容れられることなく、山口少将はうつうつとした思いを抱いていたようだ。

二航戦参謀石黒進少佐には、このことについて特に深い思い出がある。

「たしか開戦前、柱島泊地で行なわれた連合艦隊の最後の図上演習に参加しての帰途、時間の都合で鹿児島の岩崎谷荘に一泊した時である。なにかの用事で司令官の部屋に伺ったところ、窓越しに桜島の偉容をながめておられた。

夕暮れの空に浮かぶ桜島の山頂からは、薄く噴煙がたなびいていた。

なにか考えておられるものと思って、しばらく少し離れて立っていると、やおら振りかえって、

わが胸のもゆる思いにくらぶれば　煙ぞ淡き桜島山

と平野二郎国臣《くにおみ》（明治維新のときの勤皇の志士）の歌を口ずさまれた。その時の様子はいまも眼底に焼きついている。

あとのことになるが、十二月八日の攻撃が成功裡に終わって北方に退避する際、空母を撃ちもらしたことと、通信傍受によって付近海域に少なくとも複数の空母が行動中であることが判明していた状況にかんがみ、ふたたび翌日の再攻撃を意見具申された。その案文にサインされる際、『これは採用しないよ』と淋しそうにいわれた」

つまり大成功と思われた真珠湾攻撃の成果も、山口の目からすれば徹底を欠くものであり、大局から考えて不満足だったのである。

このことについて、アメリカのニミッツ元帥はその著書『ニミッツの太平洋海戦史』（共著者ポッター、実松譲・冨永謙吾共訳、恒文社）の中で、「アメリカ側から見た場合、真珠湾の惨敗の程度は、その当初に思われたほどには大きくなく、想像されたものよりははるかに軽微であった」と述べている。

すなわち、沈没もしくは損傷を受けた戦艦八隻のうち、使用不能になったのは旧式な「アリゾナ」と「オクラホマ」だけで、もともとこれらの旧式戦艦は日本の新しい戦艦と対抗するにも、アメリカの高速空母と行動をともにするにも速力が遅すぎ、どっちみちあまり使い道はなかったのである。

この二隻以外の旧式戦艦群も、水深の浅い真珠湾の海底から引き揚げられて改装され、二年後からぞくぞく戦線に復帰している。しかも一時的にこれらの戦艦が失われたことで、その乗組員を空母と他の任務部隊の艦船に転用することにより、当時、不足していた熟練乗組員を補うことができた。

しかも、アメリカにとって幸運だったのは、「サラトガ」はアメリカ西岸に、「レキシントン」はミッドウェーに飛行機輸送中、「エンタープライズ」はウェーキへの飛行機輸送を終えて帰投中と、いずれも真珠湾を離れていたため被害をまぬがれたことだ。そのうえ、真珠湾でもっともひどくやられたのは低速で使い道の少ない旧式戦艦で、ニミッツにいわせれば、

「第二次世界大戦のもっとも効果的な海軍兵器である高速空母攻撃部隊を編成するための艦

船は損害を受けなくてすんだ」

　ということになるが、航空攻撃の偉力と空母を中心とした機動部隊戦法の有効さを、緒戦において彼らが真珠湾の痛い教訓からまなんだことが、その後の戦争の展開に大きな影響を与えたことはよく知られているとおりだ。さらにニミッツは、

「攻撃目標を艦船に集中した日本軍は機械工場を無視し、修理施設には事実上手をつけなかった。日本軍は湾内近くにある燃料タンクに貯蔵されている四百五十万バレルの重油を見逃した。長いことかかって蓄積した燃料の貯蔵は、アメリカの欧州に対する約束から考えた場合、ほとんどかけがえのないものだった。この燃料がなかったら、艦隊は数ヵ月にわたって真珠湾から作戦することは不可能であっただろう」

　と述べ、山口二航戦司令官の考えが正しかったことが立証される。

　日本機動部隊が真珠湾の反覆攻撃を行なわなかったことについて、山本長官は「南雲はやらんだろう」といい、後世の史家の非難も、もっぱら機動部隊の最高指揮官南雲中将に集中しているが、南雲にとってはいささか気の毒な気がする。

　なぜなら、真珠湾攻撃については慎重な研究を重ね、連合艦隊としても精密な真珠湾軍港の模型を前に何度も図上演習をやっており、これには山本も出席していたはずだ。もし山本やその幕僚たちが、本当に軍港の修理施設や燃料タンクの軍事的な重要性を認識していたとしたら、戦艦や空母ばかりでなく、これらの施設の攻撃を図上演習に加えるべきだし、攻撃

隊に対しても、目標としてあらかじめ明示すべきであった。

この点からすれば、空母が不在で撃ちもらしたことを除けば、南雲は命令をほぼ完全に遂行したことになる。しかも図上演習では、攻撃後の二日間で六隻の空母全部が沈没もしくは、被害を受けると見込まれていたのが、まったく無キズで飛行機の損害も驚くほど少なかったのだから、これはもう大変な成功である。

戦争は錯誤の連続であるという。そんな中にあって何をなすべきかどうかの決断を、最高指揮官は迫られる。そこで、与えられた使命を果たした以上、無用の損害を受けないうちにさっさと退避するのが賢明とした南雲の判断はまちがっていない。もしそれを責めるなら、そういう南雲を最高指揮官に選んだ過《あやま》ちこそ責められるべきだ。

二航戦司令官の山口は、南雲とは性格も違い、したがってその決断するところも違う。

山口は図上演習のときから、二航戦の「蒼龍」「飛龍」は沈むものと覚悟していたようだ。

それはヒトカップ湾での出陣を前にした訓示にもうかがえるが、「兵は勢いなり」が口ぐせだった山口は、第一撃の効果をより決定的にするため、翌日の再攻撃を望んだ。

それは、当然、敵による反撃の危険も大きくなり、こちらもかなりの損害を出すことが予想されるが、それ以上に敵に大きな打撃を与えればよい、というのが山口の考えであった。

山口の意見が採用されなかったのは、山本長官が冗談まじりに、「泥棒でも入るときより逃げるときの方が怖い」といった戦場心理とは別に、燃料補給という純戦術的問題があったようだ。

しかし、前出の二航戦参謀石黒進少佐はこの燃料補給問題について、開戦前に山口司令官が作戦室で、つぎのように語っていたのを聞いたという。

「補給部隊（タンカー船隊）は機動部隊への最後の補給を終えたのち内地に直行し、再補給のうえもう一度、機動部隊に向かわせる。機動部隊は第一回につづいて二回目の真珠湾攻撃を行ない、帰りは補給部隊と会同するまで敵の攻撃のおそれのない、南洋群島の西方海面まで離脱し、もし補給部隊が来るまでに燃料が無くなったら、海上に漂泊していてもいいではないか」

ちょっと考えるといかにも無謀のようにとれるが、真珠湾の修理補給施設を完全に破壊してしまえば、たとえ空母部隊が残っていても、再補給ができないので追撃はできず、といってアメリカ本土からでは遠すぎて間に合わないから安全であり、きわめて論理的である。

だから石黒少佐は、

「山口司令官は、意志強固で攻撃精神旺盛な提督であるとともに、識見の高い大戦略家であり、名指揮官だったと思う」

と、敬慕してやまない。

2

日本機動部隊の艦上機が真珠湾軍港を空襲したとき、出港していて見当たらなかったアメリカ空母群のうち、真珠湾にもっとも近い位置にいたのは「エンタープライズ」だった。「エンタープライズ」は、日本軍の攻撃より九日前の十一月二十八日朝（現地時間）真珠湾を出港した。

巡洋艦三隻および駆逐艦九隻を従えたアメリカ第八機動部隊の空母「エンタープライズ」の任務は、予想される日本軍の攻撃に対して、極秘のうちにウェーキ島の防備を強化するため、海兵隊のグラマンF4F「ワイルドキャット」戦闘機十二機を同島に届けることだった。

この部隊の指揮官は日本機動部隊の山口司令官同様、猛将のほまれ高いハルゼー提督だったが、外洋に出て間もなくハルゼーは戦闘準備を下令し、「日本軍の艦艇を発見したならばこれを撃沈し、日本機は撃墜せよ」と命じた。

第八機動部隊の行動は、出港前日の十一月二十七日に開戦に関する準備命令を受け取った太平洋艦隊司令長官キンメル大将の計画にもとづくもので、日本の機動部隊はすでにこの二日前にハワイに向けてヒトカップ湾を出港していた。

ウェーキ島の近くで飛行機を発進させたハルゼーの第八機動部隊が真珠湾に向けて針路を変更したころ、日本機動部隊も第一回の変針点であるC点を越え、第二回変針点であるD点に向かっていた。

日本機動部隊の真珠湾攻撃は、現地時間でいえば十二月七日朝。そしてハルゼーの第八機動部隊の真珠湾入港は、その前日の十二月六日の予定だった。だから、もし予定どおり入港していれば、「エンタープライズ」は当然、日本機の恰好《かっこう》の標的になるところだったが、幸運がそれを救った。

「エンタープライズ」は洋上で駆逐艦に燃料を補給する必要を生じたが、悪天候のために作業が遅れ、真珠湾入港が十二月七日（日曜日）の午後になってしまったからだ。

こうして同じように真珠湾を指向していた日米両機動部隊であったが、日本軍は北、そしてアメリカ軍は西からだったために遭遇することはなく、アメリカ第八機動部隊が日本軍による真珠湾攻撃を知ったのは、ホノルル西方約二百カイリの洋上だった。

「パールハーバー（真珠湾）は敵の空襲下にあり、演習に非《あら》ず」

太平洋艦隊司令長官キンメル大将からの驚くべき緊急電がハルゼーにもたらされたが、このあとに起きたアメリカ軍内部のパニックについて、トーマス・B・ブュエル著『提督スプルーアンス』（小城正訳、読売新聞社）には、つぎのように書かれている。

「艦隊の無線通信は矛盾した電文で大混乱におちいっていた。いたるところで日本の飛行機や艦艇を発見したという誤報が飛び交い、命令が出されては取り消され、ハルゼーは敵を発見しようとして発見することが出来ず、怒りのあまり発狂寸前の状態にあった。太平洋艦隊は奇襲を受けて傷つき、ショックを受け、気が狂ったように敵影のない空中および海上に向けて、無茶苦茶に弾丸を撃ちまくっていた」

このあとも、日本の艦艇がハワイ諸島を取り巻き、その落下傘部隊がオアフ島に降下したとか、沖合に日本軍の輸送船が見えたなど、こうしたパニック状態につきもののあらぬ噂《うわさ》が混乱を増幅させたが、洋上にいたハルゼーはそんな中にあっても、日本軍に対する復讐《ふくしゅう》の念に燃えていた。

午後になって、哨戒飛行艇PBY「カタリナ」からの「日本軍は西北方に向かい退避中」という報告をキャッチすると、ハルゼーは同行の水上艦艇指揮官スプルーアンス提督に追撃を命じたが発見できず、燃料も残り少なくなったので引き返さなければならなかった。

このころ、攻撃隊を収容してハワイ諸島から遠ざかりつつあった日本機動部隊では、山口二航戦司令官が反復攻撃をすべきであると南雲長官に意見具申をしていた。

しかし、山口司令官の意見は採用されず、日本機動部隊は八日（東京時間では九日）早朝、後方三百カイリに索敵機を出して警戒しながら、避退を急いだ。そして幸運にも、ハルゼーの第八機動部隊は強力な日本艦隊による被害を免れることができたのである。

このあと、真珠湾に入港して、補給を受けてふたたび出港した無キズの第八機動部隊は、オアフ島北方海面のパトロールをつづけることになったが、すでに日本艦隊は遠く去ったあとであり、山口、ハルゼーという類いまれな勇将同士が洋上で相まみえる機会は、永久に失われてしまった。

「真珠湾に対する攻撃が行なわれた直後の数日間、アメリカ国民のほとんどすべての者が日本を非難した。怒り、苦しむアメリカ国民は、日本に対する憎悪と復讐の念でいっぱいであった。そして海軍士官たちは、この軽蔑すべき『黄色人種』に対して報復を誓った——」

前出の『提督スプルーアンス』にはそう書かれているが、アメリカ人たちを怒らせ、彼らをして憎悪にかり立てた最大の理由は、日本が故意に最後通告を遅らせ、宣戦布告の前に真珠湾を〝だまし討ち〟したというものだった。

真珠湾攻撃の立案者であり、その実施にあたっての最高責任者でもあった山本五十六連合艦隊司令長官はこの点を心配し、外交当局に対して、かねてから少なくとも攻撃開始の三十分前には最後通告を手渡すよう強く要請していた。しかし、暗号の翻訳浄書がおくれるというワシントンの日本大使館の不手際から、実際に渡されたのは真珠湾攻撃が開始されてから一時間以上たってからになってしまった。

日本の開戦に関する動きを、外交暗号の解読などによってかなり詳細につかんでいたアメリカ政府が、なぜ易々と日本に真珠湾攻撃を許してしまったかについては、アメリカ国内でもさまざまな説がある。

その代表的なのが戦争に反対するアメリカの輿論を戦争へと結束させようとしたルーズベルト大統領の陰謀であるとする説で、これに対して『パールハーバー・カバーアップ』（仲晃訳、グロビュー社）の著者の一人であるロビン・ムーア（もう一人はフランク・シューラー）は、

「フランクリン・ルーズベルト大統領をあしざまにいう連中は、ルーズベルトが真珠湾攻撃計画をあらかじめ知っていながらも、アメリカにショックを与えてヨーロッパでの戦争に突入させるために、あえて、真珠湾にいた何も知らないアメリカの陸海軍部隊に対し、日本の攻撃の思いのままにさせたという、とてつもない主張をする。

（しかし真相は）第二次世界大戦前の駐日大使ジョゼフ・C・グルーと、彼に近い関係にあった何人かの国務省当局者がおかした途方もない怠慢（犯罪といっていいほどの手ぬかり）」であるとしてルーズベルト陰謀説を否定しているが、ともあれ日本機動部隊は敵に与えた大きな損害に対して、二十九機の飛行機とその乗員五十五名を失っただけで、艦艇の損害皆無という、信じ難いような勝利を収めて帰途についたのである。

3

心配された敵空母からの攻撃もなしに九日（以後日本時間）が過ぎ、十日になった。うねりはかなり高かったが、すでに危険海域を脱して母国に向かいつつある安堵とよろこびが、機動部隊の全艦にみなぎっていたが、「飛龍」の艦内でただ一人、悶々として浮かぬ気分の男が一人いた。

その男はいつも元気で士官室では話題の中心となっていた艦爆隊長の小林道雄大尉で、八日の真珠湾攻撃の際、第二次攻撃隊の急降下爆撃隊指揮官だった小林大尉の機が、発進後エンジン不調のため爆弾を棄ててすぐ帰還をよぎなくされ、晴れの攻撃に参加できなかった精神的ショックからであった。

しかも急降下爆撃隊から二機の未帰還機、四人の戦死者を出したことも、指揮官としてのかれの傷心を増幅させた。

「もし不調の機を操縦して敵地に向かえば、おそらく中途で不時着して、公式には名誉の戦死となったであろう。あの当時の気分では、軍人なら大抵はそうした道を選んだに違いない。しかし、一時の恥をしのんで帰還し、後日に備えた彼の行動は真の勇気というべきであり、見上げた心構えだったと思う」

機関科第十七分隊長梶島栄雄大尉は、小林大尉のとった行動についてそう讃《たた》えているが、私室にこもったまま士官室の会食の席にも現われない小林を案じた梶島が、自身の感銘を伝えて慰めたところ、ただ黙ってうなずくだけだったという。

梶島がほめたように、このことがあってから半年後のミッドウェー海戦で、敵の襲撃をかわしてただ一艦残った空母「飛龍」から飛び立った艦爆十八機の隊長として攻撃に向かった小林大尉は、敵空母「ヨークタウン」に痛撃を加えたのち未帰還となった。

十二月十日は、天気は良かったがうねりが高く、波が飛行甲板を洗うほどだった。このため前部機銃群が大波に叩かれ、一万田栄二・三等水兵が海に流されて行方不明となり、同じく内木場進三等水兵が前甲板に墜落して死亡するという事故が発生した。

いずれも戦死と認定されたが、前日には僚艦「蒼龍」でも索敵の九七艦攻一機が未帰還になったほか、上空直衛の零戦一機が着艦の際に海中に落ちて水没するという残念な事故があった。

そんな出来事を除けば、帰途にある機動部隊では、艦内放送でつぎつぎに伝えられる戦況にわき立っていた。特に将兵を喜ばせたのは、海軍陸上攻撃機隊によるイギリス戦艦「レパルス」および「プリンス・オブ・ウェールズ」撃沈のニュースで、真珠湾の戦果放送につぐ歓声にわいた。

翌十一日からはひどい時化《しけ》となり、艦隊は速力を十ノット前後に落とさざるを得なくなったが、それも少し治まる気配を見せた十六日、二航戦に対して新たな任務が与えられた。これより先、ウェーキ島のアメリカ軍基地の早期占領を策した日本軍は、ハワイ真珠湾攻撃と時を同じくして同島を空襲した。

日本の統治下にあったマーシャル諸島の北に位置するウェーキ島は、ハワイとフィリピンを結ぶ重要な中継基地にあたり、この占領は日本軍の作戦上、急ぐ必要があったからだ。ウェーキ島には、四日前に空母「エンタープライズ」で運ばれた十二機のグラマンF4F3「ワイルドキャット」戦闘機がいたが、海軍陸上攻撃機隊による初日の爆撃で八機が地上破壊されてしまった。

残る四機は「パールハーバーが日本機に空襲されている」との緊急電で哨戒に飛び上がっていたため、難をまぬがれたのであるが、この残った四機のグラマン戦闘機に、のちのち日本軍は苦しめられることになった。

ウェーキ島攻略部隊は、梶岡定道少将指揮のもと、海軍陸戦隊をのせた輸送船二隻をふくむ十六隻の艦艇から成り、十二月十一日に上陸作戦を開始した。

当時の日本軍の勢いからすれば、それは〝鎧袖一触《がいしゅういっしょく》〟のはずだったが、アメリカ軍の反撃は思いもかけず手ごわかった。

敵を甘く見て海岸に近寄りすぎた日本艦隊に対して、ウェーキ島の海岸砲から正確な砲撃が加えられ、駆逐艦「疾風《はやて》」が沈没、ほかにも駆逐艦二隻と旗艦の軽巡洋艦「夕張」が損傷を受けるという手痛い損害をこうむった。

砲台の砲撃開始と同時に百ポンド爆弾二個ずつを装備したグラマン戦闘機四機も離陸し、執拗《しつよう》な銃爆撃を加えて日本艦隊を翻弄《ほんろう》した。そして軽巡二隻に損傷を与えただけでなく、搭載した爆雷や魚雷が誘爆を起こした駆逐艦「如月《きさらぎ》」を轟沈させてしまった。

グラマンも対空砲火で二機が撃墜され、残るは二機となってしまったが、陸戦隊の兵員もふくめ手痛い損害をこうむった日本の攻略部隊は上陸を断念して、クェゼリン環礁の基地に引き揚げざるを得なかった。

まさに完敗で、陸攻隊の攻撃による空爆だけでは不充分と感じた梶岡司令官は、真珠湾から帰投中の機動部隊の支援を要請した。そこで二航戦の「蒼龍」「飛龍」、第八戦隊の重巡「利根」「筑摩」、それに駆逐艦「谷風」「浦風」の合わせて六隻がこの任務にあたることになり、十二月十六日夕方、本隊と分離して南下した。

空母「蒼龍」以下のウェーキ島攻略掩護部隊は十二月二十日にウェーキ島西方海面に達し、二十二、二十三の両日攻撃する予定だったが、ハワイから同島に飛行艇十数機が進出したという情報で攻撃が一日早まり、二十一日に第一回の攻撃が実施されることになった。このため戦隊は二十日夜半から三十ノットに増速し、翌二十一日の午前四時十五分、ウェーキ島の西三百カイリという遠距離から攻撃隊を発進させた。

攻撃隊は四十機、「蒼龍」が艦爆十四機、艦戦九機、「飛龍」が艦爆十五機、艦攻二機で、「飛龍」隊の指揮官は真珠湾攻撃で心ならずも参加できず、傷心の日々を送っていた小林道雄大尉であった。

4

明くる二十二日も「蒼龍」「飛龍」合わせて艦攻三十三機、艦戦六機でウェーキ島に攻撃を加えたが、この日の戦闘は二航戦——とくに旗艦の「蒼龍」にとってアンハッピーな結果となった。

空中に敵の機影を見なかった零戦隊が地上銃撃に入ったすきに、艦攻隊が生き残っていたグラマンF4F「ワイルドキャット」二機の攻撃を受け、「蒼龍」の艦攻二機が撃墜され、ほかに被弾して着艦できなかった艦攻一機が警戒駆逐艦のそばに不時着した。

撃墜された艦攻二機の搭乗員六名は戦死となったが、この中には日本海軍随一の爆撃の名手として知られていた「蒼龍」艦攻隊の偵察員金井昇《のぼる》一飛曹がふくまれていた。

水平爆撃の場合、編隊の先頭機の照準によって全機が一斉に爆撃を行なうので、この先頭機を嚮導機《きょうどうき》とよび、とくに訓練された優秀な爆撃手（偵察員が担当する）をのせた機が、爆撃に先立って中隊長もしくは小隊長機に代わって編隊の先頭の位置につく。

この日、金井一飛曹の乗った操縦員佐藤治尾飛曹長、電信員花田房一・二飛曹の九七艦攻の最後を、「飛龍」艦攻隊の久原滋一等飛行兵（福岡県赤池町）が目撃している。

「爆撃針路に入ったばかりの『蒼龍』嚮導機が目の前でグラマンF4Fに喰われた。切り返してこちらに来るかと思った瞬間、『飛龍』の戦闘機が飛びかかって撃墜してしまった」

と久原がいっているように、空中で起きる出来事はすべて一瞬のうちに終わる。こうして敵味方何人かの搭乗員の命が死神の手にゆだねられたが、なかでもその優秀な技倆と真摯な人柄からして誰からも惜しまれたのは金井一飛曹だった。

二航戦司令官山口多聞少将もその死を深く哀しみ、内地に帰ってから何かの折り、一航艦航空参謀の源田実中佐（のち大佐、参議院議員）に、

「金井を殺すようだったら、あのとき彼を飛ばさなければよかった」

としんみり語ったという。

だから「この夜の『蒼龍』搭乗員室では、攻撃の成果について話題が沸騰《ふっとう》するというより、むしろ沈痛な空気が支配していた」と、『航空母艦蒼龍の記録』には書かれている。

「蒼龍」の艦攻二機を撃墜したグラマン戦闘機も、「飛龍」戦闘機隊により撃墜されて全滅したが、少数機ながら駆逐艦一隻を撃沈し、空襲にやって来た陸攻をつぎつぎに撃墜あるいは撃破し、最後には九七艦攻を撃墜するなど、その活躍は敵ながら目を見張るものがあった。

二十三日は陸戦隊が上陸し、これを掩護して午前中、五波にわたる空中攻撃が実施され、

九時間に及ぶ激しい地上戦の末にウェーキ島を占領した。

攻撃に参加した「飛龍」艦攻電信員小山富雄一飛曹は語る。

「私たち一、二番機は、十二月二十三日十時から十二時の哨戒直でウェーキ島上空に到着してみると、勇猛なわが陸戦隊は島のほとんどを占領していた。

われわれは高度三千メートルで敵高角砲陣地を探しながら飛行し、射撃して来たらそこを爆撃するつもりで飛んでいた。しかし、何の挨拶もないので高度を逐次下げ、ついに三十メートルまで下げてよく見ると、高角砲に白旗を揚げ、敵の捕虜多数が四列縦隊に並び、上半身裸で両手を頭上に揚げ、わが陸戦隊員に護送されていた。時に十二時、ウェーキ島完全占領の報告電報を打って帰途につく。

二時間あまりの飛行で着艦、艦長に報告して搭乗員室に帰ると、みんなが待っていた。

『ヤッタネー小山、お前の打った電報が内地に届いて、いま軍艦マーチでウェーキ島占領のニュースがあったぞ』

同年兵一同、喜んで大いに飲み食いしながら艦は内地へ内地へと急いだ」

敗れたりとはいえ、ウェーキ島攻略戦に見せたアメリカ海兵隊の戦いぶりは、少数機で果敢な反撃を見せたグラマンF4F「ワイルドキャット」戦闘機とともにみごとであった。

彼らは日本軍による第一回の上陸を撃退しただけでなく、第二回の上陸戦でも、優勢な日本軍と九時間にわたる死闘をまじえ、降伏するまでに自軍の戦死者百二十二名に対して、日本軍に第一次上陸戦と合わせて戦死四百六十九名の手痛い損害を与えたのである。

占領の目的は達成され、そのうえ緒戦のあいつぐ大勝利の影に見逃されてしまったが、ウェーキ島上陸戦で日本軍が経験した苦闘は、容易ならぬこの戦争の前途を暗示するものであった。

第九章　南溟の海に

1

思いがけない寄り道となったウェーキ島攻略支援作戦を終えた「蒼龍」「飛龍」は、護衛の駆逐艦および八戦隊とともに、今度こそ内地に向けて帰途についた。

途中、潜没した敵潜水艦が発見され、艦爆九機が攻撃に飛び立つなど緊張する場合もあったが、十二月二十八日には懐かしい母国に近づき、母艦からは一足先に飛行機隊が発進して宇佐航空隊に向かった。

明くる二十九日の午前五時、四国南端の沖ノ島灯台を望む地点に達し、宇佐空に先行した飛行機隊の対潜警戒のなかを豊後水道に入り、旗艦「長門」以下の連合艦隊主力が停泊している柱島泊地付近を通過して、午後四時ごろ呉軍港に入港した。

それは十一月二十六日にヒトカップ湾を出発して以来、じつに三十四日間に及んだ作戦のための大航海の終わりであり、ハワイやウェーキなどの敵地を見た飛行機搭乗員のほかは、この間、陸はもちろん自分の艦隊以外の艦船もまったく見ていなかったのである。

この日から出港の昭和十七年一月十二日までのちょうど二週間を、二航戦は呉で過ごすことになったが、大戦果をあげての晴れの入港も、すでに一週間前に本隊が帰って歓迎の興奮も一段落したあとであり、おまけに佐世保を母港とする「飛龍」の将士たちにとって、心からくつろげる街ではなかったらしい。

「入港したのは午後四時ごろだったが、すでに雲が低くたれ込めて暗く、寒々とした気分だった。上陸してさっそくクラス会が開かれたが、呉の芸者の品の悪さにがっかりした。民間ではすでに酒は配給制で乏しくなっていたので、われわれは酒持参で料亭に乗り込んだが、芸者たちはサービスそっちのけで、勝手に酒を飲んで騒ぎ出したのにはすっかり興醒めだった。

なんとなく居心地の悪い気分で二週間を過ごしたので、早く出港したい気分でいっぱいだった」

機関長付の萬代久男少尉はそんな思いを味わったというが、これには呉と佐世保の芸者気質《かたぎ》の違いも大いにあったようだ。

〽佐世保発《た》つときゃなヤンレサホイ

佐世保発つときゃ別れの涙

雲で隠したヤンレサホイホイ
雲で隠した烏帽子岳
ホンニそうともそうともなあ
どうせやっとんせ
佐世保のS（エス＝芸者）はハートがナイス
呉のSはハートが悪い（以下略）

当時歌われた佐世保音頭の一節で、豊田穣著『蒼空の器』（光人社）にも紹介されているが、「佐世保のSはハートナイス（心やさしいこと）が自慢で、賑やかな座持ちで大いに若い士官を楽しませてくれた」と豊田氏も書いているように、佐世保を母港とした萬代ら「飛龍」の士官たちには、とくにその思いが強かったらしい。

もっとも一番から順に横須賀、呉、佐世保、舞鶴までうたった「軍港小唄」では、呉の方がムードがありそうで、その辺りは人それぞれの体験の相違によって評価が分かれると、かつての呉の芸者さんたちの名誉のために書いておこう。

体験の違いといえば、ウェーキ島攻略作戦に向かう途中の艦内で盲腸炎となり、手術して全快したばかりで上陸した医務科の前川伊三・二等看護兵（長崎県佐世保市）は、「師走の街へ懐もあたたかく上陸作戦開始、生きて帰ったという実感を味わった」という。

人それぞれに思いは違うが、一週間前に帰った一航艦司令部の提供によるものか、真珠湾攻撃作戦のニュース映画が上映されていたのには誰もがびっくりして、このときばかりは誇らしい気分にひたった。

二週間の呉在港は単なる骨休めではなかった。次期作戦に備え、この間に船体、兵器の修理や整備、食糧や燃料弾薬ほかの物品搭載が連日にわたって行なわれた。

決められた食糧のほか、「飛龍」では必要な果物としてリンゴの特別購入が許可されたが、このとき分隊甲板助手の航空写真員提信・二等兵曹（大阪市西淀川区）が、自分の判断で大量のリンゴを購入したことがちょっとした話題になった。

他分隊はせいぜい十箱から十五箱くらいだったのに、堤は何と分隊員一人一箱宛の全部で七十五箱も購入してしまったのである。

「オイ、こんなに沢山買って大丈夫なのか」

それは他の分隊員が心配するほどだったが、あまりにも量が多いので兵員室には置き切れず、広い飛行機格納庫の隅にまとめてロープで固縛しておく羽目になった。

出港の二日前に飛行機隊と一緒に宇佐航空隊に行っていた整備科の大半が帰還したが、このリンゴ箱が整備科先任下士官の目にとまった。

この先任下士官は向井という上等整備兵曹で、赤黒い顔に見るからに頑丈そうな身体つきの上整曹は、厳格なうえに人を殴っては蹴飛ばすクセがあるところから、「馬」と仇名されて恐れられていた。

もとより厳密に軍規を適用すれば、格納庫の一隅にリンゴ箱を置くなどもってのほかで、堤は「馬」の強烈な制裁を覚悟した。ところが意外にも向井はニコッとして、「お前は紀国《きのくに》屋《や》文左衛門みたいな奴だな」といい、何のおとがめもなかった。

あまりにも大量のリンゴに、ふだん無口でおとなしい堤が思いもかけぬ大胆なことを仕出かしたと、なかば呆《あき》れて怒る気をなくしてしまったらしいが、このことがあってから堤には紀国屋文左衛門の仇名がつけられた。紀国屋文左衛門は紀州——今の和歌山県——のミカンを船で江戸に運んで、巨万の富を築いた徳川時代の豪商である。

こののち、「飛龍」の文左衛門の見込みはみごとに適中した。長い航海とあって他分隊ではリンゴを早々と食べつくしてしまい、分けて欲しいと堤の分隊にぞくぞくと申し入れて来たのだ。もちろん相応の見返りを用意してのことだから、分隊は大いにうるおい、堤は先任下士官はもとより班長や分隊員からも大いに感謝されることになった。

もし向井上整曹が格納庫内のリンゴ箱を見た時点で堤を叱っていたとしたら、あとあとバツの悪い思いを味わわなければならなくなったに違いない。鬼の「馬」先任の先見というべきか。

2

宇佐空に行った飛行科員たちは、飛行機の整備補給に忙しい整備科員にくらべ、飛行作業のないときなどは若干のヒマがあった。これはウェーキ島攻撃の際、金井一飛曹の乗った

「蒼龍」嚮導機《きょうどう》の最後を目撃した先の久原滋一等飛行兵（一飛）の話である。

ある日、久原は同僚の中尾春木一等飛行兵（佐賀県出身、昭和十九年十月、台湾沖航空戦で戦死）に、

「以前、岩国航空隊で一緒に勤務していたS兵曹が、ここの教員をしているというから行ってみないか」

と誘われた。もとよりヒマな折りとて異存はなく、S兵曹をたずねることにした。

面会のため指揮所に行ってみると、ちょうど午後の飛行作業前の整列で、隊長と思われる士官が訓示をしていたので、久原と中尾の二人は少し離れたところで聞くともなしにそれを聞いていた。

「皆が知ってのとおり、ハワイでのどえらい戦果を引っ提《ひさ》げて帰った艦隊の飛行機隊が今、当隊に来ている。あと幾日かすりゃあ出て行くことになるが、その行動は軍機に属する。いつもいっているとおり、他言は無用だ。充分注意するよう――」

この隊長、イキのいいべらんめえ調でまくし立てるのが何となしにユーモラスで、しかも自分たちがホメられているとあって、〝艦隊の兄《あん》ちゃん〟を自負していた二人はいささかいい気分だったが、あとの言葉を聞いてギクリとした。

「――いつも艦隊が出て行ったあとで〝これが無くなった、あれが足りない〟というようなことがよくあるが、今度はとくに注意して、あとから〝何号機のプロペラがついていない、何号機のエンジンが外された、はては何号機が無くなっている〟なんていうことのないよう、

落下傘から飛行機まで各自が十二分に注意するよう申し添《そ》えておく」

飛行機が盗まれるというのは冗談のようだが、陸海軍を問わず違った部隊が同居したときなどは実際にあったらしく、それをやったという話を隊長クラスの人から聞いたことがある。

生き馬の目を抜くような油断のならない軍隊とあれば当然ともいえるが、落下傘くらいならともかく、プロペラ、エンジン、飛行機などを盗むなんて、久原たちにそんな大それたことはできないし、もとよりやる気もない。

宇佐空隊長兼教官の着眼点の鋭さは脱帽ものだったが、顔を見合わせた二人は、

「オイ、あの隊長ひどいことをいっとるぞ。練習航空隊のオンボロ飛行機の盗難嫌疑でもかけられてはかなわん。帰ろう、帰ろう」

と早々に宿舎に当てられていた武道場に引き揚げた。

このことがあってざっと四ヵ月後の四月下旬、パラオを経てオーストラリア、インド洋と転戦した「飛龍」が母港の佐世保に帰って、ドック入りしたときのことだ。

久原らの飛行機隊は富高基地にいたが、入渠中の「飛龍」に用事のある飛行長に佐世保まで同行するよう命じられた久原が、用務をすませて三日後、富高にもどってみると、新任の飛行隊長として友永丈市大尉が着任していた。

親友の中尾一飛から、折り椅子に深々と腰を下ろしているその人が友永隊長だと教えられ、久原は仰天した。それは宇佐空で「飛行機を盗まれるな」と注意していた、あの隊長教官だったのである。

「飛龍」の呉在泊は二週間に過ぎなかったが、この間にもイギリス領ボルネオのクチン占領、フィリピンのマニラ占領、セレベス島メナドに海軍落下傘部隊降下、ボルネオのタラカン飛行場占領と、こんなに順調でいいのかと心配になるほどに、日本軍の進撃は目ざましいものがあった。その都度、軍艦マーチが鳴り、誇らし気な大本営の戦果発表があって、国内は戦勝気分にわいていた。

3

そんな中、二航戦は機動部隊本隊から分かれて蘭印（オランダ領東インド＝今のインドネシア）東部に展開している敵航空兵力および艦艇撃滅、およびアンボン攻略作戦協力の任務につくことになり、一月十二日午後、護衛の駆逐艦とともに呉を出港した。

日中の気温六・五度、どんより曇った陰うつな日だった。

母艦の出港を見はからって午後二時半ごろ、宇佐空からは飛行機隊がぞくぞくと飛び立った。当時、瀬戸内海には敵潜水艦潜入の疑いがあったので、飛行機隊は母艦上空付近に達したら、着艦順番待ちの間、その周囲、とくに前方の対潜警戒に任ずることになっていた。

能野大尉指揮の戦闘機第一中隊も、この命令にしたがって対潜警戒をしながら上空待機をしていたが、午後三時ごろ、着艦順位が近づいたので編隊をとき、母艦の前方に出た。ここからタテ一列になってグルリとまわり、順次着艦となるのだが、第三小隊三番機の専當哲男一等飛行兵搭乗の零戦が、突然、失速状態となり、母艦前方約七千メートルの海中に突入した。

警戒駆逐艦とともに「飛龍」も捜索にあたり、気を失って漂流していた専當一飛を発見して収容したが間もなく死亡、機体が沈んでしまったため、墜落の原因は分からずじまいだった。

「飛龍」では真珠湾攻撃のためヒトカップ湾を出港する前日にも、整備員が回転する飛行機のプロペラで叩かれて死ぬという事故があったが、戦闘機パイロットである専當にとっても、戦闘中でない事故死は無念というよりほかはなかった。

厳粛な葬儀ののち、専當一飛の遺体は軍艦旗につつまれて水葬された。

伊予灘から佐田岬をまわり、豊後水道を抜けて外洋に出た艦隊の行き先は、呉の真南約一千カイリ先にあるパラオで、出港三日目あたりからぐんぐん気温が上がりはじめ、一月十五日は二十四度、十六日には二十七・一度にもなり、あわてて冬服から防暑服に衣替えをする始末となった。

明るい南洋の青い海、そしてまだ見ぬ南の島々への期待、おまけに真珠湾攻撃行のときとは打って変わった晴天つづきとあって、出港時の憂うつな気分も吹っ飛んでしまうほどの航海だった。もちろん厳重な対潜警戒や日常の訓練は変わりなくつづけられたが、呉出港六日目に無事パラオ諸島に着き、飛行機隊をペリリュー基地に発進させたのち、パラオに入港した。

ほとんどの乗組員にとって、南洋の島々を目の前にするのは初めてである。地図で見るパラオ諸島は大海に浮かぶケシ粒のように小さく頼りないが、艦上から見るパラオの島は、遠近による色の違いからそれと分かるものの、島と島が重なり合って一つの大きな島かと見まがうほどだった。

錨泊作業も一段落したところで、「各分隊開け、煙草盆出せ」の号令があり、一息ついた兵員たちはパラオの島々を眺めながら、思い思いに雑談をはじめた。

艦戦飛行班整備員の田畑春己一等整備兵曹（鹿児島県高山町）も雑談の輪の中にいたが、格納庫甲板から何気なく海面に目を移した田畑一整曹は、思わず「あれー」と声を上げた。

田畑が見た海はあくまでも透明で、海中深く抛《ほう》物線を描くように、錨鎖がずっと見えるではないか。さらにその錨鎖の先を目で追っていくと、かすかではあるが錨まで見える。

ふつうの天候で投錨する場合、錨鎖の長さは海の深さの約三倍が常識だから、パラオ港の水深を二十メートルとすれば、約六十メートル以上の長さになり、それが見えるというのは驚くべき透明度だ。

田畑の声に二、三人が海を覗《のぞ》き込んだ。

「ほんとだ。錨が見えてるよ」

なおも目をこらして見ると、名も知らぬ原色の熱帯魚が数匹、錨鎖に戯《たわむ》れており、それがたちまち十数匹にふえた。この幻想的な光景に、誰もが戦争をしばし忘れて見入った。

翌十八日には全員に半舷上陸が許された。もちろん三時間か四時間の短時間上陸だったが、生まれて初めて南洋の地を踏むとあって、胸おどるものがあった。

パラオは南洋庁所在地だけに、街には日本風のりっぱな家が軒を並べ、中には大きな料亭もあった。二階建てのその割烹料亭は、内地のそれにヒケをとらない豪華なつくりで、見とれている田畑たちの前を、内地の芸者町を思わせるような浴衣がけの粋《いき》な姐《ねえ》さんたちが通り過ぎた。

美容院からの帰りでもあろうか、結い上げたばかりの髪から放たれるビン付け油の独特の匂いが鼻をくすぐり、田畑に当時流行した「カラ行きさん」の歌を思い出させた。

〈パラオ島のこの人たちも『カラ行きさん』と呼んでいいのかな。とすれば、この人たちの将来はどうなるのかな――〉

つい余計なことまで考えてしまう田畑であったが、短時間外出とはいえパラオは小さな島で、とくに見物するような場所もないのですぐに退屈してしまった。そこへ通りがかりの日本人に教えられ、ひとまず南洋神宮に行くことにした。

ところが、元気いっぱいの精力を持て余している若者の集団とあって、途中で思わぬ場面に遭遇した途端、神宮参拝の敬虔《けいけん》な気持がどこかに飛んでしまった。

道路下で若い女の嬌声が聞こえたので、立ち止まって声のする方を見ると、水場で洗濯かたがた水遊びをしているらしい五、六人の黒い肌をした娘がいた。

色こそ黒いが娘たちの半裸の柔肌は妖しく輝き、若い兵隊たちには充分に刺激的だった。

当時、日本は九七式飛行艇による南洋定期空路を開設しており、大日本航空の路線はパラオまで延びていた。そんなところから、

〽私のラバさん酋長の娘
色は黒いが南洋じゃ美人……

という歌がはやり、南洋の女性の魅力がかなり強くアピールされていた。その南洋美人たちが目の前にいるとあって、多勢をいいことに彼女たちをからかいはじめた。

「卑猥《ひわい》な言葉でさんざん冷かしたが、彼女たちには日本語が全然分からないだろうという前提があった。ところがその黒い娘さんから突然、『海軍さんは下品ね。失礼しちゃうわ』と歯切れのよい流暢《りゅうちょう》な日本語が返って来た。

私たちはただ唖然として、返す言葉もなく退散した」

若き日の、田畑兵曹のほろにがい失敗の思い出である。

ペリリュー基地での飛行作業は定着訓練がほとんどだったが、訓練開始後二、三日した夕方、「手空き総員広場に集合」の号令がかかった。

何かわからないまま集合してみると、ペリリュー幼稚園児の慰問があるという。

園児三十人くらいと女の先生が二、三人で、全員、現地のカナカ人だった。しかし、当直士官の紹介で壇上に立った女の先生の口から出たのは、日本人と変わらないきれいな日本語であった。

「兵隊さんたちの御苦労に感謝し、お慰《なぐさ》みに子供たちの歌を披露させていただきます」そんな意味の挨拶のあと、彼女の指揮で子供たちが歌い出した。それは「ペリリューの島へ兵隊さんがいらっしゃって」というオリジナルの歓迎の歌で、日本の師範学校を出たという彼女の作詞作曲によるものらしかった。

子供たちは大きく口を開け、一生懸命に歌った。そのいたいけな姿を見ていると、国に妻子を残した者も、独身の者もそぞろ郷愁をさそわれてしんみりした。

そのあと愛国行進曲や日本の歌が何曲か披露されたが、このささやかな慰問ショーが終わるころに、水平線の彼方に太陽が沈み、残照が西の空を茜《あかね》に染めるたそがれの一番美しいひとときが訪れた。

このときからざっと二年八ヵ月後の昭和十九年九月、アメリカ軍はペリリュー島に上陸し、日本軍の守備隊は全滅したが、「飛龍」飛行隊員たちを歌で慰めた幼稚園児や先生たちはどうなったであろうか。まだそんなことなど思いもよらなかった、平和な島ペリリューでの出来事であった。

4

美しい珊瑚礁で五日あまりの休養を過ごした「蒼龍」「飛龍」以下の部隊は、一月二十四日のアンボン攻略作戦を支援するため、一月二十一日、パラオを出港した。目標はセレベス島ケンダリーの四百カイリ東にあるバンダ海の要衝アンボンで、所在の敵海上および航空兵力を撃滅する任務があたえられた。

二十三、二十四の両日、母艦航空部隊はアンボン空襲に出動したが、初日は天候不良で攻撃できず、二日目は晴れたが敵艦船や航空機が見当たらなかったため、攻撃目標を変更して兵舎群や砲台を爆撃して引き揚げた。

要するに、わざわざ二航戦が攻撃に向かうほどの獲物はなかったのであるが、同じようなことはちょうど同時期、ニューアイルランド北東海面に進出してラバウルとカビエンを空襲した一航戦の「赤城」「加賀」や、別働してニューギニア北東岸のラエやサラモアを空襲した五航戦の「翔鶴」「瑞鶴」にもあったようだ。

当時の第一航空艦隊飛行機隊総隊長だった淵田美津雄中佐は、その著書の中でつぎのように述べている。

「――各方面ともに、敵は有力な航空兵力を配備していなかった。

私はラバウル空襲を指揮した。率《ひき》いていったのは戦爆連合九十機である。ラバウル上空に達すると、第一飛行場では、おりから二機の飛行機が砂塵をあげて離陸中だった。これは制空隊の数機が追いかけて、簡単に片づけてしまった。もうあと地上にも上空にも、敵機の姿はない。第二飛行場は大地だけであった。

私は抱いている爆弾の処置に困った。陸上基地施設などを爆撃して、やたらに壊したのではマイナスである。どうせあすかあさってには、こちらの上陸部隊が占領して役立てることであろう。このまま爆弾を抱いて帰ったのでは、万一着艦にしくじった場合に一大事をひき起こす危険がある。といって海上に捨てるのはもったいないし、何か爆撃目標はないものかと、私はあたりを見回した」（淵田美津雄・奥宮正武共著『ミッドウェー』朝日ソノラマ）

このあと、爆弾の始末に困った空襲部隊は、たった一隻在泊していた輸送船と一群の平射砲台を爆撃して帰艦したという。

「鶏を割くに牛刀を用いるとは、このことだ。ありあまる兵力でもないのに、こんなぜいたくな使い方をしながら道草を食っていていいのか。南雲部隊用兵への疑問が、早くも私の胸に浮かびはじめた」

と淵田は連合艦隊司令部の作戦指導に対する不満を述べている。そして淵田の懸念《けねん》はすぐに現実のものとなった。

日本軍は一月二十四日カビエン、同二十五日バリックパパン、同二十六日ケンダリーと、つぎつぎに占領したものの、わが機動部隊がその強大な戦力を無駄に費やしている隙に乗じて、二月一日、アメリカ機動部隊が手薄なマーシャル諸島に来襲し、同方面の基地に大打撃を与えたのである。

しかもその攻撃たるや、航空母艦は飛行機が発着しているのが陸上から見えるほどに接近し、巡洋艦も至近の距離から砲撃を加えるという、日本軍の作戦が南西方面に重点を置き、空母部隊も艦隊もこの方面に集中しているのを見すかしての大胆不敵なものであった。このため、機動部隊本隊である南雲部隊から五航戦の「翔鶴」「瑞鶴」を東方の哨戒に割かざるを得なくなった。同様な方法で東京が空襲されることを恐れたからである。

アンボン攻撃の任務を終えた二航戦は、フィリピンのミンダナオ島ダバオを経て一月二十八日にパラオに戻った。このあと二月十五日のポートダーウィン空襲に向けての出港まで、二週間余りをここで休養と訓練に費《つい》やすことになるが、二航戦の飛行機隊の一部はセレベス島ケンダリー基地に派遣され、二月四日のジャワ沖海戦に参加した。

パラオでは戦闘訓練のほか武道や体育の競技、手先信号競技、総短艇橈漕など、結構忙しい日課だったが、上陸もあったし「蒼龍」「飛龍」のいろいろな対抗試合もあったりで、戦塵の間の命の洗濯といった趣《おもむ》きがあった。

二月八日には南雲部隊の「赤城」「加賀」がパラオに入港した。

機動部隊本隊の南雲部隊はラバウル、カビエンの上陸作戦に協力後、南西方面の作戦に協力するためいったんトラックに引き揚げていたが、二月一日にマーシャル方面を襲った敵機動部隊追撃に出動し、空振りに終わって帰って来たもので、前述のように五航戦「翔鶴」「瑞鶴」を東方哨戒任務にさいての入港であった。

こうして久し振りに一航戦と二航戦が揃《そろ》ったが、正式の軍隊区分でいうと、南方部隊に編入されていた二航戦は二月十日付で機動部隊に復帰し、機動部隊として改めて南方部隊に編入ということになる。

五航戦を欠きはしたものの、パラオには一、二航戦の空母四隻をはじめ、「比叡」以下第三戦隊四隻の戦艦群に、第四戦隊、第八戦隊の重巡群、それに駆逐隊など三十隻近い艦艇が集結し、真珠湾攻撃時のヒトカップ湾を思い出させる威容であった。

5

二月十五日午後二時、出撃準備を終えた機動部隊はパラオを出港した。目的はオーストラリア北西岸の要衝ポートダーウィンの空襲で、部隊の陣容は五航戦の空母二隻と潜水艦を欠いたほかは、真珠湾攻撃時とほぼ同じであった。しかも真珠湾のときと違ってパラオからわずか四日の航程とあって、燃料補給のタンカー船団を随伴することもなく、総勢十八隻の戦闘艦艇だけという身軽な編成だった。

機動部隊は十七日夜半に赤道を越えて南半球に入り、十九日早朝、ポートダーウィンの北々西約二百二十カイリのアラフラ海上から、戦爆連合百八十八機を発進させた。

〇六四五　攻撃隊発艦
〇七〇〇　攻撃隊集合、艦隊上空にて隊形を整え、ポートダーウィンに向かう
〇七四五　メルヴィル島上空で展開
〇八一〇　全軍突撃に移る
〇九〇〇　頃、攻撃終了
一二一〇　帰投収容

『航空母艦蒼龍の記録』にのった攻撃の経緯だが、この空襲部隊を指揮した淵田中佐によると、港内には大小さまざまの船舶がいっぱい集まっていて活気を見せてはいたものの、港湾施設や航空基地施設を徹底的に破壊せよという任務に対しては、

「――港湾施設といっても、一本の貧弱な桟橋と岸壁に多少の建物がある程度で、その他はいま盛んに工事中の燃料タンクだけだった。近郊には相当広い飛行場があったが、小さな格納庫が二つ三つあるきりで、目ぼしい基地施設は見当たらなかった。飛行場では離陸する数機を認めたが、そのほかには合わせて十数機程度のいろいろな飛行機があちこちに分散して置いてあるきりだった」（淵田、前出『ミッドウェー』）

とあって目標が不足であった。

「大なぎなたを振り上げながら、私はまたしても内心で、連合艦隊司令部はなにを勘違いしているのだろうと思った」（同前）

そうはいっても出撃して来た以上は、あるだけの目標を叩くほかはなく、在泊中の駆逐艦十一隻を撃沈し、大小二十数機の飛行機を撃墜もしくは炎上させ、港湾施設と航空基地施設を破壊して引き揚げた。

これによって、「ほぼ目的を達成したと認められたので、南雲部隊はこの一回の攻撃で打ち切って、セレベスの南東岸のスターリング湾に引き揚げた」と淵田は前出の『ミッドウェー』に書いているが、『蒼龍の記録』には、このあとでポートダーウィン北方に敵特設巡洋艦が発見されたので、二航戦の「蒼龍」と「飛龍」からそれぞれ艦爆九機ずつ十八機の第二

次攻撃隊が発進し、「蒼龍」隊がまず特設巡洋艦を撃沈、これとは別に発見された一千トン級商船を「飛龍」隊が撃沈したとある。

この二度にわたる出撃で二航戦の損害は十数機が被弾し、「蒼龍」の艦爆一機が不時着水没(搭乗員は救助)したものの、未帰還機は「飛龍」の零戦一機だけだった。敵の対空砲火が激しかったわりには驚くほど少ない損害といえるが、ポートダーウィン空襲でただ一機未帰還となったこの零戦の搭乗員豊島一《はじめ》・一等飛行兵のたどったその後の運命は、数奇なものであった。

「ダーウィンの対空砲火は熾烈で、編隊の前方上空で破裂するので爆撃には苦労した。その時、わが隊の直衛機(零戦)がスーッと寄って来たので、見ると操縦の豊島君が口に手を当てて燃料切れの合図をし、風防を開けてマフラーを振りながら、ダーウィンの北方の島に自爆していった」

ここまでは「飛龍」艦攻隊の電信員小山富雄一飛曹によって目撃されているが、彼は死んではいなかった。

豊島はダーウィン空襲の第一次攻撃隊に、能野澄夫大尉指揮の制空隊第一小隊三番機として加わり、邀撃してきた敵戦闘機一機を撃墜したが、被弾して燃料が洩れ出したため、ダーウィン北のメルヴィル島の中央密林めがけて突入した。

豊島は自爆を覚悟しての行動だったらしいが、結果的に不時着となり、右眼上にかなり大きな傷を負ったものの生命は助かった。その後、発見された現地人によって本土のオーストラリア軍に引き渡され、豊島はオーストラリアでの日本人捕虜第一号となった。

病院で傷の手当を受けたのち、捕虜としての生活がはじまったが、当時の日本には「生きて虜囚の辱《はずか》しめを受けず」といって、捕虜になることを恥辱と考える絶対思想があったから、豊島も自分の本名をかくして南忠男と名乗っていた。

そのうち不時着あるいは撃墜された飛行機搭乗員や、ニューギニア戦線で飢餓放浪の末に捕虜になった陸軍の兵隊たちがぞくぞく送り込まれ、最古参の捕虜として豊島は捕虜収容所の指導的存在になった。

戦局の進展とともに増えつづける日本人捕虜で収容所がいっぱいになり、困ったオーストラリア軍当局は一部を他の収容所に移すことを計画し、南＝豊島ら指導者にその旨を伝えたが、このことが引き金になって捕虜たちによる集団暴動が発生した。

豊島の指導によるこの暴動は集団自決ともいうべきもので、首謀者の豊島をはじめ二百三十四名の死者と、百八名の重傷者を出した〝カウラ（収容所のあった地名）の悲劇〟として有名だが、それは「飛龍」がミッドウェー海戦で沈んでから二年二ヵ月後の昭和十九（一九四四）年八月五日午前二時の出来事であった。

先に真珠湾攻撃で不時着した西開地一飛曹も、数日後に日系人一人を道連れに自決しているが、その西開地にしてもカウラで死んだ豊島ほかの兵士たちにしても、〝捕虜になるよりは死を〟という徹底した日本軍隊の思想教育の犠牲といわざるを得ない。

6

「蒼龍」の艦爆と「飛龍」の艦戦それぞれ一機ずつ喪失という少ない損害でポートダーウィン空襲を終えた南雲機動部隊は、意気揚々と帰路についた。途中、自分たちのあげた戦果の大本営発表を聞いたりしながら、二月二十一日、セレベス島南東岸のスターリング湾に入港した。

セレベス島は、それまでに見た南洋の島々とは違った様相を呈しており、「蒼龍新聞」の「前線小語」は次のように伝えている。

「内南洋と異なってこの辺の風物は、何となく豊かであり、みずみずしく見える。リーフに毛の生えたような南洋諸島にくらべて、実につかみ所のないほど大きい。そして深さがあり広さがあり、どこか底の知れないようなところがある。

これは外南洋の原始性が持つ一つの『若さ』であると思う。

＊

『若さ』には『新鮮さ』がある。

日の出、日没時など静かに甲板に立っていると、『日本の神代』もこんな風にして開けて来たのであろうかと思われるような幽寂さがある」

このあと短歌が三篇添えられているが、初めて見たセレベス島の風物に素直な驚きを表明し、それをなかなか詩的に表現しているあたり、緒戦の勝ち戦《いくさ》の余裕が感じられる。

しかし、そのセレベスも、上陸したケンダリーは四週間前に占領したばかりの、最近までは戦場だったところとあって、艦上から眺めたほどにはロマンチックでなかったようだ。

飛行機隊は飛行場に移ったが、整備科とともに通信科の一部も基地と母艦の連絡のため上陸し、電信所を設けることになった。

「飛龍」通信科の森本権一・二等兵曹（前出）も基地通信班の一人だったが、波止場から小さな港町を通って基地に向かう途中、

「馬が足を天に向けて倒れていたり、対戦車壕や破壊されて応急修理した橋を通ったりして、ほどなく基地に着いたが、人影を全く見かけなかった」といい、艦上ではわからない陸上戦闘の惨烈な様相をかい間見た気がした。

ケンダリー基地は占領直後の特設とあって、宿舎も粗末で風呂場もなく、飛行場と宿舎の間にある小川で水浴するような状況だったが、いかに不自由であっても、海上生活が長い軍艦乗組員にとって陸上で住めることは、何物にもまして嬉しいことであった。

ケンダリーでの休息は束《つか》の間であった。スターリング湾入港から四日目の二月二十五日、「第二次機動戦」のため機動部隊は出港した。艦隊の兵力はポートダーウィン空襲時にくらべ、第三戦隊の高速戦艦四隻すべてが参加し、これに「旭東丸」以下の補給タンカー隊五隻がつく強力な陣容で、まさに無敵の南雲機動部隊の出撃であった。

二十五日の朝、スターリング湾を出た機動部隊は洋上で飛行機隊を収容し、翌二十六日午前、チモール島北西岸のオンバイ海峡を通過してインド洋に出た。

真珠湾攻撃のあと、日本が貴重な南雲機動部隊の戦力を、南方要域攻略作戦の協力に転用したのは、オランダ領東インド諸島（今のインドネシア）の石油資源を一刻も早く手に入れたかったからであった。

そのため、マレー半島攻略（二月十五日にはシンガポール陥落）に続いてスマトラ、ボルネオ、セレベス各島の要地を攻略し、航空基地を前進させた。機動部隊が今度の出撃の基地としたセレベス島のケンダリーもその一つであったが、この南方作戦を仕上げるにはまだジャワ島が残っていた。南雲部隊の任務はこの攻略作戦への協力で、陸軍部隊のジャワ上陸は三月一日と予定されていた。

この方面の最後の拠点であるジャワ島攻略のため、日本軍が差し向けた兵力は、東方部隊が輸送船四十一隻と艦艇二十二隻、西方部隊が輸送船五十六隻と艦艇二十四隻で、なかに小型空母「龍驤《りゅうじょう》」もふくまれていた。

対するアメリカ、イギリス、オランダ、オーストラリアのいわゆるＡＢＤＡ海軍攻撃部隊は、重巡二隻、軽巡三隻および駆逐艦十隻で、オランダ海軍のカーレル・ドールマン少将指揮の下に日本軍の上陸を阻止すべく、ジャワの北東海域を哨戒中に日本の海軍部隊と遭遇した。

運の悪いことにＡＢＤＡ艦隊が遭遇したのは、攻撃目標とした輸送船団ではなく、ジャワ攻略の東方部隊に属する高木武雄少将の重巡「那智《なち》」「羽黒《はぐろ》」、軽巡「神通《じんつう》」および駆逐艦十二隻からなる援護部隊だった。兵力としてはほぼ互格だったが、四ヵ国の軍艦の寄せ集めだった上に、一度も合同で演習したことがなかったので、司令官の意図どおりに艦隊を動かすことがむずかしいという大きなハンデキャップを負っていた。

二十七日午後四時ごろからはじまった海戦の結果は最悪で、夜半までつづいた戦闘でABDA艦隊は、つぎつぎに軍艦を失い、無事にバタビアに帰投できたのはオーストラリア海軍の軽巡「パース」と、アメリカ海軍の重巡「ヒューストン」だけだったが、その後、この二隻も撃沈されてしまった。

これが日本側でスラバヤ沖海戦と呼んだ「ジャワ海海戦」であるが、この海戦に南雲部隊は参加せず、ジャワ南方クリスマス島付近の洋上にあって、近藤信竹中将指揮の南方部隊本隊と協同で、ジャワから逃走して来る敵艦船を捕捉《そく》撃滅するという比較的楽な任務に時を過ごした。要するに、この強大な力を持った機動部隊を使うほどのことはなかったといえる。

三月五日、南雲部隊はこの作戦で唯一の機動部隊らしい行動であるチラチャップ港空襲を実施した。ここはジャワ南岸唯一の良港として、オーストラリアに向け逃走を企図する敵船舶の集結地となっていたからで、逃げる前にそれらを沈めてしまおうという意図からだったが、戦爆連合百八十機をひきいて出動した淵田中佐は、

「——約一時間の攻撃で、なんのことはなく在泊していた二十数隻の船舶を撃沈した。私は

あと二日もすれば、チラチャップはわが軍の手に落ちるだろうに、何だかもったいないことをしたような気持で、攻撃後の惨憺《さんたん》たる情景を眺めながら引き揚げた」（淵田・奥宮共著『ミッドウェー』）

と、この攻撃に疑問を投げかけている。

鬼のいない間の何とやらという文句があるけれども、日本の恐るべき機動部隊が南方作戦にかかわっている間に、アメリカ軍は防備の手薄な西太平洋の島々に攻撃を仕かけた。

その最初のものが二月初めの空母「エンタープライズ」「ヨークタウン」によるマーシャルおよびギルバート諸島に対する攻撃だったが、これに味をしめたアメリカ軍は二月二十四日に空母「エンタープライズ」で、日本軍に占領されたウェーキ島に攻撃を加え、さらにその西北約八百カイリ、ちょうどウェーキと東京の中間にある南鳥島をも攻撃した。

また、事前に発見されて未遂に終わったとはいえ、二月二十日には空母「レキシントン」を中心とする機動部隊がラバウル攻撃を企図して現われており、アメリカ軍は手持ちの空母をフルに動かして活発な機動作戦を展開していた。

〈こんなことでいいのか？〉

淵田中佐のもっともな疑問も、緒戦のあまりにも順調な勝ち戦のゆえに一顧だにされなかった。

もっとも、南雲部隊がジャワ南方海面に行動したもう一つの理由は、戦艦三隻、空母二隻を中心としたイギリス極東艦隊の出現に備えるためであったが、ジャワの攻略も順調に進み、三月九日、オランダ領東インドの連合軍が降伏したのを機に作戦を打ち切り、スターリング湾に引き揚げた。

7

昭和十七年三月十一日、洋上から飛行機隊をケンダリー基地に揚げた一航戦および二航戦の空母四隻は、スターリング湾に入港した。ここで、つぎのインド洋作戦出動までの二週間余りを、艦隊乗組員たちは部署教練、配置教育に、飛行機隊はケンダリー基地での飛行訓練に過ごすことになるが、原始の面影を残すここでの生活体験は、結構バラエティーに富むものがあった。

とくに海上生活が長い軍艦の乗組員たちにとって、この間はひんぱんに上陸できるし、飛行機隊や基地員たちは陸上で生活できるとあって、たとえ不自由はあっても大歓迎だったらしい。

基地には母艦との連絡のため、仮設の通信所が設けられていたが、その近くを流れる小川に水がたまって淵になったところがあり、当直の電信員たちは、母艦との最終連絡が済んでの帰りには、毎夜ここで水浴をするのが日課になっていた。

その傍には渕におおいかぶさるようにして大木が何本も繁っていたが、中でもとくに大きな一本の木には無数の蛍《ほたる》が明滅し、この世のものとは思われない幻想的光景が、兵士たちをしてしばし戦争を忘れさせた。

それはよかったのだが、数日して聞かされた話に、彼らのロマンチックな思いも消し飛んでしまった。電信員たちが勤務の帰りに夜な夜な行水をしていた淵の、大木群の向こう側には整備科の兵舎が二、三棟建っていた。茅葺《かやぶ》きの粗末《そまつ》なものだったが、それでもテント住まいの通信科よりはましだった。ところが、数日してその整備科の宿舎で、気味の悪い出来事が起きているということを耳にした。

その宿舎では、なぜか夜半を過ぎると全員がうなされ、気を失うものまであるとか。それはその宿舎についている妖怪のせいで、その正体は大蛇、年を経た真っ白な大猿、あるいは戦死したオランダ兵の亡霊など、諸説が乱れ飛んだ。何にしてもそれを退治しないことには安心して眠れないと、整備科宿舎では屈強の者が日本刀や棍《こん》棒などを持って待機するが、いつの間にか眠らされてうなされるという。

こうして大変な騒ぎとなり、内地でも「ケンダリーのお化け」として報道されたほどだったが、このことを聞いていらい、通信科では行水どころか夜はうす気味悪くて外にも出られなくなった。歴戦の勇士たちもお化けは苦手であったが、のちに気象班の調査で、白い化け物の正体は、夜半を過ぎて急激に温度が降下することから、温湿度の高い空気が結露して起きる現象ではないかという結論になった。

どうやら自然現象が原因だったらしいが、皆が気味悪がっているのをいいことに、いたずらをする者が現われた。

おかしなもので、白い化け物の話を聞いていらい、誰もが寝るときはおのずとテントの中心の方に場所を選ぶようになった。ところがある晩、森本権一・二曹の外側に寝ていた下士官が突然、奇声を発してふるえ出すという、椿事《ちんじ》が持ち上がった。

何の事はない。誰かがその下士官の毛布の端に綱をつけてテントの外に出し、木に引っ掛けてもう一方の端をあたかも怪物の仕わざであるかのように上手に引っ張ったもので、ちょうどお化けのうわさを聞いていたので、てっきりそれと思ってしまったのだ。

平時であれば徹底的に調べられて大目玉を喰うところだが、戦時中だったせいか不問になった。このいたずら者は森本の同期で「蒼龍」乗組のN兵曹だった。

「同期会の折り、私が彼に話すと、誰も知らんと思っとった、と白状して大笑い。お互いに昔を懐かしんだ」（森本）

ケンダリーお化け騒動の顚末であるが、これについては第一航空艦隊の航空参謀だった源田実大佐も、その著書『海軍航空隊始末記・戦門篇』（文藝春秋）の中で、「ケンダリー基地の幽霊」としてわざわざ紹介している。

「――何でも真夜中の一時、二時ごろ、白い影が夜営の天幕の外に立っていたり、身体にかけている毛布が何もしないのに独りでスーッと足許に下がり、また独りでスーッと胸元まで上がってくるようなことがあるらしかった。さっそく軍医官の手で（幽霊）経験者の健康状態などを調査してみても別に異状はなかった。誰の考えだったか知らないが、『とも角も昼間、毛布を充分に乾燥して、それで寝てみろ』ということでやってみると、今までの幽霊は出て来なくなった。

激しい暑気とともに高度の湿気は熱帯につきものである。夜半、大気が冷却すると水分も冷却して就寝中の身体に作用し、これが夢うつつの間に幻覚作用を起こすものらしいと思われた」

源田はこう書いているが、毛布の一件がまさかN兵曹のいたずらであったとは、さすがの名参謀も知らなかったようだ。これも緒戦の勝ち戦がもたらした〝余裕〟だったかも知れない。

余裕ついでに、ケンダリーでのエピソードをもう一つ。

この事件があって数日後、少し離れた集落に、この一帯の王様を表敬訪問することになった。基地を使用するのに友好関係を結んでおく必要があるからで、森本ら十五人ほどの応募者がトラックに乗って出かけた。

野山を越えていく途中、野豚に遭遇したり、ふつうの鳥のように飛ぶ野性の鶏を見たり、南方の見なれぬ植物の品定めをしたりで、珍しい風物に退屈しなかった。と、突然トラックが止まって、前の方が騒がしくなった。

「オ、ありゃ何だ？」

よく見ると、丸太ん棒のような大きな蛇が、いましも道を横切ろうとしているところだった。頭と尻っ尾は両側の草むらと灌木にかくれて見えないが、蛇をひいたとあっては縁起が悪いので、通過を待って前進。

やがて河にぶつかった。吊橋がかかってはいるが、自動車タイヤがやっと乗るだけの幅の板を敷いた頼りないもので、ハンドル操作を少しでも誤ると転落のおそれがある。下をのぞいて見ると、黄色く濁った川面には小さいがワニがうごめいている。

ここまで来てワニの餌になってはと、全員、車から降りて渡り、車はタイヤを踏み外さないようゆらぐ吊橋に身の縮む思いで、そろりそろりと渡り終えた。

やがて王様のいる集落に着いた。さっそく王宮に案内されたが、建物は丸太の柱に茅で屋根を葺いただけ。壁はなく、すだれのようなもので間仕切りをしてあるだけだから、隣室のベッドも丸見えで、宮殿とはいっても一般の家との違いは、広くて床が少し高いといった程度だった。

森本たちは、当時人気のあった少年倶楽部の連載マンガ「冒険ダン吉」みたいな気分になった。王様に持参したおみやげを献上し、しばし休息していると、あちこちから鹿の角、蛇の皮、布切れ、果物や卵などを持った住民が集まって来て、買ってくれという。皆、思い思いの品をみやげに買って帰ったが、一つの戦闘が終わって次の戦闘が始まるまでの、ささやかな平和のひとときであった。

第十章　インド洋波静か

1

二度目のケンダリー滞在は二週間近くに及んだが、それは次の作戦であるインド本土先端に近接するセイロン島攻撃のための準備であった。しかし、中部太平洋方面でのアメリカ機動部隊の活発な攻撃行動をほうっておいてまで、実施する価値のある作戦であったかどうかについては、大いに疑問があったようだ。

そもそも、連合艦隊はアメリカ太平洋艦隊の本拠であるハワイと、イギリス東洋艦隊の重要な根拠地があるセイロン島の攻略を企図していた。だが、ハワイ攻略は航空兵力の整備が間に合わないところからつぶれ、セイロン島攻略の研究が進められた。

実際にこの作戦の図上演習およびその研究会が二月二十日から四日間、軍令部（海軍）と参謀本部（陸軍）も参加して、瀬戸内海西部柱島泊地の旗艦「大和」艦上で行なわれた。あたかも連戦連勝で意気のあがる日本にとって、竣工間もない巨大戦艦「大和」の勇姿は、無敵日本海軍のシンボルそのものであった。

ところが、その「大和」での研究会では軍令部、参謀本部、連合艦隊の三者はそれぞれ別の思惑《おもわく》を持ち、連合艦隊のセイロン島攻略案はつぶされてしまった。

緒戦の、ハワイ攻撃、南方一帯およびラバウル攻略など、いわゆる第一段作戦が終わったあとの第二段作戦をどうするかについての、これら三者の計画の相違および確執についてはすでに多く述べられているが、その結果セイロン島攻略が単なる攻撃にすり代わったインド洋作戦は、強大な南雲部隊の戦力をもってすれば〝牛刀で鶏を割《さ》く〟ようなものであった。

三月二十六日朝、十分な休養と訓練を終えたセイロン島攻撃部隊は、第一水雷戦隊、第八戦隊、第一航空戦隊、第二航空戦隊、第三戦隊、第五航空戦隊の順に、思い出多きケンダリーを後に、スターリング湾を出港した。

攻撃部隊の主軸となる南雲部隊は、一航戦が「加賀」を欠いていた代わりに、内地から呼びもどされた五航戦「翔鶴」「瑞鶴」の二隻が加わり、ハワイ攻撃時につぐ強力な編成となっていた。

「加賀」は先にパラオで暗礁に触れ、艦底に受けた損傷を修理するため、三月十五日にスターリング湾を離れ、以後、佐世保帰着の三月二十二日から、ミッドウェーに出撃する五月二十七日まで内地にいたのである。

五隻の空母を基幹に、第三戦隊四隻の高速戦艦群をふくむ総勢二十三隻の軍艦、それに九隻の補給部隊を従えた堂々たる攻撃部隊は、二十七日にチモール島西北のオンバイ海峡を通過したあと一路西進し、バリ島や先に攻撃を実施したジャワ島チラチャップのはるか南の洋上を通って、四月三日にはインド洋に出た。

荒天や濃霧に悩まされたハワイ作戦のときとは違って、晴天と波静かな好条件に恵まれたこの作戦は、すべてが順調に進むものと誰もが楽観していた。

攻撃はハワイ作戦いらいの定石となっている、その前日（四日）の夕刻に敵の哨戒圏外から高速で接近し、当日（五日）の早朝に不意の空襲をかける予定だった。それが何と四日の午後、コロンボから約七百キロの地点で、敵機に発見されてしまったのだ。これで〝強襲〟となることが明らかになった。

四日午後といっても、時刻は午後六時五十五分、東京との約三時間の時差を考えると、まだ十分に陽が高い時刻に、戦艦「比叡《ひえい》」の見張員が「敵機発見！」を報じた。

「比叡」では味方部隊に対する警報を兼ねて、ただちに射撃を開始した。この警報で各空母の甲板上に待機していた零戦十八機がスクランブル発進した。

その敵機はアメリカ海軍が使っていたのと同じ双発のＰＢＹ「カタリナ」哨戒飛行艇で、追いついた零戦の攻撃でたちまち火を発して洋上に不時着、乗員は急行した駆逐艦「磯風」に救われて捕虜にした。

「やった、やった。さすが零戦だ」

この空中戦闘の様子は攻撃部隊各艦艇から目撃されたため、乗組員たちを大いに喜ばせたが、撃墜される前にこの飛行艇が「敵艦隊発見」を報じたであろうこと、それによって敵がどんな邀《よう》撃手段に出るかなどについて、だれも深い顧慮を払おうとしなかったらしい。それどころか、発見されれば航空母艦をふくむイギリス艦隊が出撃してくるだろうから、むしろ撃滅の好機であると考えていた。

索敵の重大性に対する認識の欠除と〝驕《おご》り〟など、この二ヵ月後に発生したミッドウェーの大敗をもたらした萌芽《ほうが》が、ここにも見られたのである。

なお、この敵飛行艇撃墜に関し、「飛龍」戦闘詳報には次のように記されている。

「四月四日一九〇二（午後七時二分）本艦の五度三・五キロに敵PBY型飛行艇を発見、直ちに『対空戦闘』を令すると共に一九一〇戦闘機六機（指揮官松山飛曹長）を発進せしむ。一九三〇僚艦戦闘機と共同これを撃墜し、漂流中の生存者を駆逐艦に収容す」

「無敵の零戦、万歳！」

2

明けて四月五日、時差の関係でまだ日の出前の午前九時、セイロン島の南二百カイリの地点から攻撃隊が発艦した。

敵飛行艇がこちらの様子を打電していたことは、無線傍受により明らかになった。それでも強襲となるのは覚悟で、予定どおりコロンボ攻撃決行となったのであるが、敵艦隊出現にそなえて兵力の半分、「赤城」「蒼龍」「飛龍」の艦爆隊と「翔鶴」「瑞鶴」の艦攻隊を待機させた。

攻撃隊がつぎつぎに発艦していたころ、各空母の艦底では機関科員たちが苦闘していた。この時期、インド洋は〝鉛《なまり》を溶かしたような〟という表現がぴったりするベタ凪《なぎ》がつづく。まったくの無風で、これが飛行機を発艦させようとする空母にとって難敵なのだ。

発艦に際しては空母は風に向かって進路を変え、飛行機が浮力を得るのに必要な風速をつくり出す。風があればそのときの風速に応じて艦速を調節するが、ベタ凪の無風とあっては最大戦速を出さなければならない。

「飛龍」は最高三十六ノットを出せるから、これなら速い風速を必要とする零戦であっても、たとえ無風状態でも何とか発艦が可能だが、実際には海水温度が高いために、復水器が十分に冷却できず、真空度が上がらないから馬力が出ないので、最高速度を発揮できないのだ。

それを少しでも上げようと、四十五度Cを超す密閉された機関室での機関科員たちの苦労は、なみ大抵ではない。

しかも、何日にもわたる航海で生鮮食糧品も底をつき、出てくるのは缶詰を調理したものばかりとあって食欲もなくなる。そんな彼らを支えていたのは、任務に対する旺盛な責任感だった。

「コロンボ空襲の第一波は私が指揮した。制空戦闘隊三十六機、降下爆撃隊五十六機、水平爆撃隊九十機である。この百八十機の空中攻撃隊は、いつものように日の出三十分前に母艦を発進した」に始まる攻撃隊総指揮官淵田美津雄中佐の記述（淵田・奥宮共著『ミッドウェー』）によると、一路北上してセイロン島の南端にさしかかったところで、南方特有の発達した積乱雲に行く手をはばまれ、インド本土に踏み込むことを警戒しながら西からまわり込もうとしているうち、偶然にもはるか下方に敵の十二機編隊を発見した。

魚雷を抱いた複葉の雷撃機で、今から日本の機動部隊攻撃に向かうところと想像されたが、同じように雷雲を突破できずに難行しているらしく、雲上のこちらに気づいていない様子だった。

淵田隊長は艦攻の風防を開いて、制空隊指揮官板谷《いたや》茂少佐を呼び寄せ、手信号で攻撃を命じた。

板谷少佐のひきいる三十六機の零戦はすぐに降下して行ったが、重い魚雷を抱いた旧式な雷撃機を始末するのに、なにほどの時間も必要としなかった。日本側の記録によると撃墜したのは十機で、能野澄夫大尉の指揮する「飛龍」零戦隊は他隊との協同もふくめ、うち八機を撃墜した。

この雷撃機はイギリス海軍のフェアリー「ソードフィッシュ」で、タラント軍港沖でイタリア戦艦三隻を大破坐礁させ、のちにドイツ戦艦「ビスマルク」との戦いでは、雷撃によって撃沈にいたる端緒をつくるなど、最大速度二百二十四㎞／hの旧式機ながら、戦功に輝く飛行機だった。

悪天候にわざわいされ、しかも当時世界最強の日本航空部隊に遭遇してしまったことは、彼らにとってかえすがえすも不運だった。

敵雷撃機隊との遭遇で少し手間どったが、攻撃隊は首尾よくコロンボに到達し、午前十時四十五分、淵田隊長の、「全軍突撃セヨ」の下令と同時に、各隊とも攻撃を開始した。

案の定、前日の哨戒飛行艇の報告で日本機の攻撃を予測していた敵側は、いち早く飛行機を飛び立たせて飛行場には一機もなく、港内に在るのもほとんどが商船と見られた。

さいわい、予想された敵戦闘機の妨害もなく、艦爆隊と艦攻隊は存分に在泊船舶を爆撃した。

コロンボ港内はたちまち爆煙と巨大な水柱につつまれた。敵の攻撃から守ってくれる戦闘機も軍艦もいない、裸の商船群は悲惨で、直撃弾で瞬時に海上から姿を消すもの、至近弾で船体が傾き、赤い腹を見せながら沈んで行くものなど、修羅場が現出した。

商船大型五隻大破炎上、小型十数隻爆破。公刊戦史にのった戦果で、ほかに陸上の施設や建物も爆破しているが、この攻撃が終わって引き揚げようとするころに敵戦闘機が現われ、零戦隊との間に空中戦が展開された。

戦闘は三十分にも及んだが、さすがに零戦隊は強く、「スピットファイア」十九機、「ハリケーン」二十七機、「ソードフィッシュ」十機をふくむ五十七機を撃墜（うち九機は不確

実）し、零戦隊の損害はわずか一機だった。（公刊戦史による）

しかし『海軍戦闘機隊史』（零戦搭乗員会編）には、つぎのように書かれている。「英側資料によれば、ハリケーン二コ中隊および海軍のファルマー戦闘機二コ中隊計四十二機で邀撃し、十九機を失ったほか、海軍雷撃機ソードフィッシュ全機（六機）が撃墜されている。

スピットファイアは、この時はまだ極東に投入されておらず、わが搭乗員はハリケーンや海軍のファルマーを見誤ったものと思われる」

空戦の状況、そしてその戦果などについて、正確につかむことはきわめて難しい。公式の記録にしても、あたかもスタンドから試合を見るようなわけにはいかず、個人個人の報告のつみ重ねたものを取捨選択するわけだから、そこにはどうしても錯誤や誇張がつきまとう。たしかなのは味方の損害くらいなものだ。ましてこれが、あとから個人の記憶によって書かれたとなると、なお混乱が増大する。

その端的な例が、「ソードフィッシュ」撃墜についての記録だ。

四月五日のコロンボ攻撃で、能野澄夫大尉指揮の「飛龍」零戦隊九機の一員として参加した佐々木斉一飛曹（高知県土佐山田町、故人）は、『空母飛龍の追憶』続編にこう書いている。「初陣の私は、スピットファイアを夢中で追っているうちに小隊長機を見失い、やっと探し当てて編隊を組んでみると、それはわが日野小隊長（正人一飛曹、ミッドウェー海戦で戦死）ではなく、隣の第二小隊の児玉小隊長（義美飛曹長、同前）であった。その時、児玉小隊は二機で、二番機は戸高昇三飛曹（同前）、私はその三番機の位置についた。

その後コロンボ飛行場上空の空戦もやっと一段落となり、敵機の姿はまったく見えなくなって、小隊は西側の海上に出た。突如、下方に複葉のソードフィッシュ雷撃機六機編隊が、北からコロンボ港の方向へ低空で飛行しているのを発見、児玉小隊長のバンクにより、ただちにこの攻撃にうつった。

狼狽《ろうばい》した敵機は慌《あわ》てて、赤い駆推頭部のついた魚雷を捨てて、バラバラになって逃げた。上方から攻撃するわが零戦は、スロットルレバーを一杯に絞《しぼ》って突っ込まないと過速に陥るほど、相手は鈍速であった。攻撃を受けて海に落ちるものや、煙を吐いて墜落するものなど、アッという間にすべての敵機をやっつけた」

ここで賢明な読者は、「ソードフィッシュ」撃墜に関して、二つの矛盾にお気づきのことと思う。

一つは日本攻撃隊との遭遇時期で、淵田中佐の著書『ミッドウェー』ではコロンボ到達前だが、佐々木一飛曹の記述によると、コロンボ上空での空戦の終わりごろとなっている。もう一つは「ソードフィッシュ」の機数で、淵田中佐が見たのは十二機、公刊戦史による撃墜機数は十機、そして、「飛龍」戦闘詳報の撃墜機数は八機となっており、佐々木一飛曹の記述にある六機はイギリス側資料と一致する。

こうした喰い違いは、戦記を書こうとする場合、いたるところで遭遇するが、このあとのイギリス巡洋艦攻撃までの発艦準備についてもそれが見られる。

3

大きな戦果をあげて攻撃隊が帰投したのは午後一時に近く、このころ北上をつづけていた機動部隊は、セイロン島南端からわずか六十カイリの地点に達していた。

その途中、ちょうど攻撃隊がコロンボ港爆撃を開始したのとほぼ同じ午前十一時少し前、機動部隊は前日につづいて、ふたたびＰＢＹ「カタリナ」飛行艇に接触されたが、上空直衛中の「飛龍」零戦小隊が発見して撃墜している。

しかし、それより以前から接触していたこの「カタリナ」によって、日本艦隊の所在を知ったイギリス軍がさし向けたのが海軍の「ソードフィッシュ」雷撃機六機で、これは前述のように制空隊の零戦によってたちまち全機撃墜されてしまった。

攻撃隊の収容がほぼ終わった午後一時過ぎ、哨戒のため早朝出発した「利根」四号機（九四水偵）からの無電が入った。

「敵巡洋艦らしきもの二隻見ゆ」

そして位置、進路、速度などが送られてきた。

旗艦「赤城」艦橋は、にわかに緊張と興奮につつまれた。これまで、碇泊中の艦船や陸上施設などの攻撃はずいぶんやってきたが、海上部隊として本来の任務ともいうべき洋上を進行中の、〝生きた〟大型軍艦に対する攻撃の機会は初めてだったからだ。

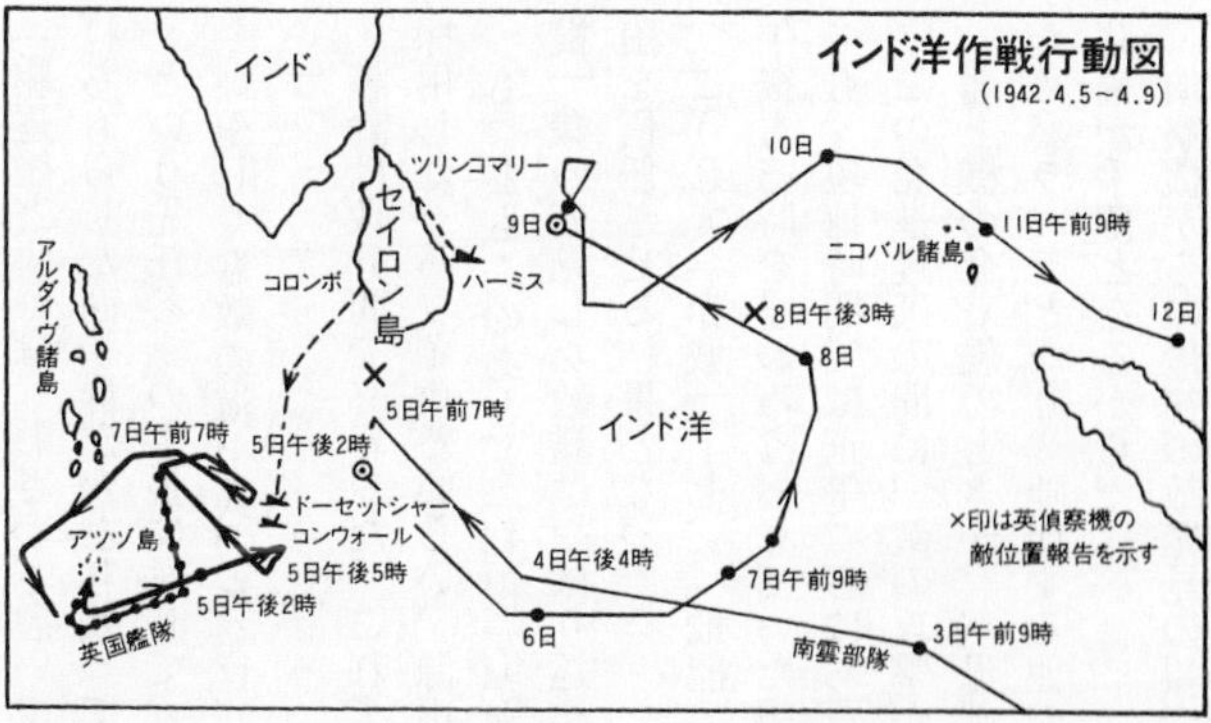

すぐにも攻撃隊を発進させたいところだが、あいにくコロンボ攻撃隊収容の最中であり、それは無理であった。バラバラに帰投してくるコロンボ攻撃隊を収容するためには、飛行甲板を空けておかなければならず、それが終わってから新たな攻撃に向かう飛行機を甲板に上げることになる。各母艦では収容と発進準備を同時に行なうため、整備や飛行科員たちが忙殺《ぼうさつ》されていた。

この間に、今度は別の、軽巡「阿武隈《あぶくま》」の水上偵察機が「駆逐艦二隻発見」を報じてきたところから、「赤城」司令部では、その攻撃の是非について議論を生じた。先の「利根」水偵の巡洋艦二隻発見が駆逐艦の誤りだったか、あるいは「阿武隈」水偵の報じた駆逐艦二隻は巡洋艦とは別に行動しているのかどうか、についてであった。

図上で見る限りではどちらの報告もほぼ同地点なので、あらためて「阿武隈」機に敵艦の周辺の捜索を指令したところ、「その他敵を見ず」ということで、どうやら巡洋艦は駆逐艦の誤りではないかと判断された。

「駆逐艦とすれば、わざわざ急いで攻撃する必要はない。それより淵田隊長の報告ではまだ打ちもらした商船群がかなり残っているようだから、コロンボ港の再攻撃を優先すべきだ」

という先任参謀の主張に対して、航空参謀の源田実中佐が反論した。

「いやしくも敵の海上兵力を発見した以上、たとえそれが駆逐艦であろうと見逃す法はない」

議論は数分間で終わった。これまでつねにそうであったように、南雲長官は源田の意見を採用した。ハワイ攻撃いらい、源田の建策でつねに成功していたからである。

もっともこのあと、「利根」が新たに飛ばせた零式水上偵察機の偵察により、先の「利根」機の発見した敵艦はやはり巡洋艦に間違いないことが確認され、南雲をしていよいよ源田を信任させる結果となった。

こうして「赤城」十七、「飛龍」「蒼龍」各十八の計五十三機の艦爆隊が発進したのは、午後も三時をまわろうとしていた頃であった。もっとも、時差の関係から午後三時とはいっても、現地時間では正午ごろにあたり、太陽の位置が高く攻撃にはむしろ好都合であった。

この発進遅延の間に、敵の攻撃がなかったのも幸運であった。

艦上機の発着艦のときが、空母部隊の最大の弱点だ。このとき各空母は風に向かって立つためバラバラとなり、随伴する他の艦艇も整然とそれに従うことができず、輪形陣は乱れて防備が手薄《うす》となるからだ。

偵察機からの最初の敵発見の報告から攻撃隊発進まで、二時間近くも要した経緯《けいい》については、異なった解釈がある。

元連合艦隊参謀で戦史研究家の肩書を持つ千早正隆氏は、「惨敗の構図／驕り症候群の報酬」（雑誌「丸」九三年六月臨時増刊）の中で、「第一次攻撃隊の指揮官は第一次攻撃の効果が不十分だと判断して、『第二次攻撃を準備されたし』と『赤城』に打電した。それを受けた南雲の司令部では、ためらうことなく不時の会敵に備えて母艦上に待機させていた第二次攻撃隊の兵装を陸上攻撃用に転換することを指令した」と書いている。

その後、索敵機から敵艦発見を報じてきたため、「南雲の司令部は、すぐ陸上攻撃用に転換中であった第二次攻撃隊の兵装を、艦船攻撃用に再転換を命じ——兵装転換が比較的容易な艦爆隊だけで攻撃をかけることにした」（前同）とあり、公刊戦史にも午前十一時二十八分、淵田中佐の「第二次攻撃を準備されたし。港内に輸送船二十隻あり……」との報で、南雲中将は同十一時五十二分、艦上待機の五航戦艦攻隊へ爆装に転換することを下令したことになっている。

敵艦発見の「利根」水偵の報告で、約一時間半後に艦攻の爆装を、ふたたび雷装（魚雷装備）にもどしたとあり、索敵の不手際から敵艦発見がおくれ、同じようにいったん陸用に替えた兵装を、ふたたび艦船攻撃用にもどしたところなどは、二ヵ月後に起きたミッドウェー海戦のときとそっくりだとして、いまだに批判の対象となっている。

索敵の不手際については淵田自身も共著書『ミッドウェー』の中で反省と批判を述べているが、インド洋作戦でこの兵装転換の原因とされる淵田隊長が発したとされる「第二次攻撃の要あり」の電信については、著書に「第一波の攻撃だけでは、戦果としては徹底しないというらみはあるが、攻撃目標としては第二波をかけるほどのことはないと思われ——」と、あたかも発信の意志がなかったかのような記述が見られる。

このことについて、南雲部隊の航空参謀だった源田も『海軍航空隊始末記・戦闘編』（文藝春秋）の中で、単に、

「司令部から一三二五（午後一時二十五分）、『第三編成は敵巡洋艦攻撃の予定。艦攻は出来得る限り雷装とす』という予定が発せられ、各母艦は直ちにその準備に取りかかった。

居残りの組は『それッ』とばかり喜び勇んで準備に取りかかった。この時機には、コロンボ攻撃隊はすべて母艦上空に帰投し着艦中であったため、巡洋艦攻撃隊の発進が若干遅れたのはやむを得ない仕儀《しぎ》（事のなりゆき）でもあった」と述べている。

ここで第三編成というのは、一、二航戦の艦爆、五航戦の艦攻、それに各艦から出す戦闘機で編成された攻撃隊で、第一波がコロンボ攻撃に向かったあと、不時の会敵に備えて待機していた組のことだ。

このうち敵艦攻撃に発進したのは前述のように一、二航戦、すなわち「赤城」「蒼龍」「飛龍」の艦爆五十三機で、五航戦「翔鶴」「瑞鶴」の艦攻隊は、ふたたび待機となった。

その理由を源田は、「はじめ巡洋艦という報告で雷装としたが、次に駆逐艦というので待機を中止し、さらに『ケント型』（重巡洋艦）という報告で、ふたたび発進準備をした」からだとして、兵装転換のために発艦が遅れたとは書いていない。

攻撃に向かった艦爆隊指揮官江草少佐が、敵巡洋艦を発見したのは午後四時少し前だった。「敵艦見ゆ」の報告のあと、「突撃準備隊形作れ」「突撃せよ」とつづき、いよいよ攻撃がはじまるぞと、旗艦「赤城」の艦橋では誰もが息をこらして聞き耳を立てた。

このあとの江草隊長の攻撃行動はみごとであった。

敵艦発見後すぐに攻撃に入らず、最適の攻撃位置を占めるべく迂回しながら高度四千メートルに上昇した。

午後四時をまわったとはいっても、時差の関係で現地時間では午後一時過ぎ。この高い太陽を背にして攻撃しようというのだ。

「突撃せよ」と発令した江草隊長は先頭を切って、一番艦に向けて急降下を開始し、みごとに敵艦の後尾に二百五十キロ爆弾を命中させた。艦爆の攻撃は一列の矢のような隊列をつくって行なわれるから、隊長につづく後続機の投弾もまるで吸い込まれるように敵艦上に落ちて行った。

自分の爆撃を終えた江草隊長は、すぐに上昇して全軍の指揮に便利な位置を占めると、的確な指令を発した。

「『飛龍』は二番艦をやれ」「『赤城』は一番艦をやれ」

旗艦「赤城」の艦橋には、電信室から引いたスピーカーが、音量いっぱいに設置してあり、江草隊長の簡潔な言葉が手に取るように聞こえた。その辺の状況を、淵田は共著書『ミッドウェー』の中でリアルに伝えている。

――まさに急降下に入った。爆煙の上がる情景が、目に見えるようだ。

「一番艦停止、大傾斜」「二番艦火災」

艦橋では、どっと歓声があがる。続いて、

「一番艦沈没」

またワーッとやっていると、

「二番艦沈没」

こうして、あまりにもあっけなく、敵大巡は二隻とも沈没してしまった。たった二十分間のできごとである。

私は航空威力を誇る前に、水上艦艇の悲哀を感じた。――

この二隻の巡洋艦は、イギリスの重巡「コンウォール」と「ドーセットシャー」で、江草艦爆隊は午後四時三十八分からはじまった十七分間の攻撃で、二百五十キロ爆弾を五十三発のうち四十六発（一説には四十五発）、すなわち九十パーセントに近い驚異的な命中率で叩き込んだ。

この大量の巨弾の洗礼に、「ドーセットシャー」は横倒しとなって十一分で沈み、「コンウォール」は艦首を上にして十分で海中に没した。

「飛龍」からは小林道雄大尉指揮の九九式艦上爆撃機（九九艦爆）十八機が攻撃に参加し、

「ドーセットシャー」型重巡の一番艦を攻撃し、二十五番（二百五十キロ）爆弾十八弾のうち十七弾を命中させて沈めた、と「飛龍」戦闘詳報は伝えている。

この点について、江草隊長の攻撃指示は、「二航戦は二番艦をやれ」（淵田『ミッドウェー』）、「『飛龍』は二番艦をやれ」（源田『海軍航空隊始末記』）と、いずれも二番艦となっている。

それにしても「飛龍」艦爆隊の十八弾中十七弾命中というのはほとんど全弾命中といってよく、一航艦全体の平均をさらに上まわるものだ。

ほぼ無風の好条件に加え、重巡とはいえ戦闘機の掩護も他の艦艇の対空砲火による妨害もない状況で、二隻の軍艦に五十機以上の艦爆が襲いかかるのだから、その攻撃はさながら標的艦に対する演習のようなものであったろうし、「数―量的威力がものをいった」（淵田）のも事実だろう。

さらに淵田は、ハワイ攻撃いらいつみ重ねてきた実戦の経験に加え、出撃前の二週間に及んだケンダリー基地での激しい訓練が、彼らの技倆を最高の域に到達させていたことを挙げている。

一方、使われた九九艦爆は、当時の日本海軍の第一線機がすべて引込脚になっていたのに、唯一の固定脚を持ったやや旧式に属する飛行機（年式としてはそう古くない）だったが、練度の高い搭乗員と緒戦の優勢な戦況に恵まれたこのインド洋作戦のころが絶頂期だったといえよう。

4

イギリス巡洋艦二隻を沈めた攻撃隊は、意気揚々《ようよう》と引き揚げた。しかも、この攻撃での艦爆隊の損害はもとより、被弾した機もゼロであった。まさにパーフェクトゲームというべきで、江草隊長の二隻沈没の報で、魚雷を抱いて待機していた五航戦「翔鶴」および「瑞鶴」艦攻隊の出番がなくなった。

あとからいろいろ錯誤が指摘されているけれども、四月五日のコロンボ攻撃は大成功であった。港内の艦船（船舶がほとんどだったが）を十数隻撃沈破し、空中戦で五十七機を撃墜（イギリス側発表ではソードフィッシュ六機をふくめ二十五機）したほか、重巡二隻撃沈というおまけまでついた。

日本側の損害はコロンボ攻撃の戦闘機一機と艦爆六機で、「飛龍」は搭乗員も飛行機も損害皆無だった。

凱歌《がいか》をあげた艦爆隊を収容した南雲部隊は、対空警戒の上空直衛機を上げながら、セイロン島からいったん遠ざかるべく南下を開始した。

陽もかなり西に傾き、壮大なインド洋の夕暮れが訪れようとするころ、「飛龍」の見張員が叫んだ。

「敵機二機発見。方位二七〇度、距離三十カイリ」

それはもう大倍率の双眼鏡をもってしても人間が視認できるギリギリの距離で、すばらしい見張員の目であった。

「飛龍」ではすぐに上空直衛第五直と第六直の零戦六機を向かわせ、たちまち一機を撃墜したが、もう一機には逃げられてしまった。

この敵機は昼間、日本艦隊の攻撃に向かう途中、六機全機が撃墜されたフェアリー社の「ソードフィッシュ」より新型の「アルバコア」雷撃機で、密閉室のキャビンとするなど近代化を施されたとはいえ、いぜんとして旧式な複葉形式を踏襲した時代おくれの雷撃機だった。

このときは雷撃ではなく、日本艦隊の行動を監視するため接触中だったのであるが、この雷撃機出現について、前出の千早正隆「惨敗の構図／驕り症候群の報酬」には、

「南雲部隊が行動していた海域は、『ソードフィッシュ』機のような小型機がコロンボから飛来するのには遠すぎたから、正常な判断力を持った人ならば、瞬間的に付近に空母がいると判断したはずであった。が、自他ともに海上航空戦のエースと認められていた南雲司令部の誰もそれに気づかず、その重大な情報を忘却の彼方に押しやるのである。

戦勝による驕りで、その判断力が狂っていたと言わなくてはならない」

と手きびしく批判している。

このことに関して『海軍航空隊始末記・戦闘編』に、源田のつぎのような記述がある。

「艦上機を発見した地点は、コロンボの南方三百五十カイリであるから陸上基地から発進し

たものとは思えない。我々は艦隊の近傍に、敵の航空母艦が存在しているとの判断の下に、翌朝これを捕捉攻撃すべく計画し、四月六日早朝から広範囲の索敵を実施した。しかし、結果は機動部隊の手の届く範囲内には一隻の敵艦をも発見することができなかった。敵の空母は夜暗のうちに遙か遠方に逃避したのかも知れない」

つまり南雲司令部は近くに空母がいることを予想し、その対応にぬかりはなかったことを伝えている。

では、そのイギリス空母部隊は、この頃どこにいたのか。

開戦三日目に「プリンス・オブ・ウェールズ」「レパルス」両戦艦を失った東洋艦隊を再建するため、タラント軍港沖のイタリア戦艦攻撃やドイツ戦艦「ビスマルク」撃沈の際の指揮官ソマービル中将を新たに司令長官に任命し、戦艦「ウォースパイト」を旗艦に新鋭空母「インドミダブル」「フォーミダブル」を中心とした高速部隊を持っていた。

このほかに「レゾリューション」「ラミリーズ」「ロイヤル・ソブリン」「リベンジ」などRの頭文字を持つ戦艦四隻を基幹とした低速部隊もあったが、こちらは速度が遅く空母と行動をともにできないため、もっぱら柱島にいた日本の低速戦艦群同様、あまり使い道はなかった。

ともあれ、この強力な東洋艦隊をひきいるソマービル新司令長官が着任した三月二十六日は、奇しくも南雲部隊がインド洋作戦に向けてスターリング湾を出撃した日であった。

新鋭空母二隻をふくめ旗艦「ウォースパイト」以下の機動部隊は、日本艦隊のセイロン島攻撃を予測し、三月三十一日いらいセイロン島南東海面を遊弋《よく》して警戒していた。そのままこの哨戒行動がつづけられていれば、当然、初の機動部隊同士の決戦が起きたと思われるが、四月四日夕方、空軍の「カタリナ」飛行艇が日本艦隊を発見したときには、あいにく補給のためセイロン島南西数百カイリにあるアッヅ環礁にもどっていた。

「日本艦隊発見」の報を聞いたソマービル中将は、決戦を挑むべく直ちに出撃し、五日夕刻には会敵の公算が大きくなった。四月五日午後、一、二航戦艦爆隊が撃沈した二隻の重巡は、このソマービル中将の本隊に合流すべく、コロンボから南西に向けて急行しているところだったのである。

この時点で日本、イギリス両機動部隊は二百数十カイリまで接近していたと想像されるが、重巡二隻は発見したものの、本隊の機動部隊を見つけるには至らなかった。

逆に日本艦隊はイギリス空母が放った索敵機によって発見されているが、薄暮または夜間雷撃を企図していたソマービルは、急速に遠ざかりつつある日本艦隊の攻撃を断念したようだ。

もし日本側がソマービルの本隊を発見していれば、「翔鶴」「瑞鶴」の艦上で待機していた雷装の艦攻隊の出番となったであろう。「ソードフィッシュ」や「アルバコア」よりずっと性能がすぐれ、ハワイ攻撃いらいの達人たちが乗った九七艦攻隊によって、前年十二月十日のイギリス東洋艦隊の主力撃滅のシーンが再現されたことと想像されるが、それはついに起こらなかった。

5

南の海での夕暮れは、神秘的なほどに美しい。とくに洋上の軍艦から見るそれは、三百六十度のパノラマであり、海と空の色が刻々と変化して茜《あかね》色のたそがれから、いつしか星の輝く夜に移るさまは、詩人ならぬ軍人たちの心をもロマンチックにする。

敵索敵機も去り、味方の索敵機も上空哨戒の戦闘機も収容し終わった機動部隊を、夜の闇がやさしく包み、しばしの平穏のときをむさぼるかのように、各空母では搭乗員たちのあげる歓声が夜おそくまでつづいた。

四月六日、東の空が明るむと同時に、機動部隊から索敵機が飛び出した。すると「飛龍」から出た一機が、母艦から七十カイリ離れた地点で敵の「カタリナ」飛行艇に遭遇した。敵は執拗に日本艦隊を追っていたのである。

ＰＢＹの記号でよばれ、速度は遅いが一晩中でも飛びつづけることのできる「カタリナ」は、索敵や発見した敵艦隊への長時間接触にうってつけの飛行機で、「飛龍」機はすぐにこれを追ったが、逃げられてしまった。

源田が述べているように索敵は終日にわたり広範囲に行なわれたが、敵空母との決戦の期待もむなしく、ついに一隻の敵艦も見ることなく終わった。それもそのはず、南雲、ソマービル両艦隊は夜の間に互いに反対の方向に針路を向け、両者の距離は大きく開いてしまっていたのである。

索敵の結果から空母同士の決戦を断念した南雲長官は、そのまま所在をくらまして、九日早朝ツリンコマリー軍港を全力で空襲することを決めた。

翌七日も敵を見ず、北東に針路を取った南雲部隊はいぜんとしてセイロン島から遠ざかりつつあった。そして八日正午の位置は、北緯九度四十九分、東経八十九度五十三分、すなわち攻撃目標であるセイロン島ツリンコマリーの東北東約五百カイリのベンガル湾上にあった。

明くる九日早朝の攻撃にそなえ、この辺りで全艦隊が反転してツリンコマリーに向けて接敵を開始した矢先、またしても敵飛行艇に見つかった。

『航空母艦蒼龍の記録』によると、「午後六時二十分、機動部隊の先頭を行く軽巡洋艦『阿武隈』は二百六十度、三万五千メートルに敵の接触飛行艇を発見した。すぐに対空射撃を開始したが、十五分後に見失い、撃墜するに至らなかった」。「飛龍」の戦闘詳報にもほぼ同時刻にPBY飛行艇を認めて戦闘機三機を発艦させたが、「敵を見ず之を逸せり」とある。

いずれにせよ、これでこちらの存在と企図が明らかとなり、敵艦隊の攻撃を予想しておかなければならなくなったので、攻撃計画はコロンボ空襲と同様、全力攻撃から約半数の飛行機隊を母艦に残すよう変更された。

四月九日、ベンガル湾での四日目の夜が明けた。いよいよツリンコマリー軍港の空襲だ。

ツリンコマリーは、セイロン島の南西岸にあるコロンボとちょうど正反対の位置になる北東岸の、ベンガル湾に面したイギリス海軍の要衝であり、すでに再三にわたり、こちらが敵哨戒機によって発見されている以上、先のコロンボ空襲のときと同様、強襲となることは必至だった。

現地での日の出は午前九時半ごろ。攻撃隊はそれより早い午前九時に発艦を開始した。すでに何度も経験している攻撃とあって発艦も手際よく、九七艦攻九十一機、護衛の零戦三十八機は空中で隊形を整えながら西進し、一時間と少したったころ、ツリンコマリー上空に達した。

「天候は快晴であった。港内には軽巡級二隻と駆逐艦若干隻、それに輸送船が十隻程度在泊していた。航空基地には相当数の艦上機が、格納庫から引き出され、エプロンに並べてあった。レーダーが装備されているとみえて、ツリンコマリー進入に先立ち、早くもハリケーン戦闘機が迎撃して来た。対空砲火も迅速に弾幕を張った」（淵田・奥宮共著『ミッドウェー』）

六日いらいたびたびの接触により、敵は日本艦隊の動きを完全につかんでいたが、じつはこの日も淵田中佐指揮の攻撃隊第一波が艦隊上空から姿を消して間もなく、またしても敵哨戒機が現われ、こちらの行動が暴露されてしまった。それに、イギリス軍はドイツ空軍との本土防衛戦で偉力を発揮したレーダーをすでに配し、刻々と日本攻撃隊の動きを捉えていたから、戦闘機を空中に上げ、さらに低空攻撃を警戒して約四十個の阻塞気球を高度千メートルに浮かべるなど、手ぐすね引いて待ち構えていた。

しかし、この日の戦果は甚大であった。制空隊はまたたく間に敵迎撃戦闘機を掃蕩《そうとう》し、八百キロ陸用爆弾を搭載した水平爆撃隊は、主として航空基地や海軍工廠の陸上施設に攻撃を集中し、その機能を粉砕してしまった。

攻撃はほとんど陸上施設に向けられ、在泊艦船の多くが無キズで残っていたので、淵田隊長はこれらの艦船に対する二次攻撃を「赤城」司令部に要請した。

6

攻撃を終えた第一波の攻撃隊が帰途について間もなく、午前十時五十五分、セイロン島南東海面の索敵に飛んでいた戦艦「榛名」の水偵からの興奮するような電信が、機動部隊と帰投中の空中攻撃隊指揮官機に飛び込んだ。

「敵航空母艦『ハーミス』型一、駆逐艦三見ゆ。位置、出発点よりの方位二五〇度、百五十五カイリ、針路一八〇度、速力十ノット」

開戦いらいすでに四ヵ月。これまでさまざまな戦闘場面に遭遇したが、まだ敵の空母に出会ったことは一度もなかった。

機動部隊は色めき立った。全艦隊はすぐに針路を敵艦の方向に変え、同時に旗艦「赤城」から、

「艦爆隊および所定艦戦出発準備をなせ。空母攻撃」の信号が発せられた。

午前十一時四十三分、第二波の艦船攻撃隊、九九艦爆八十五機、零戦九機が発艦を開始し

た。八十五機の艦爆に対して戦闘機九機はいかにも少ないが、これについて源田は、

「どう見ても不足である。何とか数をふやしたいと考えたが、ツリンコマリー攻撃に向かった制空隊が帰って来るには間があるし、機動部隊の上空にも若干残して置かなければならなかった」（源田『海軍航空隊始末記・戦闘編』）

といっており、その懸念は後刻、現実のものとなったのである。

攻撃隊第二波は「翔鶴」飛行隊長高橋赫一少佐指揮のもと、西南西に飛ぶこと約二時間の後、目指すイギリス空母「ハーミス」を発見した。

「ハーミス」は新鋭の「フォーミダブル」や「インドミダブル」とは違う、やや旧式の小型空母で、ソマービル提督指揮の本隊と離れてツリンコマリー軍港に在泊していた。この日、「カタリナ」飛行艇の報告で日本機の空襲を知り、南に待避していたが、空襲の収まったのを知って軍港に帰ろうと、ゆっくりした速度で北上中を「榛名」機に見つかったのだ。

搭載機はほとんど陸揚げされていたので、上空直衛機もない「ハーミス」は、二十四ノットに増速して逃げようとしていたところで、日本攻撃隊につかまってしまった。

「ハーミス」はすぐに基地に向け、ハリケーン戦闘機の出動を要請したが、空襲直後の基地からの救援はすぐには間に合わず、四日前の重巡二隻撃沈のときと同様、日本攻撃隊は敵戦闘機の妨害を受けることなく、爆撃に集中することができた。

午後一時三十五分、指揮官高橋少佐機を先頭に、「ハーミス」に対する必殺の急降下爆撃が開始され、「翔鶴」隊の爆撃が終わるころにはすでに決定的なダメージを受け、「赤城」

隊、「飛龍」隊が攻撃している途中で沈没してしまった。無理もない。「ハーミス」攻撃に参加したのは艦爆四十五機で、うち命中弾が三十七発だから、その命中率は八十二パーセントで、まさに海上における殺戮《さつりく》であった。

この様子を機上から見ていた「蒼龍」飛行隊長江草少佐は、一、二航戦（「赤城」「蒼龍」「飛龍」）艦爆隊の攻撃を中止させ、付近にいた駆逐艦および大型商船の攻撃を命じたが、これもたちまち撃沈してなおまだ投弾していない飛行機を残していた。

「第十四攻撃隊（飛龍艦爆十八機）一三五〇（午後一時五十分）より一四一〇（同二時十分）の間において急降下爆撃を敢行し、五航戦艦爆に引き続き敵航空母艦『ハーミス』に九弾直撃、ただちに之を撃沈す。この後、目標を駆逐艦、大型商船（七千トン級）の順に変換す。駆逐艦に対しては赤城隊と協同攻撃、一弾直撃三弾至近弾を得、之を撃沈す。大型商船に対しては赤城隊と共同攻撃により三弾直撃、之を撃沈す」

「飛龍」戦闘詳報はそう伝えているが、「蒼龍」飛行隊長江草少佐は、獲物を失った「蒼龍」隊および「赤城」「飛龍」の一部未投弾機をひきいて北に向かった。

じつは、空母「ハーミス」発見から二十五分後に、「榛名」水偵がふたたび巡洋艦一隻、駆逐艦二隻発見を、さらに約一時間後に第二の空母発見を報じていたので、江草隊長はこれを攻撃しようと思ったのだ。

約一時間にわたる捜索も空しく敵影を見なかったので、反転してふたたび「ハーミス」沈没海面に引き返したところ、商船一隻、哨戒艇一隻を発見して苦もなく撃沈、帰途についた。

ところが運の悪いことに、「ハーミス」が必死に呼んだツリンコマリー基地からの「ハリケーン」戦闘機に遭遇してしまい、艦爆対戦闘機の空中戦となった。

江草少佐のひきいる艦爆隊を襲った「ハリケーン」は九機。これに対して江草艦爆隊は「蒼龍」隊十八機に、「赤城」「飛龍」機それぞれ三機を加え二十四機いたが、敵は攻撃を最後になった「蒼龍」隊の一編隊九機に集中した。

艦爆とはいえ、九九艦爆には戦闘機と互格に渡り合える空戦性能をあたえられており、しかも前方の固定機銃に加えて後席には旋回機銃を備えた複座戦闘機のような性格も持っていたので、投弾して身軽になった艦爆隊は、いったん敵の攻撃をかわしたあと、「ハリケーン」に対して果敢な空戦を挑んだ。

「（投弾を終えて機を引き起こし）フト前方を見ると、高度二〜三百メートルで宙返りをしている機があるのに気がついた。私は一瞬、これは変だと感じ、『敵戦闘機』と後席に伝えて突っ込んで行った。海面上には真っ赤に燃えた波紋が二つ見られた。敵機か味方機のかは分からない。その時、右上方からわが機目がけて射撃して来た機があった。わが機の前方、上方を真っ赤な機銃弾が斜めにかすめるように飛んで行く。

私は素早く機首を突っ込んでこれをかわした。その上を水冷エンジンの、図体の重そうな胴体と翼に円い輪を描いたイギリス戦闘機が通り過ぎて行った」

「蒼龍」艦爆操縦員だった小瀬本国雄著『艦爆一代』の一節であるが、このあと小瀬本機の射撃でこの「ハリケーン」は撃墜され、艦爆隊は全部で五機を撃墜（ほかに不確実二機）した。その代償として「蒼龍」艦爆隊は四機を失ったが、源田は『海軍航空隊始末記・戦闘編』の中で、直掩戦闘機の数が足りなかったために、無用の犠牲を出したことを悔んでいる。

7

敵地上空での大空中戦、攻撃に先立って敵哨戒機に発見されたこと、空母搭載機による洋上での軍艦撃沈など、初物づくしのセイロン島攻撃だったが、これにもう一つ初の出来事が加わった。それは機動部隊が敵機による空襲を経験したことだった。

四月九日の正午を少しまわったころ、各艦は帰って来たツリンコマリー攻撃隊の収容を開始し、それが一段落したころ、「対空戦闘」が発令された。それはいつもの哨戒機ではなく、めずらしくも十数機の来襲だったが、雲の中に見え隠れしながら投弾することなく去った。

しかし、敵は完全に去ったのではなかった。

敵機発見から約一時間後、「飛龍」は上空直衛機を発艦させるため本隊の隊列からはなれ、旗艦「赤城」と約一千メートルの間隔をとって反航の態勢に入った。

突然、「ドドドッ」という腹にひびくような音が聞こえ、「赤城」とすぐ近くを航行していた重巡「利根」の周辺に数本の巨大な水柱が上がった。敵は執拗に接触をつづけ、攻撃の機会を狙っていたのだった。

「すわ攻撃！」

「飛龍」の艦上見張員が、母艦の左百四十度の方向、距離十五キロ、高度四千メートルの上空に敵爆撃機編隊を発見したのはその直後であった。

すぐに「対空戦闘」が発令され、「飛龍」の飛行甲板から零戦六機が発進した。同時に各艦からもいっせいに対空砲火が撃ち上げられた。

さいわい敵の弾着がはずれて被害はなかったものの、不意をつかれたために射撃の効果はなく、敵機は悠々退避するかに思われたが、この時すでに第三直として上空直衛中だった「飛龍」戦闘機分隊長能野澄夫大尉指揮の零戦三機が取りついていた。

戦闘機の攻撃がはじまったのを見た各艦が射撃を中止して見まもる中、敵編隊の最後尾の一機がまず火を吐いて墜落し、つづいてもう一機が黒煙を曳き出した。

来襲した敵機はイギリス空軍第十一中隊の中型爆撃機ブリストル「ブレンハイム」十四機のうちの九機で、間もなく艦上からは見えなくなったが、能野大尉以下の直衛戦闘機隊は、あとから発進してきた戦闘機の加勢を得て四機を撃墜した。

敵の避退も巧妙で、被害を少なくすべく九機を四機と五機に分け、攻撃側の勢力を分散させる作戦に出たため、能野大尉は四機の方を攻撃して全機撃墜に成功したのだが、四機目の「ブレンハイム」爆撃機に取りついたとき、その後上方二連装機銃の弾丸が能野機に命中した。

火も煙も吐かないまま次第に高度を下げる隊長機を、列機の野口一飛曹が追ったが、操縦者自身が直接被弾したものか、回避操作もないまま海に突入して、何も浮かび上がらなかったことが確認された。

分離して「飛龍」直衛戦闘機隊の追撃をまぬがれた五機の方は、ぶじ逃げのびることができるかと思われたが、そのうちの二機が運悪く、「ハーミス」を攻撃して帰投中の艦爆隊に付き添っていた「飛龍」零戦隊三機に遭遇してしまった。

零戦の攻撃でたちまち一機が撃墜され、もう一機も最後の確認にはいたらなかったものの、白く燃料の尾を引き、かなりのダメージを与えたものと見られたが、二番機牧野田俊夫一飛曹機が被弾して未帰還となった。

戦死した能野大尉は海軍兵学校六十一期出身で、三年前の昭和十四年暮れに結婚した妻がいた。単身赴任の多い艦隊勤務とあって、結婚した十二月二十三日から二十三日だけを取って、毎月のこの日を結婚記念日と決め、一人でそれを祝う心やさしき夫であった。

「私の戦闘配置である飛行甲板左舷の守所で、分隊長未帰還の第一報を聞かされたとき、あの冷静沈着な、そして経験豊富な分隊長がまさか未帰還になるなど、まったく信じられませんでした。

そんなことは絶対にない。いまに轟々たる爆音を響かせて分隊長は必ず帰って来られる。そう思いながら、茫洋たるインド洋の雲の彼方をひたすら見つめて、幾時間がたったでしょうか。

洋上に夕暗が迫り、暮色が色濃く雲を染める時刻になっても、求める機影はついに現われず、ただ呆然自失、ふらふらとラッタルを降り、艦内の暗く狭い通路をどう歩いたのか、一瞬、我にかえったとき、永久に還らざる人となられた分隊長の部屋のドアを開けていました。その点灯することもない薄暗い部屋の机の上にふと白い物を見たのです。よく見ると、それは分隊長が一時も忘れることのなかったであろう、最愛の若奥様のお写真でした。キャビネ版くらいの。

その何も御存知ない無言の写真に向かって合掌し、分隊長の御最後を心で御報告申し上げたとき、不意に眼頭が熱くなり、頬を伝って流れるものを感じました。

そして我にかえり、今は亡き分隊長の部屋と、微笑みかけておられるような若奥様のお写真に最後の敬礼をして去りました」

整備科今吉浅右衛門二等整備兵（東京都世田谷区、故人）の、忘れられないその日の思い出だ。

能野大尉の戦死当時、机上の写真の主である妻富美子は六ヵ月の子を身ごもっていたが、その誕生を心待ちにしていた能野は、「男なら正毅《まさき》、女なら美保子《みほこ》」と名付けるように妻にいい残していた。

戦死の四ヵ月後に生まれたのは男の子だったので、能野のいいつけにしたがって正毅と名付けられた。

「現在二人の孫がおりますが、下の女の子に残りの名、美保子をつけました」

こうして夫との約束を果たした能野未亡人（千葉県印西町）は今、心おだやかな日々を送っている。

8

「ブレンハイム」との戦闘で戦死したもう一人の戦闘機パイロット牧野田俊夫一飛曹は、宮崎県出身で、甲種飛行予科練習生、いわゆる甲飛の一期生だった。

両親の反対を押し切って飛行機乗りになった牧野田は写真が得意で、「ハーミス」攻撃の際もカメラを携行し、機上からその沈没の様子を撮影することに成功したと小隊長に報告している。

わが機動部隊を空襲して帰投中の敵爆撃機編隊に遭遇したのはそのあとで、牧野田一飛曹は一機を撃墜してつぎの敵機を攻撃中、能野大尉と同様に敵の後上方銃座からの射撃で燃料タンクに被弾し、ガソリンが大量に吹き出した。零戦の、というよりすべての日本機に共通の弱点だった防弾の不備が原因だった。

三番機が寄り添うように飛びながら見まもるうち、突然引火して焔につつまれた牧野田機は、自爆を覚悟したかのように垂直な姿勢となって、インド洋に突入した。

この日、南雲部隊全体の未帰還は零戦五機、九九艦爆四機、九七艦攻一機で、このうち前記の能野大尉、牧野田一飛曹の零戦二機のほか、艦攻一機が「飛龍」のだった。

この艦攻は操縦渡部重則二飛曹、偵察後藤時也二飛曹、電信島原力一等飛行兵搭乗の九七艦攻三二〇号機で、その最後もまた僚機によって確認されている。

艦攻隊がツリンコマリーの陸上施設爆撃を終えたのを確認した戦闘機隊が、護衛の位置をはなれて地上銃撃に向かった隙を狙ったかのように、上空からホーカー「ハリケーン」一機が艦攻隊を襲った。

敵の攻撃は執拗をきわめ、二撃目で二小隊一番機の機銃員がやられ、三撃目には三小隊一番機の機銃も止まって、両機とも反撃の力を失ってしまった。

この攻撃で一番ひどくやられたのは三小隊二番機の渡部機で、偵察員と電信員が機上戦死、燃料タンクからはガソリンが噴出、そして方向舵の羽布が破れてバタバタとはためいていたが、ただ一人無事だった操縦員渡部二飛曹の懸命の操縦で、何とか僚機とともに洋上に脱出した。

だが、やがてガソリンに引火した渡部機は火焔につつまれ、もはや母艦まで飛びつづけることは不可能と見られた。

急に、渡部機が編隊に近寄って来た。その風防の中に、偵察員と電信員の姿はすでになく、前席の操縦員渡部二飛曹が炎の中から手を振っているのが見えた。それは僚機への決別のあいさつだった。

沈痛な思いで僚機の全員が見まもる中、長い火焔の尾をひいた渡部機は、高度を下げながら次第に遠ざかって行き、やがて広大なインド洋に点となって消えた。

「飛龍」ではこのほかに、母艦までたどりつきながら力つきて、海上に不時着した艦攻が一機あった。高橋利男一飛曹操縦の三中隊誘導機で、バンクで緊急着艦を要求しながら母艦に接近して来たのを見て、すでに着艦の誘導コースに入っていた機がいっせいにコースを譲ったが、脚が出ないのか着艦できずに二、三回、母艦上空を旋回したあと、駆逐艦のそばに着水した。

搭乗員はすぐに救助されたが、操縦員高橋一飛曹が軽傷、偵察員城武夫飛曹長が重傷、そして電信員稲毛幸平一飛曹は胸部貫通で間もなく死亡した。

また、二小隊二番機は尾部、胴体、主翼、発動機架、燃料タンク、風防など十数ヵ所に被弾しながら無事着艦したが、電信員實田睦男一等飛行兵が頭部を射たれて戦死していた。

結局、たった一機の「ハリケーン」戦闘機の攻撃で、「飛龍」艦攻隊は二機喪失、五名戦死の手痛い損害をこうむったが、この勇敢な「ハリケーン」もまた深く傷ついた模様で、もしそのまま未帰還になったとすれば、その武勲は認められることもなく、単に行方不明戦死として処理されたものと想像される。いずれにせよ、それが敵味方を問わず、空で戦う者たちの多くが負う運命であった。

この戦闘で七名の搭乗員を失った「飛龍」は、艦上でも思わぬ事故で一人が死亡するなど、ついていなかった。

それは機動部隊を空襲に来た「ブレンハイム」爆撃機を追撃するため、飛行甲板上に待機していた戦闘機隊が発進した直後に起きた。空いた飛行甲板には、格納庫内にあった残りの戦闘機がすぐに上げられたが、最後の一機を上げ終わったとき第一格納庫から火災が発生し、大騒ぎとなった。

密閉された空間で、しかもガソリンがあり、これに引火したら大惨事になるところだったが、豊田嘉雄という一等整備兵の捨て身の初期消火活動が功を奏し、大事に至らずに鎮火することができた。

大火傷を負った豊田一整はすぐに艦内の病室に収容されて手厚い治療を受けたが、一時、危機を脱したかに見えたものの、二日後の昼過ぎに死んだ。

すべての作戦行動を終えて戦闘海面を離れた機動部隊では、夕闇せまるインド洋上の飛行甲板に手空きの全員が整列し、一分間の黙禱《もくとう》を捧げ、遺体のない戦死者たちの冥福を祈った。

「飛龍」では翌十日夕方、稲毛幸平一等飛行兵曹と機上戦死のまま帰還した實田睦男一等飛行兵の水葬が行なわれた。

前夜、同期生の手で第二種軍装を着せられて柩に納められた遺体は軍艦旗でおおわれ、同期生、戦友が寄っての通夜がいとなまれた。

そして水葬の日、僚艦は「飛龍」の航路上を避け、艦長以下総員礼式、葬主となった角野博治艦攻分隊長の号令で弔音、弔銃が行なわれ、全員が見まもる中を柩はインド洋に沈んで行った。

明くる十一日の同時刻には、消火活動の際の火傷で死亡した豊田一等整備兵の水葬が同じように行なわれたが、軍艦旗につつまれた柩が舷側から海に落とされる瞬間は何とも切なく、壮大なインド洋の夕暮れがかなでるレクイエムに、四ヵ月ぶりに内地に帰れるという喜びもかき消されるのであった。

9

日本側で「インド洋機動戦」とよんでいるセイロン島コロンボおよびツリンコマリー空襲、それにともなって起きたイギリス重巡「コンウォール」「ドーセットシャー」、空母「ハーミス」ほかの艦艇撃沈など一連の戦闘は、ハワイ空襲につぐ南雲機動部隊のパーフェクトゲームといってよかった。

戦闘機をはじめ艦攻、艦爆の搭乗員たちの技倆はいずれも最高の域に達し、艦隊の運用も円熟の極みにあり、まさに世界最強の打撃部隊を形成していた。

重巡二隻、小型空母一隻をふくむ多数の艦艇を失ったとはいえ、イギリス東洋艦隊には新鋭空母「フォーミダブル」「インドミダブル」、旗艦「ウォースパイト」以下五隻の戦艦群を中心とした強力な海上兵力が残っていたが、日本機動部隊の威力に恐れをなしてインド西岸のボンベイやアフリカに後退してしまった。

飛行機による大型艦艇の撃沈という、それまでドイツやイタリアの空軍相手の戦いでは一度も経験しなかったことが、開戦直後の「プリンス・オブ・ウェールズ」「レパルス」両戦艦の撃沈をふくめて三度も起きたことで、イギリス海軍は無用の損失を避けたのである。

このことについては、大戦後イギリスの首相チャーチルが書いた回顧録にも触れられているが、海軍国としてはイギリスの後輩にあたるアメリカは、むしろ積極的にチャンピオンである日本機動部隊に挑もうとしていた。

そのチャレンジについては後で触れるが、インド洋方面の敵艦隊の脅威を取り除き、陸軍のビルマ作戦への協力の役目も充分に果たしたと見た南雲無敵艦隊は、懐かしの内地を目指し一路帰国の途についた。

「インド洋作戦終了。インド洋は波静かで、まるで寒天をとかした様。夜は南十字星が輝いて、戦塵にまみれた我々を慰めてくれた」

医務科二等看護兵前川伊三はそう回顧する。

インド洋を東進し、第二警戒配備十八ノットでマラッカ海峡に入った機動部隊二十三隻の将士たちは、四月十二日、久し振りに島影を見た。海峡は進むにつれて両岸にマレー半島とスマトラ島が迫って幅が狭くなり、機動部隊は全艦が縦一列になる単縦陣の隊形となって進んだ。

極東と、インド洋を経て中東やヨーロッパとを結ぶ海上交通の要路として、マラッカ海峡は今でもタンカーをふくむ船舶の往来の激しいところだが、四月十三日午後、機動部隊はこれも単縦陣で反航する三十数隻の大輸送船団に遭遇した。

ビルマ作戦に向かうのであろうか。どの船にも陸軍の兵隊があふれんばかりに乗っており、しきりに万歳を叫んでいる。

驚いたことに、これだけの船団でありながら、護衛はわずか二、三隻の駆潜艇がついているだけだった。だから戦艦、空母をふくむ大艦隊を見た陸軍の兵隊たちは、どれほどたのもしい思いを抱いたことだろう。これから戦場に赴《おもむ》く者と故国に帰る者と、立場は違うものの互いの武運長久を祈りながら、艦隊と船団はすれ違った。

この日の夕方、艦隊は単縦陣のままシンガポール沖を通過した。シンガポールはすでに二月十五日に日本軍が占領を終え、「昭南」と名前を変えていたが、その昭南港沖を通過する際、艦上から陸上の様子がよく見えた。

東洋支配の最大の拠点としてイギリスがつくり上げたシンガポールは、東洋で最も美しい街の一つとして知られていたが、「飛龍」整備科第六分隊発着機制動係の柳幸男（旧姓徳永、北九州市八幡東区）三等整備兵曹が見た印象は、およそ異なるものであった。

「シンガポール攻防の最大の激戦地となったブキテマ高地が目前に現われた。木々の葉はすべて焼き払われ、まるで人骨のような裸の幹が立ち並ぶばかりで、かつて難攻不落を誇った要塞の面影はなかった。

港湾や市街には破壊の跡は見られなかったが、何かが欠けている感じで、まさに沈もうとする夕陽をあびたシンガポールの街には、敗戦のみじめさがにじんでいるように感じられた」

シンガポール沖を通過した艦隊は南シナ海に入ったが、十四日には零戦五機と九九艦爆四機を第五航空戦隊に移した。別の作戦に参加するため内地に帰らず、本隊から分離して台湾馬公に向かう五航戦「翔鶴」「瑞鶴」の戦力補強のためであったが、これまでともに戦って来た戦友を送る搭乗員や整備員たちの胸中を、一抹の哀愁がよぎった。

長い転戦を終えて内地帰還を目前にしながら、引きつづいて戦地勤務を余儀なくされることになった転属の搭乗員たちには、命令一下それに従って動かなければならない軍人の宿命とはいえ、やり切れない思いがあったに違いない。

前日から機動部隊に対してタンカーによる燃料補給が開始され、「蒼龍」「飛龍」はこの日夕刻から翌十五日午前にかけての作業となったが、それも終えてめずらしく雨になった翌十六日、機動部隊に対する連合艦隊司令長官からの感状が伝達された。

感状

機動部隊

昭和十六年十二月八日開戦劈頭《ヘキトウ》長駆敵布哇《ハワイ》軍港ヲ奇襲シ其ノ飛行機隊ヲ以テ敵米国太平洋艦隊主力及所在航空兵力ヲ猛撃シテ忽《タチマチ》其ノ大部ヲ撃滅シタルハ爾後ノ作戦ニ寄与スル所極メテ大ニシテ其ノ武勲顕著ナリト認ム

仍《ヨツ》テ茲《ココ》ニ感状ヲ授与ス

昭和十七年四月十五日

連合艦隊司令長官山本五十六

片仮名まじりの句読点のない独特の文体で綴られたこの感状は、後日A４判による「写《うつし》」が参加した全員に届けられた。

第十一章　半舷上陸

1

連合艦隊司令長官の感状伝達から一日置いた四月十八日は快晴だった。海もおだやかで、全員、気分を良くしながらバシー海峡を通って台湾沖にさしかかったとき、突如として緊急電が入った。

ちょうど被服点検が終わった午前十時ごろで、敵機動部隊が東京にいたる七百カイリ（約千三百キロ）の地点で発見され、二航戦はただちにこれを追撃せよという命令だった。

すでに五航戦は別の作戦に転用されるため別れて馬公に行ってしまい、機動部隊には一航戦の「赤城」と二航戦の「蒼龍」「飛龍」の三隻しか空母は残っていなかった。そこで機動部隊の旗艦である「赤城」を残し、二航戦に敵空母追跡の任務があたえられたのである。

二航戦が敵機動部隊追跡の命令を受けて本隊から分離するより二時間と少し前、東京を空襲すべくひそかに西太平洋上を西進していたアメリカ艦隊に異変が起きた。

この艦隊は空母「ホーネット」を旗艦に、同じく空母「エンタープライズ」、重巡洋艦四、駆逐艦七、タンカー二から成るハルゼー提督指揮のアメリカ海軍第十六機動部隊で、旗艦「ホーネット」の左舷を航行していた巡洋艦の主砲が突然火を吐き、つづいて「ホーネット」の艦内スピーカーが「戦闘配置につけ！」とわめいた。

日本の機動部隊がハワイ空襲以後もっぱら南方作戦に転用されているのを見すかしたアメリカ海軍は、昭和十七年二月一日のマーシャル群島攻撃を皮切りに、しばしば西南太平洋方面の日本軍基地を襲ったが、今度は大胆にも日本の首都東京を空襲しようというのだった。

その機動部隊が東経百五十五度線上、東京から一千三百キロの地点に達したとき、上空哨戒機と護衛の巡洋艦がほとんど同時に日本の監視艇を発見、前述の騒ぎとなったのだが、その哨戒艇は「戦闘配置につけ」が発令されて間もなく撃沈された。

この監視艇は漁船を徴用した第二十三日東丸で、開戦後、日本海軍が本土太平洋岸からおよそ一千三百キロの東経百五十五度線上、北千島と南鳥島を結ぶ約二千キロの間に設けたピケットライン上に配された一隻だった。

第二十三日東丸がアメリカ巡洋艦によって撃沈されたのは午前七時ちょっと過ぎで、それ以前にこの監視艇が無線によって「敵発見」を報じていることは明らかだったから、アメリカ機動部隊は計画の変更を余儀なくされた。

開戦いらい、敗戦続きでともすればしぼみがちな国民の士気を昂揚すべく、アメリカ統合参謀本部は、直接東京を空襲するという作戦を考えた。それも艦上機ではあまりにも日本本土に接近しすぎるので、航続距離の長い双発の陸軍爆撃機ノースアメリカンB25「ミッチェル」を日本本土から八百キロの地点で発進させ、日本軍の反撃を受ける前に機動部隊は反転し、爆撃機は中国大陸に着陸するという大胆な計画だった。

しかし、日本の監視艇に発見された以上、八百キロまで近づくことは危険と判断したハルゼー提督は計画を変更し、予定より三百キロも遠い地点から爆撃機を発進させることを決意した。

午前七時二十五分、指揮官ドーリットル中佐機が、まず発艦を開始した。晴れてはいたが海は荒れ、最大戦速で突っぱしる「ホーネット」の飛行甲板は大きく揺れて、発艦は困難をきわめたが、この作戦のために選び抜かれた陸軍パイロットたちは一機も失敗することなく飛び上がった。

「私はこの発艦の模様をすぐ間近な所から見ていたが、最後の飛行機が無事離艦したときにはほっとする思いであった」

機動部隊掩護の位置にあった重巡「ノーザンプトン」にいた、のちのアメリカ太平洋艦隊司令長官スプルーアンス提督の述懐だが、母艦を離れた十六機のB25爆撃機は、旋回して一度空母上空を通過したあと、各個に進路を東京に向けて飛び去った。

「米軍飛行機三機（これは空母の直衛機）、さらに米空母二隻見ゆ、北緯三十六度、東経百五十二度十分」を打電後、間もなく消息を絶った第二十三日東丸の報告を受けた東京の軍令部は、艦上機の航続距離から考えて、敵機による空襲は翌十九日と予想した。アシの長い陸軍双発爆撃機が航空母艦から飛び立つなど、とうてい考え及ばないことであった。

アメリカ機動部隊の本土空襲は、日本にとって必ずしも奇襲ではなかった。決行の四月十八日より少し前、通信諜報によってそれを予知していた大本営は、あらかじめ第十一航空艦隊（十一航艦）の陸上攻撃機八十、艦上戦闘機（零戦）九十を関東地区に展開して待機させていた。そして十八日朝、機動部隊発見の報に接したものの距離がかなり遠かったので、艦上機を発進させるにはもっと近づくだろうとの判断から、攻撃隊は十二時半まで待機した。

一方、完全に日本側の虚をついて日本本土に侵入した敵空襲部隊は、少数機ずつに分散して東京、川崎、横須賀、名古屋などに爆弾を落としたあと、低空を飛んで海上に離脱した。日本側の反撃が開始されたのはこれらの敵影を見てからで、すぐに十一航艦麾《き》下《か》の陸攻二十九機と掩護の零戦十八機が房総半島の木更津飛行場を飛び立ち、洋上はるか六百カイリ（約千百キロ）まで進出して敵機動部隊を捜索したが、発見できなかった。敵艦隊は、日本の監視艇に発見されたあと、爆撃機を発進させてすぐ反転してしまったからだ。

攻撃隊は夜に入ってむなしく木更津飛行場に帰って来たが、空振りに終わったのは帰航の途中で敵機動部隊追撃を命じられた二航戦も同じだった。

命令を受けた台湾沖のバシー海峡から敵発見の位置までは、三千キロ以上も離れていた。

仮に二航戦が三十ノット（時速約五十八キロ）で一昼夜走ったとしても、一千四百キロそこそこしか近づけず、攻撃などやれるわけがなかった。それをあえて命じたのは大本営の気やすめといってよく、内地に向け帰航の途中でそれに振り向けられた二航戦こそいい迷惑だった。

この追跡命令はタイミング的に無理だっただけでなく、搭載燃料の点からも実行は不可能だった。なぜなら二航戦は三日前に燃料の洋上補給を受けたが、それは内地に帰れるだけの必要量で、とても敵機動部隊の所在地点まで、しかも燃料消費量のふえる高速を出して行くのではもたない。

燃料切れとなり、途中の洋上で漂流するおそれが多分にある追跡だった。

2

東京、名古屋などを空襲した双発爆撃機を発進させたアメリカ機動部隊の追跡は、距離的にも燃料の点からもとうてい無理だったが、命令がある限りやめるわけにいかず、二航戦は三戦隊の「金剛」級戦艦四隻、八戦隊の重巡二隻とともに増速して北東進を開始した。

艦隊は走りに走ったが、大本営もこの追跡は無理だとようやく気づき、追撃中止命令が出て「蒼龍」は横須賀、「飛龍」は佐世保へと、それぞれ母港に艦首をめぐらせたのは、追撃開始から二日後の二十日夜十時になってからだった。

明けて四月二十一日、いよいよ母国に近づく。〈今度こそ間違いなく内地の土が踏める〉という思いに、どの顔も自然にほころびる。

午後零時十五分、総員集合がかかり、艦長の訓示があったが、これも気もそぞろでよく耳に入らない。午後一時になると、飛行機隊が大村航空隊を目指して一足先に飛び立って行った。そして大掃除。いわれなくても仕事が先へ先へと進み、艦内をすっかりきれいにして明日に迫った母港入港を迎えるばかりになった。

四月二十二日、晴れて母港に凱旋の日だ。五島列島が視野に入ってくる。久しぶりに見る故国の姿。近づくにつれて、南方のそれとは違ったみずみずしい青葉が目にしみる。山も島も「飛龍」の無事帰還を心から歓迎しているかのようだ。

ここで、終始行動をともにしてきた八戦隊の「利根」「筑摩」が、母港の舞鶴に向かうため分離した。つぎの出動までのしばしの別れであるが、帰国を目前にした「飛龍」乗組員たちの心は、すでに陸《おか》の上に飛んでいた。

狭い佐世保湾入口の高後崎を過ぎると、母港佐世保はもう目前だ。夕方の上陸許可まではまだかなり時間があるというのに、すっかり用意をすませてしまった半舷上陸員はもとより、そうでない者も全員がソワソワと落ち着かない。

午前十時、港内各艦船の歓迎の中を入港。前年十一月十三日にエトロフ島ヒトカップ湾に向けて出港いらい、じつに半年ぶりの母港帰還であった。

夕食後、さっそく半舷上陸許可。上陸員は思い思いに艦隊歓迎一色にわく佐世保の街にくり出し、兵も下士官もそれぞれの方法で〝英気を養った〟が、士官たちもまたこの夜、佐世保の料亭で開かれた「オール飛龍会」で痛飲し、戦塵を洗い落とした。

佐世保には、士官たちがよく使う料亭が二軒あった。山寄りにあったところから〝山〟とよばれた「万松楼」と、もう一軒は川沿いの〝川〟こと「いろは亭」で、この夜の「オール飛龍会」は〝山〟の「万松楼」だった。

久しぶりの故国、そして畳の上で飲む酒の味。酒は戦場の緊張からまったく解き放たれたからだに快《こころよ》くしみ渡り、宴はいやが上にも盛り上がったが、やがて一人、二人と欠けだした。家族持ちの准士官や特務士官、それにインチ（なじみの芸妓）のある人たちで、彼らはそっと気づかれないように、だがいそいそと待つ人のもとへ帰って行った。

「残るは行くあてのない無粋者ばかりとなり、飲み直しということになったが、艦長は泰然として座を立つことなく、最後までつき合ってくださった。そのとき私は若気の至りで、酒の勢いを借りて艦長の前に千鳥足で進み、盃に満たした酒をいきなり艦長の頭にあびせて言った。

『艦長！　これからは頭を切りかえて、たまには下の機関室にも降りてきて下さい！』

それは開戦以来、飛行機隊の武勲だけ称賛されることが多く、縁の下の力持ちである整備科や機関科をはじめ、その他各科の労苦に対する思いやりのお言葉が少ない、という一種のひがみでもあった。私のこの無礼に対し、艦長は悠揚《ゆうよう》迫らず、

『長付、よくわかった。その元気でこれからも一層頑張ってくれよ』

と、にっこり笑いながら盃を賜わった。私はそれで平素の胸のもやもやもすっかり晴れて、盃の取り交わしも数回に及び、その終始変わらない温容に心服した」

機関長付萬代久男少尉の、「飛龍」艦長加来止男大佐への痛切な思い出であるが、艦長のいいつけどおり、それからの萬代は以前にも増して勤務に精を出すようになったのはいうまでもない。

3

「飛龍」の在港はその後一ヵ月近くに及んだが、この間に上陸第一日の「オール飛龍会」ではどこにも行くあてのない無粋者の一人だった萬代や、彼のコレスで庶務主任の川上嘉憲《よしのり》主計少尉にも〝山〟にインチが出来た。

しかし二人は、戦争が終わるまでは童貞を守ろうと、誓い合った。つまり〝女断《だ》ち〟の願かけであるが、彼らはその誓いを果たすため、泊まるときは海軍の隠語で雑魚寝《ざこね》を意味するフィッシングと決めていた。

長期作戦行動だったので大きなオーバーホールを行なう必要があり、「飛龍」は四月二十五日に佐世保のドックに入った。同時に乗組員たちも久し振りに四十八時間の墓参休暇があたえられ、交代でそれぞれの故郷に帰ったが、帰郷で一番早かったのは、母艦の入港より一日早く洋上から飛び立って大村基地に着陸した飛行機隊だった。

「四月二十一日、飛行機は大村航空隊に空輸、あとは休養で嬉しかった。今度は故郷に帰って親孝行ができる。ケンダリーでもらった鹿の角など、いろいろな土産物を持って汽車の人となった。高知駅の西隣り、旭駅に下車、変わった土産物を見た駅員たちが目を白黒させていた。

当時、数少なくなっていたタクシーで、かつて小学校や中学校に通ったなつかしい道を、山の中のわが家へと急いだ。家に着いたのは夕方で、ちょうど野良仕事から帰った両親は、狐につままれたかのような目つきで出迎えてくれた。わずかな休暇の間にあわただしく親戚、近所を駆けまわり、大村空に帰って訓練を再開した」

「飛龍」艦攻隊電信員小山富雄一飛曹（前出）の駆け足休暇であるが、萬代少尉の休暇もあっけないものだった。

入渠中にオーバーホールをする「飛龍」は、ボイラーやタービンなど、とくに機関科関係の作業が多く、ちょうど機関長も交替したばかりとあって、萬代は休暇を取らないと決めていたが、新任の機関長の相宗邦造中佐に説得されて帰省した。故郷は鹿児島との県境に近い宮崎県都城とあって鹿児島本線で鹿児島まで行き、日豊線まわりでやっと着いたが、一晩だけ泊まって佐世保の母艦にもどった。

萬代はこのあとのミッドウェー海戦で「飛龍」が沈んで漂流、捕虜となり（実家には戦死と通報）、四年近くも相宗機関長と辛苦をともにすることとなるが、大作戦を前に強く帰省をすすめた相宗機関長の配慮が、いまに忘れられないという。

萬代少尉と同じ機関科の、左舷後機室の配置だった永井未人兵曹（熊本市内田町）の休暇もまたあわただしかった。

二日間の休暇といっても、時間の都合もあってまるまる使えないので、永井はいったんは帰郷をあきらめたが、無性に帰りたくなったのでとりあえず帰ることにした。いつ戦死するかわからない、という気持が強くはたらいたからだ。

当時、佐世保から熊本までは六〜七時間の所要時間だったが、列車の待ち時間その他を考えると家にいられるのは一、二時間しかないので、土間に腰掛けたままの母との対面になった。

別れ際に母が、

「戦争の始まったけん、捕虜にだけはならんように」

というので、なぜそんなことをいうのか尋ねると、

「日露戦争（日本とロシアの戦争）の時、熊本にロシアの捕虜がきたのを見た。その捕虜はみんなやつれ果て、兵隊に虐待されながら連れられていた」という。

「『飛龍』はお城のような船だけん、ちょっとしたことじゃ沈まんけん、心配いらん。もし沈んだら船もろともだけん捕虜にゃならん」

永井はそういって母を安心させたが、当時の心情からすれば、よもや捕虜になることなどまったく考えられなかったし、それがどんなものか想像もつかないことだった。だが、この

ときから一ヵ月と少しあとに、永井は二週間の漂流ののちにアメリカ軍の捕虜となり、同じカッターに乗っていた相宗機関長、梶島栄雄分隊長（前出）、萬代機関長付ら三十三人とともに長い抑留生活を送ることになった。

母の言葉との、不思議な符合であった。

4

次期作戦に備えて「飛龍」が入渠中、飛行機搭乗員を中心にかなり大幅な人員の移動があった。これは「飛龍」だけでなく、機動部隊全般にわたって行なわれたもので、機動部隊側からは次の作戦を前にしての人員移動は望ましくないと反対の意見が出されたが、かえりみられなかった。

「飛龍」では前述のように機関長が替ったが、飛行機隊の方も飛行長が「加賀」に移った天谷孝久中佐から川口益中佐に、飛行隊長も「蒼龍」に移った楠美正少佐から宇佐航空隊で教官をしていた友永丈市大尉に替り、整備長も交替した。

「友永大尉は、私が飛行学生の後期を宇佐航空隊で修業したときの教官であり、支那事変では数かずの武勲をたてた歴戦の勇士であった。

教官対学生という立場からか、『友さん』の愛称で呼ばれて親しみのもてる教官という感じのほかに、ちょっとこわいような感じもあった。それは余計なことはしゃべらないことと、後輩の指導にあたって後継者を育成するという熱意がそうさせるきびしさがあったせいだろう。ぼくとつ剛毅で飾り気がなく、親分肌の人柄で、またスポーツマンでもあった」

「飛龍」艦攻隊で飛行士だった橋本敏男中尉（のち少佐、故人、終戦間近に三四三空偵察第四飛行隊長として活躍）の語る友永隊長像であるが、ミッドウェー海戦における友永大尉の壮絶な最後については後述する。

送る者、送られる者。そして迎える者、迎えられる者。転勤の季節はいつの世にも哀歓がともなう。とくに明日の命がわからない戦時のそれとあってみれば、なおさらだ。

第四期海軍飛行機整備科予備学生の課程を終え、予備機関少尉に任官した榎本哲（東京都日野市）が「飛龍」に着任したのは、四月二十六日だった。

萬代少尉の世話でひとまずガンルーム（第一士官次室）に落ちつき、その夜はビールで榎本の歓迎会が開かれたが、三日後の四月二十九日には早くも送る身となった。

送られるのは機関科の萬代のクラスメート牧田国武少尉で、真珠湾攻撃いらいずっと助け合いながら行動をともにしてきた二人にとっては、つらい別れであった。

この夜、海軍レスの〝山〟にケップガン（室長）の増出久中尉以下ガンルームの面々が集まって牧田少尉の送別会が開かれた。榎本が持っているメモによると、一人当たりの会費十一円六十八銭、今の金で数万円というところか。

宴《うたげ》のあとはいよいよ別れだ。

萬代は牧田を送って寝静まった街に出た。これでふたたび会うこともあるまいと思いながら、若い二人は肩を組み、懐かしい母校「海軍機関学校」の校歌を合唱しながら歩いた。海軍橋まで来た。快い初夏の風がそっと二人の頰をなでて酔いを醒まし、別れのときが来たことを知らせた。

「語りつきぬまま、再会を約して固い握手を交わしたのを最後に、彼は駅へ、私は艦にもどる桟橋へと袂《たもと》をわかった。折りしも満月が中天にかかって烏帽子岳をくっきりと映しており、その下を靴音高く歩いて行く彼を、しばしば振り返って見送ったのだった。

前年八月、南部仏印（フランス領インドシナ＝今のベトナム）進駐作戦の帰路、南十字星を仰ぎながら『飛龍』の飛行甲板で、彼に教えてもらった島崎藤村の『椰子の実』は、いまでも私のもっとも好きな歌であり、ともに歌ったころの純粋そのものの牧田の面影は、終生私の心から消え去ることはないだろう」

牧田はこの別れから三年後の昭和二十年四月、水上特攻隊の旗艦として出撃した戦艦「大和」とともに九州南方の海に沈み、萬代と再会することはなかった。

牧田少尉の送別会のあと五月三日、榎本少尉は新三等整備兵二十四名を引率して富高基地に向かった。大村基地にいた飛行機隊がこちらに移ってきていたからだが、小倉まわりで到着した翌四日後、またしても宴会があった。

海軍は何かにつけてよく宴会をやるが、この日は宮崎の「レス」（レストラン＝料亭の隠語）で、出席者は准士官を除くと全員が大尉以上だった。

ただ一人の少尉である榎本が末席で小さくなって飲んでいると、上座にいた飛行科の大尉から声がかかった。

「榎本少尉、そんなところに居らんで俺のところに来て飲め」

それが新任の「飛龍」飛行隊長友永大尉だった。

「恐縮しながら御相手をする。なかなか豪傑肌の良い方であり、隊長に親しみを感ず」

榎本は五月四日のメモにそう書いている。

5

五月五日、河原田保信（故人、熊本県鹿本町）、萩本博（北海道七飯町）、関良忠（東京都町田市）ら師範学校出身の一等水兵四十数名が「飛龍」に転任して来た。同じ学徒出身の榎本少尉が友永隊長から声をかけられた宮崎の「レス」での宴会から、二、三日後のことだった。

師範学校出身者には、次代をになう児童を教育する重要な職業ということで、以前は五ヵ月間だけ兵役について元の職場にもどれる制度があったが、河原田たちのころになると一般と同じように徴兵にとられるようになっていた。しかし、彼らは同じ兵員でも、「師範徴兵」として特別に扱われていたようだ。

河原田一等水兵が萩本、関らと戦艦「霧島」から「飛龍」に転勤して、十日ほどたった日のことだった。雨天のため格納庫内で行なわれた朝の課業整列が終わったあと、加来艦長は師範学校出身者を集めて訓示した。

「諸君は海軍に入るまでは教育というきわめて重要な、尊い仕事についていた。それが陛下のお召を受けて海軍に入り、海兵団を終えると艦隊に乗り組んで、真珠湾攻撃をはじめ数多くの戦闘に参加し、多くの武勲をたててきたが、本艦でも今まで同様に教育者たる自覚を忘れず、りっぱな軍人として大いに勇戦奮闘してもらいたい。

君たちのからだは大切なものだ。一生を通じて教育という聖業に当たらなければならないのだから、とくに病気をしないよう、また戦《いくさ》に死すとも病に死すようなことがあってはならない。

君たちの教育した者がたとえ数百人だったとしても、それが次々に人の長となり、指導的地位に立ったときには、非常に多数の者に影響を及ぼすことを考えると、諸子の任務と責任のいかに大きいかを知るのである。艦長は、諸子に対してできるだけのことはしてやりたいと考えている」

加来艦長は「飛龍」の前の海軍航空技術廠総務部長時代、航空技術廠の工員養成所所長を兼務していただけに、教育の重要性をよく認識していたが、この艦長の温情あふれる訓示に接し、師範学校出身者たちが普通の兵に負けないよう頑張ろうと互いに激まし合ったのはもちろんだった。

このときだけでなく、艦長としての加来は一般の兵員に対してもつねに心をくばっていた。

整備課の梅井秀義兵曹（神奈川県川崎市）が、あるとき艦内で加来艦長が向こうからやって来るのに出合い、脇に寄って敬礼した。大佐の艦長と一兵曹とでは天地ほどの隔《へだた》りがあり、緊張して立つ梅井に艦長が声をかけた。

「郷里はどこかね？」

「ハイ、愛媛《えひめ》県であります」

そう答える梅井に加来は、

「そうか、愛媛か。艦長は熊本だよ。もっとも熊本といっても、町ではなく島生まれだ」

といい、それから笑顔で答礼して去って行った。

とりとめのないやりとりではあったが、梅井のからだの中にほんわかしたものがひろがり、それまで偶像的存在だった艦長の姿が急に身近になったような気がした。

こんなこともあった。臨時暗号員だった河原田一等水兵の配置は艦橋内の通信科の指揮所で、司令官や艦長にとどける暗号解読の電文はほとんど自分の手で書いていたので、とくに艦長とは他の兵たちより縁が深かった。

ある航海中のこと、司令官や艦長、参謀など高級幹部が使う艦橋便所に河原田は入った。階級制度のうるさい海軍では便所も区別されており、河原田はずっと離れた一般兵員用の便所を使わなければならなかったのだが、面倒だし誰もいそうになかったので、つい借用に及んだのであった。

こっそり用を足していると、まずいことに艦長が入って来た。青くなった河原田が身を固くして敬礼すると、艦長は別に気にとめる様子もなく、

「どうだ、仕事になれたか」

とさり気なくたずねた。一層恐縮して敬礼もそこそこに河原田は艦橋便所を出たが、そんなことも加来艦長に対する河原田の敬慕の念を深めるもとになった。

6

佐世保海兵団で新兵教育を終了した肥山専一・三等機関兵が「飛龍」乗り組みに決まったのは、まだインド洋作戦の最中だった。他の同期生たちがそれぞれの配属先に散って行くのを見送りながら海兵団に残留待機となり、戦地から佐世保に帰還した「飛龍」に乗り組むことができたのは、海兵団を終えて三週間もたってからであった。

待ちに待ったその日、同じ「飛龍」乗り組みとなる同年兵とともに、軍艦マーチの吹奏で足どりも軽く肥山が第一波止場に行くと、すでに「飛龍」から迎えの内火艇が来ていた。停泊する艦艇群の間を縫って進む内火艇から「飛龍」が見えたとき、肥山は胸が高鳴った。転戦のあともなまなましく、だが静かに横たわるその勇姿は見る見る近くなり、やがて舷門の下についた。見上げればその大きさに圧倒されるのみで、艦内に上がればこれまた見るものすべてがりっぱで、かねてからあこがれていた艦隊勤務に心がはずんだ。

だが兵員室に導かれた肥山は、その一角におごそかに据えられている「海軍精神注入棒」（俗称バッター）を見て、同年兵と顔を見合わせた。南洋産の堅い木でつくられたものらしく、あとでその抜群の効能についての説明を受け、うらめしく思った。

入団前から艦隊の軍紀のきびしさについては覚悟していたものの、現実はそれをはるかに越えた苛烈さだった。

新兵たちが見る古参兵たちの動作は機敏で節度があり、まさしく鍛練されたそれであった。彼らはこの動きをきびしい修練と制裁に耐えながら体得したのであり、肥山もまた「俺も男だ、先輩のように……」とその鍛練に身を投じて行った。

「海の男の艦隊勤務」と歌われた艦隊の日課の中でも、朝の甲板掃除は威勢のいい花形行事の一つで、新兵たちの重要な仕事になっていた。

肌着一枚に作業衣（煙管服といった）を膝までまくり上げ、前へ前へと足を一杯に伸ばしながら、大きく両手を押し進め、床を磨いて行く。棒を片手に肩をいからせた先任の一等兵の気合いの入った号令で作業が進められるが、スピードが少しでも落ちると「元気がない」と叱声が飛ぶ。「立て」の号令で作業が終わったときには疲労の極に達し、足腰の感覚がほとんどなくなってしまう。

「若かったからあんな過激な作業に堪えてゆかれたと思う」

肥山はそう述懐する。

洗濯も新兵に欠かせない仕事だった。自分のだけでなく、上司のものもやらなければならないので、すべての洗濯を終えて眠るのはたいてい夜中の二時ごろになった。朝は四時半には起きて寝る前に干した洗濯物を取り片づけ、上司が起きたあとすぐ身支度をできるよう一切の準備をしなければならないから、睡眠時間は三時間にも満たない。当然、睡眠不足がすべての業務に影響し、それがまた制裁を受ける原因となる。

だから上陸外出の最大の楽しみは、ただ寝ることであり、眠るために宿をとったが、

「自動洗濯機さえあったら、あんな馬鹿げた労力と時間の浪費をしなくて済んだのに」

と、これも肥山の述懐である。徴兵で海軍に入った肥山たちのような新兵にとって、艦内生活はただただ多忙な日課に追いまわされる辛い日々だったようだ。

第三部
白昼の悪夢

第十二章　帰らざる出航

1

季節は、晩春から初夏へと、急激に移りつつあった。陽の光も強くなり、若葉も緑の濃さを増した。このままずっとここに居すわることができればいうことはないのだが、のどかな自然のうつろいとは別に、戦争を指導する軍の上層部では重要な作戦の決定が行なわれつつあった。

フィリピン、マレー半島、オランダ領インドシナ、ビルマなどの占領を目的とした第一段作戦の見通しがつきはじめた昭和十七年のはじめころから、日本海軍では大本営海軍部を中心に、三つの第二段作戦案が検討されていた。

その一つは、東に進んでアメリカ艦隊との決戦を求めるとともに、哨戒線を進めることによって敵機動部隊の動きを封じること。

二つ目はインド洋方面に進んでイギリス艦隊を撃滅し、中近東を東進してくるであろうドイツ軍と手を握る。残る一つは連合軍反攻の最大の拠点となるであろうオーストラリアと、アメリカの輸送路を遮断すること。

これらをさらに具体的にいえば、一はハワイの占領、二はビルマ、インドへの進攻とセイロン島の占領、三はソロモン群島からニューカレドニア、フィジー、サモア島などの占領を意味していたが、まずいことにこれらの案が大本営海軍部（＝軍令部）と連合艦隊、さらには陸軍（参謀本部）もふくめた対立の中にあって、決定が紛糾していた。

この中で、山本連合艦隊司令長官はアメリカ艦隊と決戦をまじえ、これを撃滅して敵国民の戦意をくじくことにより、早期終戦に持ち込むための東進を一貫して主張していた。その手段としてハワイ占領も考えられていたが、この構想もアメリカとオーストラリアの分断作戦を主張する軍令部の反対で、実現は何ともいえない状態だった。

しかもこの間に、攻略ではなく単なる空襲によって、一時的に基地機能をマヒさせるという中途半端なセイロン島作戦に、貴重な機動部隊の戦力を使うという無駄をやった。

セイロン島攻略は連合艦隊が主張した作戦の一つであったが、これをマイナーな作戦に切り替えられて、面目をつぶされたかたちの連合艦隊司令部は、改めて東進作戦の実施を持ち出した。

まだ南雲部隊がセイロン島空襲に向けて、ひそかにインド洋を西に進みつつあった四月三日、山本長官の使いとして軍令部を訪れた連合艦隊のミッドウェー作戦主務参謀渡辺安次中佐から提示された次期作戦構想は、つぎのようなものであった。

「五月上旬　ポートモレスビー攻略作戦
六月上旬　ミッドウェー攻略作戦
七月中旬　ＦＳ（フィジー、サモア）作戦
十月を目途にハワイ攻略作戦の準備を進める」

このうち、ポートモレスビー攻略は第一段作戦で実施がおくれていたもの。ＦＳ作戦はかねてからこの実施を主張していた軍令部に、ミッドウェー作戦を認めさせるため妥協したものだが、山本長官の意向で、攻略ではなく攻撃破壊にとどめるとされた。軍令部と陸軍参謀本部の反対で、連合艦隊のセイロン島攻略案が空襲に変えられたのと、ちょうど反対のケースだった。

ミッドウェー攻略作戦について、軍令部は多くの理由をあげて反対したが、山本長官の意志が固いことから、アリューシャン列島の一部攻略を同時に行なうことを条件にその実施を認めた。

これがＭＩ《エムアイ》（ミッドウェー島の略号）およびＡＬ《エイエル》（アリューシャンの略号）作戦で、ほかの作戦とともに「大東亜戦争第二段帝国海軍作戦計画」として、四月十五日に昭和天皇の裁可が下りた。

この作戦計画は翌十六日に連合艦隊と支那方面艦隊に伝えられたが、この作戦の主戦力となる南雲機動部隊は、まだインド洋作戦から帰路の途中にあり、知るよしもなかった。

ともあれ、軍令部や陸軍だけでなく、連合艦隊内部ですら異論の多かったミッドウェー攻略作戦はこうして決まったが、そんなバラバラな空気を一つとし、対立した論議に終止符を打ったのが、アメリカ機動部隊の空母「ホーネット」から発進したノースアメリカンB25「ミッチェル」爆撃機十六機による日本本土空襲だった。

インド洋作戦の帰路、台湾の先のバシー海峡を通過中の南雲機動部隊の二航戦「蒼龍」「飛龍」に追撃命令が出てカラ振りに終わったことは前述したが、ミッドウェーを攻略することによって出て来るであろうアメリカ主力艦隊を撃滅し、かつ敵機動部隊の動きを封じて日本本土爆撃の脅威を取り除こうという山本連合艦隊司令長官の狙いが、東京が空襲されたことで、にわかに緊急性を帯びだしたのである。

当時の日本人の国民感情として、上御《かみご》一人《いちにん》すなわち天皇のおわす皇居のある東京を空襲されることは耐え難い屈辱であり、日本軍部の、とりわけ連合艦隊司令長官山本五十六大将のプライドと、天皇に対する忠誠心を傷つけた。

この辺りは、すでに相互の首都ロンドンやベルリンを空爆し合っていたドイツやイギリスなどと違うところだが、この空襲を機にミッドウェー攻略作戦実施が決定的となった。

昭和十七年五月五日、大本営はミッドウェー、アリューシャン作戦に関する「大海令第十八号」（大海令とは天皇の統帥権にもとづく海軍関係の命令のこと）を発布し、ミッドウェー作戦に向けて全海軍がその準備に動きだした。

2

五月八日、この日は大東亜戦争勃発《ぼっぱつ》満五ヵ月の「大詔奉戴日《たいしょうほうたいび》」にあたったが、第二航空戦隊旗艦が「飛龍」に変わった日でもあり、午前十一時に山口多聞少将以下の二航戦司令部が「蒼龍」から移って来たので、艦内の空気は一段と引き締まった。

そしてこの日の夕方、大本営発表があり、五月六日から七日にかけて珊瑚《さんご》海で航空母艦をふくむ米英連合の艦隊との海戦が行なわれ、敵航空母艦二隻撃沈をふくむ大きな戦果をあげたとのラジオ放送に艦内がわいた。

明くる九日の午後三時、「珊瑚海海戦」の続報で戦果が追加されたが、同時に「小型航空母艦一隻沈没、飛行機三十一機未帰還」の日本側損害も発表された。

小型空母一隻沈没の大本営発表をたまたま休暇帰省中の家で聞いた機関長付の萬代少尉は、家族の動揺を心配して父母や兄姉に、

「海戦が起きたら真っ先にやられるのは空母だから、いつ戦死の知らせが来ても驚かないように」

と、つとめて平静に話した。

萬代が帰るとき、父は玄関、母は門口までしか送らなかった。離別の悲しみに耐えていたのであろうか。食糧の貴重なときであったが、母はしぶる息子に、せっせとためていた鶏卵

を三十個ほど持たせた。割れないよう苦労して持ち帰った萬代は、艦内の烹炊所でカステラをつくってもらい、ガンルーム全員の食卓に添えた。

珊瑚海海戦は第一段作戦の積み残しである、ポートモレスビー攻略作戦の実施の段階で起きた海戦であるが、じつはこの作戦でのつまずきが、ミッドウェー攻略にはじまる第二段作戦をすっかり狂わせてしまった。

なぜなら、大本営は味方空母の損失を給油船改造の小型空母一隻（潜水母艦から改造の「祥鳳」）と発表したが、じつはこの他に大型空母「翔鶴」が大きな損傷を受けて飛行機の発着艦が不能となり、飛行機の方も三十一機の未帰還のほか、無キズだった姉妹艦「瑞鶴」の搭載機もふくめ、ほとんど全機が被弾し、使える飛行機はわずか三十一機になってしまったのだ。

このため第五航空戦隊は実質上戦力を失い、第二段作戦の輝かしい序章となるべきミッドウェー攻略作戦に参加することができなくなった。しかも日本側が発表したアメリカ空母二隻、すなわち「サラトガ」型と「ヨークタウン」型各一隻撃沈のうち、「サラトガ」型の「レキシントン」の沈没は本当だったが、「ヨークタウン」は大破したものの沈まずに自力で真珠湾に帰っている。それだけでなく、「ヨークタウン」はわずか三日間の応急修理で戦列に復帰し、ミッドウェー海戦に参加している。

これに対して日本の二空母は、飛行甲板に被弾した「翔鶴」は五月十七日に呉に帰ってから修理に三ヵ月を要し、無キズの「瑞鶴」も飛行機と搭乗員の補充、ならびにその訓練に時間が必要ということでミッドウェー作戦から外された。

つまり、ミッドウェー海戦に関していえば、珊瑚海海戦の結果、アメリカ側の空母がマイナス一に対し、日本側は沈んだ「祥鳳」もふくめてマイナス三となり、この差が勝敗を決定づけたともいえる。

それだけではない。このほかにもミッドウェー海戦の敗北の重大なカギとなる誤ちを、日本側に冒させる原因をつくったのもこの海戦であった。

それは小型空母「祥鳳」が沈んだ五月七日の夕方であった。暗いので味方空母と見誤った日本攻撃隊の何機かが、「ヨークタウン」に着艦しようとして様子が違うのに気づき、あわてて急上昇し難を逃れるという珍事が起きた。

破損した「翔鶴」が呉に入港すると、さっそく戦訓研究会が「大和」艦上で開かれたが、その際の戦訓の一つが艦上機による敵空母への着艦未遂事件で、これを防ぐため空母の飛行甲板の先端に味方識別のための大きな日の丸を描くことになった。そしてこれが、二週間後に起きたミッドウェー海戦で、決定的なエラーであることがのちになってわかった。

たしかに、これによって敵空母とまちがえて着艦するおそれはなくなったが、同時に敵に対しては爆撃の際の格好の照準目標を与える結果となってしまったのである。

航空母艦の飛行甲板は、上空から見るとのっぺりした縦長の板のように見えるが、これがかえって爆撃の際の照準を定めにくくする。ところが、飛行甲板の先端に描かれた日の丸は、ちょうど爆撃訓練の際の標的のようなもので、これを狙って爆弾を落とせば広い飛行甲板のどこかに当ることになり、比較的練度の低いパイロットでも命中させやすくなる。ミッドウェー海戦でアメリカ側が上空から撮影した回避行動中の日本空母の写真に、飛行甲板の先端部に描かれた日の丸がはっきり写っているが、彼らの爆撃機はこれに照準を定め、そして成功した。

珊瑚海海戦は日本の空母三隻を戦列から消しただけでなく、あとの本番ともいうべきミッドウェー海戦に重大なマイナス要素を加えさせる結果となった。アメリカの著名な戦史研究家モリソン少将はこの珊瑚海海戦を、

「五月七日こそは、太平洋戦史上に新しい、より輝かしい一章を開いた。連合国軍がその前進の第一歩を踏み出す時機がついに到来したのであった」

と、位置づけているが、さらに、珊瑚海海戦が、つぎに起きたミッドウェー海戦の前哨戦であったことを強調し、日本の二隻の空母「翔鶴」「瑞鶴」がしばらく戦列を離れざるを得なかったことに関連して、

「もしこれら二隻の航空母艦が熟練した操縦士を搭乗させて、ミッドウェー海戦に参加していたならば、この両航空母艦こそ勝利を得るに必要な余裕をもたらしたであろう」

とのべ、その大きな意義を強調している。

モリソンによれば、史上初の空母対空母の戦闘で両軍は幾多の過誤を重ねたところから、珊瑚海海戦は〝過失の戦い〟であったという。ただ違ったのは、日本側がこれらの過誤より

教訓を学んで利益を得ることを怠ったのに対し、「われわれは空母搭載機の不適当な比率を改変して、攻撃隊の編成と精度に相当の改善を加えた」

と述べ、戦訓に対するアメリカ側の対応が速やかであったことを明らかにしている。

実際にこの海戦のあと「ヨークタウン」の搭載機比率は変更され、戦闘機がそれまでの十八機から二十七機に増強されたのも、戦闘に参加した搭乗員たちの意見や要望を採用した結果であった。

対する日本側はどうかというと、「飛龍」クラスの空母の戦闘機十八機（他に補用三機）は変わらず、攻撃力重視のため索敵に割く艦上攻撃機の数すらケチるといった有様で、珊瑚海海戦の戦訓への対応には、日米両軍の間にかなりの違いがあったのである。

こうして知らず知らずのうちに、ミッドウェー敗北の兆《きざ》しが少しずつ積み重ねられて行ったが、意気あがる連合艦隊司令部は、そうした細かい誤まりなどまったく気にかける様子もなく、ひたすら勝利を信じて疑わなかった。

そのいい例が「大海令十八号」が発布される前の、五月一日から四日まで連合艦隊旗艦「大和」で行なわれた図上演習だった。

この演習にはこれから始まる大作戦に参加する各部隊の指揮官、幕僚のほとんどが参加したが、この演習の統監である連合艦隊参謀長宇垣纏《まとめ》少将の指導はかなり粗《あら》っぽいもので、演習審判規則によって算定された味方空母に対する爆撃命中弾を三分の一に減らしたり、沈没とすべき「赤城」を小破に変えさせたりした。もっとひどいのは、ミッドウェーで沈没したはずの「加賀」を、次のフィジー、サモア作戦で生き返らす(淵田・奥宮共著『ミッドウェー』)矛盾を平気でやってのけたことで、参会者たちもあっけにとられたという。

しかしとくに強い反対もなかったのは、それまでの連勝からアメリカ艦隊など恐るるに足らずといった慢心が、多くの人びとの胸中にあったからだといっても過言ではないだろう。

その辺の気の緩《ゆる》みをもっとも心配したのは山本長官で、南雲部隊がインド洋作戦を終えて帰路にあったとき、「勝って兜の緒を締めよ」との訓電を発したのもそれだった。いずれにせよ戦勝ムードとそれにともなう気の緩みが、日本海軍といわず日本全体を覆っていたのがこの時期であったといえる。

3

佐世保在泊中の「飛龍」では、修理や整備作業と平行して物品搭載も休みなく続けられ、武器、弾薬のほか、長期の作戦行動にそなえておびただしい食糧が積み込まれた。

まだ艦隊上層部の限られた人たちにしか知らされていなかったが、ミッドウェー攻略につづいてニューカレドニア、フィジー、サモア諸島方面の攻略作戦が予定されていたからで、米、野菜、乾パン、缶詰などのほか、酒保物品も倉庫に収まらないくらい沢山あった。やむを得ず酒、ビールなどはあらかじめ各人配給とし、帰港後に計算して代金を支払うという、今のホテル客室の冷蔵庫のようなシステムも臨時にとられた。もっとものちに「飛龍」が沈んで、このぶんはすべてパーになり、飲み得の食べ得ということになったが。

最も大量に積み込まれたのは主食の米で、倉庫に入り切れない米俵が機関科の缶室《かま》や機械室上部の通路にまで積み上げられ、通行の邪魔になるほどだった。のちのミッドウェー海戦で「飛龍」が爆撃を受けて火災を起こした際、この米俵がくすぶり続けて消火活動を妨げたことが「飛龍」を失う遠因の一つになったが、開戦いらい連戦連勝で勝つことしか知らなかった日本海軍は、戦闘に支障のある余計な物を通路に置いてはいけないというタブーをあえて冒したのだった。

インド洋作戦で一番こたえたのは、暑さと生鮮食糧の不足だった。搭載していたぶんが底をつくと、あとは缶詰主体の食事となり、これにひどい暑さが加わって、乗組員たちはみんなひどい食欲不振におちいり、体重が十キロも減ったという者もいた。そんなことから、大量の夏ミカンも積み込まれた。

在港一ヵ月足らず、次期作戦準備と交代でとった乗組員の休暇帰省もすべて終えた「飛龍」は、五月二十日、戦隊司令官の座乗を示す少将旗をかかげて佐世保を出港した。それは「飛龍」と多くの乗組員たちにとって、二度と帰ることのない出港であったが、機関長付の萬代少尉にもその予感があったのか、

「高後崎を出て機関科指揮所から飛行甲板に上がって遠ざかり行く山々を眺めたとき、ハワ

イ出撃の時とは違って、何ともいえない寂寞感を覚えた」という。

そんな未練がましい自分を叱咤しつつ萬代は部署にもどったが、今度の出撃について不安を抱いたのは萬代だけではなかった。

「母港在泊中に、士官以下だいぶ異動があり、乗艦して来る誰もが申し合わせたように、『今度はミッドウェーだそうですね』といって、艦内にいた私たちを驚かせた。このことは、すでに街でもうわさになっていたとか。私たちは機密が洩れていたことを知り、背すじの寒くなる思いをした」

主計長浅川正治主計大尉（東京都杉並区）の述懐であるが、連合艦隊の主力がいた瀬戸内海の柱島錨地に近い呉では、床屋や海軍レスの女たちまでが知っていたという。事実、電機分隊で舵取機室配置だった志賀正治二等機関兵曹（鹿児島県川内市）も、「飛龍」の柱島在泊中に乗艦して来た呉海軍工廠の工員から、

「今度はミッドウェー攻撃に行くそうですね」

といわれ、街の人たちの間にまで作戦が知られていたことに驚いたという。このとき、志賀たちには次期作戦の行く先について、まだ何も知らされていなかったのである。だから洩れたとすれば上級の士官たちからだが、真珠湾攻撃のときと違って、これほどまでに機密保持がルーズだったのは、「真珠湾攻撃の時は本当に命がけであったが、ミッドウェー出撃のときはそれほど感じなかった」と志賀もいっているように、戦争――それも勝ちいくさの――馴《な》れからくる緊張感の欠除があったといわざるを得ない。

それに加え、こちらの攻撃意図を知って敵艦隊が出てくれれば撃滅の好機で、むしろ敵が出てこないことの方が心配といった驕《おご》りが、真珠湾攻撃のときと違って、これほどまでに機密保持がルーズになった原因と考えられる。

4

佐世保出港の翌二十一日、鹿児島の南端をまわった「飛龍」は、洋上で約一ヵ月ぶりに僚艦「蒼龍」と合流し、着艦訓練を行なった。飛行機の着艦は高度の技術とカンを必要とする操作だが、まる一ヵ月のブランクがあったにもかかわらず、一機の失敗もなく訓練を終えた。

淵田・奥宮共著『ミッドウェー』によると、五月二十一日から五月二十三日の間に、ミッドウェー作戦参加部隊のほとんどが、豊後水道を出外れた外洋で、開戦以来最大かつ最後となった大規模な艦隊訓練を行なったとあり、「飛龍」「蒼龍」の着艦訓練もその一環として行なわれたものと想像される。

着艦訓練は午後一時から夜八時までの長きにわたり、翌二十二日には徳山を出港して着艦訓練をくり返しながら、午後三時半には柱島錨地に入った。しかし、二十三日には早朝出港して第一類射撃などの戦闘訓練をやり、この夜はふたたび徳山に仮泊して、二十四日は大分に向け出港。途中、飛行機隊を全機収容し、大分では九時間在港ののち夜十一時に出港して、翌二十五日朝、柱島入港という、目まぐるしい日程を「飛龍」はこなした。

柱島錨地の主《ぬし》は、何といっても二月に竣工就役して連合艦隊旗艦になった世界最大の戦艦「大和」で、これを取り巻くように「長門」「陸奥」以下の戦艦群、そして「赤城」「加賀」以下の航空母艦、さらに巡洋艦、駆逐艦などが静かに停泊している光景は身ぶるいするほどに勇ましく、まさに全盛時の連合艦隊の姿そのものであった。

これより先、博多航空隊から「飛龍」に転勤命令を受けた瀬治山鉄夫三等整備兵（宮崎県串間市）は、同じ転勤組の仲間とともにこの「大和」にいた。「飛龍」入港までの宿舎としての仮乗艦であるが、初めて見る「大和」は、

「さすがに新しい艦内は明るく、寝るのも吊床ではなくベッドで、天井も高く、まるで洋室という感じだった。そして外部の巨大な勇姿と主砲の強大さに圧倒され、まことに頼母《たのも》しく思えた」という。

「飛龍」が柱島にやってきたので、さっそくほかの転勤者と一緒に、内火艇で「飛龍」に向かったが、空母独得のラッタルを一歩一歩踏みしめながら乗艦した瀬治山の第一印象は、艦内が複雑で、二、三日くらいの艦内見学では自分の位置がわかりそうにないことだった。

瀬治山に限らず、初めて「飛龍」に来た乗組員の共通の悩みが、艦内の区分および通路の複雑さで、自分の目的の場所に迷わずに行けるようになるまでに、かなりの日数が必要だった。転勤者の多くが「飛龍」にやってきて艦内の様子もよくわからないうちに、ミッドウェー海戦に遭遇したのだから、戦力的にはかなりのマイナスになったことはたしかだ。

彼らは艦に不案内だっただけでなく、これから約一ヵ月後に遭遇するであろう大作戦に対

して、自分の配置についての知識も訓練も不充分だった。

すでに「飛龍」に乗り組んで一年半になる見張士の吉田貞雄特務少尉が、

「今回の補充交代で三分の一の見張員が転出し、後任は員数はふえたものの新兵同然の者ばかりで、眼鏡の使用法も全然知らない」

と田村士郎掌航海長（前出）に珍しく弱音を吐いたのも、そうした不安からだった。

「仕方がないでしょう。出港までの十日間にミッチリ叩き込むことです」

田村はそう答えざるを得なかったが、こうした不安は、すべての幹部が多かれ少なかれ抱いていた。しかし、これも連勝の勢いで、それほど深刻に受けとられることもなく、また考えてもどうにもなることでもなかった。あとはお定りの猛訓練で、田村がいうように叩き込む以外になかったのである。だが、これが課業だけでなく、往々にしてあらぬ方向に発展した。

柱島錨地内での一夜、巡検後の「飛龍」艦内のある配置で、上級下士官による制裁が行なわれた。制裁の理由は些細《ささい》なことだったが、理由は何でもいいのであって、要するに軍人精神が欠けているからそれを入れてやろうというのだ。

整列した初級下士官および兵に対して、上級下士官によるバッターの制裁がつぎつぎに加えられた。これは海軍精神魂入棒あるいは注入棒などとよばれた頑丈な木製のバットで尻を思いきり叩く罰直の一つだが、これについては、「男を仕込むために格好なもので、勝つために必要な制裁だった」と肯定する者、「ただ身体を痛めつけ、恐怖とそれを執行する上司に対する憎悪を増すだけ」とまったく否定する者などさまざまだ。しかし、その痛さだけは、経験した誰もが一様に語る壮絶なものであった。

こうした制裁は多くの場合、士官たちには知れないように行なわれたが、かりに知ったとしても介入することは決して良い結果にはつながらなかった。若い士官などがそれを止めさせようとすると、いよいよ陰湿になり、かえってエスカレートすることが多かったのである。

これは日本海軍の〝暗〟の部分だったが、同じ士気を高めるのでも、艦あるいは分隊対抗のさまざまな競技は明るくはなやかで、互いの結束を高めるのに大いに効果があった。

5

これも柱島在泊中のある日、僚艦の「蒼龍」とカッターの対抗競技が行なわれたが、戦技と違ってこちらはスポーツだから、全艦あげてのお祭り騒ぎとなる。

対抗競技には相撲、柔道、剣道、手先信号などいろいろあったが、なかでもカッターレースは「海の男の華」といわれ、対抗競技の中でも特別の意味を持っていた。

カッターとは短艇——手漕ぎのボートのことだが、ボートといっても木製の長さは約十メートルもあり、片舷六人ずつで十二人の漕ぎ手がつく。これに舵取り役の艇長ら二、三人が乗り込むのがふつうで、ときには一本の橈《かい》（オール）に二人ずつついて、漕ぎ手が二十四人になることもある。

カッターは兵員の輸送、食糧や弾薬の搭載、荒天時の人命救助、出入港時の艦の繋留《けいりゅう》や解脱作業など広い使い道のある便利なもので、ミッドウェー海戦で沈んだ「飛龍」の機関科員三十九人が、一隻のカッターで二週間も漂流した記録もある。それだけにカッター訓練はシーマン養成の基本として、今でも海上自衛隊や商船学校などで使われているほどだ。

「飛龍」と「蒼龍」は姉妹艦で同じ戦隊だったことから、カッター対抗競技もしばしば行なわれており、アンボン攻撃からパラオに帰った昭和十七年二月十日の「蒼龍新聞」には、

「一着　蒼龍、二着　飛龍、三着　蒼龍、四着　飛龍」との記述があり、

炎熱を　冒して競う総短艇

オールに示す　蒼龍の意気

という句まで添えられている。

要するに両艦はよきライバルだったのであるが、柱島在泊中に行なわれたこの日のレースは、次期大作戦への出動前ということもあって、特別な意味を持っていた。

競技に先立ち、加来艦長はボートクルー（艇員）たちを前に訓示した。

「前回は忙しくて練習がまったくできなかったため、わずか一秒の差で負けてしまったが、今回はどんなことがあっても勝つように。それも一秒とか二秒差でやっとというのではなく、何十分とか何百メートル何千メートルの差をつけて鮮やかに勝ってもらいたい。

それから応援の者も、りっぱな態度でしっかりやるよう望む」

競技は両艦とも第一カッター水兵員、第二カッター機関兵員の二隻を出し、四隻によって

行なわれたが、スタートと同時に日頃の重厚な艦長の姿はどこに行ったやらで、応援隊の中にまじって飛行甲板を走り、大声を張り上げ、こぶしを振りまわして激励するのであった。

この艦長以下の声援にこたえて、クルーたちも必死になって頑張り、「飛龍」の第一、第二カッターはどちらも、「蒼龍」の第一カッターを数百メートル引き離してゴールに入った。付近に在泊する各艦の乗組員たちも大勢見まもる中での勝利にすっかり気をよくした艦長は、引き上げてきたクルーたちを迎えてふたたび壇上に立ち、

「艦長がはじめに希望したように、今日は実にみごとな勝ち方であった。艇員の奮闘は申すまでもないが、応援の態度も実によろしかった……」

と上機嫌で応援までほめたが、艦長みずから走りまわって応援するとあっては、誰だってハッスルせざるを得ない。

しかし、そのあとの締め方がまた加来艦長らしかった。

「――いよいよ出撃という時に先立って、今日の勝利はまことに意義深いものがある。本艦は支那事変いらい多くの出撃をしてきたが、とくに今度の戦争になってからはハワイの奇襲、南方作戦、インド洋作戦などに参加し、諸君の活躍によって非常な功績をあげた。今回の出撃でも、今日の短艇競技のように敵に対して圧倒的な勝利を収めるよう大いに奮闘してもらいたい」

これは応援もふくめた全員に対していった言葉だが、軍艦は沈めば一蓮托生《いちれんたくしょう》の運命共同体であり、それだけに何々一家みたいなところがある。どの艦長もそれぞれの方法で部下の信

頼を得、艦内の士気を高めるのに心をくばっていたのである。

このことは、加来より海軍兵学校二期後輩にあたる「蒼龍」艦長柳本柳作大佐も同じだった。「蒼龍」にはいつの頃からか艦内で「蒼龍新聞」が発行されるようになった。裏表二ページでガリ版刷りの他愛ないものだったが、ニュースのほか艦内のちょっとした出来事、タバコ盆談義に詩歌俳句、さらには演芸会のお知らせまであって殺風景な艦内をうるおし、融和や情操をもたらすのに役立った。

雄弁家であり文章家でもあった柳本はしばしばこの「蒼龍新聞」に寄稿したが、兵隊にもよくわかるよういつも平易な文章で書かれていた。

「――艦長は昨年十一月佐世保出港以来、兵食を食べているが、実に結構である。陸上生活時代一日大根一本、鰯《いわし》二尾の配給という調子で、子供の栄養の心配までしていたことを思ったら、兵食は何より有難い。

ましてそれがお上《かみ》（天皇陛下）からいただくものであり、さらに本艦主計科員の丹精になるものであることを思い、艦長は毎食押しいただいて頂戴している。いまだ一粒、一片といえども残したことはないつもりだ。艦内から風の便りに食物への不平が伝わってくるが、これは大いに反省を要する。艦長は毎食兵食だから、必要があったら艦長から主計長に注文する。各自が不平をいうことは今後いっさいやめて、食卓員一同うまいうまいといって、まずいものもうまい気持になって、有難く頂戴しようではないか」

飽食の現代にあっては考えられないことだが、これはポートダーウィン空襲を終えた第二航空戦隊の「蒼龍」「飛龍」が、セレベス島のスターリング湾に入港中の昭和十七年二月二十三日付「蒼龍新聞」の「食物」と題する柳本の一文（蒼龍会編『航空母艦蒼龍の記録』）である。

階級制度が歴然としていたかつての帝国海軍にあっては、士官と下士官兵とでは食事にも大きな差があった。まして一艦の最高権力者である艦長ともなれば、望めばどんなぜいたくも美食もできたのに、あえて兵食を食べた。

もちろん同じ兵食といっても、大勢の兵に出すものと艦長が食べるものとではおのずと違いもあるが、兵と同じものを食べることによって、苦労を共有しようという柳本の考えによるものであった。

ミッドウェー海戦の際、「飛龍」艦長の加来は山口司令官とともに艦にとどまって沈んだが、柳本艦長もまた燃える「蒼龍」と運命を共にした。

今でも「社長は会社の顔」といわれるが、当時でも艦長の人柄や方針によって艦内の空気が変わり、その艦の士気や戦闘力に大きな違いが生じることは珍しくなかった。

まさに艦長は、「艦の顔」であった。

6

五月二十五日の朝、柱島錨地に帰ってきた「飛龍」「蒼龍」は、この日の午後、呉で最後の燃料補給を行なったが、「飛龍」にはさらに佐伯《さいき》基地から駆逐艦「巻雲」で運ばれてきた飛行機隊の基地物件の引き取りという作業があった。

この基地物件を運んできた駆逐艦「巻雲」は、「秋雲」「夕雲」「風雲」など第十駆逐隊〝風〟シリーズの一艦で、ミッドウェー作戦に先立って僚艦とともに機動部隊に配属され、海戦後は被弾して退去した「飛龍」乗員を救助したのち、なお浮かんでいる母艦を雷撃によって沈めるという、ふしぎなめぐり合わせの艦《ふね》となった。

柱島に「巻雲」が到着したのは午後二時半ごろで、さっそく「飛龍」へ基地物件の積みかえ作業が開始されたが、どの艦も出撃準備で忙しいため運搬艇が一隻しか使えず、作業は夕方いっぱいまでかかってしまった。

基地からの引き揚げや物件の撤収で忙しかった整備科にくらべると、前日に陸上基地から母艦に収容された飛行科の搭乗員たちは、わりあい余裕のある時間を過ごすことができた。

これはその一人、「飛龍」零戦搭乗員村中一夫一等飛行兵曹（大分県別府市）が見た、出撃前の艦内のひとときである。

「インド洋作戦から帰国してから、多少、私物の持ち込み制限も緩和されましたので、鈴鹿基地に零戦を受け取りに行った際、それまで基地近くの以前の下宿に置いてあった蓄音器を持って帰艦しました。若いくせに気取り屋だった私は、春の海、六段、黒髪、みだれ、越後獅子など、邦楽のレコードを集めていました。

泊地のある夕方、『歌舞音曲許す』の艦内放送のあと、私は何気なく艦橋から飛行甲板に出たところ、搭乗員室の上にあたる換気窓を囲んで艦長以下数人の上級幹部が椅子に坐っておられる。

その中のお一人が私を見て、『オッ村中兵曹、今日はレコードかけないのか』とおっしゃる。エッと驚き、いつからこんなことがあったのだろうかと恐縮しながらも、お役に立っていたのかなと嬉しく思いました。その蓄音器もレコードも、ミッドウェーで沈んだ『飛龍』のお伴《とも》をしてしまいましたが」

7

二十六日は曇からあいにくの雨になったが、午前中に大掃除があって艦内はすっかりきれいになり、午後は出撃のための最後の準備作業があって「飛龍」はすべての臨戦態勢を終えた。

母国で過ごす最後の、しかも出撃前夜とあって、艦内の到るところで酒が酌み交わされ、大いに気勢があがったが、そんなことには無関係な新兵たちは、

「明日は海軍記念日で四大節につぐ休日だから、お祝いに赤飯でも出るんじゃないか」

などと、ヒソヒソ話をしながら眠りについた。

海軍記念日といえば三十七年前の明治三十八年五月二十七日、東郷司令長官ひきいる日本連合艦隊がロシアのバルチック艦隊を破った日本海海戦の日だが、海軍は何も縁起をかつい

でこの日の出港を定めたわけではなく、たまたま準備の都合でこの日となったに過ぎない。

午前五時三十分、起床ラッパに夢を破られた水兵たちがはじかれたように起き出し、ミッドウェーの戦《いくさ》への最初の一日が始まった。

「水兵員整列」のあと出港準備に入ったが、新兵たちが期待した特別のご馳走もなく、朝食はいつもと変わらない麦飯だった。

天気は下り坂で、前日の晴天から今にも降り出しそうな空に変わっていた。連合艦隊主力が集結した柱島錨地には、六万八千トンの巨艦「大和」をはじめ、おびただしい艦艇群が静かに横たわっていたが、「大和」以下の戦艦群の北方に集結していた機動部隊では、出港に向けての活発な動きがはじまっていた。

このたびのミッドウェー作戦では、これまでほとんどここから動くことがなかったことから「柱島艦隊」などと揶揄《やゆ》されていた連合艦隊旗艦「大和」以下の、いわゆる主力部隊も出撃することになっていたが、まず動き出したのは、この作戦の事実上の主役ともいうべき機動部隊であった。

午前八時、軍艦旗掲揚のあと、機動部隊旗艦「赤城」のマストに「出港せよ」の信号があがり、出港用意のラッパの音が各艦からひびき渡って、朝の静寂が破られた。

先陣をうけたまわる警戒部隊の第十戦隊の駆逐艦十二隻が、軽巡洋艦「長良」にしたがってゆっくり出港を開始、つづいて第八戦隊の重巡洋艦「利根」「筑摩」、そしてひときわ大きな艦型の戦艦「榛名」「霧島」が動き出した。

最後は空母部隊の番だ。第一航空戦隊の「赤城」「加賀」が戦艦「霧島」のあとに続き、しんがりが第二航空戦隊である。

「出港用意、錨を揚げ」

りんとした加来艦長の声につれて、ラッパ、伝令の復唱がスピーカーを通じて艦内くまなく伝えられ、錨の鎖が巻き終わるやいなや一万八千トンの「飛龍」は、山口司令官座乗を示す少将旗をはためかせながら前進微速を開始、僚艦の「蒼龍」があとに従った。

柱島錨地から伊予灘に出るには、広島湾の南端に横たわる屋代島の東の端の、情島という小さな島との間の幅千メートルそこそこのクダコ水道とよばれる狭い水路を通らなければならない。「赤城」「加賀」につづき、「飛龍」「蒼龍」が慎重にここを通過した。

いざというときにそなえて、錨甲板では保安要員が配置についていたが、通過とともに解散となり、機動部隊は各艦の距離を千メートルに開いて単縦陣で伊予灘を西に進んだ。

季節は五月も末というのに肌寒く、曇った空からはいつの間にか霧のような雨が降り出し、暗く視界が悪くなったので、艦隊は霧中航行の用意をしながら進んだが、とき折りすれ違う漁船の上からは、手を振って大声で万歳を叫んでいるのが見られた。

これらの漁民たちをおびやかさないよう艦隊はスピードを押さえ、四国愛媛県西端に長く突き出した佐田岬半島をまわって、豊後水道に入ったのは午後を少し過ぎたころだった。

艦隊はまだ単縦陣のままで、軽巡「長良」を先頭とする第十戦隊の特型駆逐艦十二隻、第八戦隊の重巡二隻、第三戦隊第二小隊の高速戦艦二隻、それに空母四隻の合わせて二十一隻が一本につらなって航行するさまは、観艦式もかくやと思われるほどに勇壮なものであった。四国西南端の沖島の沖を通過すると豊後水道も終わりで、あとは広い太平洋に出る。祖国の山々とも当分お別れであるが、そんな感傷も、さっそく発せられた敵潜水艦発見の報で吹き飛んでしまった。

さいわい何ごともなく終わったが、豊後水道を抜けて外洋に出た正午過ぎに、機動部隊は第十一警戒航行序列、すなわち空母四隻を他の諸艦で二重に取り囲む輪形陣となり、各空母からは交代で前路警戒および対潜警戒のため、艦爆および艦攻が悪天候をついて飛び立った。

これより少し先、「飛龍」の飛行甲板に全員が集合、山口司令官と加来艦長から訓示があった。

「いよいよミッドウェー島攻撃にはじまる大作戦に参加するとのこと、一同必勝の意気に燃え身の引き締まる思いす」

前出の榎本哲機関少尉は日記手帳にそう書いているが、うわさとして人伝てには聴いていたものの、改めて司令官、艦長から聞かされたその内容は雄渾きわまりなく、この作戦成功によって日本の勝利は不動のものになるだろうと思われた。

この出港のわずか二日前、「飛龍」に乗り込んだばかりの瀬治山三等整備兵曹も、艦上でミッドウェー攻撃および上陸作戦について聞かされた一人だが、彼は乗艦初日、配属された分隊で夕食時に、「よろしくお願いします」と挨拶したところ、下士官たちから、「貴様らは浮き袋を持ってきたか」といわれて返事に困り、大笑いされたことがあった。

先輩たちは、海戦ともなれば、乗艦が沈められて海上に投げ出されることもあるぞ、とおどし半分にからかったのだが、そのときは何のことやら意味がわからなかったのである。

「司令官、艦長の訓示を聞いて全員の士気あがる。この時より艦内はますます殺気立ってきた。乗艦した時の分隊下士官がいった浮き袋のことを思い出し、無気味な感じはあったが、実戦を知らない私はいつもと変わらない気持で戦闘配置についた」

瀬治山の述懐であるが、艦長から一水兵にいたるまで誰もが自信にあふれ、勝利を疑わなかったし、士気も最高に昂揚していた。先にあげた幾つかの敗因の兆《きざ》しにしても、あとから考えてみればの話であり、連合艦隊や南雲部隊司令部にとってこの時点での気がかりは、敵機動部隊の所在およびその航空母艦の数が不明なことであった。

気がかりといえば、もちろんこの他にもないではなかった。

日本海軍は毎年十二月一日に編成替えがあり、人事異動を行なうならわしだったが、山本五十六中将（当時）が連合艦隊司令長官に就任してからは、訓練とチームワークを徹底させるため、それが二年ごとに変更された。

山本長官の就任が昭和十四年八月三十一日で、その年の十二月からの実施だったから、二年目の十六年十二月は開戦にぶつかったため、二年を過ぎてもそのままの陣容で作戦が続けられていた。そこで中央当局では第一段作戦を終えたのを機に、人事の大異動を実施し、同時に開戦にそなえて中止していた学生などの教育を再開することにした。

山本長官は反対したが容れられず、中央の決定どおり大幅な人事異動が実施された。「飛龍」でも飛行長、機関長、飛行隊長をはじめ多くの異動があったが、新しい陣容に変わったからには、それがチームとしての有効な戦力を発揮するよう十分な訓練が必要だった。

その上、戦闘に出なかった〝柱島艦隊〟とちがって、開戦いらい転戦につぐ転戦をつづけてきた作戦部隊は人もフネも疲労しており、休養を必要としていた。この休養と訓練期間の不足、そして作戦準備のおくれなどを理由に、部隊側から作戦開始時期を延ばすよう要望があり、軍令部からも同様な勧告がなされたが、連合艦隊司令部は一切受けつけなかった。

その理由は、珊瑚礁に囲まれたミッドウェー島に上陸するには潮の状況を考慮する必要があり、月齢と潮の関係で連合艦隊司令部が決めた六月五日を逃すと、実施が約一ヵ月延びるというものであった。

疲労の点はともかくとしても、作戦実施を急いだための訓練不足は明らかであった。

それは出撃前、別府湾で母艦を標的として飛行隊による襲撃訓練が行なわれたときのことだが、艦橋旗甲板でコレスの川上主計少尉とこの演習を見ていた機関長付萬代少尉は、首をかしげた。インド洋作戦までだったらこうした場合、正面から見ると飛行機隊はきれいに横一線になっていたのに、上下にずれて編隊がバラバラなのだ。

「これで大丈夫なのかな？」

そういって川上と顔を見合わせたことを思い出すと萬代は語るが、あと一ヵ月あればというのは艦隊の誰もが一様に抱いた思いであった。

しかし、戦争はつねに万全の状態でそれに臨めるとは限らない。対するアメリカ軍もまた同じように不充分な態勢で、しかも日本軍以上に酷使を強いられていたのである。ただ違っていたのは、日本側が相手に対する情報不足のまま大艦隊をくり出したのに対し、アメリカ側は通信傍受と暗号解読によって、日本軍の作戦とその兵力をかなり正確につかみ、少ない兵力を有効に配置して、来襲を手ぐすね引いて待ち受けていたことであった。

第十三章　濃霧の中

1

インド洋作戦を終えて南雲機動部隊の主力が日本内地の母港に帰って来たのは四月二十日。そしてドーリットル空襲——東京をはじめとする日本本土空襲を敢行したハルゼー少将麾下のアメリカ第十六機動部隊を追撃した第二航空戦隊「蒼龍」「飛龍」が帰港したのは、それより二日おくれの四月二十二日だった。それから五月二十七日の出撃まで、各艦は一ヵ月以上を故国で過ごしたが、艦隊兵力で劣勢だったアメリカ軍はそうはいかなかった。

日本の哨戒艇に発見されたため、予定地点より早く爆撃隊を発進させたあと、急ぎ引き返した空母「エンタープライズ」と「ホーネット」を基幹とする第十六機動部隊が母港真珠湾に帰ってきたのは、南雲部隊よりおそい四月二十六日（現地時間では二十五日）だったが、わずか五日間で休養および再補給をすませると、急ぎ真珠湾を出港した。ニューギニア東南端にある要衝ポートモレスビーおよびソロモン群島ツラギに対する日本軍の進攻作戦を阻止すべく、南太平洋にいた「ヨークタウン」「レキシントン」の二空母と合流するためであった。しかし、のちに珊瑚《さんご》海海戦とよばれた日米両軍の機動部隊による初の海戦が五月初旬に起き、「レキシントン」は沈没し「ヨークタウン」は大きな損傷を受けた。

この時点でハルゼーの第十六機動部隊はいぜんとして当初の目的どおり南進をつづけていたが、五月十七日になって、「大急ぎで真珠湾に帰港せよ」という太平洋艦隊司令長官ニミッツ大将の命令を受け取った。

すでに二千カイリに及ぶ航海の果てにやっとソロモン海域に到達したばかりですぐに戻れとは、機動部隊司令官のハルゼーも、その麾下の巡洋艦戦隊を指揮するスプルーアンス少将も、最初のうちは命令の真意について考えあぐねたが、真珠湾への長い帰路の間にニミッツから次々に送られてくる電信情報によって、その意味を徐々に理解することができた。

それは日本軍が有力な海上兵力を動かしてミッドウェーおよびアリューシャンの占領を企図しており、アメリカ軍は全力をあげてそれを挫折させるという驚くべきものであった。

ただハルゼーやスプルーアンスにもよく理解できなかったのは、アメリカ側にとってそれほど戦略的に価値があるとも思えないミッドウェーを、なぜ日本軍が占領しようとするのかということだった。同様にアリューシャン列島に対する作戦も、理解しがたいところだった。

〈彼らはいったい何を考えているのか？〉

この素朴な疑問に対して出された結論は、ミッドウェーおよびアリューシャンの占領によって、アメリカ太平洋艦隊をおびき出し、決戦を求めて撃滅することにあるのではないか、というものだった。

それはニミッツ司令部の判断とまったく同じだったが、その後の暗号解読によって、アメリカ軍はさらに詳細な日本軍の作戦計画を知ったのである。ハルゼーの機動部隊が真珠湾に入港する前日のことで、ハワイの戦闘情報隊は解読した日本軍の各部隊、艦船、指揮官、航路、攻撃期日などについてニミッツに報告したが、その説明が進むにつれて、ふだん冷静なこの提督も興奮の色をかくすことができなかったという。

なかでもニミッツにとって価値があったのは、最も気がかりだった日本軍の攻撃の主役となる南雲機動部隊の空母が、ハワイ攻撃のときと違って大型空母「翔鶴」「瑞鶴」を欠いた四隻であること、ミッドウェー攻撃が六月四日から六日までの間に行なわれるらしいという情報であった。

もちろんハワイ攻撃の前がそうであったように、日本軍が真の意図をかくすための偽電を流しているとも考えられ、ワシントンとニミッツ司令部との間に見解の相違を生じたが、情報を解析した専門家たちは、日本軍の進撃目標がミッドウェーにあることは百パーセントまちがいないと確信していた。

それは、日本軍のおびただしい暗号電文の中にしばしば出てくる「ＡＦ」という記号について確認するため、ミッドウェー島の清水蒸留機が故障で使えないという偽電を平文で打たせるという手の込んだ方法によって確認された。その偽電から二日後、「AFは真水に欠乏している」という日本軍の無電が傍受されたことにより、それが疑いのないものとなったからである。

五月二十七日午後、第十六機動部隊は真珠湾に帰ってきたが、それは偶然にも日本の機動部隊が柱島錨地から出撃したのと同じ日であり、アメリカ軍には寸秒の猶予も許されなかった。

艦隊は四十八時間以内に出動しなければならないとあって、乗組員たちは休む間もなく、今度の航海に必要な燃料や軍需品、食糧などの搭載にかかった。

明くる二十八日の午後、今度は珊瑚海で戦った第十七機動部隊が入港した。ホイッスル、サイレン、軍楽隊がかなでる歓呼のマーチが艦隊を迎えたが、艦隊の主役ともいうべき空母は破損のあともいたいたしい「ヨークタウン」一隻のみで、「レキシントン」の姿はなかった。

イギリス領トンガ諸島のトンガタブで応急修理を受けただけで、修理の不完全な燃料タンクから洩れた重油の帯を数マイルもひきずって帰った「ヨークタウン」は、そのままドックに直行した。そして被害の調査を待つ間ももどかしく、海軍工廠の工員たちがどやどやと入り込んできて修理作業をはじめた。

けたたましいドリルやハンマーのひびき、アセチレントーチの焔のゆらめきと立ちのぼる煙、たちまち艦内は喧噪のるつぼと化したが、その一方では燃料弾薬や食糧の搭載が開始され、上陸を許されない乗組員たちには何のことやらさっぱりわからなかった。

彼らの戦闘航海はすでに百一日に及び、「ヨークタウン」の修復は短時日では無理と思われたから、当然、彼らは上陸休養が許されるものと思っていた。

事実、修理の専門家は直撃弾一発、至近弾二発を受けた「ヨークタウン」の損傷を完全に修復するには、数週間が必要であると見積もった。だが、アメリカ太平洋艦隊司令長官ニミッツ大将は、それを三日で修理して戦列に復帰するよう要求したのである。

五月二十九日の午前、補給を終えた第十六機動部隊は、駆逐艦を先頭に出港した。日本の南雲機動部隊に二日おくれであったが、雨まじりだった南雲部隊の出港にくらべて、この日のハワイはあたかも前途を祝福するかのように陽光が輝いていた。

この出港をドックの中の艦上から見送った「ヨークタウン」の乗組員たちは、まさか自分たちがこの後を追って新しい戦闘に赴《おもむ》くことになろうとは思っていなかったが、それにしてはすべての作業の急ぎようは異常であった。

修理作業はほとんど不眠不休でつづけられたため、作業員たちの多くは疲労の極に達し、足場の上で眠りこける者まであらわれた。

「あるところでは、溶接工たちが疲労のためめくたばりかけていた。どこからともなく一人の士官がやって来て、彼のまわりに集まるようにいった。溶接工たちが集まると、この士官はこう説明した。『いま日本の艦隊はミッドウェーに向かって進撃している……日本側は〝ヨークタウン〟が沈んだものと思いこんでいる……この艦の戦闘準備ができていると知ったら、彼らはびっくりするにちがいない』

彼の激励は図《ず》にあたった。工員たちは、もとの仕事にとんで行った」（ウォルター・ロード著／実松譲訳『逆転――信じられぬ勝利』フジ出版社）

艦隊がミッドウェー海域に出動することについては極秘であり、一般の兵員にはまだ知らされていなかったことであるが、その禁を破ったこの士官のひと言は実に有効であった。

本来ならば数週間かかるものを三日でやろうというのだから、応急修理もいいところだが、それすら五月三十一日午前で打ち切られた。日本軍のミッドウェー攻撃を待ち伏せるには、これ以上、修理をつづけて出港をおくらせるわけにはいかないからだ。

この修理がどんなものであったかについて、興味ある記述がある。

「現在までこの話は、千四百人の工員が三日三晩で『ヨークタウン』を完全に修理したというふうにいわれているが――じつは、これらの作業員は、主に燃料弾薬糧食その他諸搭載物資の積み込みに当てられた人員であった。そして修理そのものは、乗員が『欺瞞《ぎまん》的間に合わせ』と称したほど、きわめて粗雑という以外の何ものでもなかった、と推定する方がはるかに正しい。

事実、溶接工は『ヨークタウン』の船体の破口をふさいだし、損傷を受けた隔壁は材木で突っ張りが施された。しかし、はずれた防水扉が固定されたのはほんのわずかであった。また、デラネイ機関長所掌の過熱式ボイラーのうち、珊瑚海で損傷を受けた三缶は、手さえ触れられなかった。これでは、機関部員が望んでいたように、トップスピードを二十七ノットまであげることなど決してできなかったはずである」（パット・フランク、ジョージフ・ハリントン共著、谷浦英男訳『ミッドウェイ――空母「ヨークタウン」の最後』白金書房）

こうしたやっつけ工事の末、五月三十一日――現地時間で日曜日にあたる五月三十日午前九時、まだ艦内には作業中の工員がいるにもかかわらず機関が動きはじめ、工員たちがあわててランチに飛び移るやいなや、「ヨークタウン」は出港を開始した。

真珠湾を離れて間もなく、「ヨークタウン」は飛行機隊を収容したが、その多くは一月に日本潜水艦の雷撃によって損傷を受け、本国で修理中だった「サラトガ」から転用されたものので、中には旧式なＴＢＤ「デバステータ」雷撃機も含まれていた。

救いはエース、ジョン・Ｓ・サッチ少佐ひきいる二十七機のグラマンＦ４Ｆ「ワイルドキャット」戦闘機隊だったが、それすら固有の「ヨークタウン」パイロットは十六人で、あとはほかから移ってきた者だった。その中に、空母の経験がまったくない若いパイロットも含まれていた。

これらのパイロットたちは、母艦がドック入りしている短い期間に、オアフ島の真珠湾の反対側にあるカネオヘ基地で猛訓練を受けたが、しょせんはにわか仕込みであり、充分というにはほど遠いものであった。

だが、彼らの戦意はきわめて旺盛だった。もちろん日本軍も同様だったが、アメリカ軍には損傷を受けた「ヨークタウン」をわずか三日の応急修理で戦列復帰させたことにも見られるように〝必死さ〟があった。

対する日本軍は、爆弾三発で飛行甲板を破壊されたものの機関部は何ともなかった「翔鶴」の修理に二ヵ月をついやし、飛行機隊再編という名目で無キズの「瑞鶴」をも戦列から外すという〝余裕〟が見られた。

それは緒戦いらい無敵の自信――悪くいえば驕《おご》りと、アメリカ軍は戦意が低いというひとりよがりな判断によるもので、その辺にも勝敗を分ける微妙なあやがひそんでいた。

2

第十六機動部隊に二日おくれて真珠湾を出港した「ヨークタウン」以下の第十七機動部隊は、〝幸運点〟と名づけられたミッドウェー北東三百二十カイリ（約六百キロ）の合流点に向け一路進んだが、飛行機隊の収容が終わったあと、艦長バックマスター大佐から全乗組員に対し、この出動がもう一度戦うため、ミッドウェー海域に向かうものであることが明らかにされた。

珊瑚海海戦の激闘から休みなしのこの出動に不満を抱いた乗組員も少なくなかったに違いないが、同時に伝えられた「この戦闘が終わったら本土に帰す」というニミッツ長官の言葉がそれを打ち消した。

やがて夜が来、明るい月が灯火を消して航行する艦隊のシルエットを黒々と海面に浮かび上がらせた。

こうして、やがて洋上で雌雄を決すべき日米両機動部隊が同じ海面を目指して刻々と近づきつつあったが、ここで五月二十七日午前、瀬戸内海から出撃したわが南雲機動部隊の行動を追ってみよう。

出港の翌二十八日（木曜日）はいぜんとして雨が降りつづき、前日より視界はさらに悪化した。しかも外洋に出てからはうねりが大きくなり、海の勤務になれない新参の乗組員たちにとっては憂うつな一日になった。

「昨夜より船酔いを感じ、一日中、仕事はかどらず。海軍士官として何としてもこれに耐えなければならないが、じつに辛い日であった。

食事もろくにとれない始末に、ガンルームの連中が今日は揺れて腹がすくなどとひやかす」

「飛龍」に乗り組んでまだ一ヵ月そこそこの榎本哲機関少尉は日記にそう書いているが、そんなことにはお構いなく、艦隊は十四ノットで一路ミッドウェー目指して進んだ。

この日の正午少し前にコースを南東から真東に転針し、燃料をつんだ第一補給隊――真珠湾いらいのおなじみである「旭東丸」ほか三隻のタンカーと合流すべく、速度を落として航行した。ところが天気が悪く、視界不良のため補給船隊が本隊を見つけることができず、思

い余った「旭東丸」艦長が、

「われ合同し得ず、位置知らされたし」

と無電で問い合わせきた。

敵に行動を知られないため、厳重な無線封止を行なっていた機動部隊の司令部はこの電波輻射に驚いたが、このおかげで補給隊は機動部隊と合同することができた。キモを冷やす出来事だったが、皮肉にもこのあと夕方には雨も止み、天候が回復してきた。まだレーダーを装備していなかった日本艦隊にとって、雨や霧による視界不良は何にもまさる大敵だったのである。

補給隊との合同にかなり手間どったが、機動部隊は午後二時半ごろ、ふたたび変針して航路を少し北寄りにとり、小笠原群島の北を通過した。

二十九日になった。時間にして二十時間以上ズレがあるハワイの二十八日にあたるが、この日の午前、前述のように「エンタープライズ」「ホーネット」を基幹とするアメリカ第十六機動部隊が真珠湾を出港してミッドウェー海域に向かっている。

あちらは快晴だったが、こちらも天候が回復し、艦隊に活気がよみがえった。

午前から午後にかけて久しぶりに航空戦教練が行なわれたが、海上はかなり波が高く、片舷最大二十度くらいまで傾くほどのうねりがあった。榎本日記にはこう書かれている。

「飛行甲板上での飛行運搬作業は危険をきわめ、一瞬の油断も許されぬ。さいわい昨日の船酔いはほとんどなおり、気分まことに良し。

夜は全くの快晴。まん丸な月（明三十日が満月に当たる）海上に昇り、月光を浴びての総員体操は誠に気分壮快なり」

五月三十日、土曜日。晴天ではあるがいぜんとしてうねりが大きい。水平線上には壮大な入道雲がわき上がり、ところどころにスコールが立っているのが見えた。

五月三十一日。日曜日にあたるが、警戒を厳にしての戦闘航海中とあってもちろん休みはなし。午後、二十九日につづいて二回目の航空戦教練が行なわれたが、その攻撃行動は実戦もかくやと思われるほどに壮絶なものがあり、見る者をして〝われに敵なし〟の感を抱かせるに充分であった。

海上は昨日につづいてうねりが大きかったため、着艦には各機とも苦労したが、「飛龍」では零戦一機が着艦に失敗して飛行甲板から海中に落ちるという事故が起きた。決戦を前にして、好ましくない出来事だった。

「無念なり。わが戦闘力減少す」

「飛龍」の第六番索飛行甲板制動機係柳幸男三等整備兵曹（前出）は、この日の日記にそう書いている。

正午の艦の位置は北緯三十二度三十八分、東経百五十五度三十二分で、機動部隊はこの日のうちにミッドウェーにいたる航程の中間点を越えた。同じころ、アメリカ三空母のうち先に出発した第十六機動部隊の「エンタープライズ」「ホーネット」は東方からミッドウェー北東海域に向け航行中であり、第十七機動部隊の「ヨークタウン」は応急修理もそこそこに、真珠湾を午前中に出港して第十六機動部隊のあとを追った。

洋上に出た「ヨークタウン」は、真珠湾のカネオヘ基地から飛来した搭載機の収容をはじめたが、アメリカ本土で修理中の空母「サラトガ」から移籍したTBD「デバステータ」雷撃隊のよたよたぶりが目をひいた。

これではたして俊敏な日本軍の零戦の攻撃をかいくぐって敵艦まで到達できるのかと、誰もが心配になるほどだった。

戦闘機は、機銃を四梃から六梃に強化した新型「ワイルドキャット」のグラマンF4F3だったが、搭乗員は寄せ集めで、空母の経験がまったくない者もいた。整備員たちもまたその主翼をどうやって折りたたむのかも知らなかったほどに、その取り扱いになれていなかった。

「彼（第三戦闘隊の先任整備員ミルト・ウエスター上等整備兵曹）は、その飛行機をどう取り扱うかを教える新しいマニュアルのコピーを、わずか一冊もらっていたに過ぎない。もっと困ったことに、彼はこの機種の補用品をまったくもらっていなかったし、機銃は照準装置との平行調整がすんでいなかった」（前出『ミッドウェイ——空母「ヨークタウン」の最後』）

「ヨークタウン」が飛行機隊を収容している最中に、「飛龍」であったのと同様な戦闘機の着艦事故が起きた。着艦しようとしたF4F「ワイルドキャット」の一機が、アプローチが高過ぎたため着艦フックが甲板上に張られた拘束ワイヤーにかからず、着艦をやり直そうと増速して飛び上がろうとした。しかし、タイミングがわずかにおくれて前方の飛行機に覆いかぶさるかたちとなり、プロペラでその飛行機の搭乗員の頭蓋を叩き割ってしまったのである。

死んだのは第三戦闘隊の副隊長ドナルド・ラブレイス大尉で、飛行機だけの喪失ですんだ「飛龍」にくらべ、この老練な副隊長の死は「ヨークタウン」にとって大きな損失だった。

だが、ラブレイス大尉と海軍兵学校同期で親友でもあった隊長のジョン・S・サッチ少佐は、それによって受けたであろう精神的なショックや高ぶりを面《おもて》に出すことなく、部下に対してこれから直面するであろう戦闘や各自の任務について冷静に語り、「危急の場合には、敵機に体当たりしてでも母艦を救おうではないか」といって激励した。

のちのガダルカナル戦で、カクタス航空隊の指揮官として有名な〝サッチ・ウィーブ〟戦法をあみ出し、零戦コンプレックスを一掃する端緒をつくった名戦闘機隊長だけに、この静かではあるが闘志あふれるサッチ少佐の話は、部下たちの士気を鼓舞し、精神的なつながりを強めるのに成功した。

これまで連戦連勝だった日本軍に対し、アメリカ軍の士気もまた決して劣るものではなく、危機意識が強いぶん彼らの方が上だったといえるかも知れない。

アメリカ艦隊が、こうして物理的にも精神的にも日本艦隊を迎撃する態勢を着々と整えつつあったとき、日本側はこの事実にまったく気づかず、最も重要な敵空母の所在すらつかみかねていたのである。

3

南雲部隊が柱島錨地を出たその夜、盲腸炎をおこし、翌日、手術をしていらい病室のベッドに横たわっていた飛行機隊総指揮官淵田美津雄中佐は、術後のうっとおしい思いをこらえながら、不明のアメリカ空母の所在について推測をめぐらせていた。

〈開戦後アメリカ海軍が保有していた正規空母五隻のうち、「サラトガ」型に属する二隻はすでに撃沈されて存在しない〉

淵田はまずそう考えたが、この点について日本海軍は判断の誤りをおかしていた。昭和十七年一月十二日、ハワイ西方海面で伊号第六潜水艦が敵大型空母を発見し、魚雷二本を命中させて大爆発を起こさせた。伊第六潜はこれを「レキシントン」(「サラトガ」型の二番艦)撃沈と報じたが、じつは沈没をまぬがれて自力でアメリカ本土に帰り、修理中だった。

五月八日、珊瑚海海戦で残る一隻の「サラトガ」を撃沈したと発表されたが、アメリカ側は「レキシントン」喪失と発表しているので、前の分は「サラトガ」だったことがわかった。

いずれにしても、この時点で「サラトガ」型二隻を消した淵田の判断は、ミッドウェーの戦闘の局面だけについていえば妥当であった。

残るは「ヨークタウン」、「エンタープライズ」「ホーネット」の三隻だ。この三隻は日本の「蒼龍」「飛龍」とほぼ同クラスと考えられる同型の中型空母で、日本の大本営は珊瑚海海戦で「サラトガ」型と「ヨークタウン」型各一隻撃沈と発表していた。

この「ヨークタウン」が大きな損傷をこうむったものの沈没せず、真珠湾でのわずか三日間の応急修理ののち、ふたたび出撃したことは前述のとおりだが、当時、淵田が得られた限りの情報にもとづく消去法によれば、残りは「エンタープライズ」と「ホーネット」のみとなり、この二隻の空母がどこにいるかが問題だった。

五月十八日、井上成美中将の南洋部隊哨戒機が、ソロモン群島の東方洋上で空母二、巡洋艦六からなるアメリカ機動部隊を発見したが、これが珊瑚海に急行中の前日、ニミッツから真珠湾に至急もどるよう命じられて引き返す途中だった「エンタープライズ」と「ホーネット」だった。もちろん、この時点で日本側にその艦名まで確定するだけの情報はなかったが、いずれにしても二空母の存在は確認された。

それから十日以上がたっていたが、その後の消息はまったくわからない。真珠湾に帰ったか、あるいは南方海域にとどまって新たな行動を起こそうとしているのか。もしそうだとすれば、せっかくミッドウェーまでやって来たのに、相手となるべき敵空母はいないという事態になる。

〈真珠湾に空母がいるか、いないか、早く飛行艇による偵察をやって見んかなあ！〉

そう思ったと淵田は、その著書『ミッドウェー』の中に書いているが、じつはその飛行艇による真珠湾の偵察計画は実施の準備に入ったものの、ついに行なわれなかったのである。

病床で淵田が敵空母の動勢を気にしていたころ、ミッドウェー攻略作戦にあたって敵機動部隊の動向に最大の注意をはらっていた山本連合艦隊司令長官は、南雲部隊がミッドウェー海面に到達する以前に、真珠湾を空から偵察するよう命じた。

これにはまだ制式採用になったばかりの二式飛行艇（二式大艇）があてられたが、日本軍の最前線基地であるマーシャル群島ウオッゼ基地からでも、ハワイまでは片道二千カイリ以上もあり、さしもの新鋭二式大艇をもってしても往復は不可能であった。そこで日本海軍はハワイ群島西方約四百八十カイリにあるフレンチフリゲートという無人の小岩礁に潜水艦を配置し、ここにいったん着水した二式大艇に潜水艦から燃料を補給して、ハワイに飛ばせるという方法が選ばれた。

じつはこの方法は初めてではなく、三ヵ月ほど前の三月四日に、ここを中継して二機がハワイを空襲している。「K作戦」とよばれたこの作戦のわずか二日後、帰ってきたばかりの二機のうち一機を使って、今度はミッドウェーの強行偵察を実施した。

計画どおり、横浜航空隊の橋爪寿雄大尉を艇長とする二式大艇はミッドウェー上空に達したが、レーダーで来襲を察知していた敵は、戦闘機を緊急発進させて橋爪機を撃墜してしまった。

今度のハワイ真珠湾の偵察は、いわばフレンチフリゲート礁をつかう三度目の作戦にあたるが、敵がいつまでもそれに気づかないわけがなかった。にもかかわらず、日本海軍は前回のハワイ空襲時とまったく同じやり方で作戦を進めようとした。

「第二次K作戦」とよばれたこの作戦に当てられた潜水艦は六隻。燃料補給のためフレンチフリゲート礁に二隻、警戒に一隻、電波誘導、天候偵察、ハワイ近くの救難などに三隻を配置するというぜいたくさで、決行は六月一日の予定だった。

ところが、潜水艦二隻がフレンチフリゲート近くに行って潜望鏡を上げてみると、敵の哨戒艦がいて環礁内に入れない。前に日本軍がここを使っていたことを知った敵は、そうはさせじと封鎖していたのであった。

作戦は急いで変更され、フレンチフリゲート礁をつかわないミッドウェー北東海面の偵察に切りかえられたが、またしても天は日本軍を見はなした。燃料補給のためウェーキ島に向かった二式大艇が、燃料を満載すると波の静かな環礁内での離水距離がとれないことがわかり、これも中止された。

結果からいえば、二式大艇が受け持つはずだったそのミッドウェー北東海面で、敵機動部隊は日本艦隊を待ち受けていたのであり、ハワイ偵察中止よりもむしろこちらの方が残念なことだった。

「なぜ、前と同じような計画をやったのか。もし、橋爪大尉が生きていたら、決して同じ計画ではやらなかったと思う。

ミッドウェーについては、ウェーキでもし満載離水が不可能なら、燃料をへらしてでも飛ぶべきだった。帰路は飛行機を棄て、潜水艦で乗員だけを救う手もあった。かりに不時着して潜水艦に発見されなかったとしても、当時の気分からすれば、大任だから飛行艇の隊員たちはよろこんで死んだだろう」

当時、横浜航空隊分隊長だった日辻常雄大尉（のち少佐）はそういっているが、なお悪いことに、連合艦隊司令部はこの「第二次K作戦」の中止を南雲部隊に知らせなかったのだ。無線封止が何にもまして重要とされていたので、K作戦によって目ぼしい情報が得られたら、通報があるに違いないと考えていた南雲司令部では、通知がないのは価値ある情報がなかったからと判断して少しも疑念を抱かず、淵田同様にせっかくミッドウェーを攻撃しながら、敵空母を撃滅する機会に恵まれないのではないかと心配したほどだった。

「第二次K作戦」の中止で、最初の索敵の機会を失った日本軍だったが、これとは別の有力な索敵計画を立てていた。それは潜水艦を散開して索敵ラインを敷こうというもので、六月二日までにハワイとミッドウェーの間のハワイ寄りに位置するフレンチフリゲート礁をはさんで、南北に十一隻（このほかにもフレンチフリゲート礁、ミッドウェーおよびその東南のレイサン島監視に四隻）を配備することになっていた。

ところが潜水艦の用法に対する連合艦隊司令部の無理解から、この計画には無理があり、思わぬ事故なども重なって、散開線への配備が終わったのは六月四日になってしまった。それはすでにアメリカ機動部隊がこの線を通過し、ミッドウェー北東海面に進出したあとで、この索敵計画もまた空振《から》りに終わった。

「第二次K作戦」中止のときと同様、このことについても、連合艦隊司令部は南雲部隊に伝えなかった。これも無線封止の過度な重視と、南雲部隊でもそうした情報を傍受したにちがいないという先任参謀黒島亀人大佐の判断によるもので、このことが敵空母はいないであろうという南雲司令部の判断をいよいよ強めてしまった。これと同じ無線封止優先の誤ちがこの一両日後にも起きたが、それについては後述する。

4

「敵を知り己《おの》れを知れば百戦あやうからず」とは、有名な孫子の兵法のなかでも最もよく知られたフレーズであり、日本の軍人たちも好んで口にしていたが、〝敵を知る〟努力とそのテクノロジーに関しては、残念ながらアメリカ軍に遠く及ばなかった。

日本側がハワイ方面から発せられる緊急電の増加にともなって、敵がこちらのミッドウェー攻撃を察知し、それに備えて活発に動き出したらしいという以外はまったく状況不明だったのに対し、暗号解読によって日本軍の詳細な作戦計画を彼らは知っていた。

そのためになけなしの空母三隻をミッドウェー北東海面に緊急配備する一方では、ミッドウェー島の防備強化を急いだが、暗号が解読されていることを日本側にさとられないよう細心の注意が払われていた。だからミッドウェー防衛に関する「作戦計画第二十九―四十二号」を配布されたごく一部の士官の一人は、日本軍の行動に関する詳細な情報を見たとき、それが暗号解読によるものとは思わず、

「東京にいるわれわれのスパイには、われわれの全財産を報酬として与える価値がある」（前出『逆転――信じられぬ勝利』）とつぶやいたほどだった。

しかし、このスパイ説には、あながちウソと思えないふしもある。

のちにミッドウェー海戦で沈んだ「飛龍」（味方駆逐艦の魚雷で処分された）から脱出し、カッターで二週間の漂流ののち敵艦に救助されて捕虜になった機関長相宗邦造中佐以下三十四名の機関科員がいたが、その一人で機関長付の萬代久男少尉がミッドウェーのサンド島で尋問をうけた際、アメリカ軍情報士官から一枚の軍艦の写真を見せられた。

それは五月はじめに就役したばかりの改造空母「隼鷹《じゅんよう》」の写真で、一ヵ月ほど前に「飛龍」が佐世保から柱島錨地に集結のために航行中の艦内で、「軍極秘」回覧簿で萬代がはじめて見たのとまったく同じものだった。

煙突が艦橋の後部に直立している初めての日本空母だから、敵艦と見誤らないように、という注釈まで書き添えてあったので萬代はよく覚えていたのである。

驚きのあまり思わずアッといってしまったので、出まかせの艦名をいってあとの質問には知らぬ存ぜぬで通したが、この写真がどのようなルートかは知らないがアメリカ軍の手に入っていたことに、萬代は強い衝撃を受けた。

「この点については今でも明らかではないが、察するにゾルゲ事件のように、わが国の官政界中枢部に巧妙に潜入した連合軍のスパイ網によるものであろう。

戦後、日本海軍の暗号解読のエピソードが公表され、ミッドウェー海戦におけるアメリカ軍の勝利は主としてそれによるものだ、との説がもっぱらである。（中略）しかし、敵の情報戦勝利は、暗号解読もさることながら、暗号機の盗窃とかさらに大きな背後のスパイ活動によってもたらされたもの、と思われてならない」

雑誌「丸」別冊第十六号「武器なき戦い」（捕虜体験記）に萬代はそう書いているが、いずれにせよ、日本軍のミッドウェー作戦の詳細について知らされていたのはごく限られた人たちだけだったから、日本艦隊大挙出動の報は、もしかすると攻撃されるかも知れないという恐怖を、ハワイ群島およびカリフォルニア州沿岸の住民と防備部隊にあたえ、彼らは不安の中にも日本軍の進攻に対して真剣に準備した。

もっともピリピリしていたのは、当然ながら日本軍の攻撃目標の本命とされたミッドウェーで、ここには防備のための兵員、火砲、戦車、飛行機隊などが増強されたが、空母部隊がミッドウェー北東海面に向かっているとは知らない多くのアメリカ兵たちは、おそらく空母はハワイ周辺の防備に配置されているのではないかと想像した。それでなくても、まだ見ぬ強大な日本軍の幻影に対する恐怖は相当なものであった。

とにかく日本艦隊を一刻も早く発見し、これに先制攻撃を加えること。それがこの恐怖を打ち払う最良の手段であり、アメリカ太平洋艦隊司令長官ニミッツ提督がミッドウェーに希望した最大のものであった。このため五月三十日には十二機のＰＢＹ「カタリナ」哨戒飛行艇がハワイから増派され、翌日からは二十七機の「カタリナ」飛行艇に陸軍のボーイングＢ17爆撃機も加えた綿密な索敵が開始された。

「カタリナ」は毎日二十二機が使われ、十五度に細かく分けられたパイ型の哨区を、それぞれぞれミッドウェーの西方六百カイリまで進出して、一日に十五時間の飛行をつづけた。B17隊の方もまた、二日間に三十時間も飛行するといったハードな哨戒索敵任務をやってのけた。索敵に対するアメリカ軍の熱意は、日本軍のそれとは余りにも対照的であった。

5

軍艦に乗っていると、どうしても運動不足になる。それでも若い士官や兵隊は配置によっては激しく身体を動かす勤務もあるし、甲板上で体操なども行なわれるからいいが、上級士官、とくに司令官あたりになると、あまり身体を動かすことがない。そこで気晴らしをかねて甲板を散歩する人が多かった。

山本連合艦隊司令長官もその一人で、よく旗艦「大和」の後甲板上を歩く長官の姿が見られたらしいが、第二航空戦隊司令官山口多聞少将も、朝「飛龍」の飛行甲板を前部から後部まで歩くのを日課としていた。

後ろに手を組み、何か物思いにふけるかのような山口の甲板上を歩く姿は、よほどのことがない限り毎日見られたが、ミッドウェー海戦で相まみえることになるアメリカ軍の第十六機動部隊司令官レイモンド・A・スプルーアンス少将もまた散歩が大好きだった。

砲術出身であるスプルーアンスは、旗艦「エンタープライズ」の飛行甲板を、日によって違った幕僚と歩き、航空に関する知識を得ようと努力した。この結果、彼の散歩は運動と同時に作戦上の判断に必要な専門知識の吸収、そしてまだなじみのうすい幕僚とのコミュニケーションなど、幾つもの効能をもたらしたのであった。

月が変わった。

運命の日まであと四日に迫った六月一日、警戒隊の第八戦隊および第十戦隊に対して燃料補給が実施されたが、夜になって霧が出はじめ、隣を航行する艦も見えなくなったため霧中航行となり、スピードは九ノットに落とされた。

自動車で山道を走っていて濃い霧に遭遇した経験のあるドライバーなら、その困難さは理解されようが、道路も中央分離帯もない海上での霧中航行はもっと大変だ。

艦隊の霧中航行では、衝突を避けるためにスピードを落とすと同時に単縦陣をつくり、先行する艦が曳行する霧中標的——海上に浮かんで白いしぶきを上げる浮標を目標に、後続艦はこれに艦首を合わせながら航行する。もちろんお互いの姿は見えないので、このほかにも所在を示すために探照灯をつけたり、サイレンを鳴らしたりするし、変針のときには後続艦に知らせるため後甲板でラッパを吹いたり大騒ぎとなる。その代わり敵から発見されにくいという利点もあり、痛しかゆしの霧であった。

「六月二日、火曜日

〇二一五（午前二時十五分、ミッドウェー時間で一日午前五時十五分）総員起床。昨夜より海

上濃霧のため十メートル先も見えず。霧中標的により航行」（榎本日記）

前夜からの濃い霧で霧中航行がいぜんとしてつづき、先行する艦がつけた探照灯がおぼろ月のようにぼんやりと見える状態だったが、そんな中で空母部隊および第三戦隊の戦艦二隻に対する曳航補給が実施された。

速度は九ノット。まだミッドウェーからの哨戒圏に入っていないとはいえ、艦隊の所在をすっぽり隠してくれる濃霧は安心を与えてくれた。

三日も同じような霧中航行がつづいたが、ここで大変に困ったことが生じた。機動部隊が計画どおり六月五日の朝ミッドウェーを攻撃するためには、右に大きく変針しなければならない地点に達していたが、濃霧にさえぎられて視覚信号による変針命令の伝達ができないのである。

残る手段は無線を使うしかないが、それは敵にこちらの所在を暴露することになり危険だ。といって、変針を知らせなければ予定のコースから外《はず》れ、精密に計画されたミッドウェー攻撃計画がくるってしまう。

機動部隊司令長官南雲中将は決断を迫られたが、通信参謀が隊内無線による中波の微勢力発信なら敵までとどかないだろうと進言したので、無線封止を破って電波を出すことを命じた。

この無線命令により、機動部隊は正午から針路百度および百三十五度の二度にわたる変針を行なった。この変針、すなわちそれまでの東北東から東南東へ〝へ〟の字の針路変更により、完全にミッドウェーにほこ先を向けたが、それはちょうどアメリカの第十六、第十七両機動部隊がミッドウェー北東の〝幸運点〟で合同に成功した時刻とほぼ同じであり、期せずして日米両機動部隊が戦闘海域に突入する態勢を整えたことになる。

南雲司令部の旗艦「赤城」が発した電波は、微弱ながら六百カイリ後方を航行していた「大和」でもキャッチされたほどだったから、ほぼ同じくらいの距離にいた敵機動部隊でも当然傍受されたと思われるが、さいわいにも気づかれなかったらしい。

もっとも、この濃霧の中の針路変更はかなり危険なもので、変針命令受信後の行動開始のずれから、「飛龍」と後続の戦艦「霧島」が異常接近し、あわや衝突かと肝を冷やす出来事が発生した。

これにくらべると、アメリカ機動部隊が合同すべき〝幸運点〟付近は、雲が低くたれこめた雨もよいの天気ではあったが霧はなく、おくれてやってきた「ヨークタウン」は飛行機を飛ばして、目指す第十六機動部隊を見つけることができた。果たして〝幸運〟は少しずつアメリカ側に傾きはじめたのであろうか。

六月四日、木曜日になった。この日の総員起こしは午前一時三十分。ミッドウェーに近づくにつれて日毎に早められる日課時間に、日本艦隊の将兵たちは戸惑いを感じていた。もちろん時差に応じて時計を進めればいいのだが、中央で決定した作戦の時間（東京時間）をいちいち現地時間に直していては、混乱が起きるところからとられた措置であった。

小雨が降っていたが、霧は前夜半からしだいに薄らいだので霧中航行は解除され、艦隊の隊形は第五警戒航行序列に変わった。

この日、機動部隊はミッドウェーからの予想飛行哨戒圏である六百カイリに入るとあって警戒を強め、正午には速力を十二ノットから二十四ノットに上げた。

第五警戒航行序列は第一航空戦隊「赤城」「加賀」が横並びで前となり、同じく横並びになった第二航空戦隊「飛龍」「蒼龍」が後につづき、空母部隊の前に戦艦「榛名」を中に左右に「利根」「筑摩」、後ろに「霧島」、さらにこの中央主力部隊を駆逐艦群が取り囲む隊形である。

警戒航行序列は状況に応じて第一から第五まであったが、変わらないのは隊形の中心にはつねに空母が固まっていたことだった。

南雲部隊を待ち構えるアメリカ機動部隊は、第十七機動部隊司令官フレッチャー少将が統一指揮をとっていたが、その隊形は明らかに日本軍のそれとは異なるものであった。

「フレッチャーはスプルーアンスに対し、その第十六機動部隊をフレッチャー指揮下の第十七機動部隊の南方十マイルの地点において行動させ、両部隊が常に視覚信号によって連絡を保つことができる範囲内におくよう指示した。当時のアメリカ軍の教義《ドクトリン》によれば、戦闘に際しては空母は独立して行動することが最もよいとされていたために、両部隊は一ヵ所にまとまらなかったのであった」（トーマス・B・ブュエル著／小城正訳『提督スプルーアンス』読売新聞社）

アメリカ軍は、単に二つの機動部隊を少し離して行動させただけでなく、第十六機動部隊の二隻の空母をも分離して、それぞれの空母の周囲に護衛艦艇を配した独立の輪形陣とした。つまり、これによって集中して行動する空母が同時に攻撃されることを避ける、危険分散策であるが、敵機による攻撃の際に、空母の護衛を効果的に行なえる利点も見のがすことはできない。

航空母艦は飛行機の発着時には必要な合成風速をつくるため、風の吹いてくる方向に向きを変えなければならない。そのときは各艦が別個に行動を起こして短時間に広域に散ってしまうので、こうした空母の動きに応じて、輪形陣の周囲にいる護衛艦艇がそれぞれの空母の有効な護衛位置につくことはきわめてむずかしい。これが敵機の攻撃を受けた場合ともなれば、なおさらだ。

空母一隻ごとに固有の編成の護衛艦艇でかこむアメリカ軍の方式だと、空母がどう動こうとどの空母についたらいいか迷う必要はないし、各艦と空母との距離も近いから随伴は比較的容易だ。

アメリカ軍は珊瑚海海戦で、日本の機動部隊が空母をかためた隊形をとること、そして攻撃されたときは回避運動で護衛艦艇も離れ離れとなり、空母が裸同然になってしまうことなどを戦訓としてまなび、今度の戦いでも日本軍がそのやり方を変えないことを望んでいたのである。

日本機動部隊にひそむ弱点を、アメリカ軍は珊瑚海海戦の戦訓としてとらえていたが、それとは別に機動部隊における空母の護衛艦艇の少ないことも問題だった。

日本はこのミッドウェー作戦に際し、南雲中将の第一機動部隊（南雲部隊の正式名称）のほか、主力部隊、攻略部隊、先遣部隊、陽動作戦であるアリューシャン攻略の北方部隊もふくめて百隻近い艦艇をくり出したが、作戦の中心となるべき第一機動部隊の実戦兵力は二十一隻に過ぎなかった。

このうち空母が四隻だから残る護衛艦艇は十七隻で、その内訳は戦艦二、巡洋艦三、そして駆逐艦十二隻だ。

対するアメリカ軍は第十六、第十七両機動部隊を合わせて、当時アメリカが太平洋方面に配備していた戦闘艦艇のほとんど全兵力を振り向けた。このうち空母は三隻で日本艦隊より一隻少ないが、逆に護衛艦艇の数は巡洋艦八、駆逐艦十四の合わせて二十二隻で、その絶対数でも空母一隻あたりの数でも日本軍のそれを上まわっていた。

空母をかためて行動することがいいか、分けて行動させるのがいいかは判断のむずかしいところだが、敵の攻撃を分散させるという意味では明らかに後者の方が有利だ。しかも別々に行動しているとはいえ、ミッドウェーの戦闘で第十六、第十七両機動部隊の統一指揮官となったフレッチャー少将は、この両部隊を約十マイルの、たがいに視界内にあるようにしたから、命令伝達には少しも支障はなかった。

この機動部隊内における空母の配置、すなわち集中と分散の違い、および護衛艦艇の多少が、ミッドウェー海戦の勝敗を分ける重要なポイントの一つになったのであるが、それでも決戦を明日にひかえた六月四日の時点では、いぜんとして日本軍の方が圧倒的に優勢なことは明らかであり、敵味方ともにそう信じていた。

第十四章　索敵無情

1

　どうしようもない霧、そして陰うつな雨と、三日間にわたって南雲部隊を悩ましつづけたいやな天候とも、別れのときがやってきた。

「六月四日の夕刻前、機動部隊の行く手が、からりと晴れあがった。陽は、まさに西の水平線上に没せんとして、大きな半円を描いている。上空には断雲がそこそこに散って、美しい夕映えを見せていた。

『久しぶりのお天とうさまだなあ』

　乗員たちは太陽の強烈な光を目に受けて、まぶしいというよりも、眼底に痛ささえ感じるほどだった。飛行甲板にのぼって、大きく、背いっぱいの深呼吸をした。太陽の下で吸う空気は実においしい」

「飛龍」の僚艦「蒼龍」の雷撃隊員森拾三はその著書（『奇蹟の雷撃隊』光人社）にそう書いているが、それまで悩まされはしたものの、敵の目から姿をくらます役割も果たしていた霧の消滅は、発見される危険の増大を意味する。

四日ぶりに見た太陽のよろこびとはうらはらに、機動部隊の対空対潜警戒はにわかに緊迫の度を増した。

太平洋の壮大な日没のショーが終わった午後四時半ごろ——現地時間にして午後七時過ぎであったが、「赤城」の右前方約六キロを航行していた重巡洋艦「利根」が敵機発見の緊急信号を発し、薄暮の静寂を破って高角砲を射ち出した。それは今度の出撃における機動部隊の初の戦闘射撃であったが、「飛龍」でもこれに呼応して艦内に戦闘ラッパが鳴りひびき、スピーカーから、

「戦闘配置につけ」

「対空戦闘」

と矢つぎばやに命令が発せられた。

艦内では日没を待って明日の攻撃準備に入ったばかりだったが、すぐに作業を中止して戦闘配置についた。

戦闘機も急いで発進したが、しばらくすると戻ってきた。報告によると「敵影を見ず」ということで、どうやら「利根」見張員の誤認だろうということになった。

明らかに神経過敏になっていたのであるが、これには前兆があった。この敵機発見騒動より約一時間ほど前、旗艦「赤城」の電信室が敵哨戒機が発したらしい非常に近い電波を受信していた。それに続く「利根」の「敵機発見」の報告で、これはてっきり本物と勘違いしてしまったようだ。

南雲司令部でもこのことに気づき、まだ敵に所在を発見されていないと安堵したが、じつはこの騒ぎより約十時間前に、ミッドウェー攻略部隊の輸送船団が発見されるという大変な事態が発生していたのである。

この船団は陸海軍合わせて四千八百名の陸戦要員を乗せた十二隻の輸送船とその護衛艦艇で、五月二十八日にサイパンを出港し、西の方からミッドウェーに接近しつつあったが、六月四日朝にはミッドウェーから六百カイリの敵の哨戒圏に突入しようとしていた。

これは機動部隊より約半日早いが、輸送船団は船足《ふなあし》がおそいため少し先行する必要があったことと、準備の都合で機動部隊の出発が一日おくれたせいで生じたタイムラグであった。

この日早朝、ミッドウェーからはいつものように二十二本の索敵線に向けてPBY「カタリナ」哨戒飛行艇が発進したが、そのうちの一機が午前六時二十五分（ミッドウェー時間で六月三日午前九時二十五分）、ミッドウェーから哨戒圏ギリギリの六百カイリより少し先の地点で、海上に多数の航跡を発見した。

「カタリナ」の偵察員はすぐに「敵発見」を打電するとともに、断雲を利用しながら二時間ほど接触をつづけ、つぎつぎに報告を送った。

PBY「カタリナ」の偵察員は、はじめて見る多数の日本艦船の姿に興奮して大艦隊と思い込み、これを〝主力部隊《メイン・ボディ》〟と報告したので、ミッドウェー基地では大騒ぎになった。

まだ空母についての報告はなかったが、とにかくこれを攻撃することに決し、まず九機の陸軍B17爆撃機を攻撃に向かわせた。この爆撃は一発の命中弾を与えることもなく、夜になって爆撃隊は帰還した。しかし、ミッドウェー基地では第二次攻撃をかけるべく、「カタリナ」飛行艇四機に魚雷を吊らせて発進させた。

この四機の「カタリナ」は真珠湾から派遣されて夕方到着したばかりで、搭乗員たちは自分たちがアメリカ海軍はじまっていらいの夜間魚雷攻撃を行なうために出動することを聞かされたときは驚いた。

たしかに「カタリナ」は、燃料補給なしに一日中飛べるという点ではすばらしい飛行機だった。しかし、上昇、飛行、着陸もしくは着水（水陸両用機だったので）がほとんど同一の約六十五ノットでやれるといわれたほどにその動きは鈍く、もちろんスピードもおそかった。そんな飛行機で雷撃をやることは自殺行為——のちの日本軍の特攻攻撃にも比すべきことであり、しかも彼らは夜間雷撃の訓練をこれまで受けたこともなかった。そのうえ、九時間の飛行の末に、真珠湾から到着したばかりであった。

この「カタリナ」隊指揮官チャールズ・ヒッパード中尉は部下に対し、この出撃は各自の自由意志による旨を告げたが、四機に乗る三十人ほどの隊員の誰一人として、辞退を申し出る者はいなかった。

結果的に、この困難な夜間雷撃は輸送船一隻に魚雷一発を命中させたにとどまり、それも航行に支障のない程度だったから成功とはいい難かったが、彼らは日本機動部隊指揮官南雲中将が考えていたような〝戦意に欠ける〟どころか、旺盛なヤンキー魂のそれは決して日本軍に劣るものではなかったのである。

2

ミッドウェーの西で輸送船団とその護衛をふくむ日本艦隊が発見されたころ、ここから二千カイリも北のアリューシャン列島に対する攻撃も開始され、二つの日本軍がアメリカ軍の前に姿を現わしたことになる。

アリューシャン攻撃はアメリカ軍の目をミッドウェーから北方に外《そ》らすのが狙いであったが、ニミッツはこれにひっかからなかった。彼は輸送船団を発見したことによって、日本軍の攻撃主目標がミッドウェーであることをいよいよ確信し、アリューシャン攻撃が単に、おとりの作戦に過ぎないことを見抜いていた。そして日本の機動部隊は明日の早朝、北西方からミッドウェーを攻撃するだろうから、敵の空母部隊以外のものに対しては攻撃をくり返さないよう警告した。このため、せっかく発見した日本の輸送船団に対する攻撃は二度と行なわれなかった。それは、憎らしいほど冷静な判断であった。

この晩、アメリカ機動部隊を統一指揮するフレッチャー少将は、日本の機動部隊を明け方にその左側面から攻撃できるよう、艦隊をゆっくり西南方に移動させた。

月明かりの静かな洋上をアメリカ機動部隊がミッドウェーの方向に航行をはじめたころ、日本機動部隊も六百カイリの敵哨戒圏を越えて、一路ミッドウェーを目指して進撃していた。

アメリカ機動部隊を照らしていたのと同じ月が、日本機動部隊の上にもあった。ところどころに浮かぶ断雲が時折りそれを隠すと、光っていた海面がいっとき暗くなる。星がまたたき、艦の動揺はかなり大きいものの、明日起きるであろう決戦がウソのように思える静かな夜であった。

各艦ではすでに一切の戦闘準備をすませ、乗組員たちは万一にそなえて着衣を下着にいたるまで新しいものにかえたり、私物をまとめたりして、身辺の整理にも余念がなかった。

ここで「飛龍」艦内におけるこの夜の乗組員たちの動勢を追ってみよう。

士官室では、出撃を数時間後に控えた若い士官搭乗員たちが、武士のたしなみとして身体も清めて戦いにのぞもうと、早く入浴をすませることを願っていた。ところが士官室の入浴は副長からはじまって、上級の士官たちから順に入るから、若い中尉の分隊長や分隊士クラスは一番あとになってしまう。

本来なら中尉の分隊士はガンルームとよばれた士官次室に入るべきであり、ここなら最先任として先に入浴できるのだが、早く士官室に入れられてしまったために起きた不都合だった。そこでガンルームのケプガン（士官次室の先任）にかけ合い、ガンルームの浴室に先に入れてもらうことにした。

戦闘機整備分隊長の小林勇一中尉（神奈川県三浦町）も、搭乗員の分隊士たちのお相伴《しょうばん》でガンルームバスに先に入った一人だが、小林は艦攻偵察員の橋本敏男中尉が下着や靴下などを洗濯しながら同じ分隊士仲間と話しているのを聞いて、ハッと胸をつかれた。

「夕方『カタリナ』につかまったらしい。これで敵はこちらの意図を知ったはずだから、ハワイのときとちがって明日は強襲だ。これは手荒いことになりそうだぞ。マ、汚れたものはこれでみんな洗ってしまったから、心残りはないけどなあ」

機動部隊の攻撃の矢となって真っ先に敵陣に突入する飛行隊員たちの気持は、ほかの乗組員たちとは比較にならないものがあることを感じたからだ。

掌通信長の鎌倉操兵曹長（横浜市金沢区）もまた、同室の搭乗員たちから、「明日出撃してもし帰艦できなかったときは、この品物を家族に渡してほしい」と頼まれ、小林中尉と同じ思いを味わった。

搭乗員たちは、鎌倉に後事を託して心残りが無くなったのか、それぞれの郷里や家族について楽しそうに語って帰っていった。

明日に戦闘を控えての不安は、多かれ少なかれ誰にもあった。

巡検後の夜食がすんだあと、乗組員たちは思い思いのときを過ごしていたが、艦攻整備の第十二分隊内川国夫一等整備兵（長崎県高来町）は、同年兵で同期生の白井重実一等整備兵（熊本県）と飛行甲板わきにあるポケットに入り込み、戦給品のブドー酒で互いの武運を祈って乾杯した。

そのとき白井は、「今度の作戦で果たして生きて内地の土を踏むことができるだろうか」と、真剣な顔で内川にいった。

不幸にも白井の予想が適中し、内川は翌日の戦闘で無二の戦友を失うことになった。

後部リフト担当の徳永盛大整備兵曹（熊本県荒尾市）は、いつものように同年兵の宮本福男兵曹と飛行甲板に出て、月の光をあびながら歩き、かつ語り合った。洋上には、灯火管制のまま航行する黒々とした艦影が驚くほど近く見えた。

前をゆくのが機動部隊旗艦「赤城」、隣りは右に警戒隊の駆逐艦、左に僚艦の「蒼龍」、後を見れば高い前檣は戦艦「霧島」であろうか。そして、その向こうにさらに広がる艦隊の布陣はいつ見ても堂々として頼もしい。

徳永と宮本の二人が艦橋前に来たとき、そこでは搭乗員の一団が月下の酒宴とばかり気勢をあげていたが、そこに甲板士官がやってきた。

「オイ、ここは艦長室の前だぞ。静かにしろ」

甲板士官がそう注意したが、気勢のあがった搭乗員たちは簡単にはおさまらず、ひと悶着ありそうな空気となった。どうなることかと徳永たちが見つめていると、そこに当の加来艦長が現われた。

たまたま通りかかったのか、あるいは外の気配を察して艦長室から出てきたのかはわからなかったが、加来はいきり立つ甲板士官をなだめていった。

「甲板士官、まあよいではないか。明日は出撃なんだから、あまりやかましいことをいうなよ」

この一言で全員静かになり、搭乗員たちもそれぞれの居住区に帰っていった。

「部下を鍛える一方では思いやりも深く、みずからは切磋《せっさ》琢磨《たくま》につとめてみごとな戦死をとげられた艦長は、まさに軍神であると思う。私は『飛龍』乗り組みであって本当によかったと思うし、『飛龍』乗り組みの全員がそう思っているにちがいない」

艦橋前の一部始終を見ていた徳永はそう語っているが、艦攻整備の整備科第十六分隊員佐藤松太郎一等整備兵曹（長崎県時津町）は、徳永らとはちがったひと時を過ごしていた。

音楽が好きだった佐藤は、愛用のバイオリンを持って機関科発電機室にやって来た。ここには佐藤のほかにバイオリンの塚原惣四郎（翌日戦死、佐賀県）、アコーディオンの入江松次郎（同重傷、福岡県）、バイオリンの和田広直（香川県）らも集まり、てんでに楽器の練習をはじめた。いずれもインド洋作戦の前にパラオで買ったもので、発電機室はただでさえ熱いうえに、練習に熱が入るものだから、みんな汗をダラダラ流しながらの、それでも結構愉快なひとときを過ごした。もとより、これが最後の集いになろうとは、誰も知らずにであった。

音楽といえば、和田武雄軍医大尉の私室には蓄音機があり、ふだんから音楽好きの士官たちがよく出入りしていたが、この夜はとくに若い士官たちの希望でベートーヴェンの第六交響楽「田園」のレコードがかけられた。

ある者は瞑目し、ある者は腕を組んで聞き入っていたが、彼らはどんな思いでこの調《しら》べに耳を傾けたのであろうか。

「このとき、一緒に『田園』を聴いた連中が、それぞれ散っていった若さで、いまも語りかけてくれる。気負いのない坦々としたマンリー・ナイスをこよなく美しいと、いまも思う。二十歳を出ていくらも経たない年代で人間の完成を教えてくれた仲間だったと、いまでも私は信じている」

戦後、本来の医学徒にもどり、のちに札幌医科大学長をつとめた和田軍医大尉の述懐であるが、こうして静かに音楽に耳を傾ける者も酒を飲んで騒ぐ者も、数時間後に迫った戦闘開始までのひととき、つとめてそれを忘れようとしていたのではあるまいか。

これはアメリカ側にしても同じで、本を読んだりレコードをかけたりして、何となく時を過ごす者がいるかと思えば、故郷の父母や妻子、恋人にこれが最後になるかも知れないと思いながら手紙を書く者もいた。

ある「ヨークタウン」雷撃隊の指揮官は部下と自室でウイスキーを飲みながら、明日の攻撃がいかに絶望的であるかを語らずにはいられなかった。この雷撃隊の使用機は旧式で劣性能のTBD「デバステータ」で、翌日の戦闘で「飛龍」を攻撃した彼のひきいる十二機のうち、ぶじ母艦に帰りついたのは二機に過ぎなかった。

そして自分の予測どおり、この隊長、「ヨークタウン」第三雷撃隊長ランス・マッセイ少佐もミッドウェーの海に消えたが、それは他の多くのアメリカ軍雷撃隊員たちがたどったのと同じ運命であった。

3

時間は刻々と過ぎていった。

間もなく五日になろうかという午後十一時半ごろ（ミッドウェー現地時間では一日早い六月四日午前二時半ごろ、以下カッコ内は現地時間）、旗艦「赤城」の対空見張員が「敵接触機のあかりらしいものが右九十度の上空に見える」と報じ、一時は全艦隊に緊張が走ったが、どうやら艦の動揺で星が動いて見えたのを、見張員が敵機の翼端灯と誤認したものらしかった。

この日、二度目の警報騒動であったが、この警報と前後して「飛行科整備員起こし」があり、飛行機の出撃準備が開始された。

午後十一時四十五分、整備員に十五分おくれて今度は攻撃の主役となる「搭乗員起こし」がかかり、いよいよミッドウェー攻撃に向けて日本機動部隊が目覚めたように動き出した。

やがて時刻は午前零時（四日午前三時）をまわった。運命の日、六月五日である。日の出は午前一時五十二分（同四時五十二分）だからまだ海上は暗いが、各空母の飛行甲板上に並べられた飛行機のエンジン試運転がいっせいに開始され、回転するプロペラがキラキラ光るのが夜目にもはっきり見えた。

身支度を整えた搭乗員たちは、艦橋下の待機室で出陣に際しての日本武士の伝統である勝栗と冷酒つきの朝食をすませ、搭乗員整列までのひと時を思い思いに過ごしたが、彼らの表情は闘志にあふれ、自信に満ち満ちているように見えた。

「飛龍」では、副長の鹿江隆中佐が艦橋に上がる前に、艦内の飛龍神社にぬかずき、戦勝と武運長久を祈った。非情な運命は鹿江副長が飛龍神社に詣《もう》でてから約七時間後に「加賀」「赤城」「蒼龍」が一時間に被爆して戦列から離れ、そして十三時間後には「飛龍」も同じ運命をたどることになるのだが、もとよりこの時点では、空母をふくむ敵艦隊の動勢が不明という一事を除けば、すべての歯車が勝利に向けて着実にまわっているものと誰もが確信していた。

日本艦隊の搭乗員が、米飯、味噌汁、たくあんに勝栗や冷酒つきの特別な朝食をとったのは午前零時（同三時）をまわった頃だったが、アメリカ艦隊の搭乗員たちの朝食はそれより一時間半も早い午後十時半（四日午前一時三十分）だった。

フライドエッグやトーストにコーヒーのいつもと変わらない朝食を終えたあと、夜明けまでにはかなり時間があり、それがかえって搭乗員たちの気分を落ちつかないものにした。まだ暗いので索敵機を出すことができず、北西の方向からミッドウェーに近づきつつあるはずの日本艦隊を発見できないことが、彼らの不安を増幅させた。

すでに飛行機を飛行甲板に並べていたアメリカ艦隊は、ミッドウェーの北方から少し東寄りの二百カイリの地点を、西南方にゆっくりと移動していた。日本艦隊を待ち受ける立場の彼らとしてはそうするより仕方がなかったからだが、日本艦隊の方は二十四ノットの高速でミッドウェーを目指していたから、夜が明けたころには両艦隊はかなり接近することになり、どちらが先に相手を見つけるかが勝敗の別れ目となる。

早く夜が明けてほしい。そして、一刻も早く索敵機を出したいとの思いは、両軍とも同じだったが、相手を見つけようという真剣さにおいては、アメリカ軍がはるかにまさっていたといわざるを得ない。

時刻が午前一時半（同四時半）をまわって東の空がかすかに明るくなり、間もなく夜明けがこようとしていたころ、ミッドウェーから十一機のＰＢＹ「カタリナ」哨戒飛行艇が飛び立った。そして同じ時刻、洋上にあったフレッチャー少将指揮下の空母「ヨークタウン」からも、十機のＳＢＤ「ドーントレス」艦上爆撃機が索敵に発進した。

陸上基地と艦上からのと合わせて二十一機。ミッドウェーからの「カタリナ」隊は、日本艦隊が来る可能性が最も高い三百十五度の方角を中心に西から東にかけて、「ヨークタウン」の「ドーントレス」隊は念のため北方百カイリの半円を西から東に索敵するという、厳重な警戒網を張った。

4

こちらは日本機動部隊。

夜明けにはまだ少し間があろうかという時刻、「搭乗員整列」がかかった。

「飛龍」の搭乗員待機所には、ミッドウェーへの第一次陸上攻撃に参加する九七式艦上攻撃機十八機、零戦九機の搭乗員六十三名が整列した。飛行隊指揮官は、今度のミッドウェー出撃前に「飛龍」に飛行隊長として着任してきた友永丈市大尉で、盲腸炎の手術後で療養中の淵田美津雄中佐に代わって第一次攻撃隊の総指揮官に任命されていた。

酒豪の友永大尉は、前夜おそくまで浅川正治主計大尉の部屋で飲んでいたが、何事もなかったかのようにすずしい顔で、司令官以下の来るのを待っていた。やがて山口司令官と加来艦長が入って来、搭乗員たちを前に簡潔ではあるが身の引き締まるような訓示があり、「諸子の健闘を祈る」と結んだ。

代わって今日の攻撃隊長である友永大尉が、手の甲を腰に当てる独特のスタイルで攻撃に関する指示を与えたが、すでに打ち合わせずみのことでもあり、多くを語る必要はなかった。

友永の号令で解散した搭乗員たちは、ラッタルを威勢よく駆けあがって飛行甲板上の搭乗機へと急いだ。飛行甲板に出た搭乗員たちの目に、艦橋のマストに勢いよくはためく軍艦旗と、山口司令官の将旗、それにハワイ攻撃いらい二度目のZ旗がうつり、今からはじまろうとする戦闘の重大さを伝えていた。

すでに暖機運転を終えた飛行機は、エンジンを止めて静まり返っていたが、ふたたび始動、プロペラがまわりはじめた。整備員に代わって搭乗員が乗り込み、機の両翼についている赤と青の航空灯が点《つ》く。発進準備オーケーの合図だ。

東南の微風、波もおだやかで多少雲はあるものの視界は良好だ。発艦のため、空母はアメリカ艦隊がしたように艦首を風上に指向し、速力を最大戦速に上げた。

それは、結果的に日本艦隊はいよいよミッドウェーに近づき、アメリカ艦隊は日本艦隊から遠ざかろうとしていることを意味していた。お互いにまだ知らなかったが、南雲長官の旗艦「赤城」から西のわずか二百カイリのところに、フレッチャーの乗るアメリカ機動部隊旗艦「ヨークタウン」はいたのである。

午前一時二十八分（同四時二十八分）、それは「ヨークタウン」から索敵機が飛び立ったのとほぼ同じ時刻であったが、日本艦隊の各空母では「発艦始め」の号令がかかり、まだ明けやらぬ空に向けていっせいに発艦が開始された。

「飛龍」での発艦は、重松康弘大尉指揮の零戦隊からだ。青白い排気炎を吐きながら一番機が飛び立つと、すぐあとに二番機がつづく。

九機の戦闘機の発艦が終わると、つぎは八百キロ陸用爆弾をかかえた九七式艦上攻撃機の番だ。先頭は今日の攻撃隊総指揮官友永大尉の操縦する九七式艦上攻撃機で、身軽な戦闘機とちがって重そうに動き出す。

山口司令官、加来艦長以下、手空きの全員が艦橋や飛行甲板わきのポケット、高角砲や機銃座などで、一機、一機、発艦して行く飛行機を海軍独特の儀式である帽振れで見送った。

「がんばれよ」

「しっかりやれ。頼んだぞ」

「バンザーイ」

声を限りの甲板上の歓呼にこたえ、機上の搭乗員が風防を開いて手を振る。それはハワイ攻撃いらい何度もくり返された光景ではあったが、生死の定かでない戦場への旅立ちには、いつもながら送られる側にも送る側にもいい知れぬ感慨があった。

先に発艦した四空母三十六機の零戦隊は、「赤城」飛行隊長板谷茂少佐を先頭に編隊を構成しながら、左まわりに上空を旋回し、あとから上がった「飛龍」「蒼龍」の九七式艦上攻撃機三十六機、「赤城」「加賀」の九九式艦上爆撃機三十六機を待って合流した。

合わせて百八機の大編隊にもかかわらず集合は十五分ほどで終わり、攻撃隊は明るくなり出した水平線を左前方に望みながら、ミッドウェーに針路を定め、艦隊上空からその姿を消した。

このとき日本艦隊の位置はミッドウェーの三百十五度、約二百十カイリの地点であり、ミッドウェー基地で決めていた重点索敵方位と完全に一致していたから、発見されるのは時間の問題であった。

5

友永大尉指揮のミッドウェー攻撃隊の発進と前後して、日本艦隊からも索敵機が飛び立った。

といっても機数はたった七機で、うち五機は戦艦と巡洋艦からカタパルトで射ち出される水上偵察機で、空母機は「赤城」と「加賀」から九七式艦上攻撃機がそれぞれ一機ずつ出たに過ぎなかった。この少ない機数で東方三百カイリ、百六十五度の扇形の海面を索敵しようというのだから、粗《あら》い索敵になっても仕方がない。しかも、索敵線の一番北の端にあたる一機は、旧式な二人乗りの九五式水上偵察機なので、百五十カイリまでしか進出できない。

しかし、艦載水上偵察機五機に空母の艦上攻撃機二機、合わせてたった七機という甘い索敵を南雲司令部がやったのには、それなりに理由もあった。

その一つは、攻撃目標が位置のはっきりしているミッドウェー島であったこと。だから、いるかいないかわからない——それまで南雲司令部が手にしていた情報によれば、いない公算が大きいと考えられていた——敵艦隊に対しては、いないことを確認しておこうといった程度の消極的なものになってしまった。

これには、連合艦隊司令部にも責任の一端がある。南雲部隊で敵哨戒機の誤認騒動があった六月四日夜、その六百カイリ後方にいた山本司令長官座乗の戦艦「大和」電信室の敵信班（敵の無電を傍受して情報を分析する専門グループ）が、アメリカ空母らしい呼出符号を傍受した。それ以前のハワイ方面の活発な交信と考え合わせて、どうやらアメリカの空母はハワイを出てミッドウェーの北方海上にいるらしいと判断された。

この情報はすぐ山本長官に伝えられたが、前の「第二次K作戦」の中止や攻略部隊の輸送船団が敵哨戒機に発見されたときと同様、先任参謀黒島大佐の判断で、南雲部隊には知らされなかった。

「無線封止は重要であり、それに機動部隊の旗艦『赤城』でも傍受しているだろうからその必要はない」というのがその理由である。

だが「赤城」の敵信班はこの呼出符号を傍受しなかったか、傍受してもそれを南雲長官に伝えなかったかのいずれかだっただろうといわれており、この結果、ミッドウェー周辺に敵空母はいないという南雲長官の判断は変わらず、それが粗《あら》い索敵につながったといえるが、このことが実際に索敵任務に当たる搭乗員の心理に微妙に影響したであろうことは想像にかたくない。いるはずの敵を探すのと、いないかも知れない敵を探すのとでは、その心構えがまるで違うからだ。

もう一つは、南雲部隊航空参謀源田実中佐の航空用兵上の思想にもとづくもので、攻撃重視の観点から空母の飛行機を索敵にさくことを極力さけ、一機でも多く攻撃に振り向けたいという考えから、空母からは二機を索敵に振り向けたに過ぎなかった。

アメリカ艦隊が「ヨークタウン」の艦上爆撃機を十機も索敵に出したのとは大違いだが、これは何も源田一人に限ったことではなく、「わが海軍の通弊《つうへい》だった」と、ハワイ攻撃いらい数次の機動部隊空中総指揮官をつとめた淵田美津雄中佐も指摘している。

偵察・索敵軽視の思想は、空母搭載機の中味にも現われていた。

「飛龍」完成時の搭載機は、計画では常用五十七機、補用十六機の合わせて七十三機で、この中には九七式艦上偵察機九機がふくまれていたが、実際には搭載されず、そのぶん九七式艦上攻撃機に変更されてしまった。

九七式艦上偵察機は同じ中島飛行機の九七式艦上攻撃機とほぼ同時に試作され、日本海軍初の艦上偵察機として大いに期待されたが、偵察は九七式艦上攻撃機で行なうという海軍の方針変更で二機しかつくられなかったからだ。

艦上攻撃機として搭載したものを、偵察にまわして攻撃力が減るのが惜しいと考えるのは自然の成り行きで、アメリカ軍だってそれは同じに違いないが、彼らは攻撃と偵察の重要度のバランスを考え、あえて十機の攻撃兵力を偵察専門の中隊として索敵にさいたのだ。

この努力は報いられることはなかったが、アメリカ軍全体の索敵に対する熱意は、当然のように先に日本艦隊を発見した。

6

日米両軍索敵機の行動についてはひとまず措《お》いて、ミッドウェー攻撃に向かうわが友永攻撃隊に眼を転じてみよう。

ミッドウェー攻撃隊の発艦は、公刊戦史では六月五日午前一時半となっている。これは東京時間であり、現地時間では時差の都合で六月四日午前四時半ということになる。以下、実際の日の出や日没に合わせるため、時刻だけ現地時間を使うことにする。

この日の日出は午前四時五十二分だから、攻撃隊は暁暗の中をしばらく雲上飛行をつづけたが、やがて左手前方の雲が紅く輝き、真っ赤な太陽が顔を出した。

「飛龍」の艦上攻撃機一機がエンジン不調で引き返したが、残る百七機の攻撃隊は、友永隊長直率の「飛龍」艦攻隊を先頭に一路ミッドウェー目指して進んだ。

やや高度差をつけて飛ぶ艦攻隊と艦爆隊の約五百メートル上空を重松康弘大尉指揮の零戦九機が直掩隊、そのやや前方左右を他の三空母の零戦隊二十七機が制空隊として展開する水も洩《も》らさぬ陣形と見えたが、一時間ほど飛んだとき戦闘機隊にちょっとした異変が起きた。

少し先行して前路警戒にあたっていた制空戦闘機隊の左翼の一隊が、なぜか分離して一時視界から離れ、ふたたび合同すべく接近してきたのを敵と誤認した他の戦闘機隊が攻撃行動に移ろうとして、掩護隊形が乱れたのだ。

間もなく、それが一時分離した左翼の制空隊であることがわかり、戦闘機隊は急いで元の掩護隊形にもどろうとしたが、この無用な錯誤で攻撃隊の上空を掩護すべき戦闘機が皆無という空白の時間が生まれた。

「これはいかん、と私の中隊長重松大尉はスロットルを開けた（増速すること）。そのときである。私の目にミッドウェーの海岸が白い波にふちどられているのがはっきり映《うつ》った。しまった！　私はとり肌たつ思いがした。私の計算よりもなお約十五分もそれは早かった。目を皿にし、心で敵機の出現の一刻もおそからんことを祈りつつ前方をみつめた。だがその祈りもむなしく、わずかにかすんだ青空と白い断雲との間に、私は埃《ほこり》にも似た黒点をみた。それはまばたきをすれば見失うほどのものだった。

瞬間、私もスロットルを全開にし、中隊長重松大尉機の前方に飛び出しながら、翼を左右

に振って敵発見を知らせた」（重松大尉の二番機、村中一夫一飛曹）

これより先、ちょうどミッドウェー攻撃隊が発艦を開始したのと同じ時刻の午前四時半、十一機のＰＢＹ「カタリナ」哨戒飛行艇が日本機動部隊を発見すべくミッドウェー基地を飛び立ったが、そのなかでも、もっとも重要な三百十五度の索敵線を担当したのがアディ大尉を機長とする「カタリナ」だった。

ときには絶望するほどに鈍速の「カタリナ」ではあったが、いったん飛び出したら十五時間以上も飛びつづけられるのと、機長もふくめて七人から九人も乗れることから、索敵にはうってつけの飛行機だった。

アディ機が基地を飛び立ってから四十分ほどたった午前五時十分ごろ、一機の小型水上機が西方からやってくるのに出会った。日本軍の水上偵察機で、アディ機と反航体勢でかなり近いところをミッドウェーに向かって飛び去った。

アディ大尉はすぐにこのことを無電で報告するとともに、水上機がいるからには必ず日本艦隊が近くにいるにちがいないと判断し、警戒をいっそう強めた。

上空は明るくなってはいたものの、海面近くに断雲がいくつもあって必ずしも視界は良くなかったが、海面に目をこらしていたアディ機の乗員は思わぬものを発見して興奮した。それはここ数日来探し求めていた、まぎれもない日本の空母だったからだ。しかし、機長のアディ大尉はつとめて冷静に振舞い、雲を最大限に利用しながら接触をつづけ、日本艦隊の様子をつぎつぎに電波にのせて報告した。
「五時三十四分、敵空母（複数）見ゆ」
「五時四十分、ミッドウェーからの距離百八十マイル、方位三二〇度」
「五時五十二分、二隻の空母と他の艦船見ゆ。空母が前方に、針路一三五度、速力二十五ノット」

それは本命ともいうべき日本機動部隊が、アメリカ軍の前に姿を現わした最初であり、日本軍にとってはこれから始まる悲劇の幕あきであった。

このあと接触をつづける「カタリナ」によって日本艦隊はずっと監視下にさらされることになるが、「飛龍」の戦闘詳報によると、〇二三三（午前五時三十三分）と〇二五八（同五時五十八分）にそれぞれ「敵飛行機一機発見」となっており、他の空母機と呼応して「飛龍」からも零戦三機が攻撃に向かったが、たくみに雲を利用して見えかくれする「カタリナ」を捕捉することはできなかった。

アディ大尉の「カタリナ」が最初に日本艦隊を発見したのとほぼ同時刻、アディ機のすぐ南隣り三百度の索敵線をやや遅れて飛んでいたウィリアム・チェイス大尉の「カタリナ」も、別の重要な目標――それは明らかにミッドウェーを目指していると思われる戦闘機と爆撃機の大編隊を北方に認め、すぐに打電した。

「敵機多数ミッドウェーに向かいつつあり。ミッドウェーの方位三二〇度、距離百五十マイル」

先のアディ機もこのチェイス機も、発信はいずれも平文《ひらぶん》だった。いつもなら暗号に組みかえてから発信するのだが、この期に及んでその時間的余裕はなかったし、その必要もなかったからだ。

チェイス大尉機の敵機発見の報告から十分ほどしたころ、ミッドウェー基地のレーダーもこの大編隊をとらえ、「多数機三二〇度、九十三マイル」と報告した。

ミッドウェーは騒然となった。真珠湾いらいの、あの恐るべき破壊力を秘めた日本機動部隊の空中攻撃隊が、今やそのほこ先をミッドウェーに向けて迫りつつあるのだ。

基地には空襲警報が発令されると同時に、つぎつぎに指令が発せられた。

「上空にあるB17隊は、攻撃目標を敵空母としこれに向かえ」

「哨戒機は敵の空襲を避け、任務終了後はフレンチフリゲートロックもしくはその付近の環礁に着水せよ」

そして、最も重要な命令が「全機発進」であった。

午前六時、まず二十六機の戦闘機がイースタン島の滑走路を離陸した。うち一機はエンジン故障ですぐ引き返したが、ほかの二十五機は北西に向けて高度をとった。彼らに与えられたのは、基地から約三十マイルのところで旋回しながら敵機を待ち伏せすることだったが、会敵まで長く待つ必要はなかった。

この間にもレーダーは敵編隊が刻々接近しつつあるのを伝え、まだ四十機も残っていた在地機は発進を急いだ。

まず六機のTBF「アベンジャー」攻撃機、つづいて四機の陸軍B26爆撃機（いずれも魚雷装備）、十二機のTBD「デバステータ」、十六機のSBD「ドーントレス」急降下爆撃機があいついで離陸を終えたのは、午前六時十五分をまわった頃だった。彼らの任務はいわずもがな、先に発進した戦闘機隊と違って日本艦隊に対する攻撃であったが、それと前後してレーダーは日本攻撃隊の位置をミッドウェーから二十九マイルと報じた。

危ういところで地上撃破をまぬがれることになったわけだが、静かになった飛行場に残った飛行機は旧式のグラマン水陸両用機一機だけとなった。離陸後に引き返した戦闘機とTBD爆撃機各一機、エンジン不調で離陸できなかったSBD急降下爆撃機二機も応急整備されて、すぐ空中退避に飛び立ったからだ。

敵の航空兵力を地上で撃破するという日本軍の目算は完全に外されてしまったことになるが、そうとは知らない友永攻撃隊は、ミッドウェー北方のリーフを望む空域に到達した。

進撃途中につづいた雲も切れ、ミッドウェー付近はちぎれ雲がある程度の晴天で、爆撃にはうってつけの日和であったが、この視界の良さが逆に待ちかまえていた敵戦闘機隊に発見を容易にさせる結果となった。

「隊長、ミッドウェーまであと二十カイリです」

先頭の指揮官機の偵察席に乗っていた橋本敏男中尉が友永隊長にそう報告したとき、左後方から敵戦闘機の不意打ちを受けた。このとき、先述したようにその前のちょっとした混乱で、艦爆隊や艦攻隊を掩護すべき零戦隊はまだ追いついていなかったのである。

だが真っ先に敵を発見した村中一飛曹の合図で、零戦隊は急いで戦闘態勢に入った。

「一呼吸して、わが全戦闘機隊の腹の下から増槽がいっせいに切り離された。接敵を知ったほかの戦闘機は、重松大尉につづいて水平に増速している。わが攻撃隊と敵は反航しており、われわれは攻撃隊を追いかけている形だ。

ついに敵機は、わが攻撃隊の先頭に対して攻撃を開始した。まだ千メートルくらい離れており、有効な阻止はとてもできそうにない。私は七・七ミリ機銃を発射した。敵の心理的動揺を期待したのだが、私の有効でない射撃を無視したかのように、つぎつぎに切り返して掩護戦闘機のいない艦攻隊に襲いかかった。

私は自分の無力に泣く思いだった。ようやく近くなった敵の後尾機について降下追跡に移ろうとして、念のため上空を見た。今度は約二十機。距離はまだ遠い。戦況はと見まわしたとき、わが艦攻が二機、一機は火を吐きながら、一機は白い煙の尾をひきながら、青い海に向かって墜ちていくのが目に入った」（村中）

村中が見たのは指揮官直率中隊の九七式艦上攻撃機で、この二機が墜ちたあと指揮官機も燃料タンクに被弾し、ガソリンが霧となって吹き出した。

それを知った指揮官友永大尉は、偵察席の橋本敏男中尉に大声で聞いた。

「飛行士、やられたタンクは右か左か？」

被弾したのは翼のつけ根付近で、左右どちらのタンクか判定のむずかしいところだったが、どうやら右タンクらしいと判断した橋本がそのむね答えると、友永はすぐ燃料コックを被弾した右タンクに切り換えた。先にこちらを使うことによって、少しでも帰路の燃料を温存しようというとっさの判断からであった。

この間にも敵機の襲撃はつづいたが、

「そんな中にあって、適切な回避運動や燃料コックの切り換えを実施した隊長に対し、私はこの先輩にはとても及ぶところではない、と感心するとともに教えられもした」（橋本）

7

ミッドウェーに進入する直前の空戦で、わが攻撃隊にも若干の被害を出したが、敵戦闘機の損害はずっとひどく、二十五機のうち十五機が零戦の活躍と艦爆・艦攻の旋回機銃によって撃墜され、生き残った十機のうち、飛行可能なのはたった二機に過ぎなかったという。

こうして敵戦闘機の姿が消え、空戦が終わったころには白い波にふちどられたミッドウェーはすぐ眼の下にあった。抵抗の止んだ敵戦闘機に代わって、今度は地上からの対空砲火が編隊をつつみはじめたが、そのまま爆撃進路に入った。

ミッドウェーはイースタン島とサンド島という二つの小島とそれを囲む珊瑚礁から成っており、陸上機基地があるイースタン島を「赤城」と「蒼龍」の飛行隊が、サンド島を「飛龍」と「加賀」の飛行隊がそれぞれ爆撃したが、地上には小型機一機しか見当たらなかったので、爆撃目標は軍事施設と滑走路に向けられた。

サンド島を爆撃した「飛龍」艦攻隊の放った一弾が、大型燃料貯蔵タンクに命中して大爆発を起こし、島をおおう炎と黒煙はサンド島の南方十マイルの海中に潜伏していた日本の伊号第一六八潜水艦の潜望鏡からも望見された。そのほか飛行艇格納庫、宿舎、陸上施設、滑走路などでき得るかぎりの破壊が実施されたが、この間に「飛龍」艦攻隊はさらに一機を失った。

「敵の対空砲火は熾烈をきわめ、高角砲射撃は一斉射十発に及び、その精度はきわめて優秀であった。そのため攻撃隊は多くの被弾機を出し、艦攻一ないし二機がこれにより撃墜された」

公刊戦史にそう書かれてあるが、その射撃の精度のほどはともかくとして、目標を爆撃しようとした友永大尉機が至近弾の炸裂でゆれたため、命中精度が落ちたことが、この指揮官の心に大きなしこりを残したのではないかと想像される。

失われた「飛龍」の一機は、第二中隊の龍六郎飛行兵曹長機（操縦員・坂本憲司一等飛行兵曹、電信員・二宮一憲二等飛行兵曹）で、地上砲火の直撃によるものであった。

「拝啓　成明は元気で大きくなっているかね。手や足や顔を真っ赤にさせて力んでいる姿が目に浮かぶ。子供って本当に愛《いと》しいものだ。毎日見ていても見足らぬ感じがする。今度会う時はだいぶ大きくなっていることだろう。座るようになっているかも知れない。

ウマウマ位いうようになっているかも知れない。
子供の事ばかりいっているので笑われたことがある。親のみが知る幸福である。（中略）
家の修理は出来上がったかね。もうそろそろ完成の頃と思っている。
お母さんも、成明がいるので大変だと思う。厚く御礼を申してくれ。
子供だけはどんな事態が起きても、雄々しく正しく立派に育ててくれ。
今日は雨だ。暇だから一筆書いた。
六郎
邦子殿
」

ミッドウェー出撃前、「飛龍」飛行隊が訓練をしていた宮崎県富高基地から妻に当てた龍飛曹長の手紙だが、その若い父親も戦死してしまった。

午前六時半に始まったミッドウェー攻撃もほとんど終わり、各攻撃隊および戦闘機隊は順次戦場を離れてミッドウェー西方の集合点に向かったが、敵機のほとんどが不在でこれを地上で撃破できなかったことと、滑走路の破壊も不十分だったことから、友永は「第二次攻撃の要あり」と電文を打たせた。

これがあとで機動部隊に大混乱を起こさせるもとになったのだが、その是非については後述する。

攻撃を終わった各機は、出発前の打ち合わせに従ってミッドウェー西方の集合点に向かったが、その直後に「飛龍」の艦上攻撃機が、また一機失われた。

「爆撃が終わって下方を見ると、各所から黒煙が上がっている。帰投について間もなく、前方を艦攻一機が煙を引きつつ飛行しているのを発見し接近する。菊地六郎大尉操縦（偵察員・湯本智美飛行兵曹長、電信員・楢崎廣典一等飛行兵曹）の飛行機らしく、しだいに高度を下げて海面に不時着してしまった。三名が飛行機積載の救命ボート（ゴム製）を出して移乗して間もなく、飛行機は海中に没した。

搭乗員が白マフラーを振っている上空を旋回しながら、丸山兵曹の指示で目標投弾や発光投弾などをすべて付近海面に投下して救助の目標とし、弁当の巻ずしをバッグに入れたままで投下、不時着地点を無線放送し、上空を二、三回旋回して別れを惜しんだ」

「飛龍」艦攻電信員浜田義一・一等飛行兵（のち飛行兵曹長、徳島市）が見た菊地大尉機の最後の模様だが、指揮官機の偵察員橋本中尉によると、友永は母艦に帰投の途中、

「なんとか助けてやりたい。状況がゆるせば戦闘機の掩護のもとに、水偵を出してもらって助けたいものだ」と、いっていたという。

海上に不時着した菊地大尉機は、その後に起きた機動部隊をめぐる戦闘で救助どころではなくなり、そのまま消息不明となってしまったが、菊地大尉の家は戦後三人の兄弟もすでに亡く、偵察員湯本智美飛曹長の兄も先に海軍で亡くなっているので、家を継ぐべき者がいなくなってしまった。

こうして子孫を残さずに死んだ戦士たちのことは、誰が記憶にとどめてくれるのであろう

か。

敵戦闘機の最初の一撃で撃墜された友永隊長直率中隊の二機は、操縦員於久保已三二等飛行兵曹、偵察員鳥羽重信一等飛行兵曹、電信員森田寛一等飛行兵曹と、同じく宮内政治、山田貞次郎、宮川次宗(いずれも二等飛行兵曹)搭乗の九七式艦上攻撃機だった。

於久機の偵察員鳥羽重信一飛曹は支那事変いらいのベテランで、その豊富な実戦経験を見込まれて隊長二番機の偵察員になっていた。

「兄は幼い頃より温和な性格でしたが、温和の中にも強い忍耐力があり、父母に対しては当時のいわゆる孝行者でした。学校の成績もトップクラスでスポーツも得意でした。兄に似ずヤンチャな私も、兄にはずいぶん可愛がられ、今でも兄は大好きです。

終戦後も兄がひょっこり帰って来たりはしないかと思ったり、また兄が帰って来た夢を何度も見たものです。何故か、夢で帰った兄は無口で、ほとんど何も話さずにすぐ消えてしまいました。(後略)」

弟(鳥羽正男、広島県福山市)の、亡き兄の思い出であるが、操縦の於久保已三二飛曹については妹が手紙の中にあった句を覚えていた。

君のため　我も散りゆく　桜ばな

それは明らかに辞世をよんだものであった。

第十五章　遅疑逡巡

1

ミッドウェー基地を発進したアメリカ攻撃隊が日本機動部隊を発見したのは、ミッドウェー攻撃を終えて友永隊長が「第二次攻撃の要あり」を打電したのと、ほぼ同じ午前七時ごろだった。

彼らは攻撃隊とはいっても海軍、海兵隊、陸軍と所属の異なる寄せ集めで、半分は直前に配備された部隊だったので相互に連係はなく、攻撃はまったくバラバラに行なわれた。しかも戦闘機は日本攻撃隊の邀撃《ようげき》にまわされたから、強力な零戦が待ち構える日本艦隊を護衛機なしで攻撃することは自殺行為にひとしかった。

アメリカ攻撃隊のなかで最初に日本艦隊に取りついたのは、ミッドウェー基地に配備されたうちでは最新鋭のグラマンTBF「アベンジャー」雷撃機中隊だった。TBF隊の隊長フィーバーリング大尉は、二隻の空母を確認すると直ちに攻撃行動にうつった。

それはこの日の戦闘で日本艦隊に加えられた最初の攻撃であったが、彼らが雷撃体勢に入るべく高度を百五十フィートに下げるまでの間に、早くも上空直衛の零戦隊が襲いかかった。彼らが狙ったのは正方形の隊形の右側の先頭艦「赤城」と後続の「飛龍」だったが、魚雷の射点につく前につぎつぎに撃墜され、そのたびに艦上の乗組員たちの間から拍手と歓声があがった。

考えてみれば、インド洋作戦で「赤城」が知らないうちにイギリス機の爆撃を受けたことはあったが、こうして目の前で敵機による攻撃を体験し、しかもそれをみごとに阻止する零戦の活躍を見るのは初めてだった。

彼らはいまさらのように零戦の強さを知ったが、同時に、たった六機（日本側では九機と報告されている）でしかも戦闘機の掩護もなしに攻撃してくる彼らの勇敢さは、圧倒的に優勢な日本攻撃隊を阻止すべく、段違いなのを承知で零戦隊と戦って全滅に近い損害を出したミッドウェー戦闘機と同様に、アメリカ兵は戦意が低いと考えていた日本人の先入観をくつがえすものであった。

結局、六機のTBFのうち五機が波間に姿を消し、残る一機も被弾のため操縦が意のようにならなくなり、空母の雷撃をあきらめて三本煙突の巡洋艦（軽巡「長良」？）に魚雷を放って戦場を離脱した。この雷撃機はアーネスト海軍少尉の乗機で、生還できた唯一のTBF

となった。（日本側の記録ではTBFの撃墜は三機となっている）

六機中五機を失った海軍TBF隊のあとを追うようにして、今度はコリンズ大尉指揮の陸軍B26「マローダー」爆撃機四機が攻撃にうつった。彼らはこれまで雷撃訓練など一度も受けないまま攻撃に加わったものだが、TBFより時速にして四十キロも上まわる高速を利し、零戦の追撃を振り払いながら「赤城」に殺到した。

一機は零戦に撃墜されたが、三機は魚雷発射に成功した。そのうちの一機は「赤城」の飛行甲板を飛び越える際に機銃掃射をあびせ、若干の人員の損害を与え、艦橋付近を飛び抜けた他の一機は「赤城」の砲火で海中に撃墜された。

攻撃が終わったあと、遅れて迫ってくる三本の魚雷を「赤城」は操艦によってすべて回避し、ミッドウェー基地からの第一波攻撃はことごとく失敗に終わった。（日本側の記録ではB26の来襲機数は九機でその全機を撃墜したことになっているが、アメリカ側の記録によると四機出撃して二機喪失となっている）

だが、TBF隊とB26隊の英雄的な犠牲攻撃は、日本軍大敗の原因となる空母艦上での兵装転換という大混乱を誘発するきっかけになったという意味で、決して無駄ではなかった。なぜなら、午前七時発の友永隊長からの「第二次攻撃の要あり」の電文を受け取ったとき、日本機動部隊司令長官南雲中将は、すぐには決心がつかなかった。

ミッドウェー基地に向けて友永攻撃隊を出したあと、南雲は敵艦隊の出現に備えて艦船用の攻撃兵装をした第二次攻撃隊を用意し、いつでも発艦できるようにしてあった。もし、これを陸上攻撃用に兵装転換するとなると、どうなるのか。　南雲の脳裏には、あのいまわしいインド洋での出来事が頭に浮かんだ。

それは約二ヵ月前のセイロン島攻撃のときだった。四月五日の早朝、「加賀」を除く南雲部隊の五隻の空母から飛び立った百二十八機の第一次攻撃隊がコロンボを空襲したが、そのさい攻撃隊総指揮官淵田美津雄中佐は効果不充分と判断して、「第二次攻撃を準備されたし」と「赤城」あてに打電した。そこで機動部隊では、敵艦隊の出現に備えて母艦上に待機させていた第二次攻撃隊の兵装を、陸上攻撃用に転換する作業を開始したが、それから間もなく索敵機から「敵発見」の報告が入り、ふたたび兵装を艦船攻撃用に戻すという混乱が生じた。

さいわいにも攻撃は兵装転換が比較的容易な艦爆隊によって実施され、急降下爆撃だけで重巡洋艦二隻を沈めることができた。

それから四日後の四月九日のツリンコマリー空襲のときもまったく同じことが起こり、イギリス空母「ハーミス」を撃沈したものの、攻撃に出たのはやはり艦爆隊だけだった。

この苦い経験から、機動部隊ではこのあと、兵装転換にどれだけかかるかを「飛龍」で実験したが、それによると雷装から爆装、あるいはその逆もふくめて、全機の作業が終わるには一時間半から二時間半かかっている。しかもこれは平穏な通常航海中の作業であり、戦闘中ともなればさらに多くの時間を必要とすることが予想された。

ミッドウェー攻撃隊発進の約四十分後、索敵機からの敵艦隊発見の報告がなければ、再度ミッドウェーを攻撃する意図を示していた南雲ではあったが、以前の苦い経験が彼を迷わせた。

すでに索敵機が出てから二時間近くたっていたが、まだ敵発見の報告はない。やはり敵艦隊はいないのかも知れない。とすると、このまま待機させても出動の機会はないだろう。それなら今、ミッドウェー基地からの攻撃をこうして受けている以上、陸上基地を叩くべきではないか。しかも、間なく帰ってくるであろう第一次攻撃隊を収容するためにも、飛行甲板は空けておかなければならない。

一つは現下の状況にもとづく戦術的判断から、もう一つは物理的時間的な制約から、午前七時十五分、南雲はついに兵装転換を命じた。

つまり、第一次攻撃隊指揮官友永大尉の要請に沿うかたちになったのであるが、友永の「第二次攻撃の要あり」については批判の声もある。

その一つは、盲腸手術後でこの日の第一次攻撃隊総指揮官の役を友永に譲らざるを得なかった淵田美津雄中佐のものだ。

太平洋戦争（日本では大東亜戦争といっていた）の前、中国大陸での戦闘では、基地攻撃に行っても、あらかじめそれを知った敵が飛行機を空中退避させて、地上にいないことがよくあったが、そんなとき攻撃隊は持って行った爆弾の三分の一くらいを落としてそのまま帰ると見せかけ、敵が基地にもどった頃合いを見はからって、再度、攻撃するという戦法でしばしば成功した。

友永も支那事変でそれを経験していたはずなのに、なぜミッドウェー攻撃でもその手を使わなかったのかという疑問である。

淵田は、「やっこサン、しばらく内地でアカを落としていたもんだから、素直になったんでしょう」という「赤城」艦爆隊長村田重治少佐の言葉を借りて、攻撃が淡白だったと暗に友永を批判している。

しかし、そのすぐあとにミッドウェー基地から飛び立った飛行機によって、機動部隊は攻撃されており、かりに支那事変のときと同じ手を使ったとしても、敵攻撃隊が帰ってくるまで燃料はもたなかったに違いない。

もう一つは雑誌「丸」別冊「戦争と人物」⑥にのったもので、「飛龍」の僚艦「蒼龍」の艦爆隊長阿部平次郎少佐（当時大尉）は、

「島は逃げるわけじゃないんだから、わたしだったら、ああいう電報は打たない。支那事変のときは『加賀』で一緒に戦った。友さんは艦攻、僕は艦爆。それで彼は、事変の経験はあったのだが、大東亜戦争は初めてで、このミッドウェーが初陣だったんだ。上で（空中で）聞いておって、ああ、これはいかんなあ、とおもった」

〝友さん〟は友永の愛称であるが、村田少佐もいっているように、支那事変後、一時、練習航空隊の教官をやって、ミッドウェー出撃前に「飛龍」飛行隊長として着任した友永にとって、いきなり百機以上の大攻撃隊の指揮はそれだけでも重荷だったはずだ。ハワイ空襲いら

い、つねに飛行隊の空中総指揮にあたった淵田にくらべて、戦況判断や空中指揮などの点でかりに劣った点があったとしても、それは責められないだろう。

それにしても、友永が置かれた状況は苛酷だった。乗機の燃料タンクの被弾は沈着な処置でとりあえず危機を切り抜けたものの、今度は無線機に被弾して使えなくなり、以後は小型黒板（手板）に書いて二番機に中継発信させるという処置をとらざるを得なかった。

支那事変では想像もしなかったこと（もちろんこの戦争でも初めてだった）が一時に押し寄せる中で、友永の頭を支配したのは与えられた任務、すなわちミッドウェー基地の攻撃が十分な成果を得られなかったという思いだったろう。

「第二攻撃の要あり」は、そんな状況の中から発せられたもので、この時点では妥当かつ最善の判断であったと考えられる。このあとで空母上で起きた兵装転換の混乱は、むしろ日本軍全体に共通した欠陥ともいうべき索敵の軽視に起因するもので、友永に責任はない。

なぜなら、アメリカ側はこの日の〝索敵競争〟では午前五時半には早くも日本艦隊を発見し、以後ミッドウェー基地と機動部隊から攻撃隊を発進させていた。そして午前七時過ぎにはミッドウェー基地からの攻撃第一波が日本空母群を襲ったが、この時点でもまだ日本側はアメリカ空母の所在をつかんでいない。アメリカ側の発見よりすでに一時間半もおくれていたが、せめてこの頃——友永が「第二次攻撃の要あり」を発信する前にでも敵空母を発見していれば、空母甲板上に待機していた攻撃隊は、その兵装を変えることなく発進し、あとに起きた混乱は避けられたはずだ。

2

機動部隊の各空母では、ミッドウェー第二次攻撃のための兵装転換作業が大急ぎで開始された。急降下爆撃機を用意していた「飛龍」と「蒼龍」は、通常爆弾を陸用爆弾に替えるだけだから比較的楽に作業が進んだものの、「赤城」と「加賀」は艦攻隊だったので、魚雷を八百キロ爆弾に変える作業は難儀をきわめた。

重い爆弾と魚雷、しかも空襲下とあって、防空戦闘機の発着により飛行甲板を作業に使うことができず、作業は狭い格納庫内で行なわなければならなかった。

しかも、爆撃や雷撃の回避のため大転舵するので、そのたびに母艦が大きく傾斜して作業は一時中断をよぎなくされた。

この防空戦闘や兵装転換作業で混乱している最中、それに輪をかける厄介な、そしてあって欲しくなかった報告が第四索敵線の先端を飛んでいた重巡洋艦「利根」四号機、三人乗りの零式水上偵察機から入った。

「敵らしきもの十隻見ゆ、ミッドウェーの方位一〇度（北）距離二百四十カイリ、針度一五〇度、速力二十ノット、〇四二八」（〇四二八＝午前七時二十八分）

「司令官、電報！　艦長、電報！」

幹部伝令員徳秀吉三等水兵（福岡県宮田町）は、大声で叫びながら艦橋に向けて全速で走った。

艦橋に飛び込むと、道をあけた各参謀の間を通って山口司令官と加来艦長に電報を手渡すと、電文を見た途端に二人の目が峻《けわ》しくなり、「ウーム」とうなって何かつぶやくのを徳伝令員は見た。

「あとで考えて見ると、敵艦隊発見の電報ではなかったか」

その異様な姿に不安をおぼえながら暗号室に戻った、と徳は回想する。

内地出撃いらい初めて耳にした敵艦隊発見の報告だったので、ほとんどそれはいないと信じていた南雲司令部では首をかしげたが、その後つづいて送られてきた天候報告などから、間違いないだろうということになり、まだ報告はなかったものの、当然、空母もふくむと判断した南雲長官はこの敵艦隊攻撃を決意し、午前七時四十五分、

「敵艦隊攻撃準備、雷撃機雷装そのまま」を下令した。

「雷撃機雷装そのまま」というのは、兵装転換には長時間を要すること、三十分前に陸上攻撃用に兵装転換を下令してから防空戦闘がつづいたことなどで、作業は大して進んでいないだろうとの南雲の判断を示すものだったが、整備員をはじめ乗組員たちの懸命の努力で、意外にもその作業はかなり進んでいたのである。

「南雲中将の命により、ミッドウェーの第二次空襲に向けるために、その雷撃隊は魚雷を陸用爆弾に変更しつつあった。そして『赤城』『加賀』の艦上にあるこれらの大半はすでに、八百キロ陸用爆弾の搭載を終わっていた。この間、その制空隊の全戦闘機が目前の急を救う

ため、飛び立って来襲敵機の迎撃に任じている。ひとり急降下爆撃機隊だけがその待機を持続し、ただちに発進可能の状態だった。山口少将の指揮下にある『飛龍』『蒼龍』の艦上に各艦十八機ずつ、計三十六機の急降下爆撃機が発進の下令を待っていた」（前出淵田・奥宮共著『ミッドウェー』）

そんな中で再度の兵装転換下令とあって、各艦ではふたたび狂気のような作業が開始されたが、この混乱に輪をかけるような事態がまたしても発生した。ミッドウェー基地からやってきた第二波のアメリカ攻撃隊の来襲である。

それは南雲長官が再度の兵装転換を指示してから約十分後、ヘンダーソン少佐指揮のダグラスＳＢＤ「ドーントレス」急降下爆撃機十六機によって開始された。だが、その攻撃ぶりは拙劣で、ただの一発も命中しなかったばかりか、襲いかかった零戦によって半数の八機がたちまち撃墜されてしまった。

このＳＢＤ隊パイロット十六人のうち、十三人は数日前まではこの飛行機で飛んだ経験をまったく持たなかったし、飛行隊の練度が低いため急降下爆撃は無理と判断したヘンダーソン隊長が、やむなく緩降下爆撃を命じたことも、零戦の好餌となる結果を生んでしまった。

（日本側の記録ではＳＢＤの来襲は十四機で、うち六機撃墜となっている）

ヘンダーソン少佐のＳＢＤ隊が絶望的な緩降下爆撃を行なっていたころ、四発の陸軍Ｂ17爆撃機十五機が日本艦隊上空に到着した。

ウォルター・スウィーニ陸軍中佐指揮のＢ17爆撃隊は最初、前日発見された日本輸送船団を攻撃するためミッドウェーを離陸したが、その直後に日本艦隊発見の報が入ったため、途中から向きを変えてやってきたのである。

彼らは二万フィート（約六千七百メートル）の高さから小隊ごとに爆弾を投下した。海上には弾着の派手な水煙があがり、ある小隊のそれが一隻の空母をおおったため彼らは命中したものと確信したが、実際は一発も当たっていなかった。（日本側記録はB17十八機来襲、うち四機を撃墜したことになっているが、アメリカ側の記録では喪失機はゼロ）

3

戦争はいろいろなことが一時に起きるものである。日本機動部隊の各空母上で艦船攻撃用から陸上攻撃用へ兵装転換をやっている間じゅう、ミッドウェーからの敵機の攻撃を受けた。この間に遅い敵艦隊発見の第一報が入り、南雲長官はふたたび兵装を艦船攻撃用に変えるよう命じたが、そのすぐあとにミッドウェー攻撃から帰った第一次攻撃隊が機動部隊上空に姿を現わしはじめた。

ちょうど敵の攻撃第一波が去ったあとでもあり、またしても敵の来襲かと色めき立ったが、味方の飛行機隊とわかってホッとしたのも束《つか》の間、ちょうど時を同じくしてミッドウェーからやってきたと思われる敵の第二波の攻撃が開始されたのである。

第二次攻撃隊の発進準備、第一次攻撃隊の収容、敵攻撃隊との戦闘と、三つの難題が同時に押し寄せたが、まず第一にやることは敵の攻撃の回避であり、ミッドウェー攻撃隊にはしばらく空中で待ってもらわなくてはならない。友永隊長機が味方艦隊上空に帰りついたとき、母艦「飛龍」は敵機の爆撃下にあり（それがB17によるものであることはあとで知ったが）、懸命な回避運動の最中であった。

「われわれは付近上空を旋回しながら、その武運を祈りつつ見守るのみであった。

すると、『飛龍』が回避運動で大きく艦尾を横にふった瞬間、至近弾の水柱でその姿はつつまれてしまった。ハッと固唾《かたず》をのんだが、水柱の間からおどりでるように『飛龍』が勇姿をあらわしたときには、機上で思わず拍手してその健在をたのもしく思った」

友永隊長機の偵察員橋本敏男中尉が機上から見たそのときの光景だが、戦闘機隊の村中一夫一等飛行兵曹は、艦攻隊より一足先に着艦しようとしてこの爆撃に遭遇した。

「私は艦攻隊に合図して直掩を解き、『飛龍』の上空に帰ってきた。着艦の順序を待って母艦の右舷側を二回まわった。そして艦尾から右舷に入るところで脚とフラップをおろし、着艦フックを下げた。右舷を通過しながら艦橋からの着艦指示を確認した。（中略）

その瞬間だった。わが母艦『飛龍』は突如ものすごい水柱につつまれた。それは一瞬『飛龍』が完全にみえなくなるほどのものであった。しまったと思い、すぐに脚、フラップ、着艦フックと引き上げて上昇に移った。すでに『飛龍』は重大な損害をこうむったものと思ったが、上昇しながら下をみると、まっ白い水煙が飛行甲板にくずれ落ちた後に、『飛龍』は何事もなかったようにケロッとした感じで走っていた。

ああよかった。敵の爆撃は完全にいわゆる下駄を履いた（目標をまたいで弾着すること）のである。（中略）

敵はまちがいなくB17であろう。高度差があって果たして追いつけるか。追いついたとしてもすでにミッドウェー島の戦闘で、二十ミリ機銃はとっくに射ちつくしていた。七・七ミリであの重装甲のB17と戦えるのか。だが一矢も報いずに帰すわけにはいかない。

そう思ってふたたび上昇をつづけていたとき、こちらに向かってくる別の敵機を発見した。それも十二機。敵の機種を確認することは容易ではないが、やがて単発の、それも急降下爆撃機らしいことに気づいた。

そのまま一連の射撃を加えたが、案の定、機銃は七・七ミリ、それも左片銃だけで有効な妨害にはなりえなかった。私は敵編隊の下をくぐりながら、これは敵空母のものだと気づき、その容易ならぬ事態をさとって愕然とした」（村中）

村中が見た敵空母機というのは、実はそうではなくて、ミッドウェーからやってきた海兵隊所属のヴォートSB2U「ヴィンディケイター」急降下爆撃機十一機だった。ノーリス少佐指揮のこのSB2U隊は、先のSBD隊につづいてミッドウェーを離陸したが、あまりにも速度がおそいため一緒に行動できず、SBDより二十分も遅れて戦場に到着したのであった。

飛行機が旧式なのに加え、搭乗員の技術も未熟だったため爆弾はことごとくはずれ、攻撃は何の成果もあげ得なかった。それよりも喪失がわずか五機にとどまったことは、より新型のSBDが十六機の半数を失ったのにくらべて、むしろ幸運だったというべきだろう。(日本側の記録は十二機来襲の全機撃墜となっている)

村中はミッドウェー攻撃から帰ってきてはしなくもこの敵機迎撃戦に加入することになったが、村中と同じく「飛龍」零戦隊の搭乗員だった佐々木斉一等飛行兵曹(前出)は、SBDとB17が攻撃にやってきたとき、たまたま艦隊上空直衛の任にあった。

「折りしも上空直衛中であった私の小隊(小隊長日野正人一飛曹)は、味方高角砲弾の破裂により敵機の来襲を知り、ただちに手近の『ドーントレス』に攻撃をかけた。すでに味方他艦の零戦が攻撃に入っており、敵機は降下に入る前にその半数が黒煙を吐いて墜落し、他は急降下してしゃにむに爆弾を落として超低空で遁走した。『赤城』および『飛龍』に突入してきた『ドーントレス』の迎撃に熱中していた私は、B17の来襲を母艦の周囲の水柱によって初めて知り、ただちに追撃しようとしたが、何しろ高度が五百メートル以下になっていたため間に合わず、捕捉できなかった」(佐々木)

橋本中尉、村中一飛曹、佐々木一飛曹らが目撃したB17の「飛龍」爆撃は、艦長加来止男大佐のみごとな操艦によってことごとく回避したが、この間「飛龍」の艦底では機関科員たちの緊迫した活動が続いていた。

敵の空襲とあって最大戦速が下令されたが、いつもなら三十五ノットは出るはずが、三十二ノットしか出ない。おまけに舵の利きも悪いとあって、彼らは気が気でなかった。

それはミッドウェー攻略後のことまで考えて、食糧その他の物件を積み過ぎたせいで、そんな状況の中で高空から投じられたB17の爆弾による水柱が、至近弾となって「飛龍」を襲った。

「右舷に至近弾を受けたとき、『飛龍』の巨体が一メートルも持ち上げられたように感じた瞬間、魚雷にやられたかなと思った。右舷前後機の主蒸気圧が一時的に低下し、二、三の缶室の非常ベルが鳴ったが、間もなく正常に復したので、『機関科異常なし』を艦橋に報告した。

非常ベルは缶《かま》室送風機の危急遮断弁が至近弾の衝撃で作動したため、一時、汽醸（蒸気をつくること）不能に陥《おちい》ったとの通報で、三十秒そこそこで復旧したのは天晴れであった。

早朝から引っきりなしの空襲で少なからず不安を感じていたが、この至近弾ですっかり恐怖心が拭い去られたようだった。いわゆる糞度胸というものであろう」（機関長付萬代久男少尉）

戦闘機飛行班の格納庫内作業を担当していた田畑春己一等整備兵曹もまた、機関科の萬代少尉同様に、艦の外で何が起きているかを見ることのできない配置でこの爆撃を経験した。

「突如スピーカーが敵機来襲を緊迫した声で告げた。いままで強速くらいで航行していた艦が全速を出したのか、機械の振動と音が艦全体をつつみ、格納庫内にいても風圧が感じられた。高いところに登ると耳が詰まるあの状態である。

増速してから蛇行しているのか、艦が左右に大きく揺れる。突然、左舷に大きく傾き、思わずよろめいた。辛うじて零戦の尾翼にしがみつき、持ちこたえた。と同時に、腹にこたえるほどのドドーッという爆発音を左舷に聞き、異様な動揺を感じた。一瞬、面舵《おもかじ》一杯の転舵で敵爆弾をうまく回避したな、と想像した。爆発音と振動からすれば間一髪の至近弾だったのだろう。

しばらくして庫内に降りてきた甲板作業員は、一様に作業服から帽子、顔まで石炭庫作業をした機関兵のように真っ黒にすすけ、異様な格好でしかもビショ濡れである。先ほどの至近弾で、前部飛行甲板にいた人たちは全員、爆煙と水しぶきを浴びたとのこと。どの顔も引きつっていた。

敵の来襲は執拗で、また拡声器が鳴りひびく。両舷の二十五ミリ機銃と高角砲が射ちつづけるが、庫内作業の私たちには飛行甲板の状況は皆目見当もつかない」（田畑）

当時、左舷前方二番高角砲近くのポケットに甲板待機していた整備科第八分隊西村勝元三等整備兵曹（静岡県浜松市）は、この爆撃を目撃した一人だ。

「ハワイ攻撃の時は、いっさいの私物を陸揚げした身軽な身体に新しい下着をつけ、緊張の連続で飛行準備をしたものだったが、連戦連勝を経験してきた今は、わたしたちの気構えも、ハワイの時とは違ったリラックスさで、平常心ともいえるものだった。

ただ違っていたのは、珊瑚海海戦の戦訓により、白い脚絆で脚を固め、防毒マスクを腰に付け、タオルを腕に捲いた火事場装束だったことである。攻撃必勝を信じていた私たちの居住区のチェストには、今夜の祝杯のために配給されたビールと羊かんが、ぎっしりと詰まっていた。

と……突如、耳をつんざく轟音と爆風を発して、二番高角砲が火を吹いた。艦体が大きく揺れ、艦首両舷の至近海上に、数十メートルに及ぶ水柱を見た。日本海海戦の絵で、旗艦『三笠』の後方海上に描いてあるあの水柱と同じものだ。生まれてはじめて本物の水柱を目前にして、〈爆弾だ〉と直感するとともに、なぜかあの日本海海戦の絵柄が脳裏に浮かんだのを覚えている。

海水を盛り上げた一大水柱は爆煙が混《ま》じって、陰惨な灰色を呈し、しぶきがわたしたちに襲いかかった。独特の火薬の匂いが鼻をつき、つなぎの作業服（煙管服）と白い脚絆は、瞬時に灰色のかすり模様と化した。見上げた空には雲があり、機影も何も見えない。重爆による高々度水平爆撃だったことを後で知り、その照準精度の良さに驚かされた」（西村）

被害はなかったものの、かなり際《きわ》どい弾着であったことがわかり、B17爆撃隊の乗員が少なくとも空母一隻に命中弾を与えたと誤認したのも無理はない。

第一航空艦隊戦闘詳報によると、「赤城」と「蒼龍」もB17の爆撃を受けており、午前八時三十五分に「蒼龍」がB17三機から十一弾の爆弾を受けたのを最後に、ミッドウェーからの第二波攻撃は終わった。

4

午前七時過ぎにはじまったミッドウェーからのアメリカ軍機の攻撃は一時間半にも及び、この間の来襲機数は五十二機に達したが、こうした執拗な攻撃（ほかに潜水艦一隻）にもかかわらず、日本艦隊にかすり傷一つ負わせることができなかった。しかも彼らの損害は喪失二十機（日本側の報告では撃墜三十四機）に及び、ほかに帰投はしたものの被弾がひどくて使用不能の機もかなりあったという散々な結果だった。

これに対して、この迎撃戦闘の間に日本側が受けた飛行機の損害は、上空警戒機の戦闘機搭乗員三名で、うち一名は「飛龍」の児玉義美飛行兵曹長だった。

児玉飛曹長（戦死後少尉）は「飛龍」から一時、第五航空戦隊の「瑞鶴」に移り、ミッドウェー出撃前にふたたび「飛龍」に転勤になったベテランの零戦乗りだが、のちに「飛龍」が沈んだため遺品もなく、わずかに兵庫県宝塚市に住む十歳ちがいの甥《おい》が持っている写真と手紙に、その面影がしのばれるだけだ。

児玉飛曹長をふくむ三名の戦闘機搭乗員たちの最後は確認されていないが、激しい対空砲火の中の迎撃戦であったことから、味方砲火によって撃墜された者もあるようだ。

しかし、これはこのあとに起きるより大きな悲劇のホンの序曲に過ぎず、それをもたらしたのは実はミッドウェーから出撃したアメリカ攻撃隊の犠牲的行動だった。

日本の公刊戦史は、このことについて次のように断じている。

「ミッドウェーを基地とした航空兵力は、哨戒機が日本軍航空部隊発見接触に活躍したが、攻撃は戦闘指揮不適切のためバラバラで実施され、搭乗員の技倆不足もあって、一発の爆弾も魚雷も命中させることができなかった。しかもその損害は甚大で、第二次攻撃を企図できなくなった。

しかし、この長時間にわたるバラバラ攻撃は、偶然にも（日本軍の）攻撃機の兵装転換遅延や上空警戒機の連続配備など、南雲長官の戦闘指揮をむずかしくさせる原因となり、ミッドウェー海戦を（アメリカ軍の）勝利に導いた主因の一つとなった」

公刊戦史も指摘しているように、ミッドウェーからのバラバラ攻撃は、南雲長官もふくめて日本機動部隊司令部の戦闘指揮判断を困難にした。目前の戦闘そのものへの対応が、より必要な全般的戦況判断を冷静に行なう余裕を奪ってしまうからだが、それ以上に南雲司令部を悩ませたのは、遅れて入ってきた敵艦隊発見の報告と、その報告の内容が不十分で、判断に迷いを生じさせるものであったことだ。

南雲はそれまでの敵の攻撃の中に艦上機が入っていたことについては、ミッドウェー基地から来たものであると確信していたから、もし敵空母から攻撃があるとすればこれからだと考えていた。とすれば、一刻も早く攻撃隊を出したいところだが、ミッドウェーからのさみだれ攻撃はなお続いており、防空戦闘のため戦闘機はすべて出払っていたので、攻撃隊につけてやる戦闘機がない。しかも、兵装転換作業はまだその最中だったし、上空にあるミッドウェーから帰ってきた第一次攻撃隊は燃料の残量や被弾などを考えると、いつまでも待たせておくことはできない。

上空の攻撃隊を収容するためには飛行甲板を空けなければならず、それには攻撃隊を一刻も早く飛び立たせるのが最善の策だが、その準備はまだすべて終わっていない。しかも、発進させようにも、まだ敵に関する情報は不充分であり、へたをすれば空振りに終わるおそれもあった。

機動部隊の旗艦「赤城」艦橋の南雲司令部は、「利根」四号機からの続報をイライラしながら待ったが、午前七時二十八分の最初の報告のあとは付近の天候報告だけだったので、索敵機に対して艦種確認と引きつづき接触をつづけることを命じた。

「利根」四号機から「敵兵力は巡洋艦五隻、駆逐艦五隻」の報告が入ったのは、最初の発見報告から三十分もたってからだった。

〈巡洋艦や駆逐艦だけの部隊が、なんの目的でこの付近に行動しているのだろう?〉

南雲司令部がその判断に苦しんでいたとき、さらに十分後に決定的な空母発見の報告が入った。

「敵はその後方に空母らしきもの一隻をともなう。〇五二〇」

とたんに「赤城」艦橋の空気は一変したが、淵田の回想によれば、〝らしき〟という文句がひっかかり、「ほんとに空母がいるのかなあと、半信半疑の割り切れない気持も動いていた」というから、索敵も甘かったが、こちらの判断の甘さは相当なものだったといえよう。

だが、つづいて「利根」機から送られてきた報告が、空母はいないかも知れないというこの期《ご》に及んでの迷いを一気に吹き飛ばした。

5

「さらに巡洋艦らしきもの二隻見ゆ、地点ミッドウェーよりの方位八度二百五十カイリ、針路一五〇度、速力二十ノット、〇五三〇」

これで敵艦隊は機動部隊であり、〝空母らしき〟は空母そのものだということが決定的となった。

この電文は「利根」経由で「赤城」に伝えられたが、これを知った第二航空戦隊司令官山口多聞少将は、

「現装備のまま、ただちに攻撃隊を発進の要ありと認む」

と「赤城」あてに意見具申の信号を送った。

このとき、山口司令官の乗った「飛龍」は、在空機の発着艦のため、機動部隊旗艦「赤城」より相当離れた位置にあったので、この信号は両艦の中間にいた駆逐艦「野分」を中継して「赤城」に送られた。

敵空母の所在が明らかになった以上、その空母機の来襲は近いと見なければならない。そ

れならとりあえず発進準備が早くすんだ艦爆隊だけでも飛び立たせ、一刻も早く敵空母を攻撃すべきであるというのが、山口の意見だった。

たしかに艦船攻撃なら陸用爆弾より徹甲弾、水平爆撃用の爆弾より魚雷の方が効果は大きい。だが、艦上爆撃機（日本は急降下爆撃機という呼称を使わなかった）の二百五十キロ陸用爆弾だって、軍艦の装甲を貫徹して沈没させることは無理としても、空母の飛行甲板に命中させればその機能を封殺することができるし、他の艦艇なら対空砲座や艦橋構造物を破壊することが可能だ。

艦上攻撃機の八百キロ爆弾ならなおのことで、魚雷への装備替えが間に合わなければ、陸上攻撃用装備のまま出せばよい。

掩護戦闘機をつけずに爆撃隊だけを攻撃に出すについては、多大の犠牲が予想されるが、今はそんなことをいっている場合ではない。こちらが先か、相手が先か、とにかく危急の際であり、先に敵の打撃を受けることだけは絶対に避けなければならない。

だが、山口の意見具申を受けた「赤城」艦橋の南雲司令部は、これを無視した。

「ハハァ、大分じれてるなとかんじながら、山口少将の気の早いのにくらべて、またうちの司令部の気の長いのに、私自身もじれて艦橋をふり仰いだ。

その時、ちょうど信号兵が、パチパチと探照灯信号を『飛龍』に送っていた。

いよいよ発進命令が出ているのだと私は思った」（前出『ミッドウェー』）

盲腸炎の術後療養の身とあって、傍観者の立場にあった淵田はそう書いているが、彼の予想に反して命令の内容は違ったものだった。

　山口司令官から発せられた意見具申の信号を受けとった機動部隊参謀長草鹿龍之介少将は、山口とは違う考えを持っていた。

　いま戦闘機はことごとく空母の上空直衛に使っており、艦爆隊をすぐ出すにしても、その護衛につけてやれる戦闘機はない。戦闘機の護衛のない爆撃機の攻撃がどんな結果になるかは、これまで一時間半にわたってアメリカ軍機がそれを実証してくれた。それならしばらく発進を見合わせて、ミッドウェー攻撃隊や上空直衛の戦闘機を収容し、攻撃隊は完全な艦船攻撃用の兵装を整えるとともに、十分な護衛戦闘機をつけて一挙に敵を撃滅する方がいい。

　草鹿参謀長が南雲長官にそう進言すると、南雲はいつもそうしているように、航空首席参謀源田実中佐に意見を求めた。

　南雲部隊（正式には第一機動部隊）の航空甲参謀源田実中佐は、南雲長官の信任厚く、これまでの航空作戦はすべて源田の立案がほとんど修正することなく採用されていた。それだけに、「あれは〝源田艦隊〟」などとカゲロがささやかれていたほどだが、この有能な参謀も万能ではなかった。それに、源田はこの出撃いらいずっと高熱にさいなまれ、肺炎が気づかわれていたほどに体力が衰えていた。

　この日、連合艦隊司令長官山本五十六大将も朝から腹痛に悩まされていたといわれ、空中攻撃隊総指揮官の淵田、そして機動部隊航空甲参謀の源田と、航空戦が主体のこのミッドウエー作戦の大事な場面で、勝敗のカギを握る三人の主役が揃って体調が万全《ばんぜん》でなかったとは、この作戦は最初から疫病神に魅入られていたとしかいいようがない。

それはともかく、からだの不調が源田の判断を迷わせ、南雲長官に誤った進言をしてしまったといえるかどうかはわからないが、敵味方の距離は約二百十カイリだから、もっと接近してからでないと敵は攻撃隊を発進させないだろうと判断し、味方のミッドウェー攻撃隊を収容して兵力を整えてから攻撃することに決めた。

この間にもミッドウェーからの攻撃は、日本艦隊に少しも損害を与えることなく続いていたが、山口は「赤城」からの返信をいらいらしながら待っていた。

山口の様子を見かねた加来艦長が、

「司令官、準備の終わった本艦の艦爆だけでも発進させましょう」

というと、山口は傍にいた掌航海長に「赤城」艦橋の状態を見るよう命じ、

「源田参謀の姿は見えるか?」と聞いた。

大型望遠鏡を使い、左前方五千メートルにいる「赤城」の艦橋を見た掌航海長が、

「艦橋内は暗くて、人の動きは見えますが確認はできません」

と答えると、山口は仕方がないという様子で、元の位置にもどった。その後ろ姿は、いかにも淋し気であったという。

山口第二航空戦隊司令官の意見をとるか、草鹿参謀長案に従うか、「その判断に苦しんだ」と源田は語っているが、上空にいる第一次攻撃隊を一刻も早く収容してやる必要もあっ

て、草鹿案の〝正攻法〟に同意するむね長官に答えた。

6

これで方針が決定し、すぐに第一次攻撃隊の収容が開始された。

ときに午前八時半、「利根」四号機が敵艦隊発見を報じてから一時間を経過しており、この決定が重大な誤りであったことは、それから一時間も経たないうちに明らかになるのだが、源田参謀が判断した時間的余裕の根拠として、公刊戦史には次のように書かれている。

「当時、入手していた敵空母の位置は味方からまだ約二百十カイリ離れている（注、実際はもっとずっと近かった）。従って敵の艦爆や艦攻はこちらまで届くだろうが、艦戦は航続力不足でついてこれないであろう。敵が艦戦をともなわないで来襲すれば、わが上空警戒機で十分に防禦できる。敵空母の攻撃隊が戦闘機をつけてくるとすれば、もっと距離をつめる必要があろう。その場合は敵機の来襲は遅れることになる。すなわち敵空母機の来襲まではまだ時間的余裕がある。

一方ミッドウェーの航空兵力は、いままでの来襲機数からみて、所在の全攻撃兵力が攻撃してきたと判断される。したがって再度来襲までには相当の時間がかかるはずだし、その来襲機数は激減するものと判断した」

この判断にもとづく源田の提言を採用し、南雲長官は各空母に第一次攻撃隊の急速収容を開始させるとともに、午前八時五十五分、「収容終わらばいったん北に向かい、敵機動部隊を捕捉撃滅せんとす」との信号を発するとともに、無線封止を破って連合艦隊司令長官に「敵機動部隊に向かう」と報告した。

だが、機動部隊はすぐに北に変針することはできない。この日、ミッドウェー一帯には東南の微風が吹いており、上空の第一次攻撃隊を収容するためには、各空母は風に向かう、すなわちミッドウェーの方向に急速で走る必要があったからだ。

日本の機動部隊の兵士たちは、発艦も着艦もアメリカ軍にくらべてよく訓練されていた。敵の空襲が途切れたのを見はからって攻撃隊の収容が下令されると、甲板上にあった飛行機はすべて下の格納甲板に降ろされ、飛行甲板上はいつものように整然とした着艦体勢がしかれた。艦首は東南に向けられ、甲板前方から吹き上げるスチームが、風に正向したことを示していた。

甲板中部から後部にかけて数本の制動索（ワイヤー）が、約三十センチの高さで左右に張り渡されている。飛行機から垂らした拘束フックを引っかけるためで、飛行機の惰《だ》力でワイヤーが伸びるとき、ワイヤーの根本の捲き込みドラム内に生ずる逆起電力が、制動力となって飛行機を停止させる。

ワイヤーを引っかけて停止した飛行機には、整備員二人が素早く駆け寄ってフックを外す。このときパイロットは一瞬スロットルを絞《しぼ》って、飛行機の前進力をぬく。

フックを外された飛行機は、整備分隊士の合図で甲板前方に滑走移動し、艦橋近くのラインを通過した途端《とたん》、発着機員の操作で滑走制止索が起こされる。滑走制止索は二本の支柱間に二メートルから三メートルの高さに三本のワイヤーを張り、オーバーランした着艦機を引っかけて、飛行甲板前方に駐機している飛行機に突っ込むのを防ぐ。

この緊急着艦方式は、着艦機の搭乗員と母艦発着機員の息が合い、駆け寄る整備員の機敏な動きが欠かせない条件であり、高度な訓練を必要とする。とくに翼幅のある艦上攻撃機や艦上爆撃機の場合は、滑走移動中に主翼の折りたたみ作業が追加されるのでなお大変だった。

この着艦作業は大体二十秒間隔で行なわれるが、「飛龍」のそれは抜群だったと語るのは零戦搭乗員の村中一夫だ。

村中の記憶によると、それはポートダーウィン作戦の前だったという。セレベス島ケンダリー港外で、「赤城」「加賀」「蒼龍」「飛龍」四艦が二つに分かれ、各艦同数の飛行機を飛ばして演習を実施したことがあったが、飛行機を収容する段になって村中は意外なことに気づいた。

「見ていると、『飛龍』では、着艦させながらエレベーターでつぎつぎに下の格納甲板に降ろしてしまうので、戦闘機の着艦が終わったときには、もう前部甲板には一機も飛行機はなかった。他の艦はというと、前甲板にいっぱい戦闘機がたまり、あと艦爆の着艦を一時待たしておいて戦闘機の格納をやっていた。

以前から『飛龍』の飛行機収容時間が他空母にくらべていちじるしく短いようだとは思っていたが、機数の違いか、艦の構造か、あるいは乗組員の練度の差なのかはよくわからなかった。それが今度は各艦同数でしかも同時だったことから、乗組員の意気と練度の差が、格納甲板の一部構造の違いと相まって現われたものであることがわかった。

これでは収容時間に一時間近くも差ができるのも当然で、これが最終的にはミッドウェー海戦の戦闘能力の差となったのではないかと、当時の『飛龍』乗組員の献身に、いまさらながら敬服してやまない」(村中)

7

攻撃隊はつぎつぎに着艦した。

帰投した飛行機はどれも被弾がひどく、戦闘の激しさを物語っていた。被弾のため着艦姿勢がくずれて大破した艦上攻撃機や、火を吹きながら着艦した戦闘機は、搭乗員の脱出後、飛行甲板後部から手押しで海中に放棄された。

友永大尉と橋本中尉は、着艦すると報告のため艦橋に上がった。艦橋はごった返し、山口司令官も加来艦長も、彼らの報告を聞いているヒマもないかに見えた。すでに敵艦隊発見の報告があって新しい攻撃準備に忙殺されていたからだが、それでも友永たちの顔を見ると山口は、「御苦労」といって温容をほころばせたあと、友永の報告もそこそこに、つぎの敵艦隊攻撃の準備に取りかかるよう命じた。

報告をすませたことでホッとしたのか、友永は艦橋を降りながら橋本に語りかけた。

「オレも支那事変いらい何回も死中をさまよっては生還したが、今度ばかりは年貢《ねんぐ》のおさめどきかと観念した。俺は死にそこないだからいいとしても、若い前途ある貴様は殺したくないと思ったよ」

だが、その友永にしても三十歳を幾つも過ぎていなかったのであり、きびしい戦闘を経験してきた男には年齢を越えた落ち着きがあった。

「あのときは感激して、この隊長の下でなら死んでも悔いはないと思った」

のちに橋本はそう述懐しているが、それから二時間後、友永と橋本は敵空母攻撃のため一緒に出撃し、友永は帰らぬ人となった。

友永だけでなく、橋本のまわりには勇者が沢山いた。海兵同期生の重松康弘大尉もその一人で、重松はミッドウェー攻撃では零戦八機を指揮して友永や橋本らの攻撃隊の直接掩護にあたったが、敵戦闘機との空戦で操縦索を切断されたため、方向舵が動かなくなってしまった。

それでも艦隊上空まで帰ってきた重松は、エルロンと昇降舵だけでみごとに着艦をやってのけ、あとでこのことを知った人たちを驚嘆させた。

飛行機から降りた重松は、同期の橋本の姿を見るなりいった。

「友永隊長機から燃料が吹き出したときは、〈しまった、隊長と貴様を殺した！〉と思い、あとは無我夢中だったよ」

「そうか。俺にはあのとき、つぎから次へと敵戦闘機を撃墜してくれる零戦が神様みたいに見えたな」

橋本もそう答え、短い会話は終わった。重松が敵空母第一次攻撃隊の制空隊として出撃することになったためだった。

ミッドウェー攻撃隊を掩護して帰ってきた重松大尉の二番機村中一等飛行兵曹は、そのまま防空戦闘に参加していたが、敵機の来襲が一段落したのを見て急いで着艦した。

「一度、飛行機とともに格納甲板に降り、すぐにエレベーターで飛行甲板に帰った。だれかが『砂糖水があるぞ』と教えてくれた。艦橋入口のウォッシュタブ（洗濯だらい）にあったひしゃくで渇いたのどをうるおしたが、その味はまた格別だった。『おお村中、帰ったか』

先に降りた重松大尉は、いつもの温顔で迎えてくれた。敵空母攻撃の準備はつづいていた。一息いれるために搭乗員室に降りると、そこには戦友たちが戦いの興奮につつまれて、『あいつが帰っていないぞ』とか『いや他の空母に降りたはずだ』などとしゃべり合っていた」

このあと、村中は敵空母攻撃隊の直掩隊として、ふたたび出撃することを知らされた。

各空母とも午前九時過ぎにはほとんどミッドウェー攻撃隊の収容を終えたので、敵艦隊との間合いをとるべく、南雲長官の指示どおり機動部隊は北に進路を向けた。

敵空母からの最初の攻撃隊が日本艦隊を襲ったのはその直後であった。ここでしばらく、アメリカ艦隊に目を転じてみよう。

第十六章　運命の旭日旗

1

六月五日（現地時間では四日）、暗号解読および諜報によって日本軍の行動を詳細につかんでいたアメリカ軍は、着々と迎撃体勢を整えて待ち構えていた。とはいうものの、アメリカ艦隊とミッドウェー基地は異なった無線の周波数を使っていたので、ミッドウェーからの情報はすべて真珠湾を経由しなければならなかった。こちらから問い合わせたくても無線封止でそれもできず、頼りはPBY「カタリナ」飛行艇からの索敵報告だけだった。

だから第十六機動部隊旗艦「エンタープライズ」の艦上では、ラジオの周波数を「カタリナ」の無線に合わせ、その報告を今か今かと待ち望んでいた。

と、午前五時三十四分、ラジオの拡声機が「敵空母発見」を伝えたことから、艦内の緊張は一気に高まった。この報告はすぐに「ヨークタウン」に転送されたが、それから十一分後、今度は同じ索敵線を飛んでいた別のPBYからの無電が、艦上の人びとを驚かせた。

「飛行機多数、ミッドウェーに向かいつつあり。繰り返す。ミッドウェーに向かいつつあり。直方位三二〇度、距離百五十マイル」

その報告は暗号に組みかえることもなく、平文であった。

ミッドウェーにあった全飛行機に発進が伝えられたのはこの直後であったが、先の「敵空母発見」の報告が不完全だったため、その位置や空母が何隻いるかがわからず、幕僚たちをいらいらさせた。それに、発見された日本の攻撃隊がミッドウェーではなく、アメリカ艦隊を襲う最悪のシナリオも想定され、焦りと不安がつのるばかりだった。

こうして高まる一方のアメリカ艦隊司令部のストレスを一気に解消してくれたのが、六時三分にもたらされた「カタリナ」からの報告だった。

「敵空母二隻と戦艦が高速でミッドウェー方向に前進中。その位置はミッドウェー西北方百八十マイル」

これによって日本軍がこれまでの情報どおりに行動していることが明らかになり、第十六、第十七両機動部隊を統合指揮するフレッチャー少将は、第十六機動部隊司令官スプルーアンス少将に対し、南方に進出して位置が明らかになった敵空母を攻撃するよう命じた。

このとき、フレッチャーの第十七機動部隊は、スプルーアンス隊の後方十マイルの位置にあったが、先に出してあった十機の索敵機と上空の直衛戦闘機を収容するために、同時に行動することができなかった。これがあとで日本軍に対し時間差攻撃を加えたのと同じ結果になったのであるが、もとよりそれは計算外のことであった。

フレッチャーの攻撃命令を受けた第十六機動部隊旗艦「エンタープライズ」の司令部では、スプルーアンス少将が直ちに「全力をもって攻撃を開始する」旨の命令を下した。それは日本機動部隊旗艦「赤城」の司令部で、南雲長官がアメリカ艦隊攻撃のための兵装転換を決意するより一時間四十分も前であり、ミッドウェー基地からの一時間半にわたるさみだれ攻撃が開始されたのは、その一時間後であった。

アメリカ海軍の現役軍人だったトーマス・B・ブュエルはその著書『提督スプルーアンス』（小城正訳、前出）の中で、スプルーアンスのこの命令は「一種の賭（ギャンブル）」であったといっている。

彼はそれまでの情報で日本の空母は四隻と知らされていたが、「カタリナ」の接触報告では二隻だけだった。だからもし日本艦隊の空母が二群に分かれていたとすれば、攻撃隊はその一部に対して全力攻撃を加えることになり、他の二隻はまったく無キズのまま残って、逆にアメリカ艦隊に対する重大な脅威となることは明らかであった。しかし、スプルーアンスは太平洋艦隊司令部から与えられた情報にもとづき、他の二隻の空母も必ずいっしょに行動しているはずと信じて決断を下した。

スプルーアンスの指揮する二隻の空母「エンタープライズ」と「ホーネット」は、日本艦隊との間合いをつめるため、いったん南西に進撃し、艦上機を発進させるため、ふたたび南東に針路を変えて艦首を風に立てた。

午前七時、「エンタープライズ」から最初の飛行機が飛び立った。クラレンス・マクラスキー少佐の第六爆撃機中隊のSBD「ドーントレス」急降下爆撃機で、この中隊のあと同じく第六索敵爆撃中隊のSBDがつづいた。

二機がエンジン故障で引き返したが、三十一機のSBD隊は艦隊上空を旋回しながら、後続の飛行機が上がってくるのを待った。しかし全力攻撃とあって、二度に分けて飛行機を準備しなければならなかったことと、アメリカ軍がこうした行動に十分な経験をつんでいなかったため、「エンタープライズ」の飛行甲板から最後の飛行機が飛び立ったのは、発艦作業が開始されてから一時間以上もたってからだった。

両艦の発進機数は引き返したものを除くと、F4F「ワイルドキャット」戦闘機二十機、SBD「ドーントレス」急降下爆撃機六十五機、TBD「デバステータ」雷撃機二十九機、合わせて百十四機だったから、四隻からの発艦だったせいもあるが、日本軍のミッドウェー攻撃隊百八機が発艦開始からわずか十五分後には艦隊上空で集結を終えたのにくらべると、発進を二回に分けたことを差し引いても、搭乗員や母艦乗組員の練度にかなり差があったことがわかる。つまり、アメリカ軍は司令官の決断は早かったのだが、それを実行する部隊の術力がともなわなかったのである。しかも、この間にアメリカ軍がもっとも恐れていた事態が発生した。

午前七時二十八分、「エンタープライズ」のレーダーが南方に怪しい目標をとらえ、その直後に水平線上はるか遠くを飛ぶ日本の水上機を一機発見したのである。

これで奇襲攻撃の目論見《もくろみ》はくずれ、逆に敵空母機による攻撃の危険が考えられるようになった。

このアメリカ軍の胆《きも》を冷やさせた日本の索敵機は、全般の状況から重巡「利根」を発進した零式水上偵察機四号機と考えられ、「公刊戦史」には次のように書かれている。

「『利根』四号機が最初に敵水上部隊を発見したのは〇四二八（午前七時二十八分、以下現地時間に直して記述）である。これはスプルーアンス隊であったと推察される。同機が八時二十分、その後方に空母一隻を、つづいて巡洋艦二隻発見を報じている。あるいは同機は七時二十八分、スプルーアンス隊を発見したが空母に気づかず、八時二十分、『ヨークタウン』を発見したことも考えられる。『エンタープライズ』の捕捉したのは『利根』機に間違いなかろう」

2

主題の「飛龍」から外れるが、この「利根」四号機をふくむ索敵機の行動とその報が、ミッドウェー海戦の展開に重要な意味を持つので、少し詳しく追ってみることにする。

日本海軍に索敵を重視する思想が欠けていたこと、しかも空母をふくむ敵艦隊はいないであろうという先入観のため、ごく粗《あら》い索敵しか行なわれなかったことについては再三述べたけれども、その目の粗い索敵網の中でも、敵艦隊発見の可能性は決して少なくなかった。

その最たるものが、六つあった索敵線の中で、ミッドウェーの北二百四十カイリ付近を行動中だった第十六、第十七両機動部隊付近の索敵を担当した第四索敵線の「利根」四号機と、第五索敵線の「筑摩」一号機の場合だった。

「利根」と「筑摩」はそれぞれ隣り合った二本ずつの索敵線を担当したが、この両艦を指揮する第八戦隊司令官阿部弘毅少将は、対潜警戒機の発進を優先させたため、索敵機の出発は全体に遅れ気味だったが、「利根」四号機はカタパルトの故障からさらに遅れ、その出発は午前五時になってしまった。

遅れを取りもどすため、「利根」四号機は通常の索敵巡航より速いスピードで飛び、決められた三百カイリの進出地点より手前で折り返したものと想像されるが、その直後の午前七時二十八分に敵艦隊を発見した。その位置は時間的に見て、「利根」四号機が決められたとおりの行動をとっていれば八時半ごろ——すなわち一時間もあとに通過するはずだった。

このころ、スプルーアンスの第十六機動部隊「エンタープライズ」「ホーネット」の二空母は、艦上機の発艦のため南東に進んでおり、一時間後には「利根」四号機の索敵線上からはるかに遠ざかり、発見できなかったと思われる。

発進の遅れがさいわいしたというべきだが、このとき「利根」四号機は敵艦隊の位置について誤って報告するという重大な誤りをおかした。どうやら作図上のミスから偵察員が図板上に間違って記入したのが原因と考えられているが、その報告位置は実際よりも百マイルも北に偏《かたよ》っており、それは隣りの第五索敵線を担当する「筑摩」一号機の帰路にあたっていた。

ところが、こんな単純な誤りを「利根」の幹部をはじめ第八戦隊司令部も、その報告を受けた南雲司令部も気づかなかったというから、もし山口少将が主張したようにすぐ攻撃隊を発進させたとしても、空振りに終わるおそれが多分にあった。

しかし、索敵上でもっと重大なミスだったのではないかと想像されるのは、「利根」四号機よりもむしろその北隣りの第五索敵線を飛んだ「筑摩」一号機で、戦後の日米双方のいろいろな資料をつき合わせてみると、発進後約一時間半たった午前六時ごろ、索敵線の往航途中でスプルーアンスの第十六機動部隊の上空を知らずに通過した形跡があるのだ。

「公刊戦史」ではこの点について、「敵艦隊を発見するのは当然、私のところであったが、天候の関係から（雲上飛行をしたので）致し方なかった。当時の天候は、味方部隊付近は良好であったが、敵方は不良であった」という同機の機長黒田（旧姓都間）信大尉の回想をのせているが、同時に、敵艦隊付近の天候は悪くなかったというアメリカ側資料の存在を伝えると同時に、現に第四索敵線機は敵艦隊を発見しているとして、黒田機が雲上飛行をつづけたとすれば、それは当時の甘い状況判断が大きく影響したのだろうと述べている。

ここでまたしても仮定の話になるが、もしこのとき敵艦隊を発見していれば、それは友永大尉がミッドウェーの「第二次攻撃の要あり」と打電する一時間も前であり、艦船攻撃用に待機していたわが攻撃隊はすかさず発進し、すくなくとも「エンタープライズ」と「ホーネット」を撃沈させることができたはずだ。

しかもこのとき、敵空母艦上は発艦の最中とあって、ちょうどこのあとで出現した日本の空母三隻の悲惨な状況と同じことがアメリカ艦隊の上に起きたはずで、残るは「ヨークタウン」一隻のみとなれば、これはもう日本側の完勝になるはずだった。

「戦争は錯誤《エラー》の連続である」というが、これは取り返しのつかないエラーであったといえる。もちろん、このエラーの確率を減らす方法はあった。それはアメリカ側がやったように、一つの索敵線に対して少し時間をずらして二機を飛ばせる二段索敵法であるが、いずれにしても索敵を軽視していた日本海軍には、そこまでやる気はなかったのである。

こうして、ひそかに訪れつつあった勝機を幾つも逃した日本軍ではあったが、戦いはこれからであり、誰もが勝利への確信を失っておらず、狼狽や不安はむしろアメリカ側に多くあった。

アメリカ軍の第十六機動部隊は攻撃隊の発進が終わったあと、ふたたび二十五ノットの速度で日本艦隊の方向に進撃した。索敵機および上空戦闘機を収容するため、第十六機動部隊と離れた第十七機動部隊の「ヨークタウン」は完全に視界から消えてしまい、連絡がとれなくなったので、スプルーアンスとフレッチャーは互いに相手が何をしているか、まったくわからなくなってしまった。もっとも、このことがあとで「飛龍」の攻撃隊がやってきたとき、「ヨークタウン」だけに攻撃を集中させ、「エンタープライズ」と「ホーネット」はまったく攻撃を受けずにすむ結果となったのだから、アメリカ側にとってはむしろ幸運だったといえるかも知れない。

フレッチャーの第十七機動部隊は、索敵機を収容してスプルーアンスの第十六機動部隊のあとを追った。

フレッチャーは四隻いるはずの敵空母のうち、未発見の二隻に備えて攻撃隊を温存する策をとっていたが、午前八時三十八分になって、すでに発見している空母を攻撃することを決意し、F4F「ワイルドキャット」戦闘機六機、SBD「ドーントレス」急降下爆撃機十七機、TBD「デバステーター」雷撃機十二機を発進させた。

「エンタープライズ」と「ホーネット」からの第一次発艦開始より約一時間半、同第二次発艦より三十分以上も遅れたことになるが、これが計画的な時間差攻撃と同じ結果となり、日本の空母三隻を一挙にほふることになったのだから、この辺りから一転して勝利の女神がアメリカ側にほほえみかけるようになったといわざるを得ない。

3

第一次発進の攻撃隊が「エンタープライズ」と「ホーネット」の上空から姿を消したのは午前七時四十五分だったが、そろそろ会敵してもよさそうな一時間半を過ぎても敵発見の報告がなく、航続力ギリギリの地点から発進させたため、燃料がもつかどうか懸念される事態となった。

「エンタープライズ」の艦上では、ラジオから流れてくるであろう攻撃隊からの報告をひたすら待つだけの、焦燥のときが流れた。

このころ、三隻のアメリカ空母から発進した攻撃隊は、まったく無統制に敵艦隊を求めて洋上をさまよっていた。

一番先に発艦した「エンタープライズ」と「ホーネット」のSBD隊は、午前九時三十分ごろにそれぞれ指示された迎撃点の上空に達したものの、日本艦隊を発見できず、「エンタープライズ」隊は北方に捜索の針路を変え、「ホーネット」隊は南に向かった。そして「エンタープライズ」隊はそれから三十五分後にやっと日本艦隊を発見したが、「ホーネット」隊のSBD三十五機と護衛のF4F戦闘機十機はついに発見できず、燃料の残量が乏しくなったので編隊を解いて中隊ごとに母艦に帰ることにした。

このうち第八索敵爆撃機中隊と第八戦闘機中隊は帰投の途中で燃料不足となり、正午近くに「ホーネット」にたどりついたSBD三機を除いて、全機が海上に不時着してしまった。

第八爆撃機中隊の方は判断よく母艦より近いミッドウェーの陸上基地を目指したため、途中、不時着機は出したものの、十一機が基地で燃料補給のうえ母艦に帰ることができた。

結局、「ホーネット」の爆撃機と戦闘機隊は、何らの成果を得ないまま三十一機を海没させて戦力を失うという最悪の事態を招いた。

まずい行動はこのほかにもあった。SBD隊のあとから発進した「エンタープライズ」の第六戦闘機中隊のF4F十機は、僚隊である第六雷撃機中隊と見誤って「ホーネット」の第八雷撃機隊を護衛するミスを冒し、しかも途中でこれをも見失ってしまった。

このあと日本艦隊を発見した第六戦闘機中隊は、下方で展開されている雷撃隊の攻撃を気にしながら、二万フィート（約六千七百メートル）の上空を旋回した。事前の協定で雷撃隊からの援助要請があったとき、直ちに救援におもむくことになっていたからだが、下からは何の連絡もなかった。

こうしていたずらに時間が過ぎ、燃料の残りが少なくなったのに気づいた隊長のジム・グレイ大尉は、先に発進してすでに日本艦隊上空にいなければならないはずの「エンタープライズ」SBD隊の隊長マクラスキー少佐に、機上電話で「いま、戦闘機隊は敵艦隊上空にいるが、燃料が少なくなりつつあるので、もうすぐ母艦に引き返す」と伝えた。

この連絡は「ヨークタウン」のラジオでもキャッチされ、恐れていた事態がやってきたと、司令部を憂慮させた。

この二、三分後、グレイ大尉は彼が目撃した敵艦隊に関する情報を要約し、ふたたびマクラスキー少佐に伝えようと無線で呼びかけた。しかし二度とも何の応答もなく、午前十時ごろついに帰路についたが、このころ、彼らが本来掩護すべきだった「エンタープライズ」の第六雷撃機中隊は、日本の空母に対する絶望的な攻撃を行なっていたのである。

こうして、すべてがちぐはぐのうちに時は過ぎて行ったが、旧式で劣性能のＴＢＤ「デバステータ」雷撃機による攻撃は悲惨の極みであった。

最初に日本艦隊にとりついたのが、先に発艦した爆撃機隊ではなく、あとから発艦して、しかもスピードの遅いTBD雷撃隊だったのは皮肉だ。彼らがそれだけまわり道することなく日本艦隊を探し当てたということになるが、それは決して幸運を意味するものではなかった。

雷撃隊の攻撃は、まず「ホーネット」の第八雷撃機中隊十五機によって行なわれたが、護衛戦闘機隊が爆撃機隊と一緒にはぐれてしまったため、ジョン・ウォルドロン少佐とその列機はまったくの丸裸で、攻撃を行なわなければならなかった。

勇敢な闘士だったウォルドロン少佐は、それでも恐れることなく午前九時二十五分に攻撃を開始した。

第八雷撃機中隊が攻撃したのは、どうやら「蒼龍」のようであった。しかし、旧式でスピードの遅いTBD「デバステータ」雷撃機が射点につく前に、いちはやく上空直衛の零戦隊が襲いかかった。

「——第八雷撃機隊は零戦の反復攻撃をものともせず突撃をつづけた。機銃員は全力をあげて反撃したが、新しい二連装機銃でも対抗できなかった。零戦の速力はひじょうに速く、多数の雷撃機が撃墜された。だがウォルドロンはある満足を感じた。それは、最後に、直下の敵に対して体あたり攻撃をすることであった。

——つぎの瞬間、ウォルドロン機も零戦の攻撃を受けた。雷撃機は火炎におおわれ——燃えさかる操縦席の中に立ち上がっているウォルドロンの姿がちらりと見えた——彼はついに戦死した。つづいて、ほかの雷撃機もあいついで撃墜された。その情況はみな同じだった。

一面火の海と化し、黒煙とよごれた海水の柱が立ち、その後方に機体の破片が飛散した」（W・ロード著、実松譲訳『逆転』）

この記述にも見られるように、「ホーネット」雷撃隊の攻撃はほとんど自殺行為にもひとしいもので、日本側の記録によると、発射された魚雷の四本が確認されているが、攻撃技術が拙劣だったことと、「蒼龍」艦長柳本柳作大佐のたくみな操艦によって、ことごとく回避されてしまった。そして第八雷撃機中隊の十五機全機が撃墜され、搭乗していた三十人のうち、助かったのは被弾して海上に不時着した一機の操縦員ジョージ・ゲイ少尉ただ一人だけだった。

それはたった五分間の出来事であり、上空直掩の零戦の強さをまざまざと示すものであった。

「敵の雷撃機は十五機、全部撃墜」

誇らし気な上空の戦闘機隊長からの報告が「赤城」の艦橋に入り、ドッと歓声があがった。

「いっこうに敵のグラマンは見当たらんですな。やはり、戦闘機をともなわぬ攻撃は悲劇ですよ」

病軀をおして艦橋で戦況を見守っていた淵田中佐と「赤城」飛行長増田正吾中佐がそんなことを話し合っていたとき、艦橋トップの見張りが再度、敵雷撃機の来襲を報じた。

今度は「エンタープライズ」の第六雷撃機中隊のＴＢＤ十四機で、それは「ホーネット」

隊の最後の一機が撃墜されて、日本艦隊が一息ついた直後の午前九時三十八分だった。

他の雷撃隊のときと同様に、予想とかなり違った地点で日本艦隊を発見した隊長ゲン・リンドゼー少佐は、高度を下げながら空母陣の隊形が非常に乱れているのに気づいた。それは明らかに他の隊による攻撃中か、もしくはその直後であることを示していたが、リンドゼーは彼の位置から一番近い空母を狙うこととし、雷撃隊を七機ずつの二隊に分けて、左右からはさみ打ちにする作戦に出た。

この作戦そのものは理にかなったもので、雷撃隊は二十マイルの距離から近接行動に移ったが、TBDの速度が遅く、しかも空母の回避行動が巧みなため、魚雷の射点につくまでに二十分もかかってしまい、この間に二十五機の零戦に襲いかかられて十機がつぎつぎに撃墜された。

残った四機だけが魚雷発射に成功したが一発も命中せず、このあとさらに三機が撃墜されて「エンタープライズ」に帰りつくことができたのはたった一機だった。

第六戦闘機中隊の隊長ジム・グレイ大尉がはるか下方に見た日本艦隊を攻撃中の雷撃隊は、じつは彼が掩護すべきこの第六雷撃機中隊だったのであり、それはまさに「戦闘機をともなわない攻撃は悲劇」という「赤城」飛行長の言葉どおりの結末であった。

「エンタープライズ」の第六雷撃機中隊が攻撃したのは空母「加賀」だった。日本側の記録では、「加賀」は八本の魚雷を発射されたがすべて回避されたとあり、その攻撃もまた「ホーネット」雷撃機隊と同様に完全な失敗に終わった。

4

こうしてすでに多くの失敗や錯誤を重ねてきたアメリカ軍だったが、遅れて発進した「ヨークタウン」の第三雷撃機隊もまた、同じ悪い運命の桎梏《しっこく》から逃れることはできなかった。マックス・レスリー少佐の第三爆撃機中隊十七機、ランス・マッセイ少佐の第三雷撃機中隊十二機、ジョン・サッチ少佐の第三戦闘機中隊六機から成る「ヨークタウン」攻撃隊は、午前九時六分に発進を終え、「エンタープライズ」や「ホーネット」の攻撃隊のように長時間洋上をさまようこともなく、一時間後に日本艦隊上空に達した。

「ヨークタウン」の攻撃隊は最上段にSBD爆撃機隊、中段にF4F戦闘機隊、下段にTBD雷撃機隊の順で大きな高度差をとって飛んでいたが、最初に日本艦隊を発見したのは最も下を飛んでいたTBDの第三雷撃機中隊だった。

このときサッチ少佐指揮の第三戦闘機中隊F4F「ワイルドキャット」戦闘機六機は、雷撃隊の約五千フィート（約千七百メートル）上空にあって、いつでも掩護できる体勢にあったが、不意に十五機の零戦の襲撃を受けてこれと空戦になったため、雷撃隊はまたしても戦闘機の掩護なしに攻撃を実施しなければならなかった。

このとき、日本艦隊は北に向けて航行中だった。先の「ホーネット」および「エンタープライズ」雷撃隊の攻撃を避けるためかなり乱れた隊形となってはいたものの、「飛龍」と

「加賀」が東寄り、「蒼龍」と「赤城」が西寄りを航行し、「飛龍」がほかの三空母をリードするかたちでかなり前に出ていた。

本来なら「赤城」と「加賀」が前に並ぶはずだが、北に変針のとき一斉回頭を行なったため、順序がまったく逆になったのである。

雷撃隊長マッセイ少佐は、一隻だけ突出したこの「飛龍」を狙って攻撃をかけた。

このころ、「飛龍」は敵空母攻撃の準備をほぼ終えて、飛行甲板上には零戦を先頭に攻撃隊の飛行機がズラリと並べられていた。

先にミッドウェー攻撃から帰ったとき、防空戦闘に巻き込まれたのち着艦した「飛龍」戦闘機隊の村中一夫一等飛行兵曹は、ふたたびこの攻撃隊の直掩隊に指名されたので、飛行甲板にあがって待機していたとき、艦橋から突然、「敵雷撃機、戦闘機三機用意」の号令がかかった。

「指名された方向を見ると、右舷はるか彼方に雷撃機の編隊がわが艦隊の前方にまわりこむようにして接近してきた。とっさに私は最前列にならんだ零戦に飛び乗った。見ると艦首はすぐそこにあった。六十メートルくらいだったろうか。反対側から飛び乗って私の準備を手伝ってくれた整備員が、あまりの近さに『大丈夫ですか』と肩をたたいた。私は母艦の速度を考えていた。

さっきだれかが、『いまの〝飛龍〟の速度は三十四ノットだ』といっていたから、合成風速は二十五メートルを超えるだろう。『大丈夫だ』といってフラップを下げ、ブーストコン

トロールをオフにした。わが機は艦首を切ってよろめくこともなく上昇に移った。今日の戦いは長くなると私は思った」（村中）

飛び上がって村中は敵機に接近しながらも、なぜか胴体下の増槽（落下タンク）を棄てなかった。それは相手が低速の雷撃機だったことと、戦闘が長びくことを考えての処置だったが、これがわざわいした。

雷撃態勢に入るべく高度を下げつつあった敵雷撃機に対して、後上方から攻撃を加えて一機を落としたあと、すぐ次の攻撃に移るべく敵機の上に愛機を引き上げた。本当は敵機の下にもぐって離脱すべきところだが、敵機の高度が低いのと、つぎの攻撃を急いだための不本意な運動だった。

「機首を起こしたとき、私はドスドスというにぶい二つの衝撃をエンジンに受けた。あっ、と思った。その瞬間になって、さきほど攻撃に移るとき、増槽を棄てなかったことをくやんだ。が、もうおそい。エンジンは停止した」（村中）

このあと海上に不時着した村中は、六時間近くも漂流ののち、幸運にも駆逐艦「野分」に救助されたが、「赤城」「加賀」「蒼龍」の三空母がつぎつぎに被爆したのは、彼が不時着して間もないわずか数分の間の出来事であった。

そして村中は、そのあと救助されるまでの間じゅう、爆発をまじえて黒煙を上げる悲痛な状況を波間から見つづけることになった。

洋上に漂流して「野分」に救助された戦闘機搭乗員は、村中だけではなかった。

「敵編隊!」という見張員の大声と同時に発艦した「蒼龍」戦闘機隊長藤田怡与蔵《いよぞう》大尉は、味方対空機銃の誤射によって被弾し、落下傘降下ののち海上に漂流を余儀なくされた。

藤田が救助されたのは村中と前後した時刻と思われるが、彼もまた立ちのぼる三条の黒煙を海上から見ている。しかし比較的近いところにいた村中にくらべると、藤田の位置はかなり遠かったため、彼がこの三条の煙が被弾した味方三空母のものであると知ったのは、「野分」に救助されてからであった。

5

話をマッセイ少佐の「ヨークタウン」雷撃隊にもどそう。

北方の一番先頭にいた「飛龍」を狙ったマッセイ隊長は、先に「エンタープライズ」の雷撃隊がやったように中隊を六機ずつの二隊に分け、「飛龍」を左右からはさみつけるかたちで接敵を開始したが、これを発見した上空直衛中の零戦がたちまち襲いかかった。

マッセイは攻撃に先立って、無線電話で戦闘機隊に支援を要請したが、彼らを救援すべきサッチ少佐のF4F「ワイルドキャット」戦闘機隊は、すでに他の零戦隊と空戦中であり、雷撃隊の掩護どころではなかったからたまらない。

零戦隊はまず先頭のマッセイ隊長機を狙い、たちまち火を吐かせた。高度わずか百五十フィート。燃える飛行機から脱出しようとするマッセイ隊長の姿が、後続した列機によって目撃されたが、すぐに海面に突っ込んで消えた。

隊長機を失ったので、列機のウィルヘルム・エスダーズ上等飛行兵曹は自然に中隊の先頭に立つことになったが、エスダーズが見たその後のまわりの情景は惨憺《さんたん》たるものだった。

「見ることのできたすべての方向に、私は五つ、六つ、七つ、いや、もっと多くの飛行機が火だるまになり、きりもみして落ち、あるいは操縦がきかなくなって狂気のように、ぐるぐる飛んでいるのを見た」（前出、W・ロード著『逆転』）

こうして、エスダーズの乗機ともう一機を除き、第三雷撃機中隊の十二機が波間に没した。

この敵雷撃機来襲の様子を艦橋から目撃した見張員の関良忠一等水兵（前出）は、『空母飛龍の追憶』の中で、つぎのように活写している。

「わが機動部隊の各艦は、一斉に砲火を浴びせ、敵雷撃機の前面に弾幕を張った。炸裂する対空砲火で空が暗くなる。敵雷撃機十余機が我が『飛龍』にも来襲して、前方左右の斜め上空から艦首目がけて網を張るように、つぎつぎと魚雷を投下した。その魚雷は潜航せず、まるで波の上をはねる飛び魚のように、ピョンピョン飛び上がりながら向かってくる。

『右二十度　魚雷』『右十度　魚雷』

『左二十度　魚雷』『左十度　魚雷』

私たち見張員は、伝声管に向かって声を限りにどなった。

さすがは加来艦長である。眉毛ひとつ動かさずに面舵《おもかじ》をいっぱいに切って、全速力で突進して行くや、ピョンピョン飛び上がってきた敵の魚雷は、『飛龍』の蹴立てた白波に押し流されていって、一発も命中するものはなかった。

ちょうどその時、敵の最後の雷撃機がただ一機、超低空でわが『飛龍』の左舷と直角の方角からまっすぐ突っ込んできた。

『左九十度、敵雷撃機！』

私は声を限りに叫びつづけた。すかさず上空から零戦が一機、味方の打ち上げる弾幕をかいくぐって舞い降りてきた。その零戦は敵雷撃機めがけて急降下しながら機銃弾をあびせ、『飛龍』の艦橋を飛び越えて右舷前方に着水すると、そのまま水没してしまった。

アッという間もない一瞬のことであったが、わが空母『飛龍』の危急を救い、そして必死の操作で『飛龍』との激突を避け、自らは水没して行ったこの搭乗員の壮絶な最後を、私は忘れることができない」

この零戦の一撃で火を噴いた敵雷撃機は、「飛龍」の二番高角砲付近の左舷に激突炎上し、二番高角砲の信号手をしていた熊本出身の馬門安宏一等水兵を殺した。

「飛龍」の戦闘記録によると、午前九時三十四分から十時三十分までの間に、雷撃隊による三回の攻撃を受けたが一発も命中なしとあり、アメリカ側は三隻の空母から四十一機の雷撃機を差し向けたにもかかわらず、まったく無為に終わったのである。にもかかわらず三十五機を失うという高価な代償を支払わされたことを思えば、ここまでは日本側の一方的な勝ちゲームであったといって差し支えないだろう。

しかし、ここで忘れてならないのは、先制攻撃をかけたのがアメリカ側であり、この間、日本艦隊は防戦一方だったということだ。

勝機は攻撃をしなければ訪れないが、アメリカ雷撃隊の攻撃が一段落したころに、日本の各空母では攻撃準備がようやく終わりに近づきつつあった。そして、この熟練した攻撃隊が発進すれば、勝利は間違いなく日本軍のものになるはずだったが、敵は待ってはくれなかった。

6

それまでにフレッチャーおよびスプルーアンスのアメリカ機動部隊は、日本の機動部隊に対して合計百五十二機の攻撃隊をくり出していた。しかし、このうち「ホーネット」の四十五機は、針路を誤ってあらぬ方向を探しまわった末、多数の不時着機を出した。

首尾よく日本艦隊にたどりついた雷撃隊の攻撃は、前述のように四十一機中三十五機が撃墜されて無為に終わった。「エンタープライズ」の戦闘機隊十機は、せっかく日本艦隊の上空に達しながら、燃料不足で何もせずに引き返してしまった。

こうして残るは五十六機となったが、このうち六機は「ヨークタウン」の第三戦闘機中隊で、日本艦隊上空で零戦と空戦中だったから、攻撃勢力としてはまだ五十機が空中にいることになる。そのすべては急降下爆撃機であり、アメリカ軍に残された最後のチャンスは、千ポンド（約四百五十キログラム）爆弾を抱いた「エンタープライズ」と「ヨークタウン」のSBD「ドーントレス」にゆだねられることになった。そして、この二つの爆撃隊は、出発が一時間半も違っていたにもかかわらず、ほぼ同時に日本艦隊を発見した。

午前七時四十五分に母艦の上空を去ってから、すでに二時間以上も立っていたにもかかわらず、日本艦隊を発見できなかった「エンタープライズ」のSBD隊指揮官クラレンス・マクラスキー少佐は、不安を感じはじめていた。

彼のうしろには第六索敵爆撃機中隊と第六爆撃機中隊の三十二機が従っており、そろそろ帰路の燃料が心配になり出したからだ。

母艦に問い合わせたくとも無線封止でそれもできないとあって、あと五分、午前十時ごろまでに最後の索敵を行なって、それでも見つからなかったら「エンタープライズ」に帰ろうと決心した。彼はすでに各空母の雷撃隊が日本艦隊を攻撃し、ほとんど全滅に近い被害をこうむっていたことなどまったく知らなかった。

そのときであった。突如として下方の断雲の間から、北東の方向に高速で航行する駆逐艦らしい一隻の艦影がマクラスキーの目に入った。

マクラスキーはその長い航跡からして、この駆逐艦はたぶん、何らかの理由で日本艦隊の本隊と合同すべく急いでいるに違いないと判断し、機首をめぐらせてそのあとを追うことにした。それは大きな賭けであったが、彼の予想は適中した。

この駆逐艦は日本機動部隊警戒隊の「嵐」で、先に発見したアメリカ潜水艦制圧のために遅れたので、それを取りもどすべく急いで本隊のあとを追っていたのだが、これが巣穴に帰る野ねずみのように、マクラスキーの攻撃隊を日本艦隊へと導いてしまったのだ。

この辺から、ツキが一気にアメリカ側に傾く。

午前十時を少しまわったころ、マクラスキーは三十マイル前方のやや左寄りに幾つかの白い航跡を発見した。目をこらすと、ちょうど一個見えるとたちまちふえる夜空の星のように、多数の軍艦が現われた。

はじめのうち、マクラスキーの列機は、それらの軍艦を自分たちが帰るべき味方の機動部隊だと思ったが、すぐにそれが誤りであることを知った。マクラスキー隊長が無線封止を破って敵艦隊発見を報じ、ただちに攻撃を指示したからだ。

不思議なことに、接近しつつあるSBD隊に対し、恐るべき零戦の攻撃も狂気のような対空砲火もなく、下方の敵艦隊の陣形は大きく乱れていた。それは明らかに彼らより先に到着していたと思われる雷撃隊による魚雷攻撃の回避行動を示すもので、敵艦隊も零戦も低空の雷撃機に目を奪われていたからであった。

このことは日本の公刊戦史も認めているところで、防衛庁戦史室編纂の戦史叢書《そうしょ》『ミッドウェー海戦』にはこう書かれている。

「――米空母攻撃隊は協同攻撃の計画がくずれ、低空を進撃した低速の雷撃機隊がまず単独で攻撃することとなり、全滅に近い損害を出しながら、一本の魚雷も命中させることができなかった。これには種々の原因があろうが、雷撃機や航空魚雷の性能が悪く、技倆も拙劣で、そのうえバラバラ攻撃であったためであろう。

しかし結果的にみれば、この雷撃隊の攻撃により、日本側の注意力を低空に集中させたことが、爆撃隊の奇襲を成功させた大きな一因となったといえる」

だが、このほかに中高度で二倍ほどの数の零戦を引きつけて戦ったサッチ少佐の「ワイルドキャット」戦闘機隊のことも忘れてはならないだろう。

ジョン・S・サッチ少佐は、強力な日本の零戦に対抗するため、二機がペアを組んで相互に掩護し合いながら一機の零戦と対する、いわゆる〝サッチ・ウィーブ〟戦法の発案者であり、このときの空戦でも優勢な零戦を引きつけて、一歩もゆずらなかった。

いずれにしても、先に戦場に到達した雷撃隊の約三十分にわたるさみだれ攻撃が、日本艦隊の目を低空に引きつける結果となり、あたかもそれが綿密に計画された作戦であるかのように、雷撃隊に遅れて到着した「エンタープライズ」のSBD艦爆隊約三十機の攻撃を容易にしたことは、間違いのないところだ。

こうした雷撃隊の犠牲がもたらした大きな恩恵をこうむったのは、「エンタープライズ」のマクラスキー隊だけではなかった。

偶然にも、ほぼ同時刻に日本艦隊を発見した「ヨークタウン」艦爆隊も同様で、指揮官マックス・レスリー少佐は、まったく妨害を受けることなく近接行動をとることができた。

このあと、両隊はほとんど同時に急降下攻撃に移ったが、このため日本空母に最初の命中弾を与えたのはどちらの飛行機かという論議がいまだに続いているようだ。

いずれも自隊が先だったといって譲らないし、戦史家の見解も分かれているようだが、異なった方向から日本艦隊に接近した両隊は、互いに他隊の存在を知らず、攻撃をはじめてからそれと気づいたくらいだから、結論を出すことは難かしいだろう。

勝った側の功名争いなど、われわれにとってはどうでもいいことだが、この両隊による同時攻撃により、ほとんど一、二分の僅差で三隻の空母がつぎつぎに被弾してしまった事実は変わらない。

もう一つ、どの隊がどの空母をやったかについても、〝先陣争い〟論争同様に諸説があるようで、有名な戦史家のサミエル・モリソンは、「エンタープライズ」のマクラスキー隊が最初に「加賀」を攻撃し、「ヨークタウン」のレスリー隊は少し遅れて「蒼龍」を攻撃したと書いているが、『ミッドウェイ』（前出）の著者はその逆という説を支持している。

公刊戦史ではモリソン説にもとづいてマクラスキー隊（第六索敵爆撃機中隊および同爆撃機中隊）が「加賀」と「赤城」を、レスリー隊が「蒼龍」を攻撃したような記述となっている。

それらの説がどうあれ、これら三空母に対するアメリカ急降下爆撃隊の攻撃は、技倆の未熟な搭乗員が多かったにもかかわらず、腹立たしいほどの成功を収めた。

たとえば、ウォルター・ロード著『逆転』（前出、実松譲訳）に次のようなくだりがある。

「ゴールドスミス機が突っ込んだとき、電信員のジェームズ・パターソンは高度計の指数を読み上げた。急降下爆撃訓練のときには、彼らは一般に約二千二百フィートで爆弾を投下した。こんどは高度が二千フィートになっても、飛行機はまだ急降下していた。ついで千五百フィートになったとき、ゴールドスミスはついに投下索を引いた。パターソンはその結果にびっくり仰天してしまった。〝これまでの訓練飛行の場合には、ゴールドスミスは世界中でもっともまずい急降下爆撃機のパイロットだったが、この日の彼は、爆弾を空母の中央部のすぐ後部の飛行甲板に命中させたので、われわれがかけた十セント銀貨の全部をもらう価値がある〟と感心したものだった」

マクラスキー隊の二十五番目に攻撃したジョージ・ゴールドスミス機についての記述である。

彼らがこれほど成功を収めたのは、日本側が低空の雷撃隊に気をとられて、高空からの急降下攻撃への対応が遅れたことのほか、空母の飛行甲板前部に描かれた味方識別用の日の丸が好格《かっこう》の照準目標となって、爆弾命中を容易にしたせいだと思われる。

「レスリー少佐は、『加賀』の飛行甲板に描かれた大きな旭日旗に真っすぐに照準を定めた」(前出『ミッドウェイ』)

「レフティ・ホルムバーグ大尉(レスリーの二番機)は空母をよくしらべ、飛行甲板にペンキで塗った赤色の円が適当な照準点になると考え、これに照準を合わせた」(同前)

「七番目に降下した(マクラスキー隊の)ダスティ・クレイスは、空母の後部が火の海と化し、飛行甲板の前部にペンキで塗った赤い円はまだそのまま——つぎの瞬間、自分の投下した爆弾でこれを変えた——であるのを認めた」（前出『逆転』）

攻撃隊の何機かがまちがえて敵空母に着陸しようとした珊瑚海海戦の戦訓として、ミッドウェー出撃前に急きょ描かれた日の丸であったが、これが仇になったのである。

第十七章　三空母悲し

1

長い時間をかけ、多くの犠牲を払いながら、何の戦果も挙げられなかった雷撃隊にくらべると、マクラスキーやレスリーの急降下爆撃隊は、わずか数分の間に空母三隻に大火災を発生させ、その戦闘能力を消滅させる大仕事をやってのけたが、それは彼らが命中させた一千ポンド爆弾の偉力だけによるものではなかった。

被爆当時、各空母ではまだ攻撃準備が進められており、「飛龍」を除くと陸上攻撃用から艦船攻撃用への兵装転換作業は終わっていなかった。

艦爆や艦攻はほとんど全機が燃料や爆薬を満載し、飛行機に搭載されたのや搭載中の魚雷や爆弾、取りはずしてまだしまわずに置かれたままの八百キロ陸用爆弾など、格納甲板内は危険物でいっぱいだった。

午前十時を十五分ほどまわったころ、

「敵大編隊見ゆ、貴隊よりの方位一一〇度、三十カイリ」

「敵大編隊、一一〇度方向、高度三千メートル、貴方に向かう」

という報告（関良忠『空母飛龍の追憶』）が、水上偵察機と輪形陣の外側にいた警戒駆逐艦の両方からもたらされた。

このため午前十時二十二分、南雲長官は上空警戒機を増強すべく、母艦の上に待機中の零戦に、準備でき次第に発艦するよう命じた。しかし、この命令で発進できたのは、「飛龍」を除く三空母のうち「赤城」の一機だけだった。

なぜなら、このときすでに敵急降下爆撃機は三隻の空母に対してダイブ（急降下）を開始していたからで、何百門という対空砲火も、三十機以上もいた上空警戒の零戦による迎撃も間に合わなかった。しかも、空母は新たな上空警戒機を発進させるため風に向かって立って（発艦準備のため艦首を風上に正対させること）いたので、転舵して爆撃を回避する間もなかった。

公刊戦史によれば、「当時わが部隊付近は快晴で雲量は一ないし二、雲高五百ないし一千メートル、視界六十キロの好天気だった」という。

「しかし雲は次第に増してきている。雲の高さは三千メートル、雲量は七くらいで、ところどころに雲の切れ目はあるが、上空の見張りは十分きかなかった」

という「赤城」の淵田中佐の記述（『ミッドウェー』）とかなりの違いがあるが、アメリカ側の記述（W・ロード著『逆転』）でも、上空から日本艦隊はよく見えたとあり、それだけ彼らが有利に事を運んだということだろう。

「飛龍」では午前十時十九分に見張士が、敵艦爆隊を発見した。

「敵急降下爆撃機の編隊『加賀』に向かう、高度四千」

この報告を受けた二航戦司令官山口多聞少将が、田村士郎掌航海長にたずねた。

「掌航海長、『加賀』の矢先（砲身の向き）はどうだ？」

田村が「水平です」と答えると、「すぐ知らせてやれ」といわれたので、信号兵に探照灯信号を命じた。

「敵急爆貴艦上空に向かう」

「加賀」からは折り返し「了解」の返事がとどき、いままで雷撃機をねらって低空射撃していたのを上空射撃に変えたが、その直後に最初の一弾が命中し、このあと「赤城」「蒼龍」の順に被爆して三隻の空母が燃え上がった。

この攻撃で、マクラスキー隊は二十五機と五機の二手に分かれ、レスリー隊は全機がそれぞれ異なった目標に降下し、「赤城」に二弾、「加賀」に四弾、「蒼龍」に三弾を命中させたが、これがいずれも大爆発の引き金になった。

飛行機に搭載された爆弾や魚雷、そして外されたまま置かれていた陸用爆弾などがつぎつぎに誘爆をはじめ、ガソリンや機銃弾にまで火がついた。

「――これではまるで数十個の爆弾が命中したのと同じである。かくてドカン！　ドカン！　とみずからの手で葬送曲を奏しはじめた。万事休す！」

「赤城」飛行隊長淵田は著書『ミッドウェー』にその時の痛恨の思いをそう書いているが、「加賀」も「蒼龍」も同じような状況にあり、その様子は南雲部隊四空母の中でただ一隻、無キズで残った「飛龍」から望見された。

「そこには信じられない光景が展開していた。洋上三ヵ所から天に冲する黒煙が立ちのぼり、その黒煙の下にくっきりと、見なれた母艦の艦型が浮き上がっているではないか。しかも深手を負ったその母艦に、黒い点となって急降下する敵機の姿がありありと見え、その下から瞬発による紅蓮の炎が吹き上げ、黒煙はさらに大きく高くなってゆく。

こんな筈はない。わたしは夢を見ているのか。チクショウ！」

「飛龍」の艦攻第八分隊西村勝元三等整備兵曹（前出）が、左舷前方二番高角砲近くのポケットから見た三空母被爆時の様子だが、「飛龍」の左舷四千メートルを併走するかたちで航行していた「加賀」の被爆状況はとりわけよく見えた。

伝令として艦橋の加来艦長のすぐ近くにいた野見山成徳一等水兵（福岡県小竹町）は、「加賀」が直撃弾で大火柱を吹き上げる瞬間を目撃したが、加来艦長の「しまった！」という沈痛な声を聞いた。

火柱が消えると今度は黒煙につつまれ、その煙の中からチカチカと火花が見えた。射ちまくる高角砲のそれらしかったが、煙で照準のつけようもない盲射であった。

最も多い敵機の攻撃にさらされた「加賀」は、このあと艦内にあった魚雷や爆弾が誘爆をはじめ、そのたびに藁《わら》人形のように天高く吹き上げられている人影が目撃された。

格納庫作業の合い間に飛行甲板に上がってこの様子を見た零戦飛行分隊の陣内弥六・一等整備兵曹（佐賀県神崎町）は、「加賀」に整備員や搭乗員の友人が沢山いたので、人がふき上げられるたびに〈あれは知人の誰々ではなかろうか〉と胸が痛んだ。

艦底の機械室で指揮をとっていた機関長付の萬代久男少尉は、艦の外で何が起きているのか知らずにいたが、応急班員として上部に配置されていた林三等機関兵曹が降りてきて、

「三空母が炎上中」

とどなったのでわが耳を疑った。

「何っ、そんな馬鹿なことがあるものか」

各艦被弾直前の位置（公刊戦史より）

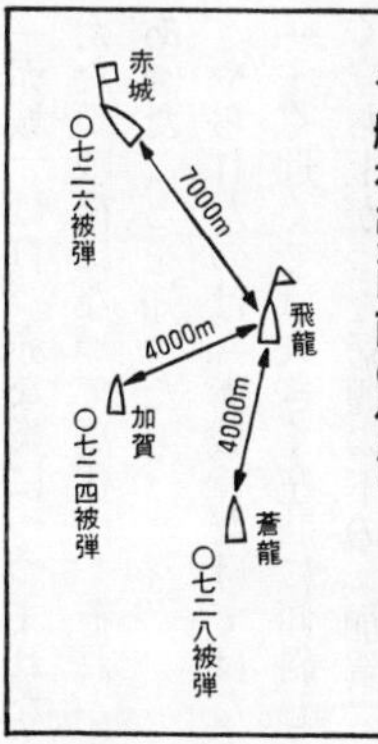

機械室の騒音の中で萬代が思わず声を荒げると、林は「間違いありません」という。

顔面蒼白のその言葉に不安を感じた萬代は、空襲の合間に機関科各部を巡視するという口実をもうけて、大急ぎで飛行甲板に上がった。艦橋ハッチから出た途端、太陽のまぶしさに目がくらんだが、視覚がもどるにつれて眼前に展開された恐ろしい光景が目に入った。

「赤城」は真っ赤な炎につつまれながら盛んに誘爆をくり返し、横付けしている内火艇が見えた。戦後になって萬代は、それが南雲長官以下の一航艦司令部が駆逐艦に移乗するためであったことを知った。

　やられたのは「赤城」だけではなかった。

「すぐ近くでは大きく左舷に傾斜した『蒼龍』が全艦白煙につつまれ、水平線の彼方に天高く立ち上がった猛煙の下の『加賀』は艦体もさだかでなかった」（萬代）ほどにひどい状態だった。

　この敵空母機による攻撃の最中、「飛龍」は戦闘機隊のほとんどを防空戦闘に上げていたが、佐々木斉一等飛行兵曹（前出）もその一員としてこのとき上空にいた。

「突然、前衛艦の高角砲の弾幕を発見した。そのころ高度三千五百メートル付近に断雲があり、われわれはその雲下を哨戒中だったので、すぐその方向に旋回しようとしたが、つぎつぎに断雲を突きぬけて急降下する敵機の速度はあまりにも速く、追いつく術《すべ》もないまま、敵機が引き起こすところを狙い撃ちするしかなかった。（中略）

　味方対空砲火もいつしか止み、敵機の影も消え失せて、数分前までのあの激闘の空も、ふたたび静寂を取り戻した。

　味方空母群の上にもどってみると、艦隊は散り散りになって大型空母三隻が黒煙を上げて燃え、まっ赤な炎が艦橋を、そして甲板を舐《な》めていた。はるか彼方にわが『飛龍』らしい無傷の中央艦橋の空母が、堂々と白浪を蹴立てて走っている。

近づいてみると、やはり『飛龍』だった。他の燃えている空母には、それぞれ駆逐艦が接近して懸命に消火活動をやっており、大小の艦艇がそのまわりを全速で走りまわっているのが見えた」（佐々木『空母飛龍の追憶』）

この日、早朝に発艦してから四時間以上も飛んでいた佐々木は、このあと急いで着艦した。

佐々木が着艦したとき、「飛龍」の甲板は上空機の収容でごった返していたが、艦橋では山口司令官と加来艦長が、爆発炎上する三空母の惨憺たる状況を沈痛な思いで見ていた。なかでも第二航空戦隊（二航戦）司令官として山口が気にしたのは、当然のことながら同じ戦隊の僚艦「蒼龍」で、めぐらせた双眼鏡の先が「蒼龍」をとらえると釘《くぎ》づけになった。

「掌航海長、なんとか『蒼龍』に信号は届《とど》かんか」

双眼鏡を目に当てたまま、山口はかたわらの田村士郎兵曹長にたずねた。

いわれた掌航海長の田村が「蒼龍」をよく見ると、まだ停止してはいなかったものの、艦橋は火煙につつまれて見えず、前甲板には多数の乗組員が集まっていた。

その中には信号兵の一人や二人はいるだろうと思った田村は、山口にいった。

「届くかどうかわかりませんが、やってみます」

すると山口は「極力母艦の保存に努めよ」といい、田村は信号兵に命じて「蒼龍」前甲板に信号灯を向けさせ、この信号をしばらくの間、連送した。

このあと、「飛龍」は敵空母攻撃に向かうため、東に変針してこの修羅場をあとにしたが、山口は次第に遠ざかっていく「蒼龍」に心を残しながら、艦橋右前方の司令官の位置にもどった。闘将山口の無念はいかばかりだったであろうか。

2

敵艦載機が凱歌をあげて去り、「飛龍」を守って健在の機動部隊各艦が敵空母攻撃に向かったあとの戦場は、いぜん立ちのぼる黒煙の下で爆発をくり返す三空母と、警戒のため残された駆逐艦六隻があるだけだった。

ここでしばし、炎上する三空母の最期までの様子を追ってみよう。

四発と、最も多い命中弾を受けたのは「加賀」だった。しかし、ふつうの場合だったら、千ポンド（約五百キロ）爆弾四発くらいで、「加賀」のような大きな空母が沈むことはない。

現に珊瑚海海戦で「翔鶴」は三発の命中陣を受けながら、自力で日本に帰っているし、同じ戦闘で日本機の放った徹甲爆弾が艦内深くで爆発した「ヨークタウン」は、沈まなかったばかりか、飛行甲板の損傷が少なかったので、被爆後も飛行機を着艦させることができた。しかも急いで真珠湾軍港に帰り、三日で応急修理を終えて、このミッドウェーの戦いに参加している。

だから単に爆弾をくらったくらいでは、飛行機の発着ができなくなることはあっても、航行不能になるようなことはない。

ただし、それは飛行機をつんでいなければの話で、珊瑚海海戦で被爆した両空母とも飛行機は出払って格納庫内はカラだったし、爆薬庫やガソリン庫に引火することもなかったから、キズは浅かった。

ところが今度の場合は、日本の空母の格納庫は出撃準備中の艦攻や艦爆がいっぱいで、これらの飛行機に搭載されたものもふくめ、被弾当時の「加賀」の格納庫内には、魚雷約二十本、八百キロ爆弾約二十個、二百五十キロ爆弾約四十個があったといわれ、飛行機がつぎつぎに燃える中で、これらの爆弾や魚雷の誘爆をひき起こしたのである。

別な見方をすれば、これだけの魚雷や爆弾が「加賀」に命中したのと同じことになり、それだけに被害も甚大なものとなった。しかも不運なことに、四発の命中弾のうち三発目が艦橋付近で破裂したため、艦長岡田次作大佐以下、艦の中枢スタッフを一挙に失ってしまった。

発着指揮所にいたが、奇跡的に軽い傷ですんだ飛行長の天谷孝久中佐が艦長に代わって指揮をとり、残った全員で消火につとめた。だが、いぜんとして誘爆がつづいて鎮火の見込みがないため、天谷中佐は午後五時ごろ総員退去を命じ、生存者および負傷者は駆逐艦「萩風」「舞風」に移乗した。

その後、「加賀」は日没の近づいた洋上に燃えながらなおただよっていたが、午後七時二十五分になって、前後のガソリン庫に引火したものか二回にわたって大爆発を起こし、静かに沈みはじめた。

陽が落ちてなお残照の残る海上に浮かんだ「加賀」は、わずかに左舷に傾いたまま、ほぼ水平に沈み、最後は泡立ったような白い波を残してその巨体を波間に没した。

「ああ、いっしょに死ぬんだったなあ」

母艦の最期を見とどけた天谷中佐は苦し気にそうつぶやき、がっくりと首を折った。

天谷中佐は元「飛龍」飛行長で、ミッドウェー出撃前に同じく飛行長として「加賀」に移ったばかりであった。

「加賀」の戦死者は、乗組員のほぼ半数にあたる約八百名の多きにのぼった。

3

機動部隊旗艦「赤城」は「加賀」とほぼ同時に急降下爆撃を受けたが、命中した二発のうち、「飛行甲板中央の中部リフト（エレベーター）付近に落ちた最初の一弾が致命傷となった。

この爆弾は命中した直後、中部リフトの端に小さな破孔をあけただけで、飛行甲板上でまさに発進しようと走り出した戦闘機が燃え上がったほかには、何事も起こらないかに見えた。

ここまでは珊瑚海海戦のときの敵空母「ヨークタウン」の場合とよく似ているが、「ヨークタウン」のときは日本の爆弾の貫徹能力がいいせいか、格納甲板を突き抜け、それより二段下の倉庫で炸裂した。もちろんこの区画は大きく破壊されて死傷者も出したが、ほかに爆発物がなかったので母艦としての機能はほとんど損なわれなかった。

このあと、飛行甲板の爆弾貫徹孔を応急修理した「ヨークタウン」は、前述のように攻撃から帰ってきた飛行機を収容している。

では、「赤城」のその後はどうなったか。

爆弾は飛行甲板を貫いたあと、上部格納庫の床を素通りして中部格納庫の天井で炸裂したが、あいにくそこには攻撃準備中の飛行機がいっぱいつまっていたからたまらない。それはよく燃えるタキ木の中に火を投げこんだのと同じで、たちまち飛行機に火がつき、それが抱いていた爆弾や魚雷を真っ赤に熱して誘爆をひき起こした。そして、爆発した飛行機から、ガソリンが火と黒煙をともなって勢いよく流れ出し、艦内いたるところに火をつけてまわった。

こうして火災は強くなる一方で、当分、鎮火の見込みがなく、しかも通信不能となっては旗艦としての機能を果たせないため、南雲長官は司令部を移すことを決意し、被弾から約二十分後に警戒駆逐艦「野分」を呼んで移乗をはじめた。

このあと南雲長官以下の機動部隊司令部は軽巡洋艦「長良」に移ったが、司令部がいなくなってただの燃えるフネとなった「赤城」では、艦長青木泰二郎大佐の指揮で懸命の消火活動がつづけられた。

「赤城」は最初の被爆からしばらくして舵が故障し、機関も全部停止して動かなくなったが、正午を少しまわったころふたたび動き出し、舵がもどらないため右回りにゆっくり航行をはじめた。それから約二時間後、ついに航行が止まり、誘爆をくり返しながら漂流する状態になった。

このとき、「飛龍」はすでに燃える三空母を残して戦場を去っていたので、「赤城」のさまよう様子を「飛龍」の乗組員で見た者はいないはずだったが、たった一人——それも真近で見た者がいた。

第二次防空戦闘で被弾不時着し、洋上に漂《ただよ》うことになった「飛龍」戦闘機隊の村中一夫一等飛行兵曹（前出）で、村中は水平線に浮かんで見えた「赤城」を目指して泳ぎつこうとした。近づくと動き出して遠ざかるというようなことを二、三度くり返し、ついに停止した「赤城」の百メートル近くまで泳ぎついたが、艦内の誘爆によるものらしい真っ赤な火炎が舷窓から盛んに吹き出す惨状に呆然とした。

すでに村中の漂流は六時間以上にもなっていたが、幸運にも負傷者や搭乗員を収容するため「赤城」に接近した駆逐艦「野分」に救助された。

いっこうに衰えを見せない火災に、消火活動を断念した青木艦長は総員退去を決意し、午後八時ころから乗組員を駆逐艦「嵐」と「野分」に移乗させた。（同じ第一航空戦隊の僚艦「加賀」は、約三十分前に沈んでいた）

乗組員移乗に先立ち、青木艦長は「赤城」を駆逐艦の魚雷で処分するよう要請したが、この電信は三百カイリ後方の主力部隊旗艦「大和」でも受信され、一時間後に山本長官から「赤城」の処分を待つよう命令が届いた。しかし七時間後にそれが解除されたので、「嵐」以下第四駆逐隊の四隻の駆逐艦が「赤城」に対してそれぞれ一本ずつ魚雷を発射した。

魚雷は二本か三本の命中が認められたが、「赤城」はなかなか沈まず、約二十分後になって艦尾の方から沈みはじめ、最後には艦首を上に向けて海中に吸い込まれるように消えた。

ときに六月六日午前二時、現地時間で五日午前五時。ちょうど日の出とあって、海面から突き出た沈みゆく艦首の大きな菊の紋章が、朝日を受けてキラキラ輝いていたという。「赤城」の艦影が水面下に消えて七分後、強大な爆発音が聞こえた。多分それは栄光の第一航空艦隊旗艦「赤城」の、慟哭の叫びであったに違いない。

ちなみに「赤城」の戦死者は、二百六十三名であった。

4

命中弾三発を致命部に受けた「蒼龍」は、被爆した三空母の中では火の回りが最も早かったようだ。「赤城」と「加賀」が戦艦からの改造で、装甲も厚く内部構造も頑丈だったのにたいし、軍縮条約時代につくられ、トン数の制約から構造的に脆弱《ぜいじゃく》だったせいではないかと想像されるが、三弾の命中で「赤城」や「加賀」同様、飛行機、爆弾、魚雷のほか、高角砲弾や対空機銃弾までが誘爆を起こし、たちまち火が全艦にひろがってしまった。

「艦首から艦尾まで真っ赤な炎が吹き上げ、その上は沖天まで届く真っ黒な煙の柱だった」

少尉候補生時代を「蒼龍」で過ごしたことのある「飛龍」戦闘機分隊長小林勇一大尉が「飛龍」艦上から目撃した光景だが、「蒼龍」は被弾から十五分後には早くも主機械が停止し、それから五分後、消火の見込みなしと判断した艦長柳本柳作大佐は艦の放棄を決意し、総員退去を命じた。

すでに多くの乗組員が戦死していたが、消火に努めていた副長小原尚中佐以下は火焔に追われて外舷に出たところ、大きな誘爆が起こって海面にほうり出された。このときかなりの乗組員が大やけどを負っていたので、あとで彼らの多くがひどい苦痛にさいなまれることになった。

「やけどで熱くてたまらず、夢中で海中に転げ落ちた。手足がきかないので泳ぐことができず、そのうち沈むより仕方ないと思っていたら、誰かが横から『これにつかまれ』と角材を出してくれた。夢中で角材につかまり、これで助かると思った。彼は角材を引っ張って少しずつ艦から離れてくれた。そのうちに何人かが寄ってきて、角材につかまった。

海中にいる間は、敵機が機銃掃射に来やしないか、まだ母艦は浮いているのだから爆弾投下があるのではないか、と不安だった。

ときがたつにつれ、傷や骨折の痛みを感じるようになった。顔面の皮が焼けむけて、目のまわりが邪魔なのでむしり取った。なお痛む。空には着艦できない味方の飛行機が、飛びまわっている。

約二時間後、救助にやって来た『浜風』のカッターに引き揚げられた」（「蒼龍」航海科信号員藤本久一等水兵、千葉県佐倉市『航空母艦蒼龍の記録』）

「駆逐艦『浜風』に収容されるころから、それまで無言で泳いでいた乗組員の中から大声で苦痛、疼痛を訴えて泣き叫ぶ声があちこちで聞こえるようになった。それまでは気が張っていたのかも知れない。残った戦友に思いを馳《は》せて、わが身の苦痛も忘れていたのかも知れない。

駆逐艦の舷側から引き上げられるころには一段と苦痛を訴える声、呻《うめ》き声が大きくなるばかりである。それもそのはずで、爆風で皮膚の表面が大きく吹き飛んだ身体で海中に長時間つかっていれば、その苦痛はとうてい筆舌につくせるものではない」（「蒼龍」医務科熊谷清人一等衛生兵、横須賀市、同前）

「浜風」に救助されたのは三百人ほどで、このあとせまい駆逐艦の艦内はにわか病室に変わって、医務科員たちの奮闘がはじまった。

生存乗組員たちが退艦したあとも、「蒼龍」は燃えて左舷に傾きながら七時間以上も浮いていたが、ここで艦長柳本柳作大佐の壮絶な最後について触れておかなければならない。

被爆のあと、安全な区域に移るようにとの部下の懇願を退け、火焰につつまれた艦橋を離れることなく指揮をとっていたが、その顔はすでに大やけどを負って火ぶくれとなり、ただならぬ様子がうかがわれた。

総員退去を命じたあとも一人艦橋にとどまろうとする艦長を、副長らが無理にでも連れ出そうとしたが、艦長は頑として聞き入れなかったばかりか、部下が近づくことさえ拒んだ。

そうこうしているうちにも火は艦長の胸や軍帽に燃えうつり、軍刀を手に火焰の中に毅然と立ちつくす柳本艦長の姿は、さながら不動明王のように見えたという。

艦と運命を共にしようとする艦長の固い決意と、急速に迫る危険に救出をあきらめた副長らは、心の中で手を合わせながら艦を離れた。

「自分は陛下のお艦《ふね》をお預かり申し上げているのだから、どんなことがあっても、艦と運命を共にする。お前たちは、一度や二度の挫折に屈せず、七転《ころ》び八起き、生命のあらん限り報国の誠をつくせ。この戦争は一年や二年ですむものではない。戦争中、ときには味方に不利な敗《ま》けいくさだってある。しかし最後の勝利は神国日本の上にあり、それはお前たち若いものの双肩にかかっている。くれぐれも軽はずみをつつしみ、生命を大切にし、最後の最後まで頑張って、光栄ある勝利を全うせよ。これが自分のお前たちに対する希望であり、期待なのだ」

それはつねづね柳本艦長が部下に対していっていたことであり、この最後のときに身をもって示されたのだと、つねに艦長の傍にあった「蒼龍」副長小原尚中佐は回想する。（前出『航空母艦蒼龍の記録』）

「飛龍」とともに沈んだ山口司令官と加来艦長の話はよく知られているが、「蒼龍」艦長柳本柳作大佐（戦死後少将）の最後もまた、それに劣らぬ壮絶なものであった。

それまで連戦連勝だった日本の機動部隊にとって、最も長い一日が暮れようとしていた。午後五時ごろであったか。「蒼龍」乗組員を救助したあとも近くにとどまって様子を見守っていた駆逐艦「浜風」は、

「『磯風』とともに『蒼龍』の警戒に任じ、北西方に退避せよ」

という南雲長官の電信命令を受けた。

すでに三空母炎上の現場から遠ざかっていた長官には、「蒼龍」が航行不能になっていたことなどわかっていなかったのである。

このあと第四駆逐隊司令と「磯風」との間で「蒼龍」についてのやり取りが交わされたが、午後六時過ぎ「磯風」は、

「『蒼龍』は自力航行の見込みなし。残員全員収容せり」

と報告した。だがこの報告は誤まりで、まだこの時点で「蒼龍」艦内には取り残された生存者がいたのである。

「加賀」も「赤城」もそうだったが、戦死者が最も多かった部署は、艦の下部が持ち場になっている機関科だった。

彼らの多くが、上で何が起こっているかわからないままに、焦熱地獄と化した艦底であるいは焼け、あるいはガスや煙のため窒息して死んだが、総員退去後も、艦底に閉じ込められたまま生存していた機関科員も少なくなかったのである。

「蒼龍」機関科第十七分隊渋谷常吉一等機関兵（横浜市）も、その一人だった。

「私たちは伝声管、伝送管を使って艦橋と連絡をとろうとしたが、何の応答もなかった。仕方がないので、昇降口から出ようと思ってハッチ（蓋つきの出入口）を開けたところ、火煙が流入してきて出ることができない。

機械室は熱気が高くなり、みんなビルジ（艦底の両横の湾曲部）の中に入って救出を待った。そのとき生きていたのは六名で、一人二人がガスのためか眠ってしまい、誰も動く気力がなくなってぐったりとしていた。

午後四時くらいと思われたころ、後部の方で大爆発が起こり、艦は左舷に傾いたので今度は沈むぞと思い、私は艦橋まで連絡に行くといって、中島三機（三等機関兵）と二人で前部昇降口をハンマーで叩いてハッチを開けた。

そのころは燃える物は全部燃えてしまい、火煙もなくなっていたので脱出することができた。

『出られたぞ！』と下に向けてどなってから見まわすと、艦は左舷に傾き、後部飛行甲板には飛行機が一機、黒煙をはいて燃えていた。艦橋付近は燃えつきて火はほとんど消えていたが、ところどころに焼け焦げて黒くなった戦友の死体が転がり、『艦橋、艦橋』とどなっても何の応答もなかった。艦は沈みつつあるので、中島三機と二人で左舷高角砲台から海に飛び込んだ」（渋谷『航空母艦蒼龍の記録』）

このあと渋谷たちは遅れて脱出してきた機関科員たちとともに、救助のカッターにひろわれたが、「蒼龍」の最後がやってきたのはそれから間もなくであった。

渋谷たち機関科員が艦底からの脱出に成功したころ、移乗していた駆逐艦から母艦の様子を見守っていた楠本飛行長は、みずから防火隊を組織して「蒼龍」に乗り込む準備をはじめた。しかし、鎮火したかに見えたのは、臨終の前のいっときの静謐《せいひつ》に過ぎなかった。

「それから間もなく、『蒼龍』は後部に大爆発を起こし、艦首を上に向けて艦尾より沈んでいった。その姿が消えて数分後、また海底で大爆発があった。そのとき私は千人針とふんどしか身につけていなかったので、はらわたが千切れる思いがした」（前同）

渋谷が救助カッター上から見た母艦「蒼龍」の最後であった。

駆逐艦「浜風」は午後七時十五分、南雲長官と山口司令官にその沈没を報告した。渋谷の記憶ではちょうど太陽が水平線のかなたに沈んだ直後で、「蒼龍」は太陽とともに海中に没したのであった（当日の日没は午後六時四十三分）。それから十一分後に、「加賀」も沈んだ。

「蒼龍」の戦死者は、みずから死を選んだ柳本艦長もふくめて七百十八名と記録されており、生存者は約五百八十名（推定）で、このうち機関科員はわずか三十一名に過ぎなかった。

第四部

飛龍昇天

第十八章　闘魂烈々

1

空母三隻がやられたあと、「赤城」を離れた南雲長官とその司令部は、駆逐艦「野分」をへて軽巡洋艦「長良」に移乗し、長官座乗を示す将旗をかかげたのは午前十一時半だった。つまり、燃える「赤城」から退艦をはじめてから、約五十分も司令長官不在がつづいたことになる。

しかし、「赤城」から将旗が消えたことに気づいた第八戦隊司令官阿部弘毅少将は、南雲長官の次席としてすぐに機動部隊の指揮を継承することにした。

それまでに得られた索敵機からの報告で、敵空母は二隻と判断した阿部司令官は、午前十時五十分、山口第二航空戦隊（二航戦）司令官に対し敵空母攻撃を命じたが、それを待つまでもなかった。

三空母被爆の直後から即座に敵空母攻撃を決意していた山口司令官は、その準備を急がせるとともに、阿部司令官に対し、「全機、今より発進、敵空母を撃滅せんとす」と報告し、攻撃隊を発進させた。

それは阿部司令官の命令と行き違いであり、この辺りからそれまでの慎重、逡巡《しゅんじゅん》から積極、果断へと日本艦隊の動きが一変した。

山口は阿部よりも後任だったが、いわば独断専行の行動をとったのには幾つかの理由があった。

真珠湾奇襲作戦の帰途、二航戦の「蒼龍」「飛龍」が分派されて、ウェーキ島攻略作戦に参加したことは先に書いたとおりだが、このとき主戦力であるべき二航戦は、司令官が後任であるがゆえに、航空にはしろうとの阿部八戦隊司令官の作戦指導で行動したため、不都合や不満足な点が多かった。

先の珊瑚海海戦では、主戦力である五航戦（「翔鶴」「瑞鶴」）司令官が、第五戦隊（重巡洋艦戦隊）司令官より後任だったにもかかわらず、実質的に戦闘指導を行なって成功した。

こうした戦訓に加え、山口にはこの日の朝からの戦闘で見せた南雲司令部の優柔不断に対する鬱積《うっせき》した思いがあったようだ。

この日、早朝のことであった。

ミッドウェー第一次攻撃隊指揮官友永大尉から第二次攻撃の要請があり、機動部隊旗艦

「赤城」から、午前七時十五分、敵艦隊攻撃待機中の兵装を陸上攻撃用に転換する命令が各空母に発せられた。

これを受けた加来《かく》「飛龍」艦長が山口司令官に、

「これは考慮の必要はありませんか」

と進言すると、山口は少し考えてから、

「そうだ。索敵機からなにも報告がないからな。ここで敵情判断を誤ると大変だから、艦隊司令部もいろいろ迷った末の判断だろうが、もうしばらく待つのが良策ではないかと思うよ」と答えた。

「それでは本艦だけでも様子を見ましょうか」

加来がそういったあと、しばらく会話が途切れた。このときすでにミッドウェーから飛来した敵機による攻撃がはじまっており、防空戦闘の指揮で忙しかったからだ。

しかしその後、山口は艦隊司令部の命令どおり兵装転換を下令し、格納庫内では陸用爆弾に換装する作業を開始した。さすがの山口も、軍規に反してまで独断専行することにためらいを感じたのかも知れない。

「敵らしきもの十隻見ゆ。ミッドウェーよりの方位一〇度、距離二百四十カイリ、針路一五〇度、速力二十ノット以上」

第四索敵線を飛んでいた「利根」四号機からの、敵水上部隊発見の報告が入ったのはその直後であった。

このあと、「利根」四号機はふたたび敵艦隊付近の天候などを報告してきたので、この中には空母をふくむものと判断した南雲長官は攻撃を決意し、三十分前に出したばかりの命令を撤回して、艦上攻撃機の兵装をふたたび元（魚雷装備）に戻すよう命令した。

この再度の兵装転換に各空母の艦内は大混乱におちいったが、山口司令官はそれより先、最初の敵発見の報告があった直後に、「赤城」の司令部に対し、

「現装備のまま直ちに攻撃隊発進せしむるを至当と認む」

と、意見具申の信号を駆逐艦経由で送った。

だが、それは容れられず、再度の兵装転換が強行された結果、予想よりずっと近くにいた敵空母部隊から発進した攻撃隊によって、たった今先、眼の前で三空母が一挙にやられてしまった。

〈この航空戦の指揮は、もう誰にもまかせられない。「飛龍」一艦のみで三空母の仇を討ってみせよう！〉

そんな思いが、山口の心を駆り立てたのではあるまいか。

2

これより先、最初に敵空母発見を報じた「利根」四号機と交替するため飛び立った「筑摩」五号機から、ふたたび「敵空母発見」の報告があった。その位置は「利根」四号機の報

告より百カイリも南で、しかも味方からわずか九十カイリという至近距離であり、一刻の猶予も許されなかった。それに敵空母機は攻撃を終えて引き揚げたばかりであり、この機に乗じて攻撃を仕掛ければ、敵空母が攻撃隊収容直後という絶好のチャンスをつかむことができる。

「飛龍」はミッドウェー基地攻撃の際に艦攻を使ったため、艦に残っていてすでに攻撃準備が終わっていた艦爆だけで攻撃を行なうことになった。

飛行甲板の中部から後方にかけて、零戦六機、九九式艦上爆撃機十八機が並び、一斉にエンジンを始動した。

「私の受け持ち機は艦爆隊第二中隊長山下途二大尉の乗機BⅡ二一三号機だった。操縦員の西原敏勝飛行兵曹長は、精悍な日焼け顔に笑顔を絶やさないベテランパイロットであり、わたしの整備に絶対の信頼を持ち、卓越した戦闘技倆で輝かしい戦果をあげてきた人だ。

操縦席に乗り込んだ西原飛曹長に、私は肩バンド装着を手伝いながら、『分隊士、頼みますよ』と、いつもの言葉ではあったが、この日は特別の思いを込めていった。

『西村兵曹、今度こそ帰らないだろう。私の身のまわりの物は行李につめてあるから、あとをよろしく頼む』

西原飛曹長はそういっていつもと変わらない柔和な微笑を返し、テキパキと出発準備をされた。

すでに安全ピンが抜かれた腹下の二百五十キロ爆弾も、ごうごうたるエンジン音に呼応して闘志満々。一機、また一機、オーバーブーストの爆音を轟かせながら発艦して行った」

整備第八分隊西村勝元三等整備兵曹が語る第一次敵空母攻撃隊発進の様子だが、攻撃隊の出発直前、山口司令官は指揮官の小林大尉を艦橋に呼んで、敵空母必殺の訓示をあたえたあと、「俺もあとから行くぞ」といって激励した。

このあと、「飛龍」は敵との距離をつめるため、最大戦速で東進を開始し、阿部司令官指揮の戦艦、重巡、駆逐艦があとを追うかたちになった。それは戦国時代の桶狭間の戦いで、今川義元の本陣を衝くべく先頭を切って馬を走らせた織田信長の故事を思わせるものであったが、勇将山口はこのあと午前十一時二十分、つぎのような信号を全部隊あてに送った。

「第一次発進機、艦爆十八、艦戦五、一時間後、艦攻(雷装)九、艦戦三を攻撃に向かわしむ。『飛龍』はこのまま敵方に接近しつつ損害機収容に向かう」

この信号の意図するところは、「飛龍」の作戦行動を伝えることもあったが、それ以上に、三空母を失って失意のどん底にあった全艦隊乗員の士気を鼓舞することにあった。事実、「飛龍」攻撃隊の発進を見て、「わが空母機の戦力を信じていた艦隊乗員は、今までの敵の来襲機の示した拙劣な技倆を考え合わせ、これで航空戦は勝てたと士気が高揚した」(公刊戦史)という。

小林大尉指揮の第一次敵空母攻撃隊は、目標の敵空母部隊(それはフレッチャー少将指揮の空母「ヨークタウン」とその護衛艦艇から成る第十七機動部隊だった)目指して一路東進したが、戦闘機を上げて待ち構えているであろう敵空母を攻撃するのに、護衛戦闘機の六機はいかにも少なかった。

しかもまずいことに、発進後二十分ほどしたころ、はるか下方を母艦に向けて帰投中らしき敵雷撃機（実際はSBD「ドーントレス」爆撃機）六機を発見し、戦闘機隊がこれを攻撃したが、戦闘機一機は被弾して海上に不時着し、もう一機は機銃弾を射ちつくして引き返したため、四機に減ってしまったのである。

日本艦隊を攻撃した敵の雷撃機や爆撃機がそうであったように、手薄な護衛戦闘機がもたらす高価な代償は目に見えていたが、ただ一つの救いは、日本攻撃隊搭乗員の技倆がアメリカ軍のそれよりまさっていることだった。

小林大尉指揮の攻撃隊は、「筑摩」の水上偵察機が発射するラジオビーコンに誘導され、高度八百から一千メートル付近に広がる断雲の下を比較的低い高度で進撃した。そして正午少し前、遂に「ヨークタウン」とその護衛艦艇群を発見した。

日本の公刊戦史は、小林攻撃隊が雲の下を飛んだことについて、「敵水上部隊を見逃がさないため」と推測しているが、これはむしろ敵のレーダーによる探索をかいくぐるため、意識的にとられた戦法だったと考えられる。

このあと攻撃体勢をとるため高度三千メートルに向けて上昇をはじめたが、「ヨークタウン」のレーダースクリーンに機影が映ったのはそのとき、すなわち午前十一時五十九分で、日本攻撃隊はすでに四十カイリ（約七十四キロ）手前まで接近していた。

日本機による攻撃は、たった一隻撃ちもらした日本空母があったことから、当然、予想されたことではあったが、発見の遅れを取りもどすべく、この瞬間から第十七機動部隊の迅速な対応が開始された。

重巡洋艦「アストリア」「ポートランド」および五隻の駆逐艦は輪形陣をつくって「ヨークタウン」をしっかり囲い込んだ。

「全機避退せよ。本艦は攻撃を受けんとしつつあり」

日本の空母をやっつけた爆撃隊は、まだ着艦の順番を待って「ヨークタウン」上空を旋回していたが、この指令によって着艦は即刻中止され、代わって「ヨークタウン」の飛行甲板からは十二機のＦ４Ｆ「ワイルドキャット」戦闘機が緊急発進した。

この「ワイルドキャット」隊は、上昇中に避退中の味方爆撃隊を誤って攻撃するというハプニングはあったものの、さらに上昇して高度三千メートル付近に達したころ、明らかに日本機とわかる編隊が同じように上昇しつつあるのを発見した。それは固定された脚が翼下に見える日本海軍の急降下爆撃機「バル」（ＶＡＬ＝九九式艦上爆撃機に与えられた連合軍側のコードネーム）であった。

鈍速の急降下爆撃機、しかも恐るべき護衛の零戦はたったの四機とあって、「ワイルドキャット」隊は猛然と攻撃をかけ、つぎつぎに日本機を血祭りにあげた。

この日、第十七機動部隊上空は七百メートルから九百メートルの高さに断雲があったが、重巡洋艦「アストリア」の副長チョンシィ・クラッチャー中佐は、その雲と雲との間を飛ぶ日本機の編隊を見た。

「敵の編隊が雲の中に見えなくなった直後、その中の六機が雲の中から墜落してきて、炎に包まれて海面に激突して飛び散った」（前出フランク／ハリントン共著『ミッドウェイ』）

Ｆ４Ｆ「ワイルドキャット」十二機に対して零戦わずかに四機、しかも身軽な「ワイルドキャット」と爆撃機護衛の任務を持つ零戦とでは、勝敗は明らかだった。十八機いた九九式艦上爆撃機のうち十機が攻撃点につく前に撃墜され、零戦も四機から三機に減ってしまった。

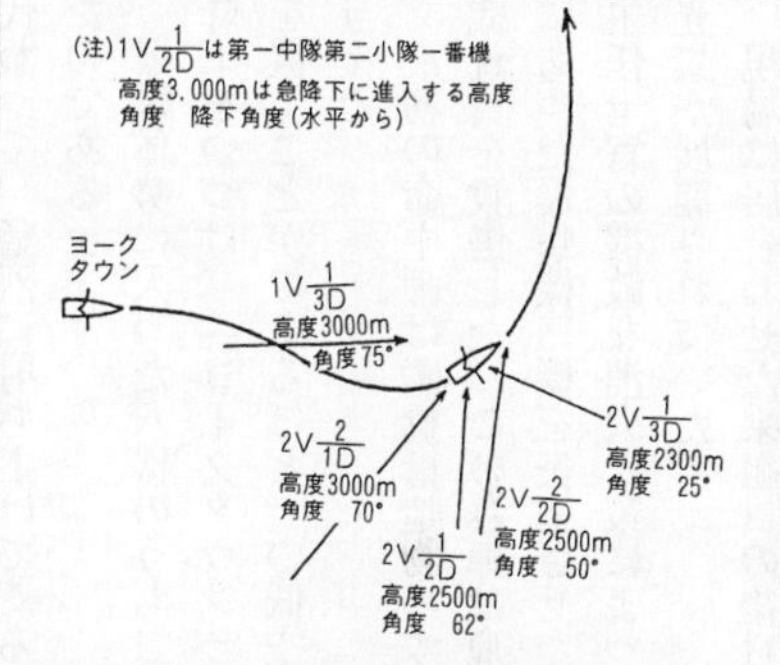

飛龍第一次空母攻撃状況(飛龍飛行隊戦闘詳報)

急降下爆撃による敵艦攻撃法は、まず編隊を解いた各機が高度三千メートルで一本の糸のように単縦陣の隊形となり、目標の後方から指揮官機を先頭に約七十度の角度でつぎつぎに突っ込むのが定石だが、敵戦闘機の攻撃を受けてこの隊形が乱れてしまったため、方向、高度、降下角度もバラバラに突入した。

しかし、先のインド洋作戦でのイギリス艦隊攻撃で、じつに九十パーセントという驚くべき命中率を記録した伝統を受けつぐ「飛龍」艦爆隊の勇士たちは、弾丸を射ちつくして去った「ワイルドキャット」戦闘機に代わって、猛烈に射ち上げてくる対空砲火の中を、沈着にそれぞれの任務を遂行しようとしたのである。

爆撃体勢に入った八機のうち二機が対空砲火で粉砕されたが、残る六機はひるむことなく降下をつづけ、「ヨークタウン」乗組員の表現によれば、「ほとんど空母の飛行甲板に爆弾を置くことができるほど」の低空まで降りて爆弾を投下し、三発の命中弾と三発の至近弾を与えた。

最初の命中弾は艦橋構造物のすぐ後ろの二十五ミリ機銃群の真ん中に落ちたため、多数の機銃員を殺傷した。この爆弾は飛行甲板を貫通したあと、下の格納庫甲板で爆発して、そこにあった爆撃機三機を炎上させた。このうち一機は千ポンド爆弾をつんでおり、格納庫甲板主任士官の機敏な消火対策によって、大事にいたらずにすんだが、飛行甲板上では惨憺たる光景が展開されていた。

現場に居合わせた乗組員の後日談によると、

「私は、機銃員全員が文字どおりちぎれ飛んでいるのを見た。各機銃の砲楯の内側には、ちぎれた腕や脚が散らばっていた。私も血だらけになっているのに気づいたが、それは全部、戦友の血を浴びたものであった」（前出『ミッドウェイ』）

といい、別の乗組員は一つの機銃座の旋回手席に、上体のない人間の腰と両脚が乗っかっていたのを目撃している。

しかし、「ヨークタウン」乗組員たちの戦意も旺盛だった。すぐに下部甲板から烹炊兵や軍楽兵たちが呼び集められ、機銃座から戦死体やバラバラになった肉片を取り除いて、射撃を再開するのにそう時間はかからなかった。

一発目は乗員を殺傷したものの、「ヨークタウン」の戦力にはほとんど影響を与えなかったが、飛行甲板のほぼ真ん中、左舷から右舷にかけて斜めに落ちた二発目は、艦そのものに大きな被害をもたらした。

飛行甲板を突き抜けたこの爆弾は、格納庫甲板、下甲板などを通って一番下の缶室から出る煙路の中で炸裂した。つまり、艦船攻撃でパイロットの夢とされる、煙突の中に爆弾をほうり込むのと同じ効果をもたらしたのだ。

この爆弾によって「ヨークタウン」が使用していた六基のボイラーのうち、五基が使用不能となり、速度は三十ノットから六ノットへと急激に落ちてしまった。しかも、動力発生源を断たれて大砲、エレベーターが動かなくなり、操舵も不能になってしまった。

さらにこの直後、前部エレベーターに第三の爆弾が命中し、一番底の弾火薬庫とガソリン庫の近くで炸裂した。これも乗組員の適切な対応によって誘爆をまぬがれたが、いずれも致命部と思われる個所で炸裂しながら大事にいたらずにすんだのは、「ヨークタウン」の乗組員たちが珊瑚海海戦ですでに被爆の経験を持っていたことに加え、日本の九九式艦上爆撃機の爆弾が二百五十キロだったからではないか。

もし一瞬にして「赤城」「加賀」「蒼龍」にダメージを与えたSBD「ドーントレス」のような千ポンド（五百四十四キロ）爆弾だったら、恐らくこうはいかなかっただろう。

3

攻撃開始から二分後、「敵空母を爆撃す」、それからややあって「敵空母火災」の報告が攻撃隊からもたらされ、「飛龍」艦上では「やった！」と大歓声があがったが、その報告が指揮官小林大尉からではなく、次席指揮官の爆撃第二中隊長山下途二大尉からでもなかったことで、攻撃隊にも相当の被害があったものと想像された。

戦闘は十分そこそこの短時間で終わった。そのとき上空から見えた「ヨークタウン」は黒煙を上げ、ほとんど海上に停止しているかに見えた。

第二中隊第一小隊長の中川静夫飛行兵曹長は、静かになった戦場付近の上空をしばらく旋回しながら、友軍機との会合を待ったが、一機も集まってこないので、

「敵空母炎上中、味方飛行機視界内になし。われ帰途につく」

と打電して、つい先刻まで死闘がくりひろげられていた戦場をあとにした。

「飛龍」第一次空母攻撃隊の爆撃の成果について、「飛龍戦闘詳報」では帰還した艦爆五機がそれぞれ一発ずつ、そして未帰還となった一機をふくめて六発、すなわち急降下の体勢に入ることのできた六機の爆弾がすべて「ヨークタウン」に命中したことになっている。

アメリカ側の記録では命中弾三発となっているので、残りの三発は至近弾が「ヨークタウン」のすぐ傍に巨大な水柱を上げたのを、命中と誤認したのではないかと想像される。

だが、これら至近弾のうち、艦尾すれすれに落ちた一弾はスクリューが空転するほどに艦尾を持ち上げ、その付近にいた大勢の乗組員を殺傷した。また、右舷艦橋近くに落ちた一弾で司令官フレッチャー少将は危うく命拾いをしたほどで、「飛龍」艦爆隊員たちはほぼ完全に彼らの任務を遂行しており、最悪の事態を事前にくい止めた乗組員たちの機敏かつ勇敢な行動と、少しばかりの幸運が「ヨークタウン」を救ったのである。

このあとフレッチャーは、ほとんど海上に停止し、通信機能も失った「ヨークタウン」から重巡洋艦「アストリア」に司令部を移したが、一時はまったく機能を失ったかに見えた「ヨークタウン」は、恐るべき回復力を見せてよみがえった。

飛行甲板にあいた爆弾による破孔は、鉄板や木材を使ってたちどころにふさがれ、被害を受けた五基のボイラーのうち三基を復旧させた。そして二十ノットまで速度が出せるようになった「ヨークタウン」は、午後二時に航行を開始した。

被弾停止してから約二時間後、十七ノット近くまで速度を上げた「ヨークタウン」を、ふたたび護衛部隊が取り巻き、輪形陣を形成して戦闘即応体勢をととのえた。

打たれ強い、というのは「ヨークタウン」のような艦のことをいうのだろうか。

先の珊瑚《さんご》海海戦では大きな痛手をこうむりながら、真珠湾でのわずか三日間の修理でこのミッドウェー海戦に参加し、ここでも命中弾と至近弾をそれぞれ三発も受けながら、二時間後には戦列に復帰した。

煙は完全に消え、飛行甲板は修復されて輪形陣の中央を航行している様子は、空から見るとざっと二時間前に起きたことがウソのように思えるほどだった。この素早い回復ぶりが、「飛龍」の第二次攻撃隊をふたたび「ヨークタウン」におびき寄せることになったのは皮肉だが、それは同時に少し離れた位置にあった第十六機動部隊の空母二隻、「エンタープライズ」と「ホーネット」から敵機の目をそらす役目をも果たしたのである。

4

「飛龍」の第一次攻撃の戦果が報じられた直後の十二時二十分、「筑摩」五号機は先に報告した空母部隊の東約四十カイリに、空母らしき一隻をふくむ敵艦隊が北上中なのを発見、報告した。これはスプルーアンス少将指揮の第十六機動部隊の一群で、じつはこの先にもう一群の空母輪形陣があったことを見逃がしていたのだ。

四隻の空母が同一行動をとっていた日本軍と、三隻をそれぞれ切り離して行動させたアメリカ軍の空母用法の違いがこの結果をもたらしたものだが、新しい敵空母発見の報告で、「飛龍」艦橋は色めき立った。

これより少し先、第一次敵空母攻撃隊が「飛龍」上空に帰ってきた。飛行甲板上には第二次攻撃隊の飛行機が並べられていてすぐに着艦できないため、報告球が投下され、その報告を見た山口司令官は、すぐに全部隊あてに打電した。

「攻撃隊の報告によれば　〇九四〇（十二時四十分）味方よりの方位八〇度九十カイリに

大巡五　大空母一（大火災）あり　攻撃隊の報告は確実なり」

ここで、山口は考えたに違いない。

二隻存在すると予想された敵空母のうち、先に発見された一隻は、こうして第一次攻撃隊の報告によって炎上しており、少なくとも航空戦力は喪失しているだろう。とすれば残りは一隻で、これを撃てば生きている敵空母は皆無となり、三空母を失った償いと航空戦の主導権を取り戻すことができる、と。

そこへ、タイミングよく「筑摩」五号機からの新たな敵空母部隊発見の報告であった。

「急げ」「急げ」

第二次敵空母攻撃隊の準備は第一次攻撃隊の発進直後から始められていたが、第二の空母発見とあれば、その発進は寸刻を争う。すぐに「搭乗員整列」の号令がかかった。

飛行甲板上の攻撃隊の数は零戦六機に雷装の九七式艦上攻撃機十機の合わせて十六機で、中に「赤城」から索敵に出たものの母艦がやられて「飛龍」に着艦した艦攻一機と、これも帰るべき母艦を失った「加賀」の艦攻一機と零戦二機がふくまれていた。

これがすぐに攻撃に差し向けることのできる飛行機のすべてだったが、攻撃隊指揮官友永大尉の乗機はミッドウェー島攻撃の際に被弾した右翼の主燃料タンクの破孔の修理が間に合わず、本来ならば出撃できる状態になかった。

このことを整備担当の井手整備兵曹長が友永大尉にいうと、友永はさり気ない様子で、

「敵は近いんだ。他のタンクを満タンにしておいてくれればいい」

といったあと、搭乗員整列の列に向けて小走りに去った。

このとき友永はすでに死を覚悟したものの如く、この指揮官の気持はたちまち部下に伝わって、士気は火と燃え上がった。

「第二次攻撃隊搭乗員の発進時の心境は、第一次攻撃隊のそれよりも、はるかに悲壮なものであった。戦局の帰趨を決するかも知れないこの攻撃は、絶対に成功させなければならない。一方、上空に帰ってきた第一次攻撃隊はきわめて少ないことから、敵の抵抗は熾烈なことが予想できる。搭乗員は万が一にも生きては帰れまいが、魚雷だけは何としても命中させるのだと決意したのである」

公刊戦史にはそう書かれているが、悲壮感は出撃する搭乗員だけでなく、司令官、艦長以下、艦の全員にみなぎっていた。だから、山口司令官につづく加来艦長の攻撃隊に対する命令ならびに訓示は、これまでない気迫に満ちたものとなり、

「お前たちばかり死なせはしない。自分もあとから行く……」

というような声が、操舵室で操舵していた航海長の長益《すすむ》少佐にもよく聞こえたという。

このあと、友永大尉が部下に向かって簡単に訓示した。

「戦いは七分三分の兼ね合いと、昔からいわれている。味方の苦しいときは、敵はそれに倍する苦しみがあるものと思わねばならん。われわれはここで、褌《ふんどし》を締めて、敵空母を撃滅しようではないか」

片翼の燃料タンク未修理のまま出撃しようとする友永の言葉は、攻撃隊員だけでなく、整

備科をはじめまわりで聞いていた人すべての胸を打った。

このあと艦長や飛行長に出発の報告をし、「かかれ」の号令を発して自分の機に乗り込もうとする隊長に、ふたたび井手整備兵曹長が駆け寄って、片道分の燃料しか入っていない破損機を飛ばすわけにはいかないと、目に涙を浮かべて出撃を思いとどまらせようとしたが、友永は「いいよ」と軽くたしなめて機上の人となった。

友永のこうした一部始終を目のあたりにした戦闘機整備班の田畑春己一等整備兵曹（前出）は、

「一瞬、戦況も忘れ、異様な感動で全身に寒気が走り、胸が痛くなった。今でもあのときの情景は、昨日のことのように私の記憶に鮮明によみがえってくる」と語っている。

5

午後一時三十一分、第二次敵空母攻撃隊は発進を開始した。友永大尉指揮の九七艦攻十機の中には、最初のミッドウェー攻撃で負傷し、手術を要することになった艦攻隊長角野博治大尉に、自分も負傷しながら輸血をしたあと、友永隊長に強硬に申し入れて、再度、攻撃隊に加えられた小林正松一等飛行兵曹もいた。

十機の艦攻隊は五機、五機の二隊に分かれ、第一中隊は友永隊長の直率、第二中隊は橋本敏男中尉が指揮をとったが、橋本機の電信員小山富雄一等飛行兵曹は、敵機の機銃掃射で負った右胸部の盲貫銃創を応急手当のままの出撃であった。

攻撃隊がおよそ百カイリ東に進撃したとき、右正横三十カイリの断雲下に、空母一隻を取り囲んだ輪形陣を発見した。それは実は「筑摩」五号機が報じた敵機動部隊とは別の、「ヨークタウン」の第十七機動部隊であったが、迅速な消火と復旧活動によって火災も消えていた「ヨークタウン」は、まったく無キズに見えたため、友永艦隊は何の疑いもなく、これを新たに発見された空母と判断し、「トツレ」（突撃隊形作れ）の無線を連送した。

雷撃隊は単縦陣の攻撃隊形をつくりながら高度を下げたが、そこには恐るべき敵戦闘機が待ち構えていた。

第一波の小林攻撃隊と同様、友永攻撃隊は高度を低くとり、「ヨークタウン」のレーダーの直線ビームの下をかいくぐって進撃して来たため、輪形陣の外にいた重巡洋艦「アストリア」のレーダーがその機影を捉えたのは、わずか三十七カイリに接近したときだった。

しかし、このあとの立ち上がりは速かった。「ヨークタウン」艦上で燃料補給中だった「ワイルドキャット」十機の作業は中止され、わずか二十五ガロン以下ではあったが、燃料の入った四機が緊急発進し、すでに上空にあった十二機と合流した。

これで上空の戦闘機は十六機となり、数では日本の攻撃隊と同数になったが、日本機が予想外の低高度でやってきたため、「エンタープライズ」の三機をふくむ四機は発見できずに母艦に引き返してしまった。

午後二時半を少しまわったころ、まず機動部隊の十カイリくらい手前で「ワイルドキャット」戦闘機隊が友永攻撃隊の雷撃機に襲いかかり、つづいて機動部隊の対空砲火が一斉に砲門を開いたが、九七式艦上攻撃機の高度があまりにも低く、しかもスピードが速かったので十分な効果があがらず、少なくとも六機が雷撃の射点に達した。

友永隊長の攻撃開始の指示のあと、計画どおり第一中隊は右側から、第二中隊は左側からこの輪形陣の中心にいた「ヨークタウン」目がけて突撃した。以下は、この攻撃から奇蹟的ともいえる生還を果たした雷撃隊第二中隊長橋本中尉の語る、そのときの模様だ。

「左右二方向からのわれわれの挾撃《きょうげき》に対して、敵空母は面舵いっぱい（右変針）で回避運動をはじめた。と同時に上空を警戒していた敵戦闘機は、われわれに対してしつように食い下がってきたが、その攻撃を排除しながら、そして敵輪形陣からのものすごい防御砲火をかいくぐって、ただひたすら敵空母めがけて突進した。（中略）

敵空母への雷撃を終えて、さだめられた集合点で旋回しながら隊長機を待ったが、ついに隊長機をみつけることはできなかった。やがて数機集合した僚機もすべて被弾しており、遙かな洋上に、いま雷撃した敵空母から、褐色の煙がキノコ型にふき上がっているのが望見できた。

私は耐えられないような孤独感におそわれ、〈隊長は先に帰られたかもしれない。またそうあってほしい〉と念じながら、戦場をあとに母艦へと針路を向けた。

『飛龍』に着艦したのは艦攻五機と戦闘機三機だけであった。そして友永隊長機はついに帰らなかった」

橋本が懸念《けねん》した友永隊長の最期は、橋本中隊の最後尾機の電信員浜田義一・一等飛行兵（前出）がしっかり見ていた。

「敵護衛艦および空母からの激しい弾幕の中を雷撃に入る。中尾春木一等飛行兵曹（操縦）は敵空母に照準を合わせて低空直進。丸山泰輔一等飛行兵曹（偵察）は魚雷発射の機をはかり、『テッ』の発声で魚雷は発射された。そのとき左前方を隊長機（操縦・友永大尉、偵察・赤松作特務少尉、電信・村井定一等飛行兵曹）がエンジン付近より火を吹きつつ、敵空母の艦橋付近に体当たりして爆煙を上げたのを目撃する（尾部の隊長マークが今もなお眼底より消えない）。

私の機は敵空母の飛行甲板すれすれに反対方向へ飛びぬける。敵空母の甲板では兵員が四散して逃げている。避退中に敵空母の写真を撮る。敵空母はわが方の雷撃で爆発を起こして兵員が海中に飛び込んでいるのが望見された」（浜田『空母飛龍の追憶』）

浜田の乗った飛行機は避退のとき、敵戦闘機の追撃をうけて左燃料タンクから燃料が吹き出し、後部銃座で敵戦闘機と交戦した浜田自身も敵弾で左足を貫通されたが、ぶじ母艦に帰りつくことができた。

友永攻撃隊の捨て身の攻撃で午後二時四十一分、二本の魚雷が左舷に命中し、大破孔をあけるとともにボイラー室を破壊した。動力を失った「ヨークタウン」は間もなく海上に停止し、大きく傾斜してその修復は不可能と思われたので、艦長バックマスター大佐は午後二時五十八分、「総員退去」を命令した。

6

友永隊長をはじめ艦上攻撃機五機、戦闘機三機を失いながらも、「ヨークタウン」にふたたび大打撃を与えた第二次敵空母攻撃隊は帰ってきたが、時間を少し前にもどし、この攻撃隊発進直後からの「飛龍」艦上の動きを追ってみよう。

友永隊長の第二次攻撃隊十六機が発進したあと、上空に待たせてあった第一次攻撃隊と二式艦上偵察機を収容した。

この二式艦偵は十三式艦上爆撃機として開発されたものを、とりあえず完成した二機を実用実験を兼ねて、ミッドウェー作戦に高速偵察機として使うこととし、「蒼龍」に搭載されたうちの一機で、午前八時半に発進したのち、三時間後には敵機動部隊を発見して空母が三隻であることを打電していた。ところが、なぜかこの報告が「飛龍」にも南雲司令部にも届かず、着艦した搭乗員の報告でやっと諒解された。

じつはこの少し前、撃墜されて海上に漂流中の敵搭乗員を救助した第四駆逐隊の司令から、捕虜情報として敵空母が三隻であることを全軍に報じていたが、この電文が長いものだったので、南雲長官や山口司令官がそれを了解したのはかなり遅れてからだった。

重ね重ねの情報伝達の不手際と遅延であったが、敵空母が三隻であることが明らかになったことは、山口司令官に新たな闘志をわき立たせた。

先に第一次攻撃隊によって、第一の敵空母は使用不能となった。そして、いま進撃中の第二次攻撃隊によって第二の敵空母を破壊すれば、残るは一隻となる。第三次攻撃によってこの一隻をやれば、航空戦はわが方の勝利となり、戦況は有利に展開するはずで、南雲長官もまた「飛龍」攻撃隊の奮闘に大きな期待を抱いたのであった。

敵空母に対する第三次攻撃の準備は、第二次攻撃隊発進直後からすぐ開始された。

機付整備員たちは、これまで二回の出撃で生じた破損機の点検整備を入念に行ない、小修理で可能となるものには寄ってたかって応援し、第二次攻撃隊の収容を終えた飛行甲板上には、一機また一機と攻撃隊の飛行機が並べられた。

「といえば聞こえはよいが、戦、爆、攻かき集めた数が十数機。しかもにわか編成で、チームワークが巧く行くだろうか？　しろうとの私の目にも頼りないように見えた。しかし、ぜいたくはいっておれない。これだけの残存機に全期待がかけられているのだ。きっと成功してもらいたい、と祈った」

整備科第八分隊西村勝元三等整備兵曹（前出）の回想だが、用意できた第三次攻撃隊はすぐには発進しなかった。

これより先、艦攻四、艦戦二で帰投するという第二次攻撃隊からの報告（実際に帰ったのはそれぞれ一機ずつ多かった）により、またしても攻撃隊の被害が大きかったのを知った山口司令官は、第三の空母にむけられる攻撃兵力が少ないので、昼間の攻撃で確実に撃破するのは困難と判断し、攻撃に有利な日暮れ間近の時間まで第三次攻撃を待つことにしたからだ。

それは「赤城」「加賀」「蒼龍」の三空母が一挙にやられた午前の戦闘の前、索敵機の敵発見の報告に応じて、攻撃隊の即時発進を南雲長官に進言した山口司令官としては異例ともいえる決定で、アメリカ側がこの時点で攻撃隊を発進させていれば（実際にそれは行なわれていたが）、決定的な打撃をこうむることは明らかだった。

だが、すぐに第三次攻撃隊を発進させるには、攻撃に差し向けることのできる兵力が余りにも少なく、しかも朝からの再三の出撃で、搭乗員たちは疲れ切っていた。

この時点で用意されたのは艦上爆撃機五機に艦上攻撃機四機、それに零戦十機だけだった。戦闘機だけは沈んだ他空母の上空警戒機も収容していたので比較的数があったが、敵艦を攻撃できるのが艦爆、艦攻合わせてわずか九機では、昼間強襲の成功はおぼつかなかった。

飛行機だけでなく、搭乗員の数も減っていた。「飛龍」飛行隊には、最先輩で飛行隊長の友永丈市大尉をはじめ、兵学校出身の士官搭乗員が八人いたが、うち五人はそれまでの攻撃で未帰還となり、一人（角野博治大尉）は重傷を負ったので、指揮官で残るのは、最も若い橋本中尉と重松康弘大尉の二人だけになってしまった。

したがって、第三次攻撃隊はこの二人が指揮することになったが、戦闘機隊指揮官の重松大尉は第一次攻撃に参加し、艦爆、艦攻指揮官の橋本中尉は第二次攻撃から帰ったばかりだったし、その前のミッドウェーの陸上基地攻撃にも行っていた。

ほかの列機搭乗員についても同様で、第三次攻撃隊をすぐ出すかどうかについては、山口司令官や加来艦長にも、かなり心の葛藤《かっとう》があったようだ。橋本中尉はすぐに再度の攻撃をかけることを申し出たが、多くの搭乗員たちの希望もあって、ついに薄暮攻撃に変更され、出発時間は午後六時と決定された。

この変更決定にともなって午後三時三十一分、山口司令官は次のような第三次攻撃計画を南雲長官あてに送った。

「十三試艦爆（二式艦偵のこと）により接触を確保したる後、残存全兵力をもって薄暮、敵残存空母を撃滅せんとす」

この報告を受けた南雲長官は、これまでの「飛龍」攻撃隊の攻撃に呼応した艦隊による昼間決戦の方針を改め、薄暮に行なわれる「飛龍」の第三次攻撃を待って夜戦を決行することとし、一時的に敵空母からの攻撃を避けるため、針路を北西に変えて二十八ノットにスピードを上げた。

ときに午後三時五十分、天候は快晴で太陽はまだ高く、夕方の出発までにまだ二時間以上もあったので、敵空母機の来襲にそなえて艦隊は「飛龍」をがっちり囲み、山口司令官は上空および艦上に警戒の戦闘機を配しながら損傷機の修理を急がせ、攻撃兵力の増大をはかった。

出撃が夕方まで延期されたので、発着艦指揮所の下の搭乗員待機室にもどった橋本中尉は、しばしの休息をとるためソファーに身を横たえた。

ひどい戦闘だった。敵戦闘機と対空砲火の中を突っ込んで魚雷を落とし、敵の甲板スレスレに飛び越えて生還したが、飛行機から降りて見ると敵の機銃弾が身体の両脇を通過したらしく、飛行服に孔があき、その下の軍服をこすってワイシャツまでが焦げていた。

〈まさに危機いっぱつだったな〉

そんなことを思い出しながら、橋本はいつしか深い眠りに落ちた。

橋本機の操縦員高橋利男一等飛行兵曹と電信員小山富雄一等飛行兵曹は、早朝からの戦闘で食事もとれなかったので搭乗員室に行ったところ、主計科心づくしの食事の用意がしてあった。他に誰もいない搭乗員室でわびしい食事のあと、大きなミカンの缶詰に穴をあけて汁だけ飲んだ。ぬるかったが、それでも甘露《かんろ》に思えた。

少し横になろうと隣の搭乗員寝室に移った小山だったが、整備員や仲良しの機関兵、主計兵たちがベッドのまわりに集まり、戦闘の様子を聞きたがるので休むこともできない。搭乗員はスターであった。

第三次攻撃をかける夕暮れまであまり時間もないので、いい加減に帰ってもらって眠ろうとしたが、今度は敵機の機銃掃射で受けた傷口が痛んでなかなか寝つかれなかった。

搭乗員たちが出撃までの時間を思い思いに過ごしていたころ、「飛龍」の飛行甲板上では索敵ならびに攻撃隊の誘導に任ずるため、第三次攻撃隊に先立って出発する「蒼龍」の十三試艦上爆撃機（のちの「彗星」）のエンジン試運転が行なわれていたが、他には格別の動きもなく、「飛龍」を中に高速で北西に向かう機動部隊の周囲には、先ほどまでの激戦がウソのように思える奇妙な平穏がただよっていた。

しかもその艦隊は、被爆炎上して戦場に停止した三空母と、その救援に残された少数の駆逐艦を欠いていたとはいえ、戦艦「榛名」「霧島」、重巡洋艦「利根」「筑摩」以下の護衛艦艇群はいぜん無キズであり、「飛龍」から発進した上空警戒の戦闘機とともに、いかなる敵をも寄せつけない頼もしい姿に見受けられた。

事実、すでに三空母がやられていたにもかかわらず、なお勝利への希望と闘志を棄ててはいなかったのであるが、それはやがて破られるべき嵐の前の、ほんのひとときの幻想に過ぎなかった。

第十九章　灼熱の炎

1

ちょうど「ヨークタウン」が「飛龍」の第二次攻撃隊の雷撃を受けていたころ、アメリカ軍もその「飛龍」を発見した。発見したのは、損傷した「ヨークタウン」から「エンタープライズ」に移って発艦した「ヨークタウン」の爆撃機で、午後二時四十五分、その電信員は平文でそれを打電した。

「敵発見、空母一、戦艦一、重巡二、駆逐艦四。位置、北緯三一度一五分、西経一七五度五分。十五ノットにて北進中」

この報告を受けた直後の午後二時五十分、「エンタープライズ」から二十四機のＳＢＤ「ドーントレス」急降下爆撃機が、「飛龍」とその護衛部隊を攻撃するために飛び立った。

このうち十四機は、小林隊の第一次攻撃のあと、「エンタープライズ」に避退していた「ヨークタウン」のSBDで、はからずも彼らは友永隊の第二次攻撃で炎上しつつある母艦の仇討ちに行くかたちになった。

彼らSBDの搭乗員たちもまた、この日早朝からの戦闘行動で疲労はその極に達していた。彼らの多くはほとんどの時間を哨戒や敵空母攻撃に過ごし、その間わずかコーヒー一杯とか、サンドイッチ一個しか口にしていなかった。

それは日本側とて同様だったが、朝からつづいた敵機による波状攻撃が一段落し、第二次攻撃隊を送り出したのに引きつづき、第三次攻撃の準備を終えた時点で、ようやく食事をする時間がおとずれたかに思われた。第三次攻撃が薄暮に変更されたため、攻撃隊の出発がくり下がったからで、「飛龍」艦橋では全般の状況から、敵機がやってくるまでにはあと一時間あると想定し、午後五時少し前、

「対空警戒を厳にしつつ戦闘配食をなせ」の艦内放送を流した。

「艦内拡声機から、久しく忘れていた言葉が流れてきた。思えば早朝から飲まず食わずの奮戦であった。〈やっと飯にありつけるか〉というよりも、〈やっと敵襲の不安が遠のいたか〉という気持が強かった。

空腹は忘れていたのだ。格納庫の左舷寄りの一隅に戦闘配食の飯缶が置いてあるらしく、数人の分隊員が集まっている。私もその方向に歩いて行った」

中部上段格納庫で戦闘配食の艦内放送を聞いた西村勝元三等整備兵曹（前出）の回想であ

るが、じつは西村もふくめてほとんどの者が、戦闘配食の〝おにぎり〟にありつくことはできなかったのである。

艦橋トップ中央の、一段高い台上にある最上空見張台では、航海科見張員の荻本博一等水兵（北海道亀田郡七飯町）が、他の眼鏡では発見の困難な高空からの急降下爆撃にそなえ、朝方の戦闘経験で得た敵機の突撃予想点付近をとくに監視していた。

荻本は語る。

「あの日の午後はよく晴れていたが、初夏の洋上のせいか、二千メートルほどの上空に白い薄ものようなものがかかっていた。その向こうの青空を、根気よく、丹念にのぞき込んだ。眼鏡の視野は三度しかない。一コマ二、三秒止めて確かめ、異常がなければ『ホッ』として次に移るという動作を、どれほどくり返したことか。それは気の遠くなるような作業だった」

そんな緊張はほかの見張員も同じだったが、戦闘配食の号令がその緊張を少しばかり緩《ゆる》めた。

艦橋で人の動く気配が感じられ、「夕食後、薄暮攻撃に出る」というような声が荻本の耳にも聞こえた。

〈大丈夫か。こちらの攻撃準備ができたということは、相手も同じといえるのではないか〉

〈朝の敵の攻撃も、食事時にはじまった〉

見張りもふくめて総員臨戦態勢がややずれた様子に、荻本の胸をチラッと不安がよぎった時だった。

「眼鏡の前を塵《ちり》のようなものがかすめた。いままでになかったことである。まばたきをして何度も見なおす。やはり飛行機だ。私がマークしつづけた急降下予想点のはるか上空に、編隊で飛来する飛行機群が浮かんでいる。顔の前の伝声管に向かって『敵機来襲』と叫んだ。

敵機は薄もやの向こうだから、見つめれば消え、まばたきをして見なおすと、また現われる。見失わないようにするだけでも精いっぱいだ。（中略）

敵機は、艦尾方向へ移動しながら近づいてくる。艦が面舵に転舵したのかも知れない。艦尾左舷四十五度付近にさしかかったころから、編隊を解き一列に並んだ。すぐに『突撃隊形、作った』と報告した」（荻本）

荻本見張員の敵機発見より少し遅れて、見張指揮官吉田貞雄特務少尉も「飛龍」目がけて急降下を開始した敵機に気づき、悲鳴にも似た声で叫んだ。

「敵急爆本艦直上、突っ込んでくる！」

その声に応じて航海長・長益《すすむ》少佐が素早く、

「面舵一杯、最大戦速、急げ」を下令し、ほとんど同時に、

「対空戦闘、射ち方始め」という加来艦長の落ち着いた声が飛んだ。

だが、巨大な艦は急には動きが変わらないし、まだ敵機を視認していない対空砲火も沈黙したままだった。戦闘配食のわずかな隙を突かれたのが痛かった。

先頭機からつぎつぎに急降下に入った敵機が投弾したが、さいわい一機目、そして二機目、三機目までの爆弾は後落し、「飛龍」の白い航跡の中に巨大な水柱を吹き上げた。

このころになってようやく艦首の向きがまわりはじめ、スピードも増した。そしてまず機銃が、つづいて高角砲が狂ったように射撃を開始し、この日最後の戦闘が開始された。

2

奇蹟というか、幸運というか、「エンタープライズ」のギャラハー大尉が指揮するSBD爆撃隊は、ほとんど迷うこともなく、下方に白い航跡を曳いて航行する「飛龍」以下の日本の艦隊を発見し、夕方の太陽を背にして攻撃すべく高度を上げながら、「飛龍」の艦尾左舷側にまわり込んだ。

一列の態勢をとって急降下に入ろうとしたとき零戦の攻撃を受け、それを突破して降下にうつったが、このとき「飛龍」は三十ノットで右に急旋回したため、攻撃は空振りに終わり、「飛龍」艦上から目撃されたように、最初の投弾に成功した数機の爆弾は、すべて艦尾の航跡の中に落ちた。

「エンタープライズ」隊の最初の攻撃が「飛龍」のみごとな回避行動によって、失敗に終わったのを空中から見ていた「ヨークタウン」所属のシャムウェイ大尉は、すぐに迅速な行動に移った。彼に与えられていた任務は戦艦と巡洋艦だったが、それはギャラハー隊の空母攻撃が成功したらの話であり、最初の攻撃が不首尾に終わった以上、攻撃目標は「飛龍」以外に考えられなかった。というより、シャムウェイは最初からそれを狙っていたといってよかった。「飛龍」こそは、彼の母艦である「ヨークタウン」を傷つけた憎い相手だったから。シャムウェイ隊十四機のSBD爆撃機は、太陽を背にするかたちで南西から「飛龍」に襲いかかった。そして何番目かに降下したSBDが、「飛龍」に最初の命中弾をあたえることに成功した。

その命中の瞬間を、掌航海長田村士郎兵曹長は目撃していた。

「多分、五機目であったと思う。『飛龍』の右回頭に合わせるごとく機体を背面にひねりながら、約二百メートルの低高度で爆弾は機体を離れ、やにわに私の目に飛び込んでくるように思えた。これは当たると直感し、危ないと叫んだように思う。その少し前にやっと機銃が射ちはじめた。この爆弾は前部リフト前に命中し、前部リフトは吹き上げられて艦橋前に建てかけたようになり、一瞬のうちに大火災が発生した。

私は艦橋側壁にすがったまま、中腰で司令官と艦長の顔を見上げると、平常と変わらぬ毅然たるお二人の姿に安心した」（『空母飛龍の追憶』）

艦橋伝令の野見山成徳一等水兵は、最初の命中弾が爆発したとき、艦橋最前部左舷側の椅子に腰掛けていた。彼は爆風と振動で強くゆすられ、雨のようなガラスの破片を浴びたが、気がつくと彼の上に副長鹿江隆中佐がかばうように覆いかぶさっていた。

すぐに立ち上がった鹿江副長は、

「消火にあたれ！　可燃物をすてよ！」と号令した。

山口司令官はと見れば、立ったままだったが、その額から血が一すじ流れているのを野見山は見た。このあと、艦内各所から被害状況を伝える伝声管や電話の連絡が一どきに押し寄せたが、山口司令官と加来艦長が、それらを落ちついてさばく様子に、野見山は感動を覚えた。

山口司令官以下、艦橋にいた人たちがほとんど無キズだったのは、最初の命中弾で吹き飛ばされて艦橋の前に立ちはだかった前部リフトが、あたかも防護壁のような役目をしたためで、後につづいた三弾によっても、艦橋はほとんど被害を受けることがなかったのである。

最初の弾着は通信室および暗号室をも破壊し、通信科指揮所にいた幹部伝令員徳秀吉三等水兵（福岡県宮田町）は、机上の暗号書類とともに空中に吹き上げられ、通信長の机の前に叩きつけられて気を失った。そのわずかな時間に徳は、

「やさしかった両親の顔、なつかしい姉弟の顔、楽しく遊んだ友達の姿など、過去二十年間の事が脳裏をよぎり、ああ、俺は今死んでいくんだと思った」という。

だが彼は死ななかった。その後に落ちた至近弾による海水を浴びて意識をとりもどした徳は、通信長の命令で通信室および暗号室が使用不能になったことを司令官と艦長に報告すべく、煙用の別缶をつけた防毒マスクをつけて艦橋に走った。

通信科臨時暗号員の河原田保信一等水兵（熊本県鹿本町、故人）も、徳と同じ通信科指揮所でやられて倒れ、一時意識を失ったが、その間に夢とも現《うつつ》ともつかない不思議な体験をし

た。

「いつの間にか自分の家に帰っていた。今まで眠っていたのだと思い、頭だけ起こして前の方を見ると、一枚だけ開いた戸の外は白くかすんでいるようだ。それは流れている朝霧のように見えた。ときどき赤ん坊の泣き声が聞こえるような気がして、二番目の姉が赤ん坊をつれて里帰りしているのかなと思った。

しばし朝霧の様子を見ていると、光の筋が一条二条と段々多くなっていき、さらに前方を確かめようと目をこらすと、今まで戸を一枚開けてあると思っていたところは、大きく破れた通信室の外壁であり、流れる霧のように見えたのは煙だった。

意識が完全にもどった。〈畜生、やられたのだ〉と思って、手をついて起き上がろうとしたとき、手もとがふわっとした。私は即死した戦友の上に倒れていたのだ。外壁の破孔の横にも一人倒れてうめき声をあげていたが、あとでそれは同じ配置の岡部昇一等水兵であり、赤ん坊の泣き声に聞こえたのは彼の声であったことを知った」(河原田)

このあと、河原田と前後して倒れていた兵たちがつぎつぎに意識を取りもどし、互いに声を掛け合い、名を呼びながら起き上がったが、岡部一等水兵はついに起き上がることはなかった。生死はまさに紙一重のところにあったのである。

3

敵の「飛龍」に対する攻撃は、容赦なかった。

「ヨークタウン」のシャムウェイ隊に未投弾だった「エンタープライズ」のSBDも加わり、十数機がつぎつぎに「飛龍」に襲いかかった。このうち、前部リフトを艦橋の前まで吹き飛ばした第一弾につづいて、三発が艦橋付近から前部の飛行甲板に集中して命中したからたまらない。「飛龍」艦上では、先に被爆炎上した三空母と同じ修羅場が現出した。

掌航海長が目撃した最初の命中弾が落ちた前部リフトの十メートルほど先にいた五、六名の兵器員が、爆風に吹き飛ばされて戦死。ただ一人、瀬治山鉄夫三等整備兵曹（宮崎県串間市）だけが仮死状態から息を吹き返したが、衣服は焼け落ちてほとんど丸裸の姿となっていた。

起き上がった瀬治山は、気丈にも消火作業を手伝いはじめたが、長くは続かなかった。

「私は全身水ぶくれとなり、火傷《やけど》による高熱で目がかすんで作業ができなくなった。仕方がないので、海中に突き出た起倒式無線マストの先端にしがみついて、火勢のおとろえを待った。艦は左舷に大きく傾き、無線マストの先端が波に洗われるようになる。

海中には三、三、五、五と戦友が泳いでいるが、負傷しているせいか力つき、『天皇陛下バンザイ、お母さん』と声をふりしぼりながら、波間に姿が消えていく。私も無力でどうしてやることもできず、ただ『頑張れ、頑張れ』と声を投げかけるのみ。目の前で、こうした戦友の死を数多く見る。これは生き地獄だ、と思った」（瀬治山）

生と死のドラマは艦内のいたるところに展開されていた。

零戦飛行分隊の陣内弥六・一等整備兵曹（佐賀県神崎町）が、火に追われてやってきた高角砲甲板は悲惨の極みであった。

爆弾が命中する直前まで元気な声で高角砲を操作していた十名ほどの兵員が血まみれで倒れ、すでに息絶えた者、上半身がない者、腹部から臓器がはみ出した者などの姿が散乱していた。

一人だけ配置の砲座の椅子に夢遊病者のように腰掛けているのを見た陣内は、

「おい、早くこっちに来い。そんなところにいたら逃げ場がなくなるぞ」

と声を掛け、一緒に逃げようと横たわる戦友の遺体をまたごうとしたところ、下から足をつかまれた。死んでいると思ったのが、まだ生きていたのだ。

虫の息で「助けてくれ」というので、両手をつかんで一メートルほど引ずってみたが、その先は機銃甲板に昇る急なラッタル（鉄梯子）で、とても引き上げ切れない。といって、火はすぐ傍まで迫ってきており、ぐずぐずしていたら逃げ場を失ってしまう。

「非情な仕打だが、『許してくれ』とラッタル下に寝かしたまま、機銃甲板から艦橋甲板へ避難した」（陣内）

前部リフト付近に落ちた最初の一弾の爆風が前部高角砲群をなぎ倒したとき、三番高角砲手の荒武光春一等兵曹（鹿児島県大口市）は、自分の配置にいた。

彼が気づいたとき、すでに爆弾は落ちたあとであり、周囲は青い火焔につつまれていた。かたわらに旋回手内田八郎二等兵曹が倒れており、仮死状態ではあるが息があったので、砲尾の方に引き出し、火の中を短艇甲板まで避難させた。

内田はこのときもうろうとした意識の中で、

「内田兵曹、俺が助けるからしっかり俺につかまれ」

という声を聞き、熱い高角砲座から涼しい気持のよいところにつれて行かれたことを覚えているという。しかし、彼は自分を助けてくれたのが、班長の荒武一等兵曹であることを戦後まで知らなかった。

消火作業のため残存砲員とともに砲座にもどった荒武は、そこに無残な戦友の姿を見た。救出できなかった砲員は火焔で焼かれ、それぞれの配置のまま白骨化していたのだ。

だが感傷にひたるヒマはない。ホースをつなぎ、水を送って消火活動を開始した。ホース先端を持つ手袋の中に血が充満し、何度もホースを取り落とした。胸をやられたのか、左上膊から軍服を通して鮮血が吹き出しているのに気づいた。夢中で戦友を救出したものの、彼もまたかなりの傷を負っていたのだった。

爆熱症と出血多量のため、やがて荒武も気を失って倒れ、ほかの砲員に救出されたが、意識を回復したとき、彼は自分が助けた内田二等兵曹とともに、飛行甲板の一隅に寝かされていた。

元気な砲員がなにくれとなく看護してくれていたが、そんな中で内田が、

「俺はどうなってもいいから、班長をしっかり頼む」

といっているのを聞き、荒武は胸が熱くなった。

結局、この二人は助かったのだが、助ける者も助けられる者も、だれもが精いっぱいに行動し、あとは運命が彼らの生死を分けたという他はない。

4

「ヨークタウン」と「エンタープライズ」の急降下爆撃隊が「飛龍」を破壊し終わったころ、十六機の「ホーネット」爆撃隊と陸軍のB17爆撃機十二機が、日本艦隊の上空に到達した。

炎上する「飛龍」を見て、再攻撃の価値なしと判断した「ホーネット」爆撃隊指揮官は、目標を戦艦や巡洋艦に切りかえたが、「飛龍」を攻撃した前二隊のような〝大戦果〟をあげることはできず、わずかに数発の至近弾を与えたにとどまった。

B17爆撃機のうち六機は、ハワイからミッドウェーに飛んで来たばかりで、到着寸前に日本艦隊攻撃を命じられてやってきたものだが、彼らの爆弾は一発も当たらなかった。ミッドウェーから別々に飛来した四機と二機もまた、爆弾を命中させることはできなかったが、そのうちの一機は大胆不敵にも低空に舞い降り、「飛龍」の甲板めがけて機銃掃射をあびせた。

敵機の行動をじっと見ていた加来艦長が砲術長に、

「機銃は一門も使えんのか」

と聞いたが、弾丸がないので射てないという返事に、残念そうにうなずいた。被爆して発生した火災による誘爆を防ぐため、高角砲弾も二十五ミリ機銃弾も、すべて海中に投棄してしまったのである。

やがて、そのB17も去った。先ほどまであった日没後の薄明かりも消え、長い長い一日のあとの夜が訪れようとしていた。

上部は被弾して炎上していたものの機関は健在で、「飛龍」はなお高速で走っていたが、このころ、艦底では機関科員たちの苦闘がつづけられていた。

「飛龍」は一番上の飛行甲板の下には二層の格納甲板があり、機関科の配置である機械室やボイラーなどのある缶室《かま》は、それよりさらに下の、水面下にあたる艦底にあるから、上で行なわれている戦闘の様子はわからないし、見ることもできない。

敵襲が一段落したのを機関科員たちが知ったのは、激しかった砲声が止み、拡声機で「戦闘配食受け取れ」の号令が流れたときだったが、その平穏もすぐに破られた。戦闘配食の受け取りに若い兵隊二名が上がって行って二、三分たったころ、拡声機のブザーとともに艦内のざわめきが聞こえ、対空戦闘の号令が終わるか終わらないかのうちに最初の大きな衝撃があり、第二、第三の激振とともに艦内電源が切れ、真っ暗になった。

機関長相宗《あいそう》邦造中佐とともに機関科指揮所にいた機関長付萬代久男少尉は、すぐに用意してあった内火艇のバッテリーで応急照明をつけ、計器盤を確認したところ、タービンは四基とも異常なく、八缶あるボイラーのうち蒸気圧力が低下した三缶を除く五缶も正常な数値を

示していたので、艦橋に、

「出し得る最大速力三十ノット」

と電話報告した。

被弾後たちまち通路には煙が充満したため、戦闘配食を受け取りにいった兵隊が烹炊所まで行けずにもどってきた。間もなく機械室にも煙が入って来、しかも上部の格納庫内で爆弾や魚雷の誘爆がはじまったらしく、その轟音と振動がなんとも無気味に感じられる。やがて残っていた高角砲弾の破裂もはじまったらしく、通風筒からはその硝煙と火焰が噴き出して、室内が息苦しくなってきた。

四つの機械室、八つの缶室《かま》、それに機関科や缶室指揮所など、吃水線《きっすい》下にある機関科の各配置は、出入り用ハッチを閉めてしまうと全くの密室となり、空気の出入りがなくなる。

艦橋後方の左舷高角砲座付近に機械室の空気取入口があり、これにつながる通風筒が唯一の換気手段であったが、本来なら新鮮な空気が入ってくるはずの通風筒が、上部の火災で火や煙を送り込んだのである。

ただでさえ高温の機械室内の温度がみるみる上がり、たちまち体力のない兵隊が何人か倒れた。さいわい機関科指揮所は小さな部屋に区切られ、小型の酸素ボンベが備わっていたので、倒れた兵隊をつれてきて酸素を放出して蘇生させたが、それも今のスキューバダイビングに使われているのと同程度のわずかな容量なので、たちまち底をつき、高温と酸欠で息苦しさが刻一刻、増大した。

そんなとき、艦橋から、

「艦は一方向に旋回するばかりだが、どうした」

といってきたので、見ると舵角は面舵（右旋回）一杯のままになっていた。爆撃の影響で一次電源が切れて、駆動用のモーターが止ったため、舵が動かなくなったのだ。

萬代少尉はすぐに艦橋と舵機室に二次電源、すなわちバッテリー（電池）に切りかえるよう連絡したところ、やがて舵中央となって艦は直進にもどったが、このバッテリーで舵を動かすようにしたことが、のちに「飛龍」の命運を左右する重大な原因となった。

舵を動かすモーターは百五十馬力ほどもあって、大きな電流を消費するので、このモーターを動かす発電機の代わりにバッテリーを使うと、バッテリーが早く上がる。悪いことに電話も舵取りモーターと同じ電源を使うため、バッテリーが上がると聞こえなくなって、艦橋と機関科との連絡が途絶えてしまう。そのためどんな事態になったかは後述する。

この間にも「飛龍」はなお三十ノット近い速度で走りつづけていたが、風にあおられて消火が困難だから、いったん停止して消火に全力をあげるという艦橋からの指示があり、「飛龍」は主機械をとめて、いったん洋上に停止した。主機停止で静かになると、上の格納庫甲板での誘爆の音が一段と強くひびき、不安がつのる。

このころ、火災は飛行甲板だけでなく、格納庫甲板から下にひろがりはじめ、必死の消火活動にもかかわらず、火勢はおとろえるどころか、むしろ勢いを増しつつあるかに見えた。

消火ポンプの半数は電動式だから、一次電源が断たれたので能力が半減し、水の出ない個所がふえたからだ。

このころ、電気部員たちが電源を確保するため、別の発電機の運転に懸命に取り組み、消防ポンプから水を出せるよう苦闘していたが、なかなか思うにまかせず、上の飛行甲板では石油缶を切って応急につくったバケツで海水をくみ上げてリレーしたり、濡れた毛布で焰を叩いたりしていた。

だが、これでは文字どおり〝焼け石に水〟で、火勢は一向におとろえを見せなかった。艦の全表面をおおっているペンキも、火災に拍車をかけた。壁面に塗られたペンキが、鉄板が焼けて温度が上がるにつれて色が変わり、泡を吹いたようにふくらんだかと思うとポッと火がつき、その火が走るようにひろがる。

バケツリレーの海水をかけると一瞬火は消えるが、すぐにまた燃え出す。こうして右側を消していると左側が燃え出し、それを消していると右側というように、際限のない火との戦いに、だれもが疲れ果てた。

防御甲板である機械室天井は格納庫の床でもあったが、その格納庫が猛炎につつまれていたため機械室天井が熱せられて赤くなり、燃えたペンキがパラパラと落ちてきて、今にも天井そのものが溶けて落ちるのではないかと思われるほどだった。

もちろん水をかけてもダメ、機関科指揮所の酸素ボンベも空《から》になって、いよいよ息苦しくなったところへ、電機指揮官山内特務中尉からの電話で、

「前部の火災が電機指揮所まで迫ってきているが、これでは弾火薬庫が危ない。このままだと本艦の致命的被害となるので、全力をあげて応急班を派遣されたい」といってきた。

萬代は相宗機関長にはかり、ただちに弾薬庫注水と応援隊派遣を艦橋に要請した。最初の被弾から約一時間半たっていたが、このころはまだ電話が通じていたので、すぐに要請が受け入れられ、弾薬庫に注水されて最悪の事態はまぬがれることができた。

5

午後七時をまわった。

日が沈み、しばしあった西の水平線の残照も消えると、今度は満天の星空にかわった。いぜん火勢のおとろえない「飛龍」艦上では消火の苦闘がつづけられていたが、これより少し前、はるか南の洋上で炎上中だった三空母のうち、まず「飛龍」の僚艦「蒼龍」が沈み、やや遅れて「加賀」も沈んだが、もとより「飛龍」の誰もそれを知る者はいなかった。

洋上に停止した「飛龍」に対し、相宗機関長の要請により両舷から駆逐艦が接近し、そのホースを「飛龍」の甲板に上げて猛烈な放水を開始した。これでさしもの火勢も下火になり、このまま消火が進めば、ふたたび機関を動かして自力で内地に回航することも可能との希望が生まれた。

ところが一時間ほどして、もう少しで火が消えるかと思われたとき、突然、駆逐艦の放水が止まった。水雷戦隊に対して敵艦隊を夜襲攻撃する命令が出たからで、酒保物品や水の入った樽《たる》などを「飛龍」甲板に残した駆逐艦は、「頑張れよ」の言葉とともに急ぎ遠ざかって行ってしまった。

いくら夜戦が得意だといって、当然、警戒して東方に避退中の敵艦隊に追いついて攻撃などできるわけがなく、間もなく中止となったが、このためにせっかく消えかけた「飛龍」の火災が、ふたたび勢いを盛り返し、「飛龍」を生かし得たかも知れないチャンスが遠のいてしまった。

このほかにも南雲長官から、明らかに狼狽《ろうばい》の結果としか思えない命令が、幾つか発せられているが、このことについて公刊戦史に航空甲参謀源田実中佐のつぎのような弁明がのっている。

「『飛龍』がやられたときは全くがっかりした。そのため爾後の一航艦司令部の作戦指導や行動には、常識では解釈できないような不審な点があろう。これは、こんな場合の戦場心理からでたものである」

その戦場に居合わせなかった人間には論評の資格はないが、混乱は機動部隊の上級組織である連合艦隊司令部にもあり、夜戦をあきらめて北東に避退を開始した南雲部隊にたいし、反転して近藤中将指揮下の夜戦部隊の敵艦隊攻撃に協力させせようとしたが、とうてい無理とわかって約一時間半後にこれも中止となった。

こうした混乱は、この戦闘の間じゅう日本軍についてまわった不十分な索敵と、それにもとづく不正確な情報によるもので、とくに日本側にとって最後の索敵機となった重巡「筑摩」二号機の報告は、決定的な誤りをおかしていた。

同機は日没前の午後五時十五分から同六時十九分までの間に、敵空母一隻発見を三回報じているが、このうちの一隻は大破した「ヨークタウン」だったから、残る敵空母は二隻で、これは正しい報告だった。しかしそれから十三分後に、今度は敵空母三隻発見を報じた。

これだと、敵空母は合わせて五隻いることになるが、午後八時ごろ索敵機を収容した「筑摩」艦長は、その報告を聞いて敵健在空母は四隻と判断し、そのむねを阿部第八戦隊司令官に報告した。

しかし、これは完全な誤りであった。「筑摩」機は敵戦闘機の攻撃を避けるため断雲の間を縫うように飛んだため、自機の正しい位置がわからなくなり、一度発見した敵空母を別の敵空母と誤認して報告したためであった。

「飛龍」の二度にわたる攻撃で炎上した「ヨークタウン」は、これを別々に発見した日本軍の索敵機の報告によって二隻撃破と判断され、先に「蒼龍」から出た十三試艦上爆撃機（二式艦上偵察機）の報告や捕虜情報などから、敵空母が三隻であることがわかっていたので、それまで南雲司令部は残る敵空母は一隻と信じていた。

それがなお四隻もいて、しかも最後の希望であった「飛龍」もすでに戦闘力を失ってしまったとあって、態勢挽回の望みはまったく絶たれてしまった。

南雲司令部は深い絶望につつまれたが、このころ、「飛龍」の状態はさらに悪い局面を迎えようとしていた。下の格納庫甲板を焼きつくした火焰の熱で、艦橋の床のリベットが溶け落ち、その孔から火が噴き出して、それまで無事だった艦橋にも火災がひろがった。

早朝の戦闘から、それこそ片時も艦橋を離れることのなかった司令官、艦長をはじめ艦橋にいた全員が、このため艦橋から降りざるを得なくなった。

こうなっては、「飛龍」の司令部機能は完全に停止である。しかし、この時点で、まだ自力で母港に帰る希望は失われてはいなかった。

午後十時過ぎ、夜戦中止で引き返してきた駆逐艦のうち、まず「風雲」が左舷から、少し遅れて「巻雲」が右舷から「飛龍」に近寄って放水消火を再開した。このとき、「巻雲」は危険をおかして左舷側に七度傾く「飛龍」に横付けして、食糧のビスケットと飲料水を供給し、かわりに御真影と負傷者の一部を引き取った。

御真影というのは天皇、皇后両陛下の御写真のことで、当時どこの軍艦にも飾ってあって、軍艦が沈むときは何よりも先に持ち出すべきものとされていた。いざというときのため、「飛龍」ではミッドウェー作戦出撃前に収納と非常持ち出しのための奉遷箱が工作科の松尾等（長崎県有家町、故人）、永田新一（宮崎県都城市）両兵曹によってつくられてあったが、総檜づくりでかなり重いものだった。

御真影は甲板下の安全な場所に安置されていたが、火がその場所に近づいたことを知った御真影移送責任者の庶務主任川上嘉憲《よしのり》主計少尉（昭和十七年十一月、ソロモン方面、駆逐艦「高波」で戦死）は、その搬出を決意して決死隊をつのり、呼びかけに応じた有沢二男三等主計兵（埼玉県草加市）とともに、火煙をかいくぐって持ち出しに成功したのであった。

たかが写真、という刎《なか》れ。当時は、御真影は命に代えても守るべき大切なものだったのである。

終章　総員退艦

1

「飛龍」の最期のときが、急速に近づきつつあった。

戦闘開始後からぞくぞく死傷者が出はじめ、負傷者のうち軽傷者は応急処置をうけてすぐ戦列に復帰したが、重傷者は手術を要する。負傷者が艦内の治療所前に運ばれてくると、応急処置をして手術台に上げるが、多すぎて応じきれず、手術待ちの間に苦しみながら絶命する者も続出する。

戦闘治療所となった医務室では、軍医長福田省三少佐以下の医務科員の奮闘がつづいたが、そのときの記憶は前川伊三看護兵（佐世保市）にとって、いまも鮮やかだ。

「治療所の床はタイル張りであったが、出血のため床が血みどろになっても、それを拭く暇はない。拭かなければすべる。そこで毛布を広げて、足許に敷いてその上で手術をつづけ、また血があふれると毛布を重ねるということで、幾人手術したのか今はわからない。

そうこうしているうちに、通路を隔《へだ》てた向かいの格納庫の火災による煙が侵入してきて、だんだんと視界がきかなくなってきた。呼吸も苦しくなるので防毒面に別缶を装着して窒息死はまぬがれたが、やがて電灯も消えて真っ暗闇となり、手術も治療もできなくなった。軍医長の命令で治療所を退出して、後甲板に移動すべく病室に行ったところ、足の負傷のため動けない角野博治大尉が残っていた。

肩を貸してゆっくり、ゆっくり歩き出したが、呼吸が苦しい。角野大尉の手が私の防毒面の蛇腹を押しつぶしていたからだった」

前川が角野大尉とともに後甲板に到着するころには、くぐってきた治療所の隔壁が真っ赤に焼けており、もう少しで閉じ込められて焼死するところだった。足を負傷した角野大尉は、総員退艦に先立って、ぶじ駆逐艦に収容された。

生死紙一重の脱出劇は、燃える艦内のいたるところでくりひろげられていた。

飛行甲板より二段下の下部一番格納庫で飛行機を修理中に、敵弾命中に遭遇した工作科飛行機修理班高瀬與吉郎兵曹（大阪市）は、鋳物工場に残っていた戦友をやっとの思いで救出したあと、飛行甲板に脱出したが、懸命につづけられた消火活動の効果もなく、いよいよ猛威をふるう火煙にあおられ、自分の命もあと幾ばくもないものと覚悟した。

「その時、自分を生み育ててくれた母の顔が瞼に浮かび、日本とおぼしき方向に手を合わせ、

『母上、今日六月五日まで生きておりました。ミッドウェー海戦で私の乗った〝飛龍〟も大損害をこうむり、航行不能となりました。でも力の続くかぎり頑張りました。今日までの命と思います』と、涙とともに報告した」

という高瀬は、このあと生きて救助されるのだが、じつはこのとき「飛龍」はまだ航行可能であり、その成否は機関科にひろがった火災の消火と、艦橋との連絡如何《いかん》にかかっていた。

右舷前機室（機械室は前後と左右に分かれ、合わせて四室あった）の柳時雄二等機関兵曹（福岡県田主丸町、故人）は、塗料が焼ける悪臭と蒸気パイプから洩れる熱気に機械室を追われ、下部ポンプ室に逃げた。

「身に迫る熱さから逃れようと、ポンプ室の海水を体に浴びた。右舷後機室と左舷前機室の隔壁をたたいて隣室の安否を確認し合ううち、右舷後機室の反応がなくなった。さては全員絶望かと僚友と語り、わが右舷前機室にも死が迫っている予感がして、終いには皆口をつぐみ、なすこともないまま疲労もあって、ポンプ室に横たわった。すると海兵団に入団したときからのさまざまな過去が懐かしく思い起こされ、間近にせまった人の最期がこうも静かなものかと思った。

室内は静かになったが、外からはいぜんとしてドンドーンと機銃弾か高角砲弾らしき炸裂音が断続的に聞こえ、敵の攻撃がまだつづいているものと想像した（後日、これは自艦の火災による砲弾の誘爆であったことを知った）。しかし、その時の機械室内では静かな熱気がこも

る中で眠たくなり、お互いの肩と肩を重ねるようにして深い眠りか仮死状態となって、その後の覚えはない」(柳)

機関科指揮所との連絡は一時途絶えてしまったが、後部応急操舵室を通じて、機関科がきわめて深刻な状態にあることを知った副長鹿江隆中佐は、数班の決死隊を編成して連絡をとろうとした。「飛龍」を故国に持って帰るには、いまは防火よりも、機関科員の安否の確認の方が先決だったからだ。

防煙具に身をつつんだ決死隊は、音を立てて渦巻く火をかいくぐって、機械室への潜入を試みたが、どの班も不成功に終わった。

消火ホースで水をかけながら進もうとしても、焼けた隔壁や天井にあたった水がたちまち蒸気となり、ついで熱いシャワーとなって降りそそぐので、とても立っていられない。そこで這《は》って進もうとすると、床も熱湯で浸され、機械室の入口にたどりつくことはまず不可能だったからだ。缶室はさらにその奥になるので、機械室の状況がわからなければ缶室はもっとわからない。

機関参謀久馬少佐もまた、みずから勝手知った通路から機械室への突入をこころみたが、通路に充満した煙とおとろえをしらない火焔にはばまれて、断念せざるを得なかった。連絡の手段も見出せないまま、焦燥にかられていた久馬機関参謀を、航空写真員堤《つつみ》信《まこと》兵曹(大阪市)が呼びにきた。

火に追われて左舷に傾いた飛行甲板を後部に向かっていた堤が、たまたま取った電話が機関長相宗中佐からのもので、機関参謀を呼ぶように命じられたというのだ。

ここは機械室および後部舵取室と直接連絡できる唯一の場所だったが、堤の案内でやってきた久馬参謀が電話を取ると、「機関科員は全員持ち場を死守しているが、体力が尽きて倒れる兵が続出している」という憂うべき報告だった。このあと何かいっているのが聞こえたが、電話の音量が急激に小さくなって聞きとりにくくなった。

前述のように電話の電源にしていたバッテリーが、舵取り用駆動モーターのために大きな電力を消費したため、放電が急速に進み、電圧が下がってしまったのが原因だった。

そうとは知らず、だんだん電話の声が小さくなるのを、機械室が最悪の状況になったからだと判断した久馬参謀は、思わず、

「何かいい遺《のこ》すことはないか」と聞いた。

「何もない……」

返って来た返事は辛うじて聞きとれる程度で、その後、何度も呼びかけを行なったが二度と応答はなかった。

〈機関科全滅か?〉

そう思いながら急ぎ帰った久馬参謀は、山口司令官と加来艦長に一部始終を報告した。

じっと唇をかみしめてこの報告を聞く加来艦長の沈痛な顔を、燃え残りの炎があかあかと照らし出していた。

機関参謀の報告を聞き終わった艦長は、そのままの姿勢でしばらく考えていたが、やがて思い切ったように姿勢を改めると、山口司令官に向かい、

「司令官、本艦の命運もこれまでと思います。今から乗員の総員退去を命じます。司令官以下司令部職員もご退艦下さい。私は残ります」

と一気に申し立てた。

機関さえ、そして機関科さえ健在なら艦《ふね》を日本に持って帰れる、という一縷の望みも断たれ、このうえは乗組員を退艦させて艦を処分する他なしとの、悲痛な艦長の決断であった。

しかし久馬は、艦長がいち早く艦の放棄を決めたもう一つの理由は、「飛龍」の周囲をなお味方の艦隊が取り巻いており、そのまま消火活動をつづけていて夜が明ければ、敵の来襲は必至だから、「飛龍」のために味方機動部隊にこれ以上の損害を与えてはいけないという配慮があったのでは、と推察する。

いずれにせよ「飛龍」が動くことができさえすれば問題なかったわけだが、この時点で八缶あった「飛龍」のボイラーのうち五缶と、タービンは四基全部が可動状態にあり、三十ノット近くの速度を出すことができた。

そのうえ、かなりの死傷者を出したとはいえ、相宗機関長、機械部指揮官梶島大尉、缶部指揮官日下部《くさかべ》中尉、機関長付萬代少尉ら機関科幹部は健在であり、他の機関科員たちも命令あり次第、すぐ航行に移れるようそれぞれの持ち場を守り、手空きの者は消火につとめていたのである。

2

久馬参謀からの最後の電話連絡を艦底の機関科指揮所で受けたのは、機関長付萬代久男少尉だった。

萬代は機関各部の陥った状況を報告したあと、息苦しいけれども頑張るから早く火を消して、ふたたび航行を開始するよう要請した。だが、この間に電圧低下で急激に音が小さくなり、最後の言葉は伝わらなかったらしい。そして、辛うじて聞きとれる上からの次の言葉に、萬代は愕然《がくぜん》とした。

「機関長へ、何かいい遺すことはないか」

何かの間違いではないかと思いながら、相宗機関長に伝えたところ、さすがに機関長も驚いた様子で、

「何もない、そんなことより早く火を消せといえ」

と萬代に命じた。いわれるままに機関長の言葉を久馬参謀に伝えたあと、上の被害も予想以上にひどいことを察した萬代は、

「初めての被害でいろいろ貴重な戦訓を得たが、それを伝えられないのが残念です」

とつけ加えた。だが、これは無駄であった。もはやそれに対する応答はなく、電話が完全に不通となってしまったからだ。

「こんなことなら、あのとき操舵をバッテリー電源とせず、人力操舵に切りかえるべきだった。そうすれば電話はもっと長く使え、機関科の状況も正確に伝えられ、『飛龍』も、山口司令官、加来艦長も救うことができたかも知れない」

そのことが未だに残念でならない、と萬代はいう。

電話が不通になったあと、すぐに萬代は空気伝送管を伝声管代わりに連絡をとろうとしたが、電気指揮所はすでに避退したらしく、最後の望みも絶たれてしまった。万事休す、というべきところだが、機関科では最後まで望みを棄てなかった。

「まだ二十八ノットで航走できるのだ。なんとか上部と連絡、協力して火災を消し、夜明けまでに敵攻撃圏を脱出したいと思った。しかし通路区画の酸欠に阻まれてどうにもならず、室内の空気もいぜん息苦しい。右舷後機室との隔壁をたたくと応答があり、まだ健在であることがわかった。そこに左舷前機室から連絡員がやってきて、同室は正常だというので、全員そこに移動することとした。私はそのむね缶部指揮所に空気伝送管をつかって連絡し、互いに頑張ることを誓い合った。左舷前機室に移るべく一歩足を踏みいれた途端、そこには煙もなく、空気がこんなにもおいしいものかと、まさに生き返る思いであった」（萬代）

このとき、機械長に命じられて機関科指揮所のある左舷後機室に通ずる焼けついたハッチを叩き開けて連絡に行ったのは、左舷前機室の橋本忠一等機関兵（旧姓高野、熊本県小国町）で、そこに展開された光景に橋本は息をのんだ。

通風機が起動していないので、機械室全体が火の中にいるような熱さに全員が口から泡を吹き、中に海水弁を開けて頭から海水をかぶりながら配置についている者もいて、まさに死の一歩手前の様相を呈していた。

「機関長の命令で私たちの前部機械室（前機室）に移ってきた後部機械室の人たちが防毒マスクをはずしたが、その顔を見てびっくりした。今朝の戦闘前、配置につくときの若々しい元気いっぱいな顔が、いまは頰はこけ目は引っ込んで、死者のような顔だ。あまりの暑さに、泡を吹いていた何時間かのうちに、いっぺんに衰弱したのだった」（橋本）

このあと、さっそく上部と連絡をとる努力が再開された。左舷前機室の前部ラッタルを昇ると缶室上部通路で、その左側は烹炊所《ほうすいじょ》になっていて、全長約四十メートルにわたるこの通路右側には米俵が天井まで積み上げられ、それが燃えていた。

これを消せば何とか前甲板に出られそうだというので、全力をあげて消火にあたったが、これが厄介《やっかい》なしろ物だった。火は水をかけると比較的簡単に収まるのだが、少し消し進むと後方の俵がふたたび燃え上がるので、引き返してまた消さなければならない。そんなことをくり返しているうちに、時間はいたずらに過ぎて行ったが、もしこの米俵がなく、その火災による妨害がなくて、早く前甲板に出られて連絡がとれたら、加来艦長の判断も大きく変わったのではないか。

先にはバッテリーの放電による電話の不通、そして今度はなくもがなの米俵による火災という思いがけないことが原因で、「飛龍」を失わずにすんだかも知れない最後の機会が、二度ならず失われたのであった。

3

機関参謀の報告で、「飛龍」の自力航行はもはや不可能と判断した加来艦長は、前述のように山口司令官にはかって艦を放棄することを決意し、「総員飛行甲板に集合」を命じた。全長二百メートル以上、何層にもわたる甲板、複雑に入りくんだ通路、しかもいたるところ破壊と火煙につつまれた艦内のすみずみまで、拡声機なしで命令を伝えるのは容易ではないが、集合ラッパと素早く散った伝令の声に応じ、傾いた甲板のあちこちから乗組員が集まってきた。

戦闘機飛行班田畑春己一等整備兵曹（鹿児島県高山町、故人）も、総員集合の命令に応じて下の格納庫甲板から飛行甲板に上がってみると、後部甲板の炎をバックに艦橋の前に人が集まっているのが見えた。

「近づいて見ると司令官、艦長、副長、その他飾緒（参謀肩章）をつけた参謀や士官の人たちだった。それを囲むように、兵隊も輪をつくっている。先に来ていた兵隊に何事かと聞いたら、『司令官と艦長は艦に残るといっておられるので、それを皆で止めているところです』と説明してくれた。さらに近づいて聞き耳を立てると、『それでは私も残ります』と副長の圧《お》し殺したような低い声。やがて艦長は威儀を正し、副長に命令された。

『これは命令である。副長は生き残りの兵隊をぶじに内地につれて帰れ。本艦の責任は私がとる』

このひと言で、何となくざわついていたその場が一瞬シーンとなり、重苦しく沈痛な雰囲気に変わっていった」

しばし沈黙の時が流れた。泣いていたのであろうか。しばらく肩をふるわせていた副長鹿江隆中佐は、感情を振り切るかのように不動の姿勢に身を正し、静かに挙手の礼をした。艦長も挙手の礼を返したが、それは万感の思いを込めた永別の儀式であった。

「私は艦長の横顔に神を見た」

と、その一部始終を見ていた田畑一等整備兵曹は回想する。

総員退去が決定されると、「飛龍」から最後の信号が携帯用信号灯によって、警戒のため残っていた駆逐艦「風雲」と「巻雲」に発せられた。

「『巻雲』は『飛龍』の右、『風雲』は左、各艦適宜の位置にて乗員救助の短艇を送られたし」

このあとも乗組員がぞくぞく集まってき、いまはもう分隊ごとに整然というわけにはいかないが、整列して人員点呼。集計を行なった掌航海長田村士郎兵曹長の記憶によれば総数六百数十名で、予想より余りにも少ない。しかも機関科員はほとんど見当たらない。

この様子を見てとった鹿江副長は、機関科員救出のため再度の決死隊派遣を命じたが、またしてもむなしく帰ってきた。

この決死隊に加わった運用科第五分隊首藤正雄一等水兵（愛媛県東予市）によれば、「機械室通路に行ってみると、壁は真っ赤に焼けて足首までたまった海水が熱湯のようにたぎり、手のほどこしようのない状態だった」という。

これで機関科との連絡の最後の望みも断たれたが、この上は一刻も早く乗組員の移乗を急ぎ、敵機のこない夜明け前に、できるだけ遠くへ離脱させなければならない。

いよいよ最期の時がきた。

「整列よろしい」の報告で、艦長が急ごしらえの号令台に立った。艦の傾斜は、七度よりわずかにふえたかに思われた。いまは戦いを終え、傷ついて洋上に停止した「飛龍」を、西に傾く上弦の月が静かに照らしていた。

その月の光を浴びて、台上の加来艦長はおもむろに口を開いた。それは、前日の攻撃隊を送り出した時の激越な調子とは打って変わったおだやかな語り口で、これまでの激戦を勇敢に戦いぬいた部下へのねぎらいの言葉にはじまった。

「幾度にもわたる敵機の襲撃にも武運を永らえてただ一艦、孤軍奮闘したわが『飛龍』の戦果は極めて大なるものがあり、これはすべて諸子の奮闘のたまものである。いまは武運つたなく敵襲により、このような状態になったが、すべて小官の不徳の致すところであり、これもまた天命であると思う。生き残った諸子は内地に帰って日本海軍を再建し、願わくば今日の雪辱を果たして欲しい。

諸子の武運長久を祈る」

つづいて山口司令官が台上に立ったが、温容も口調もふだんと変わらず、すでに生死を超越したかのごとく淡々と、そして短い時間で別れの言葉を述べた。

山口司令官も加来艦長も、生還の確率の少ない敵空母攻撃隊を送り出すとき、「お前たちだけを死なせやしない。俺もあとから行く」といって激励したが、そのときすでに死を覚悟したものと想像された。

このあと皇居遙拝、山口司令官の音頭で天皇陛下万歳三唱があり、その大唱和の声が暁暗の海上に消えたあとに、一瞬、水をうったような静寂があたりを支配した。しかし、その静寂もなみいる将兵の間から起きた嗚咽《おえつ》によってたちまち破られた。それまで歯をくいしばってこらえていた口惜しさや悲しみが、堰《せき》を切ったようにあふれ出したのだ。

すすり泣く声、むせぶ声。だが、軍隊の儀式はそれらを越えて冷厳に進められる。間もなく軍艦旗降下の号令がとび、全員がもとの姿勢にもどった。

戦闘中、将旗および軍艦旗を掲げていた艦橋マストの揚旗線が艦橋すれすれに飛来した敵雷撃機の翼端で切断されたため、二旗を結び合わせてマストにくくりつけてあった。

「君が代」のラッパが吹奏され、全員、軍艦旗に挙手注目の礼。軍艦旗はマストに登った信号兵の手で、うなだれているかのように静かに降ろされた。二度と仰ぐことのない「飛龍」の軍艦旗。ふたたび潮のような感情の波が、全員を襲った。そのときの様子を、田畑一等整備兵曹は『空母飛龍の追憶』にこう書いている。

「涙が滂沱《ぼうだ》として頬をつたう。うるむ目には軍艦旗も見えない。降下し終わるころには、全員、号泣に変わった。いつもは荘重に聞こえる『君が代』のラッパが哀調を帯び、さながら『飛龍』葬送の調《しら》べか鎮魂の曲であるかのように、切々と胸を打った」

軍艦旗降下が終わると、加来艦長はおごそかに「総員退艦」を命じた。

ときに六月六日午前三時十五分（東京時間で午前零時十五分）。「飛龍」乗組員の駆逐艦への分乗が進むうちに東の空が白みはじめ、あたりの様子がしだいにはっきりしてきた。右舷と左舷すぐ近くに駆逐艦「風雲」と「巻雲」が、「飛龍」を気づかうかのように漂泊しており、すでに「飛龍」を目指して近づきつつある救命カッター（短艇――艦船などに搭載する大型のボート）が見えた。

司令官と艦長のまわりには、第二航空戦隊司令部幕僚と副長以下の「飛龍」幹部が集まり、先に駆逐艦「風雲」から送られた水樽の栓をぬき、盃がわりの空缶で別れの水盃がかわされた。そのとき、二航戦先任参謀伊藤清六中佐が幕僚全員の意見をまとめ、司令官と一緒に「飛龍」にとどまることを申し出たが、山口少将はそれを拒否した。

「その気持はうれしいが、戦いはまさにこれからだ。君たちは生きて国のためにつくせ。よって退艦を命令する」

なおあきらめ切れない伊藤先任参謀が、

「何かお別れにいただくものはありませんか」というと、

「これでも持って行ってくれ」

と、かぶっていた戦闘帽をとって渡した。これが事実上、山口司令官の唯一の形見になった。

司令官、艦長を囲んだ戦隊幕僚や「飛龍」幹部にまじって、二人の水兵がいた。降ろした軍艦旗と山口司令官の少将旗を、それぞれ体に結びつけて持っていた西森武栄先任伍長（高知市、故人）と、大北格好一等水兵（高知県安芸市）の二人で、御真影を移した「風雲」に行くよう副長にいわれて残っていたのだ。

水盃のとき、大北一等水兵は十文字に切り開いてあった缶詰の空缶を水樽の水で洗い、水をくんで山口司令官に差し出した。

「のみ終わるとそれを艦長へと渡し、私はまた同じように水をくんで差し上げた。艦長ものみ終わると、お二方から、『大北、最後まで御苦労であった』とねぎらいの言葉とともに握手をしていただいた。その手のあたたかさが、いまも忘れられない」

4

駆逐艦への移乗がはじまった。

まず、病者や負傷者がロープにくくられてカッターに下ろされ、それが終わると先に収容した他艦の飛行機搭乗員、そして「飛龍」乗組員の順に、整然と移乗が進んだ。中で機関科員とともに、飛行機搭乗員の少ないのが目についた。この戦闘がはじまる前には百数十人もいた搭乗員も、足を負傷して先に移送された角野大尉、第二次敵空母攻撃から武運強く生還した橋本中尉をふくめ、十数名に減っていた。それでも七百人近い人員をカッターでピストン輸送するので、全員の移乗が終わるまでに時間がかかる。

掌航海長田村兵曹長は、この間に残っているかも知れない生存者を探すべく、もう一度、艦内をまわることにした。果たして左舷ポケットに負傷して動けない数人の兵を発見したので、引き返して救助を頼んでから、下の後部格納庫甲板に降りた田村は、そこに凄惨な光景を見た。

格納庫の隔壁に鈍い懐中電灯の光を当てると、裂けてまくれ上がった鉄板のあちこちに、飛び散って焼けた肉片のものと思われる痕跡とともに、ひどい悪臭が鼻をついた。

散乱する戦死者の遺体や、燃え落ちた飛行機の残骸のあいだを通って中部格納庫甲板に入り、しばらく巡回したとき、前方の裂けた甲板の隙間から、なにやら青白い光芒が立ち昇るのが見えた。

「不審に思って行ってみると、艦が左右に揺れるたびに、ポーポーと白火が昇っては消え、消えては点《つ》く。チャブチャブと水音に合わせて燐《りん》の強い臭いが鼻をつく。その下は飛行科火工品倉庫で、しまってあった燐が海水につかって燃えていたのだった」（田村）

まるで戦死者の魂がさまよっているかのようなその光景に、冷たいものが背すじを走ったが、ふと気づいて夜光時計を見ると、午前一時（東京時間、現地時間で午前四時）をまわっていた。巡回をはじめてからすでに一時間近くたっており、すでに退艦が終わってしまったのではないかと急に恐怖をおぼえた田村は、懐中電灯を投げ棄てて飛行甲板に駆け上がった。

さいわい前部甲板に十数名のシルエットが見え、ホッとして駆け寄ると、それは司令官と艦長を囲んだ司令部幕僚と「飛龍」幹部たちだった。

あわただしい艦長、司令官との別れ、副長にうながされて最後の便となる「巻雲」の内火艇に飛び乗った。

同じ内火艇に乗った艦爆整備分隊長岩元盛高大尉（鹿児島県隼人町）が飛行甲板を見上げると、司令官と艦長が見送っているではないか。

「われわれは声を限りに『司令官、艦長、さようなら……』と、とめどなく流れる涙を振り払いながら懸命に叫んだ。『元気で帰れよ』と手を振っておられるお二人。私は機関学校生徒時代、『われわれ海軍士官はつねに艦と運命を共にするものだ』と強く教えられてきた。しかし今、目《ま》のあたりにお二人のこの悠容せまらぬお姿を拝見して、身がふるえるほどの感動をおぼえ、〈これでこそわが帝国海軍は強いのだ〉と感じた」（岩元）

午前四時半、まさに夜が明けようとしていた。敵の空襲がいつはじまるかわからないとあって、機動部隊の各艦はすでに去って姿は見えず、残って「飛龍」乗組員救助にあたった両駆逐艦も機関を止めないまま、敵の空襲があればいつでも動き出せる態勢にあった。

移乗作業を終えて最後の救助艇を収容すると、駆逐艦はすぐに動き出した。二隻の駆逐艦は「飛龍」の周囲をゆっくり回ったあと、速度を落とした「巻雲」が「飛龍」の右舷一千メートルで同航の態勢となった。先に山口司令官から命じられた「飛龍」を敵の手に渡さないよう雷撃処分するためであった。

最も見通しのよい場所に登った「巻雲」の信号兵が、「飛龍」に手旗信号を送った。

「只今より謹んで雷撃撃沈す」

それはよく戦った航空母艦「飛龍」と、なお艦内に残る山口司令官、加来艦長、そして多くの戦死者たちへの儀礼であった。手旗信号は、ゆっくりと数回くり返された。

それが終わると、今から「飛龍」を雷撃する旨の艦内放送が流れ、「巻雲」の信号兵がラッパで「海行かば」の吹奏をはじめた。そして「『飛龍』に向かって敬礼」の号令。全員の挙手の礼の中、間髪を入れず魚雷発射。

魚雷は二本発射され、最初の一本は艦底を通過、二本目が「飛龍」の中央付近に命中し、閃光と同時にまるでうなずくかのように艦首が二、三度大きくゆれた。命中を確認した駆逐艦が増速して走り去ろうとしたとき、後部短艇甲板に人影が見えた。それを知った鹿江副長は、すぐにボートを降ろして救助するよう駆逐艦長に申し入れたが、それは実行されなかった。

すでに夜は明け、敵機の空襲圏内からの脱出が急がれたからだ。

「飛龍」艦上の人影は、昏睡状態だったため取り残された岡田伊勢吉三等整備兵（神戸市）と、連絡のため上部甲板に上がったまま帰路を失った第四缶室の池田幸一・三等機関兵曹（佐賀市、故人）で、二人は右舷約二千メートルに味方駆逐艦を認め、脱いだ上衣を振って合図したが、駆逐艦は発光信号を点滅させながらスピードを上げて走り去った。

5

「巻雲」の雷撃にもかかわらず、「飛龍」はなかなか沈まなかった。このあと第四缶室から脱出に成功したものが九人加わり、飛行甲板上の生存者は十一人にふえたが、しばらくすると爆音が聞こえた。

すわ敵機か！　緊張して艦橋の影にかくれて上を見ると、それは日の丸をつけた複葉の艦上機で、この飛行機は低空を旋回しつつ、艦上の人たちにハンカチを振りながら飛び去った。あとからわかったことだが、それは山本長官直率の連合艦隊主隊に属する空母「鳳翔」の九六式艦上攻撃機だった。

このころ、「飛龍」には飛行甲板上の十一人のほかに、艦内にはなお機関科員を主とした百人ほどの生存者がいた。

「巻雲」による雷撃が何であるかを知らなかった「飛龍」機関員たちは、それから約三時間後に、閉じ込められていた機械室の隔壁に大ハンマーで破孔をあけて脱出に成功し、艦が沈みはじめたので海に飛び込んだ。

機関長付の萬代久男少尉が、深い海中からもがきながら浮上してみると、「飛龍」は艦首はすでに水中に没し、艦尾のスクリューが高く上がって沈没寸前であった。巻きこまれまいと、反対方向の百メートルほどに浮いていたカッターに向けて必死に泳ぐが、作業服を着ているのでなかなか進まない。それで靴を脱ぎ捨てたとき、腹をえぐるような大爆発を感じ、振り返ってみると「飛龍」の姿はなかった。

その後、萬代はカッターに這い上がり、先に乗っていた梶島分隊長らと広い範囲に点々と浮いている生存者を、約一時間がかりで救い上げたが、その数は三十九人だった。ほかの約六十人ほどは艦とともに最期をとげたものと想像された。

「飛龍」は左舷に傾きながら沈んだらしく、生存者はほとんどが右舷側に飛び込んだ者であった。萬代は腕時計が止まっていた時刻から、「飛龍」は六月六日午前六時六分（東京時間）に沈んだと断定した。

このあとカッターの艇尾に軍艦旗がかかげられ、機関長相宗邦造中佐を指揮官とする「飛龍」の分身が誕生したが、それはまた十五日間の漂流、三年半にわたる捕虜生活という、彼らを襲ったその後の苦難の始まりでもあった。

ミッドウェー作戦での「飛龍」の戦死者は准士官以上二十八名、下士官兵三百六十一名、合わせて三百八十九名で、これにハワイ作戦その他を加えると四百六名にもなる。

山口司令官と加来艦長の最期について、公刊戦史には、「従容として訣別の帽を振りながら退艦者を見送り、『いい月だなあ、月でも見よう』といって二人で艦橋に昇って行った」と書かれている。

「飛龍」が雷撃される約十分前、四隻の味方駆逐艦の雷撃で「赤城」が沈み、その後の「飛龍」の沈没で日本の四空母すべてが海上から姿を消した。

その時、「飛龍」の攻撃によりアメリカ空母の中でただ一隻破壊された「ヨークタウン」はまだ海上に浮いていたが、やがて日本の伊号一六八潜水艦によってとどめを刺され、「飛龍」よりほぼ一日遅れて、六月八日（現地時間では七日）の夜明けに沈んだ。その最後は「騒々しく、醜《みにく》かった」と、さる本は伝えている。

参照および引用文献＊飛龍会編「空母飛龍の追憶」昭和五十九年　飛龍会刊＊飛龍会編「空母飛龍の追憶・続篇」昭和六十二年　飛龍会刊＊蒼龍会編「航空母艦蒼龍の記録」平成四年　蒼龍会刊＊造船会編「造船官の記録」平成三年　今日の話題社刊＊日本海軍航空史編纂委員会編「日本海軍航空史」各巻　昭和四十四年　時事通信社刊＊冨永謙吾著「大本営発表の真相史」昭和四十五年　自由国民社刊＊海空会編「海軍航空年表」昭和五十七年　原書房刊＊永石正孝著「海軍航空隊年誌」昭和三十六年　出版協同社刊＊防衛庁防衛研修所戦史部著「大東亜戦争公刊戦史」〈10〉ハワイ作戦　〈26〉蘭印・ベンガル湾方面海軍進攻作戦　〈43〉ミッドウェー海戦　朝雲新聞社刊＊源田実著「海軍航空隊始末記・戦闘篇」昭和三十七年　文藝春秋刊＊宇垣纒著「戦藻録」平成五年　原書房刊＊淵田美津雄・奥宮正武共著「ミッドウェー」昭和五十七年　朝日ソノラマ刊＊浜空会編「海軍飛行艇の戦記と記録」昭和五十一年　浜空会刊＊松村平太「真珠湾攻撃雷撃隊の『タラ』話」平成三年「水交」十二月号　水交会刊＊萬代久男「空母飛龍機関長附の生きざま」平成二年「丸」別冊16号「武器なき戦い——捕虜体験記」潮書房＊丸エキストラ版67「空母戦史」昭和五十四年　潮書房刊＊丸エキストラ版95「日本空母戦記」昭和五十九年　潮書房刊＊丸エキストラ版13「勝利の電撃戦」昭和四十五年　潮書房刊＊佐藤和正「中型空母『飛龍型』で完成した日本機動部隊必勝法」昭和五十八年「丸」二月号　潮書房刊＊「丸」編集部編「軍艦メカ②日本の空母」平成三年　光人社刊＊「丸」臨時増刊「日米戦争ミッドウェー」平成四年　潮書房刊＊雨倉孝之「飛行隊長たちの太平洋戦争③阿部平次郎少佐」平成五年「丸」十二月号別冊「撃墜王と空戦」潮書房刊＊Edward T. Maloney「Jimmy Doolittle all American and the Tokyo Raiders」1992　Planes of Fame Publications＊Don Thorp with Ed Maloney「Tora! Tora! Peal Harbor」　1991　Planes of Fame Publications＊Walter Lord「Incredible Victory—逆転」実松譲訳　昭和四十四年　フジ出版社刊＊Pat Frank and Joseph D. Harrington「Rendezvous at Midway—ミッドウェイ」谷浦英男訳　昭和五十一年　戦史刊行会刊＊Thomas B. Buell「The Quiet Warrior—提督スプルーアンス」小城正訳　昭和五十年　読売新聞社刊＊E. B. Potter and Chester W. Nimitz「The Great Sea War—ニミッツの太平洋海戦史」実松譲、冨永謙吾共訳　昭和三十七年　恒文社刊

単行本　平成六年十二月　光人社刊

あとがき

今からおよそ五十七年前の昭和十二年（一九三七年）十一月十六日、横須賀海軍工廠の巨大なガントリー船台から一隻の航空母艦が進水した。その名は「飛龍《ひりゅう》」といい、アメリカ、イギリス、日本の主力艦艇保有量を五・五・三の割合とすることを決めたワシントンおよびロンドン軍縮条約を日本が破棄したあとだったことと、本文にも触れたように「友鶴事件」や「第四艦隊事件」などの手痛い事故の教訓を取り入れて再設計されたこともあって、先に完成した姉妹艦の「蒼龍《そうりゅう》」よりいろいろな面で進歩改良が見られた。

昭和十四年七月五日に竣工すると「蒼龍」とともに第二航空戦隊を構成し、以後、ミッドウェー海戦で昭和十七年六月六日に沈むまで終始「蒼龍」と行動をともにした。そのミッドウェー海戦では、僚艦の「蒼龍」をはじめ「赤城」「加賀」の三空母が被爆炎上したあと孤軍奮闘をつづけ、敵の空母「ヨークタウン」とさし違えるかたちで最後に沈んだ。艦《ふね》と運命を共にした山口多聞司令官と加来止男艦長の最後はあまりにも有名であるが、このお二人以外にも四百人を越える「飛龍」乗組員が戦死している。

この航空母艦「飛龍」について筆者が書くに至ったきっかけは、まったく偶然からであった。三年ほど前に「海軍機関学校八人のパイロット」（光人社）という本を出したが、その取材の過程でたまたま筆者と同じ茅ヶ崎にお住まいの海機五十期萬代久男氏がかつて「飛龍」に乗り組み、その最後の瞬間まで艦《ふね》とともにあった体験から「飛龍」のことを書いてみてはどうかというサゼッションをいただいたのが始まりである。

それから「飛龍」の生存者および遺族の方々の集まりである「飛龍会」の会合に何度か出席し、また飛龍会が刊行した『空母飛龍の追憶』（正・続）を読むうちに心が固まり、「飛龍」という艦を舞台に、そこで演じられた壮絶なドラマの数々をぜひまとめてみようと思い立った。

雑誌「丸」に連載を始めたのが平成四年七月号で、それからちょうど二年半、今年（平成六年）十二月号の第三十回で終わったが、書いていてつくづく思ったのは、真実を伝えることの難しさであった。これは小説でもなければ、もちろん今はやりのバーチャル戦記でもない。「飛龍」とともに生きた、そして戦死された人びとの行動や考えをできる限り忠実に再現する必要がある。そこで生存されている方々の証言、『空母飛龍の追憶』（正・続）に述べられていることを芯にまとめた。

もとよりそれを補足したり検証するかたちで別掲のような文献を参考、もしくはそれから引用させていただいたが、当然ながらそれらとの間には矛盾や疑問点も少なからずあり、そういう個所は筆者の判断で取捨選択した。また連載中はそのつど、東京飛龍会世話人をしておられる萬代久男氏に見ていただき、誤りを極力少なくするよう心がけた。もし誤りがあるとすれば、それは筆者の勉強不足もしくは力の及ばないせいである。

それにしても、「飛龍」の人たちはよく戦った。戦争は決してカッコいいものではなく、まして負け戦《いくさ》は悲惨の極みだが、生存者の多くが語っているように、山口司令官、加来艦長を中心に全員が結束し、艦の持つ戦闘力を最高度に発揮して悔いることのない戦いをした。もとよりミッドウェー海戦で何度もあった勝機をつぎつぎに逃がしてついに破局に至った口惜しさは残るものの、今となってはすべてが〝夢〟となった。

この本は戦争を讃美するものでもないし、「飛龍」で戦った人たちを殊更《ことさら》に美化しようという意図もない。ただ戦争の時代を生きた最後の世代としての筆者が、戦争を知らない世代に伝える一つのメッセージとして、できるだけありのままを書くように努めたつもりだ。しかし、生存、戦死をとわず戦った人たちの真実はあまりにも重い。そのため筆者は「飛龍」の人たちと何度か靖国神社にお詣りし、今年六月五日の慰霊祭では「飛龍」の僚艦「蒼龍」の人たちとも昇殿参拝を果たした。それでもなお足りない気がして、九月に連載最終回の原稿を書き終えたとき、山口司令官御令息宗敏氏、東京飛龍会世話人萬代久男氏、光人社常務取締役牛嶋義勝氏、雑誌「丸」編集長高野弘氏に加わっていただき、大磯の古刹慶覚院高麗寺で「飛龍」戦死者の慰霊法要を行なった。

これで「飛龍」について書くという重い仕事にいちおうのピリオドを打つことができたと

いう安堵の反面、筆者の手許から「飛龍」が飛んで行ってしまったような気がして一抹の淋しさを感じている。ちなみに「飛龍」とは大空を飛ぶ龍であり、雲を起こし雨を降らせる力を持つ伝説の怪獣だ。『易経』の乾卦に「飛龍在天利見大人」（飛龍天に在って大人を利見す）という句が見られる（片桐大自著「聯合艦隊軍艦銘銘伝」昭和六十三年 光人社刊）が、本書の題名「飛龍天に在り」はこれからとったものである。

なお本文の最後にある機関長相宗邦造中佐以下「飛龍」機関科員たちの二週間にわたる漂流とその後の苦難に満ちた捕虜生活については、「丸」別冊「武器なき戦い」（捕虜体験記）の中の萬代久男氏の記述を参照されたい。

終わりに、「丸」連載中は原稿を細かくチェックしていただいたり、飛龍会の方々に連絡して下さったりと、大変お手数をかけた前記萬代久男氏はじめ飛龍会の方々、そして『航空母艦蒼龍の記録』からの引用を快く許して下さった蒼龍会世話人元木茂男氏ほか蒼龍会の皆様、連載中ずっとすばらしい挿絵を添えていただいた依光隆先生、「飛龍天に在り」連載を担当された雑誌「丸」の高野弘氏、単行本にまとめて下さった光人社牛嶋義勝氏に心からお礼を申し上げたい。

平成六年十一月二十三日

碇　義朗

NF文庫

飛龍 天に在り 新装版

二〇二一年七月二十一日 第一刷発行

著者 碇 義朗

発行者 皆川豪志
発行所 株式会社 潮書房光人新社
〒100-8077 東京都千代田区大手町一-七-二
電話/〇三-六二八一-九八九一(代)
印刷・製本 凸版印刷株式会社
定価はカバーに表示してあります
乱丁・落丁のものはお取りかえ致します。本文は中性紙を使用
ISBN978-4-7698-3224-9 C0195
http://www.kojinsha.co.jp

NF文庫

刊行のことば

第二次世界大戦の戦火が熄《や》んで五〇年——その間、小社は夥しい数の戦争の記録を渉猟し、発掘し、常に公正なる立場を貫いて書誌とし、大方の絶讃を博して今日に及ぶが、その源は、散華された世代への熱き思い入れであり、同時に、その記録を誌して平和の礎とし、後世に伝えんとするにある。

小社の出版物は、戦記、伝記、文学、エッセイ、写真集、その他、すでに一、〇〇〇点を越え、加えて戦後五〇年になんなんとするを契機として、「光人社NF（ノンフィクション）文庫」を創刊して、読者諸賢の熱烈要望におこたえする次第である。人生のバイブルとして、心弱きときの活性の糧《かて》として、散華の世代からの感動の肉声に、あなたもぜひ、耳を傾けて下さい。